U0439703

本书获龙岩学院"奇迈书系"出版基金、龙岩学院博士科研启动基金资助

朱熹文学与佛禅关系研究

邱蔚华 著

中国社会科学出版社

图书在版编目(CIP)数据

朱熹文学与佛禅关系研究/邱蔚华著. —北京：中国社会科学出版社，2019.7

ISBN 978-7-5203-5603-9

Ⅰ.①朱… Ⅱ.①邱… Ⅲ.①朱熹(1130-1200)—文学思想—关系—佛教哲学—研究—中国 Ⅳ.①I206.44②B949.2

中国版本图书馆CIP数据核字(2019)第256535号

出 版 人	赵剑英
责任编辑	陈肖静
责任校对	刘　娟
责任印制	戴　宽

出　　版	中国社会科学出版社
社　　址	北京鼓楼西大街甲158号
邮　　编	100720
网　　址	http://www.csspw.cn
发 行 部	010-84083685
门 市 部	010-84029450
经　　销	新华书店及其他书店
印刷装订	北京君升印刷有限公司
版　　次	2019年7月第1版
印　　次	2019年7月第1次印刷
开　　本	710×1000　1/16
印　　张	25.75
插　　页	2
字　　数	334千字
定　　价	128.00元

凡购买中国社会科学出版社图书，如有质量问题请与本社营销中心联系调换
电话：010-84083683
版权所有　侵权必究

目 录

序 …………………………………………… 李小荣（1）

绪论 ……………………………………………………（1）

第一章　朱熹佛禅因缘的社会历史语境 ……………（26）
　第一节　宋佛禅与士绅名流及政治 …………………（26）
　第二节　宋佛禅与理学家及理学 ……………………（31）
　第三节　宋佛禅与文人及文学 ………………………（43）
　第四节　闽佛教盛况 …………………………………（64）

第二章　生平思想与佛教 ……………………………（73）
　第一节　佛禅因缘家学师承考述 ……………………（73）
　第二节　佛禅因缘行实考述 …………………………（94）
　第三节　佛禅思想的复杂与矛盾 ……………………（114）

第三章　文学思想与佛禅 ……………………………（121）
　第一节　理学：联结佛禅与朱熹文学思想的纽带 ……（121）
　第二节　文学思想佛禅渊源发微 ……………………（127）

1

第三节　佛禅论中的文学观 …………………………… （170）

第四章　朱熹诗与佛禅 …………………………………… （193）
第一节　相关诗歌创作的动态考察 …………………… （194）
第二节　佛禅视野观照下的朱熹诗探析 ……………… （207）
第三节　佛禅情结的审美意蕴及成因探微 …………… （257）

第五章　涉佛古文研究 …………………………………… （265）
第一节　涉佛古文文体概说 …………………………… （266）
第二节　书体涉佛文 …………………………………… （269）
第三节　杂著涉佛文 …………………………………… （284）
第四节　序跋涉佛文 …………………………………… （296）
第五节　记体涉佛文 …………………………………… （307）
第六节　丧葬类文体涉佛文 …………………………… （319）

第六章　《朱子语类》与佛禅之渊源 …………………… （327）
第一节　《语类》涉佛概说 …………………………… （328）
第二节　涉佛内容之分类 ……………………………… （330）
第三节　佛语引用之考述 ……………………………… （349）
第四节　涉佛语录语言修辞佛禅渊源考述 …………… （364）

结语 ………………………………………………………… （381）

主要参考文献 ……………………………………………… （387）

后记 ………………………………………………………… （400）

序

李小荣

关于朱熹在中国文化史上的地位，著名学者莫砺锋先生曾从"其思想自身的价值""其思想对后代影响的程度""其受现代学术界重视的程度"等三个维度加以衡量，指出"朱熹是宋代最伟大的思想家""堪称是仅次于孔子的古代圣哲"，"所以，现代学术界对朱熹赋予热切的关注也就是理所当然的事了"（《朱熹文学研究》"前言"，南京大学出版社2000年版，第1页）。的确，朱熹以其综罗百代的学术胸襟，建构起"致广大，尽精微"（黄宗羲《宋元学案》卷48，中华书局2007年重印本，第1495页）的理学思想体系，对中国思想文化甚至整个东亚文化圈的影响都极为深远。

众所周知，宋代理学家往往对佛老之学既攘斥，又在特定的方面有所融合、共鉴，于此，朱熹也不例外。有关朱熹理学思想领域的研究成果，可谓汗牛充栋。其中，对朱熹与佛教关系的检讨，前贤时彦在朱熹佛教观之定义、涉及范围及其特点，排佛宗旨、排佛进程和成因分析，摄佛领域、融禅要素以及具体表现等方面（详参李承贵《朱熹思想与佛老关系研究述论》，《福建论坛·人文社科版》2014年第5期），也有较为全面的历史性描述，并取得了基本共识，即朱熹在建构其庞大理学思想体系的过程中，大量吸收了佛学思想。由是观之，朱熹本人的文化心理是极其复杂多元的，佛学思想的全方位影响是不可回避的重要问题之一。也正是在这个意义上，我们研究朱熹其人其学时，若只局限于理学之域，恐失之于狭隘和偏颇。

文学是人学，在一定层面上体现了作家的人格理想、文化心态、心灵智慧。朱熹有理学家、经学家、思想家之称，但他同时也是一位有深厚文学修养的文学批评家、诗人和文章家。他不仅在文学思想、诗学观念上提出了富有启迪的真知灼见，而且创作出了大量意蕴丰富、富有艺术气息的诗文作品。其诗文作品和文学理论，既体现了他复杂的文化心态，也反映了他微妙流动的心灵世界。但是，从现有的朱熹文学方面的研究成果看，多数都倾向于检讨其文学与理学之互动关系，而对其文学与佛禅关系的理性分疏和全面观照，则不多见。

正是基于这一认识，邱蔚华同志在综理前贤已有成果的基础上，另辟蹊径，对朱熹文学与佛禅关系进行了较为系统的梳理。记得2014 年秋天，其入学不久，我们就共同商定了"朱熹文学与佛禅关系研究"这一选题。原因有二：一者朱熹是闽学的开山祖师，作为福建学人，有义务、有责任好好地挖掘其思想宝库及其当代价值之反响；二者博士论文选题要有可持续研究之价值。而对朱熹全方位的钻研，即便学人穷其一生，也未必都能进入"预流"之列。当时，我提醒蔚华，应注意朱子所处的南宋特殊的历史文化语境，应细读各类性质迥异的文本，抓住朱熹文学与佛禅思想互动的具体联接点，如此才可能做到历史与逻辑的有机统一。

经过近两年的文献阅读和近一年的撰写，2017 年初夏，蔚华终于提交了博士学位论文《朱熹文学与佛禅关系研究》的答辩版。当时，作者主要梳理了朱熹思想、文学思想、文体分类创作等方面与佛禅之间的具体联系，她既注意各章节之间的内在联系，对历史现

序

象、文学现象的描述，逻辑性、可读性强，同时又注意把握各专题研讨的特色所在：如对朱熹文学思想与佛禅之关系问题，重在对一些前贤已有所阐释的命题（如"天生成腔子""修辞立其诚""涵泳说"）在佛禅语境中重加检讨，发掘其新的理论意蕴；对朱熹诗歌与佛禅之关系问题，不仅动态地勾勒出朱熹出入佛禅的经历，而且对诗人以佛证儒、援佛入儒及扬儒辟佛的为学感悟及其在诗歌创作之表现进行美学层面的阐释；对朱熹古文创作与佛禅之关系问题，则凸显了古文范围之广的特点，作者对多种应用性文体的涉佛作品都有较为细致的考察，尤其是对《朱子语类》（语录体散文）与佛禅关系的探究，着重检讨了朱子语录的语言修辞的佛禅渊源。凡此，都是作者的创新之处，值得表彰和鼓励，而且，也得到了答辩委员会的一致好评。作为导师，个人以为，其学术价值主要有三：一是能更深入地揭橥理、禅关系；二是有助于朱子学特别是朱熹文学思想研究的深化；三是为南宋理学、禅学、文学之互动的整体研究提供可资借镜的生动案例，并启迪来者。

蔚华博士生活朴素，悟性好，向学之心坚定，而且，特别钟情于福建师范大学的中文专业，本科、硕士、博士都毕业于此。读博期间，她克服了许多常人难以忍受的困难，潜心问学，一方面系统地阅读了大量的理学经典，另一方面又能较快地进入佛教文献与佛教文学之研究领域，并在《东南学术》《福建师范大学学报》《北京工业大学学报》《佛教史研究》《闽学研究》等多种期刊发表了与毕业论文有关的较有质量的高水平专题论文，还以此获得了台湾"财团法人圣严教育基金会"2016年度的"汉传佛教中文博士学位论文资助"，这表明，其论文选题得到了匿名专家的高度认可。

如今，蔚华的博士论文经过修订，即将出版，我当然十分高兴，祝贺之情油然而生。同时，又觉得惭愧，我忝为导师，但对朱熹素无研究，其成果得到学界认可，是其自身努力的结果。而且，无论在学期间，还是毕业之后，蔚华对我的帮助都特别大（如在学期间，协助我完成福建省社科基地重大项目"朱熹文艺思想综合研究"；毕业后，则一如既往地参加我主持的国家社科基金重点项目"禅宗语录文学特色之综合研究"），我对她深表谢意。当然，由此我也联想到，朱熹文学与佛禅关系的研究，在禅宗文献中可能还有一些值得发掘的史料，如《南宋元明僧宝传》卷7所载天目文礼禅师（1167—1250）和朱熹交往之事（《大藏新纂卍续藏经》第79册，河北省佛教协会2006年版，第615页），《南石文琇禅师语录》卷上、《湛然圆澄禅师语录》卷5、《费隐禅师语录》卷1、《大方禅师语录》卷4等数十种语录对朱熹名诗《春日》的引用及其禅学释义之类的问题，都可以再作个案之探讨。

总之，朱熹其人其文，是传统人文学术研究中的永恒课题之一，而蔚华博士正年富力强，我衷心地期盼，在不远的将来，能读到其更多的优秀论著。作为老师，学生的进步就是人生的最大幸福。

2019年3月19日序于福州仓山梦枕堂

绪　论

朱熹（1130—1200），字元晦，又字仲晦，号晦庵、晦翁、云谷老人、考亭先生等，谥文，世称朱文公。祖籍徽州婺源（今江西省婺源），生于南剑州尤溪（今福建尤溪）。宋朝著名的理学家、思想家、哲学家、教育家、诗人，是继孔子之后在中国学术思想史乃至中国文化史上又一个具有深远影响的集大成者，世尊称为朱子。时至今日，朱子研究成为当代研究的主潮和热点之一。据吴展良主编的《朱子研究书目新编（1900—2002）》统计，仅20世纪的100年间，国际学术界有关朱子研究论著就已达6100条，与林庆彰主编的《朱子研究书目（1900—1991）》统计的2521条相比，多出了3570余条（包括补充林先生漏收条目，但仅占少数），这一数字表明1992—2002年10年间朱子研究成绩斐然。而从2003年至今，朱子研究发表论著就达上千篇（部）。这些研究成果涵盖了：朱熹著作的整理与出版、文献与生平研究、朱熹思想的整体研究、朱熹哲学思想研究、宋明理学史研究中的朱子学、朱熹文学研究等领域，成果可谓汗牛充栋。

一　研究成果综述

朱熹以儒名家，却又濡染佛禅，有极深的佛禅修养，这反映到他的学术、文学、生活等各个方面都与佛禅有极深的渊源,对此,学界有不同程度、不同层面的研究。现以朱熹生平与佛教事迹、朱熹哲学思想与佛教关系、宋代文学与佛禅关系之考述、朱熹文学研究成果述评为中心,对前贤时彦与本选题相关的研究情况述评如下。

(一)朱熹生平与佛教事迹

这一视域的研究涵盖如下几个方面。

1. 朱熹与僧人的交游考察

陈荣捷《朱子与大慧禅师及其他僧人的往来》[①] 一文考察了朱子与泛泛之交的僧人的交往情况和朱子与道谦的交游,最重要的是对朱子与大慧之交往详加考辨,并认为朱子与大慧熟稔。这些观点在今天看来,似有许多值得商榷的地方,然以此文发表时间而论,开了研究朱子与僧人交游研究之先河。另外,此文所论亦可见陈著《朱子学新探索》中的《朱子与僧人》《大慧禅师》二文。又如《朱熹千里往见大慧禅师的历史公案新解》[②] 一文,以交游视野为切入点,重新探讨了思想史上朱熹与大慧的潮州之会这一历史公案,并认为二人之会既可以揭示朱熹注解《大学》"格物补传","开一新传统"(牟宗三语)之序幕的隐微之处,也可以阐明朱熹理学(新儒学)以"格物致知"作为开启"下学上达"之锁匙。此外,《朱熹、道谦交往考》[③]《朱熹从道谦学禅补证》[④] 两篇文章也详细考证了朱熹师从道谦的历史公案。

2. 朱熹可能涉猎的佛教典籍及其对佛经看法的研究

朱熹深入研读的经书,最可确定的是宗杲的《大慧禅师语录》,

[①] 《朱子学刊》编辑部编:《朱子学刊1989年第一辑(总第一辑)》,福建人民出版社1989年版,第141—154页。
[②] 林振礼:《朱熹千里往见大慧禅师的历史公案新解》,《东南学术》2014年第1期。
[③] 郭齐:《朱熹、道谦交往考》,《中国哲学史》1993年第2期。
[④] 郭齐:《朱熹从道谦学禅补证》,《人文杂志》1998年第2期。

绪　论

此在学术界已有公认。而陈荣捷先生《朱子学新探索》中的《朱子与佛经》《朱子所引之佛语》两文则较为全面地展现了朱熹所涉猎的佛经和所引用的佛语，并恰当地对朱子品评佛经进行分类和评价，有很重要的史料价值，同时也具有学术理论价值。另外，《朱熹佛教常识论——朱熹对佛教常识的认知及其检讨》[①] 一文在辨析朱熹佛教常识时亦对朱熹眼中的佛经如《四十二章经》《维摩经》《传灯录》《心经》《般若经》《圆觉经》《楞严经》等的看法进行了解析和解读，同时也对朱熹视域中的佛经语言、音韵、语词、概念进行了剖析，既以清晰的脉络展示了朱熹大致可能涉猎的经书或佛教典籍，又对朱熹佛教认识进行了较为切中肯綮的检讨。

3. 朱熹弃释从儒的考察

这一研究角度的主要代表性成果有以下几个。

（1）《朱熹"逃禅归儒"的思想转变》[②]：该文从朱熹的内在根基、其所处的生活条件、社会关系发生的重大变化、从事的政教活动、读书生活的转变以及诗歌创作题材与诗情的转变等方面，详细考察了朱熹24岁至28岁"逃禅归儒"思想转变的因缘。该文考据丰富、考论得体，有不少观点至今富有启发性。

（2）《弃儒从释的真实写照：关于朱熹的两篇佚文》[③]：该文作者在《续藏经》中发现了朱熹与佛学渊源深厚的两篇佚文，即《与开善谦禅师书》和《祭开善谦禅师文》，并对这两则佚文的真实可靠性进行了逐一考证，为研究朱熹早期思想和事迹提供了重要佐证，弥补了已有文献记载朱熹早年曾热衷于佛学的不足，具有重要的史料价值。

[①] 李承贵：《朱熹佛教常识论——朱熹对佛教常识的认知及其检讨》，《江西师范大学学报》（哲学社会科学版）2004年第1期。

[②] 何乃川、林振礼：《朱熹"逃禅归儒"的思想转变》，《福建论坛》（文史哲版）1984年第1期。

[③] 郭齐：《弃儒从释的真实写照：关于朱熹的两篇佚文》，《中国哲学史》1995年第6期。

（3）《朱熹佛学思想渊源与逃禅归儒三部曲》①：全文动态地考察朱熹师事道谦、从密庵寄粥饭到牧斋自牧的生平经历，并以此为基点，揭示与之相应的朱熹逃禅归儒心路历程中的三部曲：主悟—主静—主敬的转变历程。史料丰富，论述翔实。

（4）《朱熹逃禅归儒与潮州之旅》②：此文在束景南《朱熹佛学思想渊源与逃禅归儒三部曲》的研究基础上，以地方文化为切入点，佐以朱子生平经历及《朱子大全》和顺治吴颖《潮州志》等所记载的朱熹诗文创作，指出朱熹在潮州深受韩愈精神的感召而更加坚定了其逃禅归儒的决心。这一研究视域提示我们研究朱熹思想从地方文化、文献入手或有新的发现。

（二）朱熹哲学思想与佛教关系

这一层面的研究主要涵盖以下几个方面。

1. 融佛还是排佛，是探讨朱熹一生与佛教关系绕不过去的两个向度。

"融佛"是指朱熹理学思想的建构吸收和融摄了佛教思想中的某些合理成分。而"排佛"是指朱熹以维护儒家正统的社会政治需要，有意识地对佛教加以排斥、贬抑和打压。这两种矛盾的态度，引起历代学人对朱熹的佛学态度、佛学思想浓厚的兴趣，并给予深广的研究，取得了丰富的研究成果。较有代表性的成果主要有以下几个。

（1）《外斥内援：朱熹佛教观探析》③：该论文认为朱熹"外斥"佛教，可从朱熹排佛的目的、本体论、伦理纲常、认识论、社会生产等方面加以审视；其"内援"佛法，主要可从社会文化背景、本体与现象关系、心性论、伦理等角度论述，并认为学术上建构新儒

---

① 束景南：《朱熹佛学思想渊源与逃禅归儒三部曲》，载于朱瑞熙主编《朱熹·教育和中国文化》，燕山出版社1991年版，第3—35页。
② 郭伟川：《岭南古史与潮汕历史文化》，广东人民出版社2012年版，第328—338页。
③ 施保国、李霞：《外斥内援：朱熹佛教观探析》，《江西社会科学》2010年第7期。

绪 论

学的需要、政治上维护儒学正统地位的需要、朱熹"斥佛"源于对佛教理解的片面性是朱熹"外斥内援"佛教观产生的主要原因。

（2）《从心性论看朱熹对佛学思想的吸收与融会》①：该文认为朱熹灵活地采取了明排佛学、暗窃佛学的方式，对佛教的佛性论进行了吸收改造，从而发展完善了自己的心性思想，使儒家心性论达到了完备的程度，对后世产生了广泛而深远的影响。这是从融佛的角度，对朱熹与佛教关系作出了较为切中肯綮的评价。其另一文《援佛入儒：朱熹理学的新特色》②所持观点及论述的角度大体不出此者。

（3）《兼采佛释，综罗百代——朱熹与佛学》③：该文对朱熹出入佛禅的经历作了较为系统的梳理，其中以"佛则人伦灭尽，禅则义理灭尽"、"释氏于天理大本处，见得些分数"两论分别对朱熹的"排佛"与"融佛"作了探讨，论者述论角度虽有新颖处，但总体而言，新见不多，分析亦可再深透。

（4）《朱熹人心道心的辟佛意旨》④：文章以朱熹的"人心道心论"为切入点，指出朱熹的辟佛意旨，主要不在佛教禅宗本身，而在于它对儒家士人的影响和对儒学理论与实践的渗透。朱熹辟佛表现出高度的理论自觉与使命自觉，是理学成熟的表现。观点鲜明，论述亦能切中要害。

（5）《朱熹的儒佛之辨》⑤：该文最主要的特色在于，改变了以往的研究多立足于唐宋之际的儒学复兴思潮的发展大势之承"道统"、斥"异端"的现象描述去研究朱熹排佛思想的方法，而着力于

---

① 高建立：《从心性论看朱熹对佛学思想的吸收与融会》，《齐鲁学刊》2007年第3期。
② 高建立：《援佛入儒：朱熹理学的新特色》，《河南大学学报》（社会科学版）2005年第2期。
③ 王心竹：《兼采佛释，综罗百代——朱熹与佛学》，载于王心竹《理学与佛学》，长春出版社2011年版，第107—153页。
④ 代云：《朱熹人心道心的辟佛意旨》，《中州学刊》2013年第11期。
⑤ 刘立夫：《朱熹的儒佛之辨》，《哲学研究》2008年第11期。

从朱熹对佛教"内在批判"的层面,对朱熹关于儒佛二家的本体论、心性论、境界论、工夫论和修养论等方面的言论进行梳理,从多元性的价值立场力图对朱熹的儒佛之辨作出合理的评价。

(6)博士论文《朱熹与佛教思想的关系》(崔福姬,北京大学,2001年):此文可谓在众多成果中对朱熹"排佛"与"融佛"作了最为显著、集中的梳理、分析和论证,其"朱熹对佛教的批判"一章分别从佛教的"作用是性"命题、"顿悟"理论及佛教否定社会伦理等方面分析论证朱熹的"排佛";与此同时,崔氏分别从理气论与心性论、修养论、实践论等方面探讨了朱熹对佛教的融摄与贯通。总而言之,崔氏对朱熹"排佛"与"融佛"的二重性矛盾的分析较为深入,但该论文尚缺乏对此二重性矛盾产生原因的揭示。此外,硕士论文《略论朱熹排佛》(荆常宝,上海师范大学,2012年)则主要从学理上专论朱熹的排佛思想,并分析了朱熹不同阶段排佛思想的主要倾向,观点较集中鲜明。

2. 朱熹对佛教理解、认识的研究。

这方面的研究成果以李承贵先生的研究成果最为突出。其文《朱熹的佛教观》[①]分别对朱熹的佛教常识论、本体论、心性论、伦理论、禅宗论等方面进行了系统的检讨,并得出了许多富于启示性的创见,这些创见对于我们进一步检讨朱熹对佛教的态度、功过是非无疑是有很大帮助的。另外,该文的许多重要观点亦先后发表于其文《朱熹佛教常识论——朱熹对佛教常识的认知及其检讨》[②]、《朱熹视域中的佛教本体论——朱熹对佛教本体论的认知及误读》[③]

[①] 李承贵:《儒士视域中的佛教》,宗教文化出版社2007年版,第355—475页。
[②] 李承贵:《朱熹佛教常识论——朱熹对佛教常识的认知及其检讨》,《江西师范大学学报》(哲学社会科学版)2004年第1期。
[③] 李承贵:《朱熹视域中的佛教本体论——朱熹对佛教本体论的认知及误读》,《福建论坛》(人文社会科学版)2007年第1期。

绪 论

及《朱熹视域中的佛教心性论》① 中。

此外，这方面的研究成果有代表性的还有钱穆的《朱子论禅学（上）（下）》、《朱子论禅学拾零》②。文章对《朱子语类》、朱熹文集及著述文字中的佛禅之论详加考辨，认为朱熹"理学即自禅来"和"理学家辟禅仅是门户之见"之论都有所偏颇，提示我们只有通览朱子之书才可真正辨别理学与禅学之异、之争处。

3. 朱熹理学与佛学关系的综合性或整体研究。

这方面的研究成果主要有以下几个方面：

（1）博士论文《朱熹理学与佛学之比较》（黄世福，安徽大学，2003年）：该文认为朱熹是理学之集大成者，其思想体系的形成过程中，佛教的影响不可低估。他的哲学思想无论是本体论、心性论，还是认识论，都与佛教有密切联系。在本体论上，通过对朱熹理学与佛学的比较，可以看出朱熹对佛教本体思维模式的吸收；心性论上，理学与佛学既相互排斥，又相互渗透，朱熹心性情理论的形成，与对佛学的批判与吸收是分不开的；认识论上，佛教与朱子理学在认识过程、认识方法和认识道路等方面存在许多相近、相互联系的思维路径，同时朱子理学在吸收、借鉴了佛教认识理论的基础上，在知行上又实现了对佛教的超越。从总体而言，该论文对朱熹理学对佛学的吸收与融通论述较为充分，但对朱熹理学对佛学的排斥、批判、超越的探讨稍显薄弱。

（2）《宋代理学与佛学之探讨》③（又名《朱子理学与佛学之关系》）：该著以资料丰饶、籀绎精华、融贯儒释为特色，以朱子为重心，上溯北宋五子，所论流派贯穿濂洛关闽诸派，揭橥朱子理学之太极图说与佛学亦有渊源、理气说与华严"理事无碍观"相合、主

---

① 李承贵：《朱熹视域中的佛教心性论》，《福建论坛》（人文社会科学版）2007年第3期。
② 钱穆：《朱子新学案》，巴蜀书社1986年版，第1074—1136页。
③ 熊琬：《宋代理学与佛学之探讨》，（台北）文津出版社2005年版。

敬说源于禅门之"提撕""惺惺""警觉"等用语,对朱熹理学与佛学诸向的关联作了翔实梳理。

此外,还应关注到日本荒木见悟先生的第一本著作《佛教与儒教》①,这是一部以"华严学、禅学、朱子学、阳明学四支为中心,把唐代到明代的中国思想史的内在变迁、根据理论整理而成"②的具有宏大研究气象的力著。而郑梁生先生的《朱子学之东传日本与其发展》③则以朱子学东传与日本禅林、东传途径与方式及相关人物、日本禅僧对朱子学的理解诸论为中心,研究日本五山禅僧在日本传播、耕耘朱子理学及理学之于日本文教政策、民族精神的影响,从传播学的视角观照朱子理学与佛学的关系,视角独特,立论得体。

(三) 宋代文学与佛禅关系研究成果述论

虽然这一部分研究成果并不以朱熹为直接研究对象,但作为在这一文化土壤成长起来的朱熹,其思想、创作必然会深受其影响;同时,这些成果的研究视角也会给朱熹文学与佛禅关系的研究以启发。故而有必要梳理这一部分研究成果,从而考察二者之间的关联。又,佛禅与宋代文学之关系一直为学界研究热点,成果汗牛充栋,故本综述以本论题研究对象为参照中心,选择几个最重要的成果略析如下。

1. 周裕锴的《文字禅与宋代诗学》④和《法眼与诗心——宋代佛禅语境下的诗学话语建构》⑤。前者在通过考察大量的禅宗、诗歌文献以及僧人和士大夫之交游后认为,禅宗与诗歌的这一次"语言

---

① 此书 1963 年由日本京都平乐寺书店出版,书名《佛教と儒教——中国思想を形成するもの》,后由杜勤舒志田翻译成中文,由中州古籍出版社于 2005 年出版。
② [日] 荒木见悟:《明末清初的思想与佛教》,廖肇亨译,上海古籍出版社 2010 年版,第 182 页。
③ 郑梁生:《朱子学之东传日本与其发展》,(台北)文史哲出版社 2000 年版。
④ 周裕锴:《文字禅与宋代诗学》,高等教育出版社 1998 年版。
⑤ 周裕锴:《法眼与诗心——宋代佛禅语境下的诗学话语建构》,中国社会科学出版社 2014 年版。

绪 论

学转向",一方面体现了宋人对语言与存在关系的更深刻的认识;另一方面探讨了禅与诗在文字上的相互渗透和深层对应在文化史上的重要意义。后者从文化语境、思想资源、审美眼光和诗学话语四大部分,分别探讨宋人与宋僧的佛学修养和著述,宋人接受佛经的主要观念,佛禅观照方试在诗作中的转化及宋诗佛禅术语的引用和演绎。

2. 张培峰的《宋诗与禅》[①],该著选择部分较有代表性的历代禅籍和文人作品表现的禅的观念、感受、典故和语言等分析宋诗与禅的关系。

3. 方新蓉的《大慧宗杲和两宋诗禅世界》[②],该著以两宋历史、儒学、禅学、诗学的大背景为依托,从微观角度分析士大夫与宗杲的交游、所共同使用的话语体系入手,对宗杲与两宋士大夫禅学、诗学关系进行观照,寻绎他们相互影响后构建各自禅学、儒学、诗学体系的过程,辨明诗学理论与禅学流变的相互作用。

4. 刘晓珍的《宋词与禅》[③],该著既分析了从宋代盛世、乱世、衰世与末世不同历史时期的"融禅入词"的现象,又从宏观视野上梳理禅宗与词的"主体化走向""通俗化走向""清雅化走向"等关系,全书文献史料翔实,禅与宋词之渊源的全貌分析鞭辟入里。

5. 张文利的《理禅融会与宋诗研究》[④] 一书和《论佛禅诗对宋代理学诗的影响》[⑤] 一文。前者作者标举"理禅融会",从文化哲学的视角切入,考察宋代理学与禅学的交相融会及其与宋诗学理论及

---

① 张培峰:《宋诗与禅》,中华书局 2009 年版。
② 方新蓉:《大慧宗杲和两宋诗禅世界》,中华书局 2013 年版。
③ 刘晓珍:《宋词与禅》,人民文学出版社 2010 年版。
④ 张文利:《理禅融会与宋诗研究》,中国社会科学出版社 2004 年版。
⑤ 张文利:《论佛禅诗对宋代理学诗的影响》,《国学学刊》2016 年第 3 期。

宋诗创作实践的关联，并从宏观分析与个案考察相结合的方式对理禅融会交融视野下对宋人的诗道观、诗歌艺术思维特征、诗歌表现内容及诗歌境界诸方面爬梳和分析。后者专门从佛典术语、灯录语录语汇以及与佛教有关的意象的运用、诗歌文体形式的新变、修辞手法上的因袭创变、诗歌语言的俗化和白话化、诗歌审美意境的佛化、禅化等方面分析佛禅对理学诗的影响。

6. 钱建状、尹罗兰的《南渡士人的佛教因缘与文学创作》[①] 一文，爬梳了南渡士人的礼佛参禅在内容与形式上的新变化；分析了南渡士人对"以禅喻诗"作出的新的文学诠释，并较为深入地分析了南渡士人"援禅入诗""援禅入词"的创作特色以及他们在参禅与作诗结合并提出诗学概念方面的理论贡献。

7. 陈洁的《论佛教对南宋文学的影响》[②]，该文分别"从通俗化：佛句入词""说理化：佛意入词""散文化：禅理入词"三方面分析佛教对南宋文学语言文字、说理议论与创作方法对南宋诗词的影响。

以上成果学术视野广阔，为本课题的研究提供了较为宏观的学术背景和研究视野；同时又不乏许多富有启发的微观分析的个案考察范例，值得本课题专题研究借鉴。

（四）朱熹文学研究成果综述

1. 朱熹文学本体、朱熹文学与理学之关系研究成果述评

自 20 世纪 90 年代以来，学术界对极富经学、理学盛名的朱熹的文学才华及其文学成就开始了从文学思想到诗文创作各个层面的研究和探讨，使朱熹文学研究取得了突破性进展。特别是朱熹文学本体研究及朱熹文学与理学之关系的研究，成果斐然。对前贤时彦相关研究成果述评如下所述。

---

① 钱建状、尹罗兰：《南渡士人的佛教因缘与文学创作》，《浙江大学学报》（人文社会科学版）2003 年第 3 期。

② 秋爽：《寒山寺佛学》第 8 辑，甘肃人民出版社 2013 年版，第 309—314 页。

绪 论

（1）文学思想的研究。由《诗经》《楚辞》的文学批评扩大到文道观、文学史观、文学价值论以及文体论、文气论、文势论、艺术论、风格论、作家论等，研究范围不断扩大，成果日渐丰富，主要有：①模块化研究之专著：吴长庚《朱熹文学思想论》[①]、李士金《朱熹文学思想研究》[②]、王玉琴《朱子理学诗学研究》[③] 是其文艺思想模块化研究的代表性成果。②文学研究专著中专设章节的研究成果有：束景南《朱子大传》[④] 在多维文化视野中考察朱子其人、其文、其思想，其中有不少朱子文艺思想之论；潘立勇《朱子理学美学》[⑤] 在中篇运用现代美学理论对朱子的理学文学思想作了深入分析；莫砺锋《朱熹文学研究》[⑥] 对朱熹的文学理论、文学批评及诗经学、楚辞学、韩文考异等专章论述；张立文《朱熹思想研究》[⑦]（修订本）增加了《美善、文道、诗理的美学思想》等三章；张毅《宋代文学思想史》[⑧] 专立一节论述朱熹"以道德为本体的文学思想"；李春青《宋学与宋代文学观念》[⑨] 用两章讨论道学与诗学，其中一章专论朱熹。闵泽平《南宋理学家散文研究》[⑩] 对朱熹的古文理论与创作，有专门论述。③近年代表性论文的研究成果包括：a. 文道论：潘立勇《朱熹文道观的本体论发展及其内在矛盾》[⑪]和罗书华《"文从道中流出"：朱熹对文道关系的新理解》[⑫] 都重新

[①] 吴长庚：《朱熹文学思想论》，黄山书社1994年版。
[②] 李士金：《朱熹文学思想研究》，人民文学出版社2013年版。
[③] 王玉琴：《朱子理学诗学研究》，南京大学出版社2014年版。
[④] 束景南：《朱子大传》，商务印书馆2003年版。
[⑤] 潘立勇：《朱子理学美学》，东方出版社1999年版。
[⑥] 莫砺锋：《朱熹文学研究》，南京大学出版社2000年版。
[⑦] 张立文：《朱熹思想研究》，中国社会科学出版社2001年版。
[⑧] 张毅：《宋代文学思想史》，中华书局1995年版。
[⑨] 李春青：《宋学与宋代文学观念》，北京师范大学出版社2001年版。
[⑩] 闵泽平：《南宋理学家散文研究》，齐鲁书社2006年版。
[⑪] 潘立勇：《朱熹文道观的本体论发展及其内在矛盾》，《学术月刊》2001年第5期。
[⑫] 罗书华：《"文从道中流出"：朱熹对文道关系的新理解》，《海南大学学报》（人文社会科学版）2014年第2期。

考察了朱熹的文道关系说；b. 古文论：以闵泽平博士论文《南宋理学大家的古文创作》（武汉大学，2006 年）和马茂军《朱熹的散文思想》①为代表；c. 诗论：以周瑾《"诗见得人"：朱熹诗论的生存论诠释》②和张万民《从朱熹论"比"重新考察其赋比兴体系》③为代表；d. 朱熹文学研究三大著作的研究成果，以对朱熹《诗集传》和《楚辞集注》最为突出，如董芬《朱熹〈诗集传〉阐释方法研究》④、张辉《朱熹〈诗集传序〉论说》⑤、李永明《"楚词平易"：朱熹的楚辞艺术风格论》⑥、肖伟光《朱子楚辞学研究方法的理学背景发微》⑦等。

（2）诗词创作的研究。相比之下，朱熹诗词创作研究的广度和深度均不如对朱熹文学思想的研究，尤其是对朱熹词创作的研究，可以说屈指可数。而从已有的朱熹诗歌研究成果看，近十几年来取得了长足的进步，其特点如下：①起步时间晚：朱熹诗文作品开始被重视是 20 世纪 80 年代以后的事，而朱熹文学思想的现代研究则发端于民国时期。②对朱熹诗歌的研究主要以对单篇或一组诗文作品的评析与鉴赏成果较为丰富，而对散文的研究则主要以整体风貌或某一类题材的整体风貌的研究。如侯长生的《朱熹山水诗的嬗变与超越》⑧、陈庆元的《平林欸乃声犹在——朱熹〈武夷棹歌〉的文化意蕴》⑨，

---

① 马茂军：《朱熹的散文思想》，《安康学院学报》2011 年第 3 期。
② 周瑾：《"诗见得人"：朱熹诗论的生存论诠释》，《浙江社会科学》2004 年第 2 期。
③ 张万民：《从朱熹论"比"重新考察其赋比兴体系》，《复旦学报》（社会科学版）2014 年第 1 期。
④ 董芬：《朱熹〈诗集传〉阐释方法研究》，《江苏大学学报》（社会科学版）2005 年第 5 期。
⑤ 张辉：《朱熹〈诗集传序〉论说》，《文艺理论研究》2013 年第 2 期。
⑥ 李永明：《"楚词平易"：朱熹的楚辞艺术风格论》，《兰台世界》2014 年第 12 期。
⑦ 肖伟光：《朱子楚辞学研究方法的理学背景发微》，《云梦学刊》2014 年第 3 期。
⑧ 侯长生：《朱熹山水诗的嬗变与超越》，《兰台学刊》2006 年第 8 期。
⑨ 陈庆元：《平林欸乃声犹在——朱熹〈武夷棹歌〉的文化意蕴》，《中国典籍与文化》2001 年第 4 期。

绪 论

王利民的《论朱熹山水诗的审美类型》①等。③对朱熹诗题材思想、艺术特色与风格、诗歌体式的研究已出现代表性论著,如郭齐的《论朱熹诗》②,著作有胡迎建的《朱熹诗词研究》③、莫砺锋的《朱熹文学研究》设专章专节论述相关问题等。④重视朱熹文学理论与其诗歌创作实践关系的探讨,如李春桃的《朱熹的思想与诗歌》④《朱熹的诗学观念与诗歌创作》⑤、石明庆的《朱熹诗学思想的渊源与诗歌创作》⑥等都是这一研究视角的成果。

(3) 古文创作的研究。从文学的角度研究朱熹古文则主要集中在游记体散文,如莫砺锋《论朱熹的散文创作》⑦,硕士论文《朱熹山水游记研究》(郭良桂,福建师范大学,2009年);朱熹古文序跋研究成果有滕汉洋《有限实证与无奈曲解——对朱熹关于韩愈交大颠一事考论的辨析》⑧,其他文体诸如书札、杂著、祭文等的研究则有待拓展和深入。另外,闵泽平博士论文《南宋理学大家古文研究》(武汉大学,2005年)等论文有部分章节论及朱熹的古文成就。

(4) 关于《朱子语类》的研究,自20世纪90年代以来,专以《语类》为研究对象的成果,就单篇学术论文(含博、硕论文)而言,合计212篇,其涉猎之域以对《语类》语言词汇的研究为主,已有相关论文成果194篇,其余18篇涉猎的研究领域

---

① 王利民:《论朱熹山水诗的审美类型》,《中山大学学报》(社会科学版) 2010年第1期。
② 郭齐:《论朱熹诗》,《四川大学学报》(哲学社会科学版) 2000年第2期。
③ 胡迎建:《朱熹诗词研究》,中山大学出版社2011年版。
④ 李春桃:《朱熹的思想与诗歌》,《求索》2008年第9期。
⑤ 李春桃:《朱熹的诗学观念与诗歌创作》,《兰州学刊》2004年第4期。
⑥ 石明庆:《朱熹诗学思想的渊源与诗歌创作》,《南开学报》2003年第1期。
⑦ 莫砺锋:《论朱熹的散文创作》,《阴山学刊》2000年第1期。
⑧ 滕汉洋:《有限实证与无奈曲解——对朱熹关于韩愈交大颠一事考论的辨析》,《盐城师范学院学报》(人文社会科学版) 2014年第5期。

包括版本校勘、哲学、史学、文学、经学等方面，但显然成果非常有限。此外，郑继猛《南宋语录体散文初探》①涉及《朱子语类》语录体散文特色的探讨，但论证的广度和深度都还尚有较为充足的空间。

综上所述，从总体上看，朱熹文学本体研究及朱熹文学与理学关系的研究不论在广度还是深度上，都取得了令人瞩目的成绩，成果颇为丰富。

2. 朱熹文学与佛禅关系研究成果述评

相比之下，学界对朱熹文学与佛禅关系的研究和探讨就清冷了许多。与朱熹文名为其理学之名所掩相似，朱熹文学与佛禅的关系似乎也为朱熹文学与理学关系所掩盖。事实上，朱熹由出入佛老而归宗于儒的蜕变历程不仅在其心态史上留下印记，而且也会反映到他的文学思想和文学创作上。对此，目前学界虽有所涉猎，但研究广度和深度都远远不够。就笔者目力所见，朱熹文学与佛禅渊源关系的检讨尚无专著出现，单篇论文合计也仅十篇左右，且多集中在朱熹诗与佛禅关系的探讨。其详如下。

（1）朱熹文学思想与佛禅关系的探讨成果数量极其有限，但研究视角极具启发性：如方彦寿的《朱熹的"援佛入儒"与严羽的"以禅喻诗"》②一文，以比较的视野分析朱熹"援佛入禅"对严羽诗学思想的影响；《朱熹的"看诗"与宗杲的"看话"》③则从佛禅文化的角度为中心观照朱熹诗学思想，其方法和角度极富启示性。

（2）诗文与佛禅之关系的研究概况：目前学界对朱熹古文与佛

---

① 郑继猛：《南宋语录体散文初探》，《殷都学刊》2007 年第 4 期。
② 方彦寿：《朱熹的"援佛入儒"与严羽的"以禅喻诗"》，《文艺理论研究》2009 年第 3 期。
③ 方新蓉：《大慧宗杲与两宋诗禅世界》，中华书局 2013 年版，第 300—313 页。

绪 论

禅关系研究就笔者目力所见尚属空白之域。朱熹诗歌与佛禅关系研究的成果最具代表性的是金春峰的专著《朱熹哲学思想》设有《朱熹诗与佛禅》① 一章，专门探讨了朱熹诗中的佛禅思想。文章结合朱熹生平，爬梳了朱熹不同人生阶段，佛禅思想或佛禅意趣在诗歌世界的呈现面貌。除此以外，学界的其他研究成果或以《牧斋净稿》为切入点，探讨朱熹早期出入佛老的心路历程；或研究朱熹诗歌中佛禅情结。前者如《从〈牧斋净稿〉看朱熹的道教信仰》②《朱熹〈牧斋净稿〉述评》③ 等；后者如《朱熹与佛禅五题》④《从题诗看朱熹与佛教之关系》⑤《论朱熹的山林诗与禅情结》⑥《朱熹诗佛禅情结诗性视界探微》⑦ 等。这些成果都在一定层面对朱熹诗与佛禅的关系有所厘清，但都不是整体的、综合的研究，无法动态并全面地考察和呈现朱熹诗与佛禅关系的整体面貌。

（3）《朱子语类》与佛禅渊源关系研究：以哈磊《朱子所读佛教经论与著述叙要》最具代表性，该文通过对《朱子语类》《文集》及其他相关资料所涉及佛教文献的研究，就朱子所读禅宗以外的佛教文献，从大小乘经、律藏和论藏、经论注疏、本土著述等几个方面进行考察，大体勾勒出了朱子所读佛教典籍的基本范围。⑧ 另外陈荣捷、徐时仪二人也曾细绎《朱子语类》佛语，陈文以专章列出《语类》佛语，部分佛语注明了原典出处⑨，徐文则录出主要佛语的

---

① 金春峰：《朱熹哲学思想》，（台北）东大图书股份有限公司1998年版，第409—431页。
② 王利民：《从〈牧斋净稿〉看朱熹的道教信仰》，《宗教学研究》2002年第4期。
③ 马宾：《朱熹〈牧斋净稿〉述评》，《上饶师范学院学报》2012年第2期。
④ 胡迎建：《朱熹与佛禅五题》，《宜春学院学报》2012年第10期。
⑤ 朱惠嫣：《从题诗看朱熹与佛教之关系》，《三明学院学报》2005年第3期。
⑥ 周静：《论朱熹的山林诗与禅情结》，《宗教学研究》2008年第2期。
⑦ 邱蔚华：《朱熹诗佛禅情结诗性视界探微》，《东南学术》2016年第3期。
⑧ 哈磊：《朱子所读佛教经论与著述叙要》，《孔子研究》2008年第4期。
⑨ ［美］陈荣捷：《朱子所引之佛语》，《朱子新探索》，华东师范大学出版社2007年版，第441—446页。

同时，还对词源或语源进行考辨①，给后人研究《朱子语类》佛语颇多裨益。但以上成果都局限于文献、词汇考述，其文学性与佛禅之渊源并未成为其观照的中心。

综上所述，当前与本论题相关的研究存在的不足，可从宏观研究和个案分析加以考察。

1. 从宏观看，其不足具体为：首先，当前研究较少关注朱熹文学与佛禅的研究，尤其是佛禅对朱熹古文创作、文学思想的影响几无涉猎；对朱熹诗歌中的佛禅因缘虽有部分研究成果，但这些成果缺乏对二者关系作整体观照和动态考察；同时研究视角较单一，侧重在佛禅与朱熹诗歌内容、诗人情怀之间的关系探讨。其次，学界已有成果尚未能充分运用学界关于佛禅与文学之关系的研究成果对朱熹文学活动与佛老之渊源作系统检讨。

2. 从微观研究看，其不足分述如下。

（1）朱熹文学思想与佛禅之关系的研究成果鲜见。前述方新蓉的《朱熹的"看诗"与宗杲的"看话"》是笔者目前见到的唯一一篇此域研究的代表性成果。然而朱熹的佛教思想虽受宗杲、道谦一脉的新派禅宗影响甚深，但禅宗并不是影响朱熹的唯一宗派，事实上，朱熹与华严宗、天台宗等均颇有渊源。同时，朱熹的文学思想非常丰富，并不仅限于诗学之"看诗"观。此外，以往研究多注重对朱熹理学思想中的文学思想进行探讨，但对朱熹佛禅论中的文学观念却至今无人问津。综合以上三方面可以看出，朱熹文学思想与佛禅之关系有非常广阔的研究空间。

（2）朱熹诗与佛禅关系的研究存在的不足主要有：首先，多数成果仅局限于某类题材或某一时段的研究，缺乏整体观照。其次，

---

① 详参徐时仪《〈朱子语类〉佛学词语考》，《南阳师范学院学报》（社会科学版）2012年第7期。

就已取得的研究成果的个案来看,也存在不足。如,金春峰先生的《朱熹诗与佛禅》一文主要是从哲学而不是从文学的视野切入,因此文章仅限于分析朱熹诗的思想内容与佛禅的关系,考察的深度和广度有待进一步发掘。同时该文还有一些论述值得商榷,如:有些属于朱熹道教思想或道教情怀的诗,如《宿武夷道观二首》《夏日》《寄山中旧知》等,但论者将其作为朱熹诗与佛禅关系的佐证材料;又如,一些表现朱熹自然山水情闲适情怀的诗,从文化渊源看,是否一定是佛禅的影响,它与儒家、道家的闲适文化有无关系,也有待进一步商榷。此外,多数成果的分析都有蜻蜓点水的倾向,分析不够深入、透彻。

(3)相对朱熹文学思想与诗歌创作的研究而言,对朱熹古文创作检讨可谓寥寥无几。而从佛禅视野去观照朱熹的古文创作则可谓是"一片几乎未开垦的荒地"。

基于学界以上研究成果之不足,本论题有较大的研究价值和研究空间。

二 研究意义与价值

由前所论,相对朱熹哲学研究而言,朱熹文学研究远弱于前者;而相对朱熹文学研究中朱熹文学思想、文学创作与理学的渊源及文学本体论的研究而言,朱熹文学与佛禅渊源的研究更是备受冷落且有诸多不足。厘清并检讨朱熹文学与佛禅因缘之关系,不仅有益于弥补单纯文学本体研究和理学与朱熹文学关系研究的不足,更重要的是它对还原以朱子为代表的由儒释道文化熔铸于一体的宋型文化心态是大有裨益的。具言如下。

(一)朱熹佛禅观在南宋的典型意义

朱熹对佛禅的态度是复杂而矛盾的,这不仅体现在《朱子语类》(下称《语类》)和《晦庵先生朱文公文集》(下称《文集》)的论

说性文字中,亦可在寄情抒怀的诗文作品中看出端倪。前者如:

> 释氏虚,吾儒实。释氏二,吾儒一。释氏以事理为不紧要而不理会。①

> 或以为释氏本与吾儒同,只是其末异。某与言:"正是大本不同。"因检《近思录》有云:"佛有一个觉之理,可以'敬以直内'矣,然无'义以方外'。……"②

> 佛学之与吾儒虽有略相似处,然正所谓貌同心异,似是而非者,不可不审……③

> 因举佛氏之学与吾儒有甚相似处。如云:"有物先天地,无形本寂寥。能为万象主,不逐四时凋。"又曰:"扑落非它物,纵横不是尘。山河及大地,全露法身亡。"又曰:"若人识得心,无地无寸土。"看他是什么样见识。④

后者如:

> 端居独无事,聊披释氏书。暂释尘累牵,超然与道俱。门掩竹林幽,禽鸣山雨余。了此无为法,身心同晏如。(《久雨斋居诵经》)

> 圆融无际大无余,即此身心是太虚。不向用时勤猛醒,却

---

① (宋)朱熹撰,朱杰人等编:《朱子语类》卷八七,《朱子全书》第17册,上海古籍出版社、安徽教育出版社2002年版,第2975页。(以下引文若出于《朱子全书》,只注分书名称、卷数、《全书》册数及页数,著者及版权信息不再另行标注)
② 《朱子语类》卷一二六,《朱子全书》第18册,上海古籍出版社、安徽教育出版社2002年版,第3948页。
③ 《晦庵先生朱文公文集》卷五九,《朱子全书》第23册,上海古籍出版社、安徽教育出版社2002年版,第2863页。
④ 《朱子语类》卷一二六,《朱子全书》第18册,上海古籍出版社、安徽教育出版社2002年版,第3936页。

于何处味真腴？寻常应对尤须谨，造次施为更莫疏。一日洞然无别体，方知不枉费工夫。(《日用自警示平父》)

从以上引文不难看出，朱熹对佛教既贬抑排斥又吸收融通①，这种复杂而矛盾的态度在很大程度上代表了南宋社会上至王宫贵族下至一般文人士子对待佛禅的一种普遍心态。自五代北宋以来，经学没落，释老之学获得了更为繁盛的发展空间；北宋末年特别是南宋以后，中原沦陷，山河巨变，文人士子由一腔入世报国的热情转而向佛道天国寻求寄托和慰藉，有的公开宣扬佛道两教高于孔孟之道，有的声色俱厉辟佛排道，还有的既奉儒守道，又出入佛老……儒释道三家文化在南宋社会特殊的政治文化背景中，在对立碰撞的同时又融合吸收，孕育出丰富多彩的理学体系和千奇百怪的士人心态。朱熹成长于山河破碎风飘絮的南宋初期，面对内忧外患、风雨飘摇的朝廷，朱熹像那些虽信奉儒学修平治齐之说、有入世用世之意的士子一样，青少年时期也曾留心禅学，出入佛老十余年。张毅曾指出："从心态史学的观点来看，历史人物早期的经历和思想转变，对其一生都有着重大影响。"②的确如此，这一段经历不仅在他后来遭到反道学势力的严重打击中常常流露心底交织缠绕的释老情怀，而且对他思想、学问体系的形成亦有重大影响。师事李侗后，朱熹以"涵养须用敬，进学则在致知"的平生学问大旨对禅家的虚无空寂进行全盘否定的同时，也吸收了佛禅心性义理及其思辨思维的精华，从而建构了博大精深的理学体系。这一体系不仅是其维护圣学与佛道之学斗争的学术利器，也是其在卫道过程中吸收融合释老之学之精髓而形成的精深之作。由此可见，作为理学集大成者的朱熹，其

---

① 关于朱熹之排佛与融佛学界多有论说，但由此构筑的朱子文化心态的多元性和丰富性、矛盾性与统一性揭示得并不充分，本文将于下文专章探讨。
② 张毅：《苏轼与朱熹》，天津教育出版社2007年版，第10页。

人生经历、学术思想、人格心态都是在融佛与排佛的矛盾对立与碰撞中熔铸的,是其所处时代人文环境与文化心态的一面镜子,具有重要的典型意义。

(二) 重新审视禅与宋代文学的文化互摄关系

文学是一种艺术,佛禅是一种宗教。对于宗教和艺术的关系,有学者指出:"当一个事件——我们常把它当作艺术的题材——中断了时光的无聊流逝,而使人们进入一种美化的境界,进入一种新的意识或理解的境界,进入一种强烈的觉悟或融化于自己所见情景之中的境界时,人们就会通过艺术而感受到一种超越(禅宗常常这样说),所以宗教与艺术可以相得益彰。"[①] 还有学者甚至说:"艺术到了最高阶段是与宗教直接相联系的。"[②] 可见,艺术与宗教的联系是一种进入审美自由后的超越现实与自我的直接联系。这一关系在中国古典文学作品中最突出的表现就在于诗禅之间的文化互摄关系。

诗受佛禅影响,与佛禅的密切关系,学界早有论说,且成果极丰。[③] 这些成果,充分关注到了诗学思想及诗歌创作与禅的关系。但笔者以为,这仅是佛禅对文学影响的一个方面,并不全面,这在朱熹文学与佛禅关系中可见一隅。比如,朱熹的文学本体论、作家人品论、创作论、作品接受论、诗歌功用论及文章法度论等蕴含着深刻的佛禅文化意蕴;朱熹诗佛禅情结诗性视界层次丰富、意蕴独特,佛语典故的使用不仅使其诗富有文化底蕴,而且开拓了其佛禅诗歌境界,呈现独特的诗歌艺术风貌;其古文创作与佛禅或深或浅、或顺或反的渊源,又是朱熹复杂矛盾的佛禅心态的反映;《朱

---

① L. 吉尔基:《艺术可以充实空虚吗》,转引自斯特伦《人与神》,上海人民出版社1991年版,第237页。
② 黑格尔:《美学》第一卷,商务印书馆1979年版,第105页。
③ 此方面最重要的代表作有:季羡林《禅和文化与文学》(商务印书馆国际有限公司1998年版);周裕锴《中国禅宗与诗歌》(上海人民出版社1992年版);张伯伟《禅与诗学》(人民文学出版社2008年版),等等。

子语类》从语言风格到修辞艺术再到书写体式都与禅宗语录有密切的关系。总而言之，佛老作为生存智慧与情怀，在朱熹文学活动中呈现出文学思想层的隐晦曲折、文学创作层的丰富多样及言谈语录的如临其境等不同层面的特点都表明朱熹文学与佛禅不可割裂的关系。①

刘晓珍曾在其论著《宋词与禅》中指出："如果说政治家、理学家暗自喜禅是出于建构儒家学术思想的需要，对禅宗心性义理多有吸纳；文人士大夫之喜禅则更多的是对禅宗的人生哲理、精神解脱作用有很大兴趣，同时对禅宗美学理想、审美境界也十分赏爱。"②由此看来，佛禅对既是理学家又是文学家的朱熹的影响是双重的，考察这种影响与关联对重新审视南宋文学与佛禅的文化互摄关系有重要的启示意义。

（三）文化交叉与综合对还原朱熹其人其文其思的裨益

唐代是佛教盛兴的高峰，渗透到政治、经济、文化等各个领域，对儒学的发展更是严重的冲击。至宋代，佛学虽不复唐时昌隆，但禅宗却以"随意简便的传法方式，便捷得力的操守功夫"流行盛广，以致朝中重臣、文人士大夫"阳儒阴释"，对佛禅"外斥内援"者比比皆是。在这样一种历史语境成长起来的理学之集大成者朱熹，其人生经历、文化心态都深受佛禅的影响。另外，"人心惟危，道心惟微，惟精惟一，允执厥中"是朱熹自觉维护儒家道统的终极追求，其创立的"致广大，尽精微"的理学体系是实现这一终极追求的最突出的表现。可以说，朱熹是继孔子之后在中国学术思想史及中国文化史享有盛誉的第一人。由此可见，朱熹是宋代三教融合的典型，这决定了对其的研究视角不是单一的，采

---

① 以上内容均是本书论述的主要内容，将在下文分别详论。
② 刘晓珍：《宋词与禅》，人民文学出版社 2010 年版，第 12 页。

用文化交叉与综合研究的方法对还原朱熹其人其文其思都极有裨益。笔者在前人对朱熹理学、佛教思想研究已取得丰硕成果的基础上，选择目前学界关注不多的朱熹文学与佛禅因缘关系作为论文观照的中心，从校读朱熹原始文献、佛典相关文献出发，将文本作品视为某种历史文化语境、文化观念的独特表现形式，将朱熹佛禅思想从其构建的理学体系中剥离出来，寻绎朱熹文学与佛禅之渊源，力图完整全面把握其佛禅与其文人心态、文学思想、文学创作、文章著述等各类关系的相互关联、相互影响，充分揭示朱熹佛禅与文学诸相因缘中所蕴含的文化意蕴，尽可能最大限度地还原朱子复杂的文化心态。

三 研究思路和内容框架

（一）研究思路

目前，学界对朱熹文学与佛禅关系的研究不论内容还是方法都有待突破。一方面，研究的内容多集中于探讨朱熹诗歌某类题材与佛禅的关系，缺乏对佛禅与诗歌渊源的整体观照；尚有部分文章对朱熹文学思想与佛禅关系作了一定层面的探讨，启发我们对此进一步深入研究；至于佛禅与朱熹古文关系的研究目前尚属空白之域。由此可见，朱熹文学与佛禅关系研究所涉之域欠广未深，未引起足够的重视，亟须拓展和深化。另一方面，研究方法比较单一，常局限于文献与文学研究法，将文学与文化间的互文性、文学文本的历时性与共时性相结合的研究方法引入该题研究还做得远远不够。有鉴于此，本书依托两宋（特别是南宋）政治、哲学、文学等文化背景，通览朱熹文集、语录、文章著述等朱子原典及佛教典籍的文献记载，将朱熹佛禅因缘置于南宋历史文化语境中考察，尽可能还原朱熹佛禅因缘生成的历史场景，在此基础上，以朱熹佛禅与文学因缘研究为中心，佐以朱熹涉佛语录的文学性发微，寻绎、厘清并检

绪 论

讨朱熹佛禅因缘与文学之间的渊源，从而试图通过对文化巨人朱熹的个案研究，将南宋佛禅流变对宋代文学、思想、文化心态的巨大影响具体化。

（二）内容框架

笔者以朱熹生平思想与佛禅、文学思想与佛禅、文体分类创作与佛禅三大内容为论述的中心，拟分五章，对朱熹文学与佛禅之间的双向互动和影响作一个较为全面的考察，具体如下所述。

第一章《朱熹佛禅因缘的社会历史语境》，重在考察朱熹佛禅思想、佛禅情结生成的社会历史语境，其要有四：一是考察佛教特别是禅宗在政治层面的渗透、结合与作用，揭櫫朱熹佛禅文化心态形成的政治语境；二是探讨五光十色的理学体系和形形色色的理学与佛老的碰撞与交融，剖析朱熹复杂而生动的道学心态形成的学术思想背景；三是从佛禅对宋人心态、文学创作及诗文观念分析朱熹文学思想与诗文创作的文学语境；四是从宋代佛教寺院盛况、僧数居首、法事长盛、宗派林立及佛藏的编撰、翻刻与保存等方面揭示闽地禅风炽盛之况对朱熹成长历程的地域影响。这是朱熹独特的佛禅因缘生成的间接原因。

第二章《生平思想与佛教》，拟通过朱熹家学、师承与交游的生平考述，揭示朱熹融佛又排佛的思想，源于他自小生活在既有理学渊源又充满佛道气息的家庭环境；源于师从的老师中，既有儒释兼修的武夷"三先生"，又有禅学修养极高的道谦法师，还有坚决辟佛扬儒的儒学大师李侗；与此同时，其既广交儒道有识之士，又友结方外之客。这是朱熹独特的佛禅因缘生成的直接原因。

第三章《文学思想与佛禅》，拟首先从宏观上论述朱熹文统论与理学道统观、理学道统观与禅宗宗统观之间的关联。以此为基础，从微观上分别剖析"文从道中流出"与佛禅心性论、"修辞立其诚"与"即心即佛""天生成腔子"蕴含的既融佛又辟佛思想蕴旨以及

23

"涵泳"作品接受论与佛教"无心""渐修""一悟百悟"的渊源关系，从而管窥朱熹文学思想与佛禅之间以理学为纽带的关联特色之一斑。此外，本章还将从朱熹的佛经论和佛理论厘清朱熹佛禅论中所蕴含的文学观念。

第四章《朱熹诗与佛禅》，本章重在考察朱熹诗歌创作与佛禅之渊源。大体拟从以下几个方面展开：一是动态考察朱熹佛禅的向往期、出入佛禅的高峰期、出入佛老由盛入衰的转折期、逃禅归儒的复归期和尽弃释老之学的归儒期五个时期的诗歌创作所呈现的佛禅风貌；二是以佛禅旨趣为分类依据，将朱熹创作的与佛禅相关的诗分为以佛禅旨趣为宗的诗篇和以辟佛归儒为旨趣的诗篇，探讨它们在内容、情感、艺术上的风貌；三是以佛语入诗情况为分类依据，将朱熹表现佛禅内容或佛禅情结的诗分为以佛教色彩的一般语词入诗、以佛教概念和术语入诗、以佛教典故入诗和无佛语词入诗四类，追本溯源，发掘朱熹诗所蕴含的佛禅文化意蕴；四是结合美学相参融的方法，拟从"思着的诗"与"诗化的思"，即艺术美和文化美为观照中心，探讨朱熹诗佛禅情结的审美意蕴，并揭示其成因。

第五章《涉佛古文研究》，重在考察朱熹文集中书、杂著、序跋、记及丧葬类涉佛文体等文体中的涉佛文。拟对以上各体涉佛文进行分类的同时，结合各文体自身特点，揭橥朱熹古文与佛教文献典籍之间的关联和涉佛文创作手法、文章风格等方面的文学特色。

第六章《〈朱子语类〉与佛禅之渊源》，拟从三个层面检讨朱熹语录体散文《朱子语类》与佛禅的关系：一是拟对涉佛语录进行内容上的分类及剖析；二是略述《朱子语类》佛语引用概况的基础上对其分门别类，并考述其中重要而有代表性的佛语的佛典出处，揭橥其在《朱子语类》运用中的演变；三是从语言风貌（包括语言风格、语体特征、修辞艺术及语录体式特点等）揭示《朱子语类》与禅宗语录的渊源以及它的文学特点。

绪 论

  不难看出，拙著从佛禅视域对朱熹文学进行整体观照和研究，涉及文学、佛学、理学、美学等诸多领域，属于跨学科研究；就研究方法而言，既有传统的文献与文学研究法，又有将文本作品视为某种历史文化语境、文化观念的独特表现形式的互文本性法，同时还纳入文化透视和美学分析相参融的研究方法，尽可能地揭橥朱熹佛禅与文学诸相因缘中所蕴含的文化的、审美的意蕴。然而，朱熹学识渊博，儒释道融汇于一炉，精深博大的佛学义理与朱子理学之联系千丝万缕，加之笔者才疏学浅，因此思考和研究佛禅与朱熹文学之关系时，尽管尽力试图去描述朱子佛禅思想与其理学、文学三者之间的关联与互动，尤其着力于检讨朱熹文学与佛禅间微妙而深刻的渊源与影响，却常有力不从心之感。故文中不当之处愿求教于方家，请博雅之君不吝赐教。

第一章 朱熹佛禅因缘的社会历史语境

朱熹是一位身份复杂的大家,既是理学大家,又是经学名师,亦曾为官讲学,同时也是出色的文学家,这种多重身份不仅表明其思想人格、文化心态的复杂性和多元性,而且表明其接受的文化影响及其途径亦是多层面、多渠道的。因此,我们在考量佛禅对朱熹的影响的时候也应该多方位地加以考察,以期获得朱熹佛禅因缘历史语境的较为综合、全面的认识。两宋时期的佛禅是在宋人继续沿着唐代韩愈等人的辟佛道路上前行的。正如韩愈既辟佛又深受佛教影响、柳宗元与刘禹锡倾心佛教却又批判扬弃地对佛态度一样,宋人对佛禅自上而下都充满着排斥与融合的矛盾色彩。南宋佛禅就是在这样的历史语境中生存、演进,影响着宋人社会生活的方方面面。由于这种影响是深广而微妙的,难以面面俱到,兹下文选对朱熹影响深刻而显著者逐一检讨。

第一节 宋佛禅与士绅名流及政治

赵宋王朝自建国至灭亡的319年间,政治上始终处于少数民族贵族的胁迫之下,经济、军事积贫积弱,百姓饱受赋税重压、兵丁徭役之苦,民族矛盾、阶级矛盾尖锐,可以说是中国封建社会史上最屈辱

第一章 朱熹佛禅因缘的社会历史语境

的封建王朝。也正因如此，宋朝的历代皇帝除了加强中央集权国家机器对人民的控制和统治，还特别重视思想意识形态与政治需要的结合与运用。佛教，相对于儒、道而言，在精神上更能将人从苦难的现实人生引向虚幻缥缈的"无有众苦，但受诸乐"的极乐彼岸，给人以心灵的慰藉。正是基于这样的前提和心理，除宋徽宗上演过佛教"道化"闹剧和宋钦宗暂时权宜之用外，北宋的历代皇帝对佛禅均采取扶持和利用态度。到了偏安一隅的南宋，释氏大盛不仅表现在僧徒日众，寺院冗繁，更为显著的是佛教寺院的经济实力极为雄厚，这显然与南宋王朝国用不足是格格不入的。于是，南宋各帝对佛禅发展采取既限制又扶持并以后者为主的矛盾举措，现举隅列次分述如下。

南宋诸帝以高宗赵构对佛教的态度最为复杂。绍兴和议前，他赞成大量发放度牒以资国用，且有批佛阅经之举："上每于禁中，书《金刚》《圆觉》《普门品》《心经》《七佛偈》等。暇日，尝自披读以发圣解。"① 逢征伐等非常之时，还亲诣寺院焚香祈祝。绍兴和议以后，出于恢复经济的需要，高宗采取征收僧人"免丁税""住放度牒"的办法限制佛教的发展。据史料记载，有臣子向高宗建议"多卖度牒，以资国用"。但高宗认为："一度牒所得不过二亘缗，而一夫不耕矣，若住拨十年，其徒自少矣。"② 又说："朕见士大夫奉佛，期间议论多有及度牒者。朕谓至今田莱多荒，不耕而食者犹有二十万人，若更给度牒，是驱农为僧。"③ 不仅如此，他还采纳贺允中"重行书填，欲遍下州县，遵依现行条限缴申；若州县寺观主首有违条限，依法断罪。……"④ 的建议，从法律上给各种伪冒僧众者惩罚

---

① （宋）志磐撰：《佛祖统纪》卷四七，《大正藏》第49册，第424页下。
② 同上书，第425页下。
③ （宋）章如愚：《财用门》，《山堂先生群书考索》后集卷六二，广陵书社2008年版。
④ （清）徐松辑：《道释一》之三五，《宋会要辑稿》第200册，中华书局1957年影印版，第7886页。

和打击。尽管如此，高宗还是一再申明"非有意绝之，正恐僧多而不耕者众，故暂停度僧"。①

孝宗即位后，一改其父抑佛之策，高扬佛老之学。据史料载，孝宗耽嗜佛老，与佛结缘甚深，与寺院禅僧往来极为密切。他还是普安郡王时，就倾慕宗杲大名，后来在建邸遣使请宗杲为众说法，御书"妙喜庵"并作真赞相赐："生灭不灭，常住不住。圆寂空明，随物现处。"即位后，又赐号大慧禅师，对其恩宠加厚欲。宗杲圆寂之日，孝宗更是志哀嗟悼，改明月堂为妙喜庵，赐谥普觉。② 孝宗不仅拜倒在佛国"皇帝"宗杲的脚下，其与灵隐慧远、德光、宝印禅师亦法缘深厚，先后诏他们入内观堂或选德殿讲经释理、论辩三教，这在传世文献中多有记载：

（淳熙元年二月），五月召灵隐远禅师。入对便殿。③

是冬（淳熙三年冬），召（佛照德光禅师）入观堂，留五昼夜，数问佛法。……明年，再对，晋《宗门直指》，以都下劳应接，丐闲山林。七年夏，上用仁宗待大觉禅师琏琏故事，亦以育王处之。逮移御重华，趣令入觐，漏下十刻乃退。绍熙四年，改立径山，师力辞，孝宗曰："欲时相见耳。"……④

淳熙七年七月至行在所，至尊寿皇圣帝降中使召（宝印禅师）入禁中，以老病足蹇，赐肩舆，于东华门内赐食，于观堂引对，于选德殿特赐坐，劳问良渥。……⑤

---

① （宋）志磐：《佛祖统纪》卷四八，《藏经书院·续藏经》第131册，（台北）新文丰出版有限公司1995年版，第612页。
② 可详参《续传灯录》卷二七，《大正藏》第51册，第649页上。
③ （宋）志磐：《佛祖统纪》卷四七，《大正藏》第49册，第429页上。
④ （宋）周必大：《圆鉴塔铭》，《文忠集》卷八〇，影印文渊阁《四库全书》第1147册，（台北）台湾商务印书馆1983年版，第831页。
⑤ （宋）陆游著，马亚中、涂小马校注：《别峰禅师塔铭》，《渭南文集校注》卷四〇，浙江古籍出版社2015年版，第205页。

第一章　朱熹佛禅因缘的社会历史语境

这些文献表明孝宗皇帝与禅僧法师往来密切，并且恩遇有加。此外，孝宗亲制《原道论》并于此提出了"以佛修心，以道养生，以儒治世"的主张[①]；淳熙十年二月为《圆觉经注》并命宝印禅师作序[②]；制《观世音菩萨赞》[③]、撰《赞〈法华经〉》[④] 以及乾道三年上天竺寺于大士前欣然致拜（《临安上天竺沙门释若讷传三》）[⑤]，以上诸行都表明孝宗法缘远在其先祖之上，禅学修养最高。

孝宗之后，历光、宁、理、度直至南宋灭亡，诸帝也都信奉佛教，或新建佛禅寺院，使南宋佛禅寺院大为增加，仅杭州一地就由北宋神、哲宗年间的 360 所增至 480 余所；或推行佛教管理的新举措，以嘉定年间（1208—1224）实行"五山十刹"制度最为典型；或赐高僧师号、谥号，如庆元三年（1197），宋宁宗旌表天台祖师，绍定二年（1229）理宗赐法昭法师为佛光法师，咸淳九年（1273）佛光照法师示寂度宗赐谥普通法师，等等，以此昭示对佛禅寺僧的礼遇。

上有所好，下必甚焉。宋皇室的好佛之风深深影响着士绅阶层的向佛、好佛、学佛、参佛的禅悦之风，高官名吏濡染禅林者可谓比比皆是。且不说"濂洛之说未盛，儒者大抵沿唐代余风，大抵归心释教"[⑥]，北宋特别是宋初士绅大多游走于儒、佛之间，儒士参禅，阴禅阳儒，就是到南宋宰辅名公大吏，他们在沿袭韩愈排佛风尚的同时，依然走着与禅僧往还、吟诗唱和、友结方外的以佛法为世法

[①] 可详参（宋）志磐《佛祖统纪》卷四七，《大正藏》第 49 册，第 429 页下。
[②] 可详参（宋）陆游著，马亚中、涂小马校注《别峰禅师塔铭》，《渭南文集校注》卷四〇，浙江古籍出版社 2015 年版，第 205 页。
[③] （元）觉岸：《释氏稽古略》卷四，《大正藏》第 49 册，第 893 页上。
[④] （元）释熙仲集：《历朝释氏资鉴》卷一一，《续藏经》第 76 册，第 243 页上。
[⑤] 可详参（明）如惺撰《大明高僧传》卷一，《大正藏》第 50 册，第 902 页上。
[⑥] 《法藏碎金录》提要，《四库全书总目》卷一四五，影印文渊阁《四库全书总目》第 3 册，（台北）台湾商务印书馆 1983 年版，第 1066 页。

的三教合一的文化交融与互渗的道路。对此，南宋道融禅师曾简明扼要地描绘宋代官僚士绅参禅礼佛的盛况：

> 本朝富郑公弼，问道于投子颙禅师，书尺偈颂凡一十四纸，碑于台之鸿福两廊壁间，灼见前辈主法之严，王公贵人信道之笃也。郑国公社稷重臣，晚岁知向之如此，而颙必有大过人者，自谓与颙有所警发。士大夫中谛信此道，能忘齿屈势，奋发猛利，期于彻证而后已。如杨大年侍郎、李和文都尉见广慧琏、石门聪、并慈明诸大老，激扬唱酬，斑斑见诸禅书。杨无为之于白云端，张无尽之于兜率悦，皆扣关击节，彻证源底，非苟然者也。近世张无垢侍郎、李汉老参政、吕居仁学士，皆见妙喜老人，登堂入室，谓之方外道友。爱憎逆顺，雷挥电扫，脱略世俗拘忌，观者敛衽辟易，罔窥涯涘。然士君子相求于空闲寂寞之滨，拟栖心禅寂，发挥本有而已。①

的确如此，南宋不少名臣，从李纲（1083—1140，南宋宰相）《易》与《华严》之相融、以禅宗"平常心是道"融汇出世与入世之道，到张九成（1092—1159，历任剑佥、著作郎、礼部侍郎兼侍讲）阳儒阴释、借儒谈禅、儒释熔于一炉；从张浚（1097—1164，南宋宰相）以将相身份入席听宗杲为众说法到冯楫（？—1153，曾任给事中、知邛州）身在官场、心系佛门；从李邴（1085—1146，官至兵部侍郎）虔诚向佛、参悟话头到李弥逊（1085—1153，官至试中书舍人、户部侍郎）精进佛道、博究经典，实际上都在践履着孝宗"以佛修心，以道养生，以儒治世"的主张。

---

① （宋）道融：《丛林盛事》卷一，《卍续藏》第86册，第694页上。

第一章 朱熹佛禅因缘的社会历史语境

综上所述，由于帝王的扶持和王公贵胄、显官名流的追随与外护，三教融摄之风弥漫朝野，佛禅宗教在南宋发展势头有增无减。佛教特别是禅宗在政治层面的渗透、结合与作用无疑对在这种环境中成长起来的朱熹会发生潜移默化的影响。

第二节 宋佛禅与理学家及理学

在中国思想文化发展史上，宋代谱就了辉煌的文化篇章，陈寅恪指出："华夏民族之文化，历数千载之演进，造极于赵宋之世。"① 而宋型文化之所以在整个中国思想文化史取得登峰造极之势，理学② 的形成、发展、兴盛是其最主要的原因。但不容忽视的是，理学寻求自身发展过程中对佛教既排斥又吸纳，客观上促进了儒释二元文化的彼此互摄交融，关于这点，胡适早有论述：

> 佛教极盛时期（700—850）的革命运动，在中国思想史上、文化史上，是很重要的。这不是偶然的。经过革命后，把佛教中国化后、简单化后，才有中国的理学。
>
> 佛教的革新，虽然改变了印度禅，可以仍然是佛教。韩退之在《原道》一千七百九十个字的文章中，提出大学诚意、正心、修身，不是要每一个人做罗汉，不是讲出世的；他是有社会和政治的目的的。诚意、正心、修身，是要齐家、治国、平天下，而不是做罗汉，不是出世的。这是中国与印度的不同。韩文公以后，程子、朱子的学说，都是要治国平天下。经过几百年佛教革命运动，中国古代的思想复活了，哲学思想也复兴

---

① 陈寅恪：《邓广铭宋史职官志考证序》，《金明馆丛稿二编》，上海古籍出版社1980年版，第245页。

② 理学流派众多，若无特别标注，本书理学以程朱理学为宗。

了。这段故事,我个人觉得是一个新的看法。①

胡适以敏锐的思维和洞察力提出了有关佛教和理学渊源的"新看法":一是理学的创立和发展与佛教进行中国化革命密不可分;二是佛教虽对理学发生了重要的影响,但二者的终极追求有着本质区别;三是程朱理学是在追随唐代韩愈等人的辟佛道路中达到新的理论高度的,它使中国古代的思想和哲学思想"复活"了。那么,在韩愈倡导"道统"的进程中,理学究竟是在怎样的佛学发展历史语境中进行理论建构的?孙昌武对此有精辟的论断:

> 本来齐、梁以降的反佛、毁佛,客观上对于促进儒、释、道三者的交流与融合起了重大作用:一方面正是通过佛教在政治、经济、伦理和文化诸领域种种弊害的批判,促使佛教更积极地"中国化",更主动地适应中土环境来改变自身(禅宗正是其重要成果);另一方面也使得思想、学术领域积极地清理佛学中有价值的部分,把它们逐渐吸纳到儒学中来。在这两个方面唐人辟佛都已作出巨大贡献。特别是他们把对佛教的批判提高到"道学之统,源流之辨"的高度,从理论到实践,全面地辨析、明确儒道与佛法的对立;又釜底抽薪,把佛教特别是禅宗和华严教理有价值的内容吸纳进儒学之中,为进一步发展儒学提供借鉴。②

显然,前人理性、开放、辩证地对待佛教的态度,为后来者提供了一个可供借鉴的模式,宋儒尤其是程朱一脉的理学家们既追随

---

① 胡适:《禅宗史的一个新看法》,《胡适学术文集·中国佛学史》,中华书局1997年版,第151—152页。
② 孙昌武:《中国佛教文化史》第5册,中华书局2010年版,第2300页。

第一章　朱熹佛禅因缘的社会历史语境

唐人辟佛之步伐寻求新的理论突破，又善于更加圆融地把其中的精髓融进自己的理论构建中以完善自身的理论体系。对此，日本学者中村元等早已指出：

> 宋代的周濂溪、张横渠、程明道、程伊川、朱子、陆象山等儒者辈出，他们实行了儒学革命，结果以"性理之学"为中心的宋学鼎盛一时，而这些具有独特思想体系的学者，特别称之为宋儒。这些宋儒中，周濂溪曾随庐山归宗寺的佛印，及东林寺的常总学佛；程明道则研究老、释之学达数十年；朱熹在读了《大慧语录》之后心向往之。这样看来，这批宋儒几乎没有一个与佛学无关。[①]

兹据程朱一脉与佛禅渊源扼述如下。

一　濂洛学派与佛禅

宋代性理之学以濂洛关闽四学派为中坚。濂学首倡周敦颐，洛学以二程为中心，关学之开山为张载，闽学以朱熹为宗。学术史上一般把此四脉看成理学的正宗。然而，此四脉中，二程曾受业于周子，朱熹则为二程之四传弟子，从濂学到洛学再到闽学，在学术思想上实是一脉相承的。因此对濂洛学派与佛禅之渊源追根溯源对于理解和把握朱子理学与佛禅之关系无疑是大有裨益的。

周敦颐（1017—1073），字茂叔，（湖南）道州人，是濂洛学派中佛缘最深者，《居士分灯录》载有他与佛印了元、晦堂祖心、东林常总三位禅师的语录。其中，他与佛印了元参悟讲道之语颇能体现

[①] ［日］中村元等：《中国佛教发展史》，余万居译，（台湾）天华出版专业股份有限公司1984年版，第428页。

其熟知禅法：

> 时佛印寓鸾溪，公谒见，相与讲道。问曰："天命之谓性，率性之谓道，禅门何谓无心是道？"师曰："疑则别参。"公曰："参则不无，毕竟以何为道？"师曰："满目青山一任看。"公有省，一日忽见窗前草生，乃曰："与自家意思一般。"以偈呈师，曰："昔本不迷今不悟，以融境会豁幽潜。草深窗外松当道，尽日令人看不厌。"师和云："大道体宽无不在，何拘动植与蜚潜。行观坐看了无碍，色见声求心自厌。"由是命师作青松社主。①

周敦颐学说深受佛教文化的影响。其力作《太极图书》和《通书》专言"主静"与"守诚"与释、道渊源有自，受禅宗心性之论、思维方式启发和影响。对此，文献有所记载，后人亦有论述。如《宋元学案》载曰："或谓先生与濂溪同师润州鹤林寺僧寿涯，或谓邵康节之父邂逅先生于庐山，从隐者老浮图游，遂受易书。"②"晁氏（晁景迂）谓元公（周敦颐）师事鹤林寺僧寿涯，而得'有物先天地，无形本寂寥，能为万象主，不逐四时雕'之偈。"③清代毛奇龄则将宗密的《原人论序》与《太极图说》相互对照，认为后者很多地方"直用其（宗密）语"。④ 明代的薛文清认为周敦颐的《通书》四十章，"一'诚'字括尽"。⑤ 对此，南怀瑾先生精辟地指

---

① （明）朱时恩：《居士分灯录》卷二，《卍续藏》第86册，第600页中。
② （清）黄宗羲：《濂溪学案》（下），《宋元学案》卷一二，《黄宗羲全集》第3册，浙江古籍出版社2005年版，第641页。
③ 同上书，第637页。
④ （清）毛奇龄：《太极图说遗议》，《毛奇龄易著四种》，中华书局2010年版，第96页。
⑤ （清）黄宗羲：《濂溪学案》（上），《宋元学案》卷一一，《黄宗羲全集》第3册，浙江古籍出版社2005年版，第483页。

第一章　朱熹佛禅因缘的社会历史语境

出周子之"诚"与佛教的渊源:"周子的《通书》四十章,揭发'诚'与'敬'之为用,实与禅宗佛教诚笃敬信的主旨,语异而实同,不必说论。"① 而现代学者林科棠则以全面之影响的高度审视佛教对周敦颐学说的影响:"而周子致力于老庄佛教(于禅宗尤甚)以得其所学说,则无可疑义者";"周子之思想为佛教的,然其以新题为无思,以为中含动而为吉凶,悔吝之几,又以为由无欲慎动,复不善之动归于无妄静虚之本,即有通明之用。是又用易系辞寂然不动感而随通语,殆必受之唐之李翱与?此在禅宗言之,则云定慧,在天台宗言之,则云止观,实则内容即禅也。易之寂然感通,中庸之至诚明。其无思而无不通者为圣,则明为禅的"。②

不仅如此,周敦颐还善于将禅悟体验融入到诗文创作,其名篇佳作《爱莲说》浸润着佛教文化气息。莲花,是生于佛国净土的圣物化身,以其清雅、洁净备受佛徒推崇,如《无量寿经起信论》说:"清白之法,具足圆满……犹如莲华,于诸世间,无染污故。"③《法华经玄赞释》云:"不著世间如莲花,常善入于空寂行。"④《诸经要集》曰:"故十方诸佛,同出于淤泥之浊。三身正觉,俱坐于莲台之上。"⑤ 而周子之莲的描绘尤可在《华严经探玄记》对自性清净的莲花喻像描写中找到渊源:

大莲花者,梁摄论中有四义。大莲花者,梁摄论中有四义。
一,如世莲花,在泥不染,譬法界真如,在世不为世法所污。
二,如莲花自性开发,譬真如自性开悟,众生若证,则自性开发。

---

① 南怀瑾:《南怀瑾选集》第6卷,复旦大学出版社2007年版,第507页。
② 林科棠:《宋儒与佛教》,蓝吉富编《现代佛学大系》第26册,(台北)弥勒出版社1984年版,第81页。
③ (清)彭际清:《无量寿经起信论》卷三,《卍续藏》第22册,第134页中。
④ 《法华经玄赞释》卷一,《卍续藏》第34册,第933页中。
⑤ (唐)道释:《诸经要集》卷一,《大正藏》第54册,第1页中。

三，如莲花为群蜂所采，譬真如为众圣所用。四，如莲花有四德：一香、二净、三柔软、四可爱，譬真如四德，谓常乐我净。①

不难看出，周敦颐盛赞"莲之出淤泥而不染，濯清涟而不妖，中通外直，不蔓不枝，香远益清"是所引上文的翻版。周子将莲的至上品性引入儒家君子修身养性的道德境界，正是对莲之佛性的发挥与融合，理学家与华严宗的观点在这里完全吻合了。除此而外，周敦颐的许多抒写静修体验的诗作都极富禅理，如《游山上一道观三佛寺》《宿山房》《宿崇圣》等，不一而足。

由此可见，周敦颐不仅与禅僧往来、参禅问法，而且将其天资超迈而自得于心的、极具佛老气息的诚静之思即于《太极图说》《通书》中进行哲理反思，熔儒释道于一炉，从而开启宋明理学的先河，而且于诗文创作中抒写充满禅意、禅趣、禅理的篇章，创造出高远、清幽的审美境界。

二程，即明道程颢（1032—1085）和伊川程颐（1033—1107）。程颢"泛滥于诸家，出入于释老者几十年"②，常常"坐如泥塑人"③，"与学者言，有时偶举示佛语"④；而程颐则"每见人静坐，则叹其善学""学道几五十年"⑤，认为"佛说直有高妙处，庄周气象大，故浅近"⑥。可见二人均与佛禅有一定渊源。

---

① （唐）法藏：《华严经探玄记》，《大正藏》第35册，第162页下。
② （宋）程颢、程颐：《河南程氏遗书》卷一一，《二程集》，中华书局1981年版，第638页。
③ 《伊洛渊源录》卷三，《朱子全书》第12册，第975页。
④ （明）黄宗羲辑，（清）黄祖望订补，（清）冯云濠、王梓材校正：《续修四库全书》第518册，上海古籍出版社2002年版，第316页。
⑤ 陆费逵总勘，高时显、吴汝霖辑校：《二程全书》卷三七，《四部备要》子部，上海中华书局据江宁刻本校刊。
⑥ 朱熹：《传闻杂记》，《二程外书》卷一二，影印文渊阁《四库全书》第698册，（台北）台湾商务印书馆1983年版，第338页。

第一章　朱熹佛禅因缘的社会历史语境

二程虽反佛老，严于儒、释之大防，"看得禅书透，识得禅弊真"①，但也认为"释氏之学，又不可道不知，亦尽极乎高深"②，其学说对佛教多有吸收、创新和改造，不仅表现为学理上对华严宗有所吸收，援佛入儒，而且方法上善以禅宗思想随机言理、辨性。如二程之静坐、用敬、致知实吸收了佛家之戒、定、慧三学的精髓；他们在以"理"释《易传》中谈及"至微者理也，至著者象也"无意中流露的"体用一源，显微无间"的看法显然是吸收了华严宗"体用无方，圆融叵测"和"往复无际，动静一源"的观念；他们将"四书"与"六经"并行，使之成为其思想体系的经典，建立儒家"道统"，其实也是受佛教各宗派自成一脉、各有统绪观念的影响……其中最为瞩目者莫过于他们的本体论哲学范畴——"理"在学理上对华严宗吸纳与融合了。程颢对于"理"是这样表述的：

> 万物皆是一理，至如一事、一物虽小，皆有事理。
> 天下只有一个理。
> 凡眼前无非是物，物物皆有理。③
> 天下只有一个理，既明此理，夫复何障？④

显然，二程之谓"理"已发展了孟子"心之所同然者何也？谓理也……"(《孟子·告子上》)和荀子"物之理也"(《荀子·解弊》)之"理"观，也不同于庄子的"天地之理""万物之理"

---

① （明）高攀龙：《高子遗书》卷一《语》，影印文渊阁《四库全书》第1292册，（台北）台湾商务印书馆1983年版，第344页。

② （宋）程颢、程颐：《河南程氏遗书》卷九，《二程集》，中华书局1981年版，第105页。

③ 陆费逵总勘，高时显、吴汝霖辑校：《二程全书》卷一五，《四库备要》子部，上海中华书局据江宁刻本校刊。

④ 《二程遗书》卷一八，影印文渊阁《四库全书》第698册，（台北）台湾商务印书馆1983年版，第157页。

（《庄子·外篇》）。实际上，二程的"理"深受佛教特别是华严宗把"理"作为哲学范畴加以界定和讨论的影响。"理"是华严宗的"四法界"之一："然总具四种：一事法界，二理法界，三理事无碍法界，四事事无碍法界。"① 那么，何为"理法界"呢？他们是这样说的：

> 理法名界，界即性义。无尽事法，同一性故。②

这里，前一句指出理法即性义，后一句即言"事事无碍""理事无碍"。由此不难看出二程"万物皆是一理""天下只有一理"之说的源头。事实上，程子在与弟子的对话中亦透露了这一信息：

> 问：某常读《华严经》，第一真空绝相观，第二事理无碍观，第三事事无碍观，譬如灯镜之类，包含万象，无有穷尽，此理如何？曰：只有释氏要周遮。一言以蔽之，不过曰万理归于一理也。又问：未知所以破他处。曰：亦未得道他不是。③

程子将华严宗的"事理"归结为"万理归于一理"，确是抓住了华严宗"理"这一范畴的实质，但同时也看出了此宗之"理"要"周遮"，即以"理"为"障"的弊病，反映出二程之"理"对前者的吸纳与扬弃。而"理"如何"明"呢？二程提出了"主敬"论：

> 学者先务，固在心志。然有谓欲屏去闻、见、知、思，则

---

① （唐）澄观：《华严法界玄镜》（上），《大正藏》第45册，第672页上。
② 同上书，第672页下。
③ 《二程遗书》卷一八，影印文渊阁《四库全书》第698册，（台北）台湾商务印书馆1983年版，第157页。

第一章 朱熹佛禅因缘的社会历史语境

是"绝圣弃智"。有欲屏去思虑，患其纷乱，则须坐禅入定。如明鉴在此，万物毕照，是鉴之常，难为使之不照。人心不能不交感万物，亦难为使之不思虑。若欲免此，惟是心有主。如何为主？敬而已矣。……所谓敬者，主一之谓敬。所谓一者，无适之谓一。……但存此涵养，久之自然天理明。①

程子所谓免人心交感万物而产生思虑的唯一方法就是"是心主敬"，而这其实与禅宗坐禅入定无二；程子谓久存"主敬"，便可自然使"天理明"，换言之，使明"天理"，则应主"敬"心，去欲屏虑，破除我执，此与《华严经》所云"若离妄想，一切智、自然智、无碍智即现眼前"②的在"本空寂体上生般若智"的思想并无二致。

更值得玩味的是，在二程的生活中还有"心中无妓"与"程门立雪"这样充满禅味的故事：

> 两程夫子赴一士夫宴，有妓侑觞，伊川拂衣起，明道尽欢而罢。次日，伊川过明道斋中，愠犹未解。明道曰："昨日座中有妓，吾心中却无妓；今日斋中无妓，汝心中却有妓。"伊川自谓不及。③

> 游、杨初见伊川，伊川瞑目而坐，二子侍立。既觉，故谓曰："贤辈尚在此乎？日既晚，且休矣。"及出门，门外之雪深一尺。④

---

① 《二程遗书》卷一五，影印文渊阁《四库全书》第698册，（台北）台湾商务印书馆1983年版，第134页。
② （唐）实叉难陀译：《大方广佛华严经》卷五一，《大正藏》第10册，第272页下。
③ （明）冯梦龙纂：《古今谭概》，王江等译，黑龙江人民出版社1988年版，第44页。
④ （宋）朱熹：《传闻杂记》，《程氏外书》卷一二，影印文渊阁《四库全书》第698册，（台北）台湾商务印书馆1983年版，第341页。

这两个故事与禅宗极有渊源。前者程颢之昨日"座中本有妓，心中却无妓"、程颐之今日"斋中本无妓，心中却有妓"与"赵州物我两忘，而女尼心中有我"①的禅理甚似；后者则可谓禅宗二祖惠可立雪断臂求法达摩祖师②之再版，富于禅韵。

概而论之，二程与佛禅的渊源不仅表现在其学说在学理与修养方法的融会、吸收，而且在日常言谈举止中亦时显禅风佛韵。

二　道南学派与佛禅

据《宋史》记载，程颢目送杨时学成而归说了一句："吾道南矣。"（《宋史·列传第一百八十七·杨时》）"道南"之名由此而来。然而作为学术流派，学界对道南学派的界定与认识并不一致。据今人刘京菊女士从共同的活动地域、学统脉络、学派特色及相似的哲学逻辑体系等方面详加考辨，认为"道南学派为北宋末年至南宋初年的一个理学学派"，并认为"考察道南学派的原由出处及形成、发展的客观实际，可以论定道南学派为在闽地传播洛学直至朱熹闽学建立的一个动态发展的学术派别，包括杨时、游酢及其后学罗从彦、李侗"。③ 此论洵是。

宋代理学家游走禅门，援佛入儒已广为人知，他们既排佛又溺佛，与禅僧来往密切，对禅宗思想亦参详甚透，道南学派大体亦不出此者。如杨时和游酢，前者以排佛、辟佛力抗王安石"新学"已为史册记载；后者虽因濡染禅学甚深在当时被视为"程门罪人"，但实际上游酢有不少的文献资料表明他对儒、佛是严加区分，如他在

---

① 据载："有尼问：'如何是沙门行？'师云：'莫生儿。'尼云：'和尚勿交涉。'师云：'我若共你打交涉堪作什么？'"［（唐）丛谂：《赵州和尚语录》卷一，《嘉兴藏》第24册，第359页上。］

② 据《历代法宝记》载惠可禅师"初事大师前立。其夜大雪至，腰不移。大师曰：'夫求法不贪躯命。'遂截一臂乃流白乳"（《大正藏》第51册，第181页上）。

③ 刘京菊：《"吾道南矣"——道南学派之考辨》，《孔子研究》2008年第2期。

第一章　朱熹佛禅因缘的社会历史语境

《答吕居仁辟佛说》一文中指出："……释氏谓世间虚幻，要人反常合道，旨殊用异，而声可入、心可通，此说之谬妄矣。而吾道岂是哉！"① 杨、游二人在排佛的同时，也溺佛。如道南学派的创始人杨时与东林常总友善，有所得于常总。其语录常出现佛理与儒理相比附的言语，如他说："《圆觉经》言：'作止任灭是四病。'作即所谓助长，止即所谓不芸苗，任灭即是无事。"（《佛法金汤篇》卷一三）又如："谓形色为天性，亦犹所谓色即是空。"（《宋元学案·龟山学案》卷二五）再如："庞居士云：'神通并妙用，运水与般柴。'如许尧舜之道，只于行止疾徐之间教人做了。"（《黄氏日抄》卷一四）这种以佛理说儒道的方式难怪黄震感慨"附会至此，可怪可骇"，又说"使不间流于异端，岂不醇儒哉！乃不料其晚年竟溺于佛氏……"②

其实，从后人评论亦可看出杨时、游酢二人溺佛之一斑，如二程曾提道："游酢、杨时先知学禅，已知向里没安泊处，故来此，却恐不变也。"③ 朱熹对此也多有论说，如"看道理不可不仔细，程门高弟如谢上蔡、游定夫、杨龟山辈，下梢皆入禅学去"④，"游先生大是禅学"⑤，"游定夫之说，多入于释氏"⑥。今人麻天祥在《中国禅宗思想发展史》中也指出，"程门高弟更是终身以禅证儒，如游酢、杨时，但均无出谢良佐之右者。"⑦

杨时弟子罗从彦及对佛禅的态度可从朱熹在论及杨时弟子时的

---

① （宋）游酢：《游酢文集》卷六，延边大学出版社1998年版，第175页。
② （清）黄宗羲：《龟山学案》，《宋元学案》卷二五，《黄宗羲全集》第4册，浙江古籍出版社2005年版，第188页。
③ （宋）程颢、程颐：《二程氏遗书》卷二上，《二程集》，上海古籍出版社2000年版，第38页。
④ 《朱子语类》卷一〇一，《朱子全书》第17册，上海古籍出版社、安徽教育出版社2002年版，第3358页。
⑤ 同上。
⑥ 同上书，第3359页。
⑦ 麻天祥：《中国禅宗思想发展史》，湖南教育出版社1997年版，第176页。

评说度得一二:"如萧子庄、李西山、陈默堂皆说禅。龟山没,西山尝有佛经疏追荐之。唯罗先生确实着实仔细去理会。"① 从此论可以看出罗从彦不好说禅,以醇儒之道自警:"性地栽培恐易芜,是非理欲谨于初。孔颜乐地非难造,好读诚明静定书。"(《自警》,卷一三) 不仅如此,罗从彦还以佛老之虚无告诫弟子李侗,不要沉迷其中,唯儒家圣道是根本,诚如其诗《勉李愿中五首》其一所云:"圣道由来自坦夷,休迷佛学惑他岐。死灰槁木浑无用,缘置心官不肯思。"但即或如此,也不可否认,在禅风炽盛的时代与具有好禅传统的一脉,罗从彦即使在理性上对佛禅采取审慎和疏离的态度,在感性上还是无法隔断与禅千丝万缕的联系,这在他诗中可以看出:

彩笔书空空不染,利刀割水水无痕。人心但得如空水,与物自然无怨恩。②

欲得寸田断荆棘,只消(一作祇应)长伴赤松游。③

前一诗充满机锋,是诗人佛禅之因缘和合而生之理的诗性表达;后一诗则抒发了诗人潜藏心底的禅意。由此可见,道南学派也是一个与佛禅深有瓜葛的学派。

然而,必须指出的是,佛禅不仅与程朱理学一脉渊源深厚,亦对此脉之外的其他儒学宗派产生深刻的影响。以南宋而论,受佛禅影响最甚者首推杨时弟子张九成,其与宗杲交往密切,思想深受宗杲影响,最善援佛入儒,其"仁即是觉""心为根本"说可谓"援

---

① 《朱子语类》卷一〇一,《朱子全书》第17册,上海古籍出版社、安徽教育出版社2002年版,第3372—3373页。

② (宋)罗从彦:《勉李愿中五首》其四,《豫章文集》卷一三,影印文渊阁《四库全书》第1135册,(台北)台湾商务印书馆1983年版,第755页。

③ (宋)罗从彦:《题一钵庵》,《豫章文集》卷一三,影印文渊阁《四库全书》第1135册,(台北)台湾商务印书馆1983年版,第755页。

佛入儒"的典型。张九成的思想是二程理学至陆九渊心学的中间环节。理学中的心学一派无疑是受禅影响最多的学派，整个学说都被后人评为"分明是禅"。而开浙东学派先声的吕祖谦在抨击佛、道二教的同时，也难以抹去吕氏家族佛教家风传统的影响，其说论"性"，强调"明善"与"复善"就与佛禅"放下屠刀立地成佛"之论近。

总而言之，理学家与禅僧寺子交游往来，甚至参禅悟法的习佛经历，是佛禅为理学体系所吸纳的重要机缘；而他们对佛禅接受的具体内容、方式与途径及由此而形成的对佛禅态度与观点的差异，又影响着其学说流派在内容与形式上的不同。这种五光十色的理学体系和形形色色的理学与佛老碰撞与交融而形成的文化土壤，规定着在这种环境中成长起来的朱熹复杂而生动的文化心态。

第三节 宋佛禅与文人及文学

陈寅恪谈及宋代文化的三点意见是值得珍视的：其中华文化"造极于赵宋之世"说[1]突出了宋型文化的重要地位，其"无自由之思想，则无优美之文学"论[2]与"新宋学之建立"是中华学术之复兴说[3]则不仅深刻地指出了宋代学术思想的自由性和包容性与文学的密切关系，而且其"新宋学"之说提示我们宋代理学糅合融会释、道之学的学术特色，由此又进一步启发我们去反观宋代儒、释、道与文学、文人的互动与交融。

的确，佛教，作为宋代影响最大的宗教，对宋代文人及文学的

---

[1] 陈寅恪：《邓广铭宋史职官志考证序》，《金明馆丛稿二编》，上海古籍出版社1980年版，第245页。
[2] 陈寅恪：《论再生缘》，《寒柳堂集》，上海古籍出版社1980年版，第64页。
[3] 陈寅恪：《邓广铭宋史职官志考证序》，《金明馆丛稿二编》，上海古籍出版社1980年版，第245页。

影响是不容小觑的。有宋一代，除徽宗一朝曾一度举措改佛入道、崇奉道教外，各朝对佛教均采取优容外护之策，这使得佛教在宋代虽然总体上呈衰退之势，但在社会上特别是思想文化领域却一直发挥着重要的影响，前述理学家们大多出入佛老，理学的建构对佛学资源的吸纳就是这一影响的主要表现之一。实际上，文坛的情形也没能跳出这一藩篱，甚至宋代文学被公认为受到来自佛教深刻而多方面的影响。对此，笔者择要略析如下。

一　佛禅与宋代文人

文人，从传统意义而言，通常指知识阶层，特别指能文擅诗者。由于宋代的官僚、学者、文人往往是三位一体的，因此我们提及宋代文人时，其身份往往也同时是官僚和学者，只不过由于这三者在当时和后世影响的不同，弱影响的身份往往会为强影响者所"淹没"，如朱熹"以儒名家"，其"文名"和"官名"就被"历史地消解"了。宋代如朱熹者比比皆是，此不备举。因此，本文的"文人"并不仅指能文擅诗者，而是包含了兼具官僚、学者身份的在文学上也有一定造诣和影响的人。

众所周知，佛教发展到宋代虽然在学理上已大不如前，呈衰退之势，但如果我们把视野由佛教僧团教义学理的发展扩大到佛教对文人士子的影响、接受层面来考察就不难发现，"外为君子儒，内修菩萨行"是宋代知识阶层的普遍风气，佛教深刻影响了宋代文人日常生活、行为方式和精神生活。这一影响我们通过宋代文人"居士"情结的勃兴就可管窥一二。

"居士"一词的语用来源及其类型比较复杂。从语用来源看，"居士"远在佛教传入中国的春秋战国时代就已有文献使用该词了。但该词在当时多与"游士"相对，如"齐有居士田仲者"（《韩非子·外储说左上第三十二》）、"钜者，齐之居士"（《韩非子·

第一章 朱熹佛禅因缘的社会历史语境

外储说左下第三十三》)、"齐东海上有居士曰狂矞"(《韩非子·外储说右上第三十四》)等,表示的都是这一含义。另外,在《礼记》文中也可见"居士"一词:"大夫素带辟垂,士练带率下辟,居士锦带,弟子缟带",显然此处"居士"主要还是作为社会阶层之一的群体代称。依据《礼记》一书的性质及该词出现的语境,此"居士"或可理解为德才兼备、隐居不仕并主要以儒为宗的人士。这些文献表明,"居士"一词早期并非源于佛教,且意义不是固定唯一的。佛教中的"居士"在佛典翻译中,指的是在家奉佛之人,相当于"迦罗越"或"优婆塞"。但是,随着佛教大量传入中国,"居士"一词的佛教意义反而渐渐变得宽泛了。正如潘桂明指出的那样:"它既可指一般隐居不仕之士,又可指佛教居家修行人士,还可指所有非出家的学佛人士。从佛教的大慈悲精神出发,凡不是站在佛教的对立面,不构成对佛教危害的人,即使他(她)毫无信仰,也应以居士对待。"[①] 这一论断看到了"居士"所指对象的复杂性。其实,早在宋代,宋人对"居士"的理解就反映了这个特点:

> 凡具四德乃称居士:一,不求仕宦;二,寡欲蕴德;三,居财大富;四,守道自悟。又《菩萨行经》云"有居财之士、居家之士、居法之士、居朝、居山之士,通名居士也"。[②]

显然,"居士"之"四德"与《韩非子》所记的"居士"大体有些相通,而其所引《菩萨行经》对居士的界定又显示了宋人"居士"观念的宽泛和宋代居士类型的多元性。但若仅此而论,不足以充分说明宋代"居士"的独特处。其独特处最主要在于:宋代文人

[①] 潘桂明:《中国居士佛教史》,中国社会科学出版社2000年版,第3页。
[②] (宋)善卿:《祖庭事苑》卷三,《卍续藏》第64册,第356页上。

有着比以往任何时代的文人都更为浓厚的居士情结,在随意适性的禅境体验中,文人找到了精神家园的诗意栖息地;与此同时,有着居士情怀的文人大多身份并非单一,佛禅在与这种多重身份属性的主体的互动与交流中获得了独特的文化发展契机和空间。

首先,热衷佛禅的宋代文人空前繁盛,有相当多的朝廷重臣和文坛巨匠与佛教关系极为亲近,尤其是他们深受禅宗影响,禅宗活泼洒脱的思想风格和简便易行的修行方式吸引文人向佛禅的自觉靠拢,栖心禅寂,以至于"居士"情结勃兴,主要表现为:以"居士"名号者比比皆是,且这些名号"通常是有来历的,成为一个有象征意义的符号"①,这是不同于宋代以前的"居士"别名的文化现象。如苏门文士和江西诗派几乎是由"居士"组成:淮海居士、后山居士、姑溪居士、东湖居士、竹友居士等,与宋以前胡居士、庞居士将"居士"直接冠以姓氏之后的做法相比,显然更具有文人情怀与文化象征意蕴。除苏门和江西诗派外,宋代文人称居士者如欧阳修号六一居士、陈舜俞号白牛居士、周邦彦号清真居士、李清照号易安居士、张元幹号芦川居士、刘克庄号后村居士、范成大号石湖居士等,不一而足。诚然,正如有学者指出的那样,"在宋代,'居士'概念并非佛教的专有名词,而是兼容三教"②,但不可否认的是,从普遍性和深刻性而言,"佛教居士"无疑是宋代文人居士的典型。值得一提的是,有些居士尽管不以"居士"名号,而冠之以"道人"(此为宋代才有的现象),如黄庭坚称自己为"山谷道人",又曾称苏轼"东坡道人",这实际上蕴含着更为深厚的佛禅情结。正如张培锋所言,"一个在家人自称'道人',与称'居士'相比,往往表示其与佛教的关系更近,显示更强的入佛心态"③。此外,有的文人居士

---

① 张培锋:《宋代士大夫佛学与文学》,宗教文化出版社2007年版,第51页。
② 同上书,第60页。
③ 同上书,第51页。

第一章　朱熹佛禅因缘的社会历史语境

还自称"在家僧""在家衲子",这实际上是"居士"的另一种提法,如南宋诗人曾几有《自号在家衲子》① 诗,而其《竹坞》诗亦有"中有在家僧,萧然如此竹"② 之句,其《郑侍郎送蜡梅次韵三首》之二云:"枉沐歌词无用处,维摩诘是在家僧"③;另一位南宋诗人也曾写过"谁知在家僧,特未断荤酒"④ 的诗句。另外要说明的是,有些文人并没居士名号,但因其与佛禅渊源深厚,或学佛如杨亿者、或好佛如李纲者、或辟佛如司马光者,亦可从中看出他们的居士情结与精神追求。

由此看来,宋代文人有着极其广泛而浓厚的居士情结。如果说宋前及宋初参禅学佛还只是文人个人的兴趣爱好,那么北宋之后特别是熙宁以后出现居士别号泛滥的现象就不再是个人的偏好了,而是禅悦之风在整个宋代文人群体中的一种广泛而深入的影响,所谓"近来朝野客,无处不谈禅"⑤,佛禅已深入到宋代文人生活的方方面面。

其次,宋代文人居士并非一个独立的社会阶层,且具有较高的文化修养,集官僚、学者、文人三位一体的居士可谓俯首即是。对此,我们从南宋禅师道融的《丛林盛事》的记载可见一斑:

　　本朝富郑公弼,问道于投子颙禅师,书尺偈颂凡一十四纸。

---

① 曾几:《茶山集》卷六,影印文渊阁《四库全书》第1136册,(台北)台湾商务印书馆1983年版,第530页。

② 曾几:《茶山集》卷七,影印文渊阁《四库全书》第1136册,(台北)台湾商务印书馆1983年版,第531页。

③ 曾几:《茶山集》卷八,影印文渊阁《四库全书》第1136册,(台北)台湾商务印书馆1983年版,第537页。

④ 张镃:《庄器之贤能良居镜湖上作吾亦爱吾庐六诗见寄因次韵述桂隐事报之兼呈同志》,《南湖集》卷一,影印文渊阁《四库全书》第1164册,(台北)台湾商务印书馆1983年版,第538页。

⑤ (宋)司马光:《戏呈尧夫》,《司马温公文集》卷一二,中华书局1985年版,第286—287页。

碑于台之鸿福两廊壁间，灼见前辈主法之严，王公贵人信道之笃也。郑国公，社稷重臣，晚岁知向之如此。而颙必有大过人者，自谓于颙有所警发。士大夫中，谛信此道，能忘齿屈势，奋发猛利，期于彻证而后已。如杨大年侍郎、李和文都尉见广慧琏、石门聪并慈明诸大老，激扬酬唱，斑斑见诸禅书；杨无为之于白云端，张无尽之于兜率悦，皆扣关击节，彻证源底，非苟然者也；近世张无垢侍郎、李汉老参政、吕居仁学士皆见妙喜老人，登堂入室，谓之方外道友。爱憎逆顺，雷挥电扫，脱略世俗拘忌，观者敛衽辟易，罔窥涯涘。然士君子相求于空闲寂寞之滨，拟栖心禅寂，发挥本有而已。[①]

据宋人及后代对居士的界定，上文所引的士大夫都是典型的居士。从这段文字我们不难看出宋代参禅之风极为盛行，参禅学佛者比比皆是，参禅的方式多样，或问道高僧，或证悟佛法，或与禅僧酬唱，或入堂室、游结方外道友等。其中，尤引人注目的是参禅之人往往是官僚、学者、文人三位一体的，并不仅仅是单纯的文坛之秀。的确，宋以前也有这样身具三位的居士，但如宋代这样蔚为大观的集三者于一身的居士却是没有的。它是宋代居士文化中的一个特有的现象。上引文所罗列的每个士大夫居士几乎都具有这样的文化特征。如引文所说的北宋杨大年（杨亿）和李文和（李遵勖），前者曾在真宗时入翰林为学士，兼史馆修撰，天禧二年拜工部侍郎，同时又是北宋文学家，是"西昆体"诗歌的主要创作成员。据《宋史》载，其"留心释典禅观之学"[②]，与李维、王曙等受诏裁定《景德传灯录》，润色其文，使盛行于世，在佛学上颇有造诣；后者为驸

---

① （宋）道融：《丛林盛事》卷上，《卍续藏》第86册，第690页下。
② （元）脱脱等撰：《宋史》卷三〇五，《二十四史》（简体字本）（全六十三册），中华书局2000年版，第8152页。

第一章 朱熹佛禅因缘的社会历史语境

马都尉,善文章,尤工诗词,"有《间宴集》二十卷,《外馆芳题》七卷","通释氏学,将死,与浮图楚圆为偈颂",撰《天圣广灯录》。① 再如引文所提到的南宋张无垢(即张九成),号横浦居士,又号无垢居士,曾任著作郎,礼部、刑部侍郎,撰有《横浦集》二十卷。据史料所载,张九成与佛教极有渊源,不仅与佛门禅僧交游往来,而且有许多参拜佛僧的经历和与佛僧论道的场面。其学术虽属理学,却多是援佛入儒,以佛禅教义解释儒家义理。除此以外,引文所提到的杨无为(杨杰)、张无尽(张商英)、李汉老(李邴)、吕居仁(吕本中)基本上也都集官僚、学者、文人于一身。应该指出的是,宋代文人居士身份的多重性有着重要的文化意义。

一是知识精英阶层广泛地接受佛禅,形成禅悦之风,一方面对佛教的生存形态、发展衍变都发挥着重要的影响;另一方面佛教(特别是禅、净合流后)具有的实践性与群众性促使宋代文化思想进一步趋向世俗化、通俗化,这无疑也会深刻影响宋代文人的精神世界。

二是有利于宋代佛禅与政治、学术、文学的多方面互动互渗,并以其"有用""有利"的一面为各领域吸收、融合,为自身获取尽可能广阔的生存和发展空间。

三是具有多重身份属性的文人居士往往具有较高的禅学水平,不仅对佛禅意旨多有发明,而且对佛经注疏、语录编纂、文化,特别是诗禅交流等都大有裨益。

显然,宋代文人居士这种官僚、学者、文人三位一体的身份特征与佛禅的结合和影响是微妙的。相比之下,单纯的文人由于更追求个性的独立和自由,其对佛禅的接受因情感的需求而更感性,因

---

① (元)脱脱等撰:《宋史》卷四六四,《二十四史》(简体字本)(全六十三册),中华书局2000年版,第10514页。

无功利而更趋审美；而三位一体的文人因身份的多重性则对佛禅的接受和传播因多维而更趋复杂。但从总体上，佛禅的静观万物是宋代文人居家生活中奉行的修行之法，禅机与妙悟是他们共同追寻的诗性境界，这也是"居士"情结或者说居士佛禅在宋代得以勃兴和盛行的原因，是佛禅对宋代文人由外而内、由形到质的浸润与融合。这种种影响在曾出入佛老十余年的朱熹身上同样有所体现。

二　佛禅与宋代诗文创作

如前所述，宋代文人与佛禅有着千丝万缕的联系，接受来自佛禅各个方面的影响，既有外在生活模式的模仿与取用，更有心灵精神的互渗和交融：从游走禅门、偶居禅院到参禅悟道式的居家修行，从禅趣机锋式的言传到妙悟神遇式的意会，从静观冥想的禅定体验到禅意神思的诗意栖息……翻开宋代文学史，受佛禅影响而在文学中诗意抒写的文者数不胜数，仅以南宋而论，不仅有南宋中兴四大诗人"尤袤、杨万里、范成大、陆游"，还有戴复古、刘克庄为代表的江湖派和徐照为首的四灵诗派，以及有一定"文名"和影响的李纲、曾几、姜夔、辛弃疾、张孝祥、周必大，等等，不一而足。有学者深刻地指出："……整个宋代的文学成就，特别是诗坛独特风格的形成，是与佛教的影响密不可分的。"① 的确如此，如果说程朱理学在学术上成为影响宋代文化的至大至深者，抵制了释老之学对儒学的冲击和威胁，那么北宋浸淫佛说的苏轼及濡染佛禅、耽于禅悦的江西诗派却对宋代文学产生了重大的影响，而南宋文坛有影响力的文人几乎都与佛教有不同程度的关系，尤其与禅的关系，更是渊源深厚。佛禅深刻影响着宋代文人的诗文创作，兹举荦荦大端者略析如次。

---

① 孙昌武：《中国佛教文化史》第五册，中华书局2010年版，第2424页。

第一章 朱熹佛禅因缘的社会历史语境

首先，佛禅对宋诗的影响是多层面、多维度的，其中最显著的影响便是理圆思深的宋调的形成与佛禅有着深厚的渊源。

"宋人生唐后，开辟真难为。"① 此语一语道出了继唐诗高峰之后宋人再辟新域的艰难与窘迫。但是，宋人并未因此而裹足不前，而是独辟蹊径，着意挖掘和表现诗歌描写对象内在的理趣，从而形成有别于唐音的理圆思深的宋调风貌。所谓理圆思深的宋调指的是宋诗自成一格的"理趣"。关于"理趣"，钱锺书说："释氏所谓'非迹无以显本'，宋儒所谓'理不能离气'，举明道之大纲以张谈艺之不同，则理趣也。"② 可见宋诗中的"理"趣，既包括理学之"理"趣，也包括"禅理""禅趣"。值得一提的是，宋代理学乃糅合融会释老之学而创，故而即使是充满理学之趣的宋诗，亦常常可于其中寻得佛理或禅韵的踪迹。钱锺书还形象描绘了"理趣"之"理"的特征——"理之在诗，如水中盐，蜜中花，体匿性存，无痕无味，现相无相，立说无说。所谓冥合圆显者也。"③ 这一描述把宋诗理趣与佛禅兴悟思辨之趣巧妙地联结在一起，形象地描绘出宋诗理圆思深的创作特点。因此，从深层影响的层面而言，理圆思深的宋调的形成与佛禅融会于宋诗的独特表现有着密切的关系。比如华严之消除时空、物我、理事等分别的圆融宗观往往渗透在宋诗人跳跃式思维的谋篇布局中。又如佛教观想静察的自然观不仅影响着宋人日常生活的修行体验，而且影响着他们赋诗运思中的意象营构，在诗歌中鸟兽草木、风花雪月等自然意象往往因此蕴含佛理禅趣，于自然景观中蕴含着厚重的人文底蕴。再如禅宗"游戏三昧"的开悟方式不仅启迪了宋人的诗性智慧，而且成为宋诗语言活脱、诙谐

---

① 蒋士铨：《辨诗》，《忠雅堂诗集》卷一三，《忠雅堂集校笺》本，上海古籍出版社1993年版，第986页。
② 钱锺书：《管锥编》，中华书局1979年版，第1129页。
③ 钱锺书：《谈艺录》，中华书局1984年版，第231页。

且耐人寻味的渊源之一。凡此种种，都是佛禅给宋诗"理趣"注入的活力源泉，从而形成其虽在以"象"写"意"上不及唐诗，但在以"象"写"心"传"理"上从谋篇布局到意象营构再到语言思维都自成一调，远超前人，形成宋诗理圆思深的独特风貌。

其次，佛禅对宋词书写的内容、创作方式与体式和风格都产生了深刻的影响。

唐诗宋词在中国文学史上可谓双璧生辉。如果说唐是诗的国度，那么宋就是词的天堂。词在宋代的辉煌既合乎文学发展的自身规律，也是多重外部因素促成的，而宋代特殊的历史文化背景就是其中一个很重要的因素。宋代是中国历史上以糅合融摄佛道之学的理学精神为底蕴且极富弹性与包容性的一座文化高峰。程朱理学建立前，佛教尤其是禅宗对宋代文化发挥着显著而深刻的影响，出现所谓"儒门淡薄，收拾不住，皆归释氏"[①]的局面。南宋后期，随着理学的兴盛，佛教尽管已逐步走向衰微，然而不可否认的是，它一直顽强地影响着宋人的方方面面。这种影响就包括了佛禅对词体文学的影响。具言之，最重要的有四点：

一是以词说佛理、援佛入词扩大了词作的书写内容。

唐词中已经有"援佛入词"的现象，但为数不多。宋代是个崇理致思的时代，宋人不仅热衷于以禅喻诗或以诗说禅，援佛入词或词蕴佛理也成为普遍的现象。他们或在词中宣扬佛经义理或禅宗语录，如苏轼《念奴娇·赤壁怀古》、王安石《望江南·归依三宝赞》四首、邹浩《渔家傲》（慧眼舒光无不见）等词分别宣扬了《楞严经》以不变之性观有限生命、佛法三宝、佛法普照等观点；或于词中阐发佛理、禅机，抒发佛教随缘自适、任运自然的处事之态，如苏轼《定风波》（常羡人间琢玉郎）、朱敦儒《满庭芳》、张元幹《别

---

① （宋）志磐：《佛祖统纪》卷四五，《大正藏》第49册，第415页中。

第一章 朱熹佛禅因缘的社会历史语境

绶老》等都是宋代词人自在、自适、自乐情怀的抒写;或融佛禅语词(如宋词中有不少诸如"空""梦""六根"等佛禅语词)、佛教故事(如牧童驯牛、飞蛾扑火、临江钓鱼等譬喻故事分别化用于则禅师之《满庭芳》、惠洪之《鹧鸪天》、黄庭坚之《诉衷情》中)、佛教人物(如维摩诘、达摩成为宋词中常见的佛教人物典故)、禅宗公案(如黄庭坚《渔家傲》其二之"一见桃花参学了"实则为禅门睹花开而悟道的公案)于词作,从而或呈现宋词禅机俏语的独特风貌,或令宋词蕴含厚重的文化底蕴,或二者兼具。

二是佛禅对宋词创作方式与体式的影响。

宋词与前代词作相比,不仅在题材上大大扩大了书写的内容,而且也深刻影响词作的创作方式与体式。

在禅宗"自心说"的影响下,宋代词人改变了为他人代歌的抒写模式,取而代之为在词作中凸显抒情主人公的自我主体的情感意识。一般认为,艳情词不仅是词的传统题材,而且是词的标志。这一题材的词作往往是一种类型化的书写模式,即在词中以抒写公众共有的恋情为主,词人独特的主体意识在词中表现得并不明显和充分。但是,宋代有所谓"全面禅化的时代"之称[1],其文化深受禅宗浸染,宋词的创作也是如此。其中,禅宗所谓"自心是佛"[2]"一切佛法,自心本有"[3]之论对宋代文人发现自我的影响尤为深刻。对此,前人和时人均有论说,此不复赘。由于自我本心的发现,宋代词人的心灵变得更加敏感,一改将词视为艳科、小道的词学观念,在词中抒写个人身世沉浮与国祚衰微、动荡流离的感慨成为触目可见的现象,从而表现出具有鲜明个性的主体意识,如苏轼《定风波·莫听穿林打叶声》、黄庭坚《念奴娇·断虹霁雨》、辛弃疾

---

[1] 刘晓珍:《宋词与禅》,人民文学出版社2010年版,第207页。
[2] (宋)普济集:《五灯会元》卷一,《卍续藏》第80册,第46页上。
[3] (宋)普济集:《五灯会元》卷二,《卍续藏》第80册,第51页下。

《水龙吟·老来曾识渊明》等，这样的词人、词作在宋词中可谓不胜枚举。有些词人甚至直接将发现自家的喟叹融入词作中，如朱敦儒《临江仙·堪笑一场颠倒梦》云：

堪笑一场颠倒梦，元来恰似浮云。尘劳何事最相亲。今朝忙到夜，过腊又逢春。

流水滔滔无住处，飞光忽忽西沉。世间谁是百年人。个中须著眼，认取自家身。

禅僧有把自心比喻成自家田地之说，如禅宗黄龙祖心禅师说："大凡穷生死根源，直须明取自家一片田地。"[①] 由此可见，上引朱敦儒词作对自心的发现和重视其实就是在禅宗自心说影响下主体心态的艺术再现。

三是佛禅对词的体式也产生了一定程度的影响。这种影响要而言之主要有二。一是由于宋代禅宗由"不立文字"逐步走向"不离文字"，禅宗的这种文字化走向对宋词最大的影响主要有：1. 以集句作词，即整首词杂糅前人诗句而成，王安石首开集句作词之风，之后苏轼、黄庭坚等后人纷纷效法；2. 由于偈颂在宋代的流行，受禅僧在词体中宣扬佛禅风气的影响，出现了文人作词体颂古的风气，即或在词中宣扬禅理、佛典，或用词体演绎禅宗公案。这些词由于多宣扬佛理禅义而显得干瘪无味，但也有不少词作善于融会禅理与词境的沟通而显得意境悠远，苏轼、黄庭坚、辛弃疾的不少词作都堪称代表。二是宋词一改晚唐五代香艳浓丽的词风，呈现尚清的审美风格，这在一定程度上是受了佛禅把清净视为人的本性观念的影

---

① （宋）普济集：《五灯会元》卷一七，《卍续藏》第80册，第353页上。

第一章 朱熹佛禅因缘的社会历史语境

响。佛教经典《增一阿含经》云"一切诸行苦"①，因此，佛教的终极目标是要帮助众生解脱苦难，获得涅槃、以得清净。清净是禅僧寺子追求的理想境界，是佛祖传下的佛法真谛，"（佛言）吾以清净法眼，将付于汝。汝可流布，无令断绝"。②自性清净不仅是禅僧日常修行的努力方向，而且也是他们诗词吟咏的内容。文人士子对禅僧清净之人品与文品多持激赏态度，禅宗自性清净的宗观也深深影响他们的词学观念和创作，正如张炎《词源》所云"词要清空，不要质实。清空则古雅峭拔，质实则凝涩晦昧"。因此，宋代文人的词作表现出尚清的审美风格取向，清空、清雅、清丽等"清"风之气弥漫宋代词坛，如苏轼词被誉为"清丽舒徐"（《词源》），黄庭坚词有"清刚隽永"（《黄庭坚全集》附录五）之称，朱敦儒词亦被论者视为"清隽谐婉"（《樵歌拾遗跋》）之作，等等，诸如此类不备举。正如张惠民先生指出："纵观两宋词坛，在词学观念与创作实践上自觉追求清空之美，代不乏人而隐然形成一个传统。"③而刘晓珍女士更从根源上去追述宋词尚清词风形成的原因，认为"到了北宋中期之后，由于文人审美情趣更多地融入词体，词坛上便有了一股不可小视的尚清之流，就像一股清风，为词坛带来了阵阵清爽之气。这股清流当然由多种促成因素，禅宗无疑是其中不可忽视的一种"。④

四是佛禅对宋"文"的影响从内容到对文体再到文章风格都发生了影响。

佛禅对宋"文"内容的影响表现为题材和思想两个方面：一是宋"文"中有不少是以佛禅为题材的，具言之，主要有为名刹大寺

---

① （东晋）瞿昙僧伽提婆译：《增一阿含经》卷一〇，《大正藏》第2册，第639页上。
② （宋）普济集：《五灯会元》卷一，《卍续藏》第80册，第31页上。
③ 张惠民：《宋代词学审美理想》，人民文学出版社1995年版，第283页。
④ 刘晓珍：《宋词与禅》，人民文学出版社2010年版，第266—267页。

作题记,为示寂的高僧撰写塔铭,书写佛教寺院兴盛之景,也有在文中品评禅僧寺侣诗词文赋的,还有为高僧诗文题记作跋等,题材可谓丰富多样;二是由于佛禅对宋人思想、文化的深刻影响,因此自然有很大一部分文章是表现宋人出入佛禅心路历程、思想变化为主题的,他们或溺佛、或好佛、或排佛、或于佛禅既即又离、或既斥又融等,此类文章在王安石、苏轼、曾巩、黄庭坚、陈瓘、张方平、杨万里等人的文集中可谓俯首即是。

佛禅对宋"文"文体的影响首先是宋代语录的大量出现。唐代虽已出现语录,但在数量和规模上远不及宋,而灯录则完全是宋代的产物。宋代盛行的禅宗语录和禅宗灯录对宋"文"的影响最大者莫过于改变了纯文言文的书写模式,即出现了语录体。宋代文人所作的语录体有不少是模仿禅僧寺侣的腔调进行创作的,从语体特征看具有汉译佛典文体的特征。关于禅宗语录与宋文之间的关系另一值得注意的就是禅宗语录的很多序言都由文人士大夫撰写而成。据史料记载,杨亿、苏轼、黄庭坚、张耒、晁补之、刘弇、李纲、李弥逊、胡寅、楼钥、陆游等众多文士都为禅宗语录作过序。这一方面表明文士与禅界大德僧众往来之密切与相互推崇;另一方面这些序言成为研究宋代佛教的重要文献资料,甚至有些还成为弥补正史和佛教教内史料记载的不足。其次是佛教的韵文间接影响了南宋四六文写作方式。从佛经的韵文到南宋四六文看起来似乎毫无瓜葛。事实上,由于南宋四六文与六朝骈文有亲缘关系,或可称是六朝骈文在宋代发展的一个阶段,而六朝骈文除句式上四六体,在音韵上亦有要求,即为"有韵之文"。众所周知,沈约等人制订平、上、去、入四声之依据就是佛教带来的印度声律,从而揭示出骈体文与佛教的韵文颇有渊源,此即间接地表明南宋四六文与佛禅有不可割裂的关系。最后是佛经文体还影响着宋代文人的创作方式,如宋初杨亿的《发愿文》《赞佛文》完全是佛经的语言和句法,而苏轼的许多"记""跋"多用佛经笔法,其"赞""颂"亦多是模仿佛经"颂"写成的。

就文章气势风格的形成看,由于宋代文人对佛禅的喜爱,他们常常研读佛典教义。而佛教典籍之文多数都写得汪洋恣肆、广博精微,这一风格必然会影响宋人的行文创作。如王安石的散文表现出笔势放纵不羁当与之研读大量佛经有一定关系;又如苏轼之文,清代学者钱谦益就认为其文自然与活泼恣肆之风的融合无碍就得益于佛禅典籍的熏染:

> 吾读子瞻《司马温公行状》《富郑公神道碑》之类,平铺直叙,如万斛水银随地涌出,以为古今未有此体,茫然莫得其涯涘也。晚读《华严经》,称心而谈,浩如烟海,无所不有,无所不尽,乃喟然而叹曰:"子瞻之文其有得于此乎?"①

以上虽是对佛禅与宋人创作之影响的粗略梳理,但亦可由此管窥二者之间深而广的渊源。朱熹生活成长于宋代诗文生成的这一文化土壤,其文学创作当然亦受此浸润和影响。以上所述的宋代诗文与佛禅渊源的方方面面在朱熹诗文创作中或多或少都有表现,此将在下文专章探讨。

三 禅心性说与宋诗文评之渊源

禅宗是佛教发展至唐宋之时,外来佛教文化与中国传统思想文化在碰撞与融合过程中形成的一个极具代表性的本土化了的佛教流派。作为一个具有典型文化意义的流派,对当时乃至后世的文化影

---

① (明)钱谦益:《读苏长公文》,《牧斋初学集》卷八三,上海古籍出版社1985年版,第1756页。

响都是深刻而广泛的。就禅宗与文学领域之渊源而论，由于其自由开放、发明本心的宗风和随机便宜、灵活多样的表达方式，不仅影响着前述所论之文人心态和诗文创作，而且对宋代文学思想的影响也发生着转折性而深刻性的影响，如众所周知的以禅喻诗论不仅将禅境与诗境彼此沟通，而且将禅宗的日常心性修养与诗歌的欣赏联结转化；又如禅宗的参活句、斗机锋直接启示了论诗之"悟入"与作诗之"活句"的诗学理论；再如禅宗之"宗眼"或"句中有眼"之说成为宋人诗评"诗眼"论的禅悟理论来源。凡此种种表明，就思想层面而言，除理学外，宋代文学思想的转变与禅宗心性论有着密切的关系。而禅宗心性论与文学思想诸向联系之层面看，禅宗明心见性论与诗文创作论、禅宗顿悟与熟参与由法而悟的诗歌接受论无疑对朱熹的文学思想的形成最具启发性。

（一）明心见性与诗文创作论

明心见性是禅宗宗义的核心思想，这在历代佛教禅宗文献多有记载：

> 明心见性之道可坐以进益物救世正在仁义①。
> 可谓明心见性之妙门成佛作祖之秘典也②。
> 心经注解，三教言谈，妙义无物安。拨开万法，直指单传。明心见性，返本还源。不离方寸，法身广无边。③
> 夫所谓道学者，岂有外于明心见性哉。④

---

① （宋）志磐撰：《佛祖统纪》卷三八，《大正藏》第49册，第356页中。
② （元）惟则会解，（明）传灯疏：《楞严经圆通疏》卷一，《卍续藏》第12册，第689页下。
③ 《般若心经注解》卷二，《卍续藏》第26册，第989页上。
④ （清）徐发诠次：《金刚经郢说》卷一，《卍续藏》第25册，第284页中。

第一章　朱熹佛禅因缘的社会历史语境

由上可知，修成明心见性，可益物救世、成就仁义，是成佛作祖的秘典，是返本还源之法，一切道之所成都离不开它，它是禅宗悟道的境界。《坛经》所载五祖为惠能说《金刚经》至"应无所住而生其心"时，慧能开悟一段记载可见明心见性之本旨：

> 慧能言下大悟，一切万法，不离自性。遂启祖言："何期自性，本自清净；何期自性，本不生灭；何期自性，本自具足；何期自性，本无动摇；何期自性，能生万法。"祖知悟本性，谓惠慧能曰："不识本心，学法无益；若识自本心，见自本性，即名丈夫、天人师、佛。"①

据此可知，所谓明心见性即主张识得本心，发现本心，就可识见不生不灭的本性；人的自性本自清净具足，能生万法，返照心源，顿悟成佛。这是对人的本性自足圆满的绝对肯定，高度张扬了人的主观个性及对人的心性的发露。这一观点反映到文学思想上最显著的表现就是主张诗文作品抒写胸臆。这可以从宋人对前人作品的品评中见端倪，如：

> 李格非善论文章，尝曰：诸葛孔明《出师表》、刘伶《酒德颂》、陶渊明《归去来词》、李令伯《乞养亲表》，皆沛然从肺腑中流出，殊不见有斧凿痕。②

李格非（约1045—1105），北宋文学家，他认为《出师表》等文都是性情胸臆的自然流露，可见其对这种不见斧凿痕迹的文风甚

---

① （元）宗宝编：《六祖大师法宝坛经》卷一，《大正藏》第48册，第349页上。
② （宋）释惠洪：《诸葛亮刘伶陶潜李令伯文如肺腑中流出》，《冷斋夜话》卷三，中华书局1985年版，第13页。

是推崇。又如陈师道评杜甫"诗非力学可致,正须胸肚中泄尔"①,也仍是从诗文是否是胸臆的自然流露来品评诗文之优劣的。再如南宋初年的张戒也强调诗文之美在于"胸臆中出""胸襟流出":

> 诗、文、字、画,大抵从胸臆中出。
>
> 世徒见子美诗多粗俗,不知粗俗语在诗句中最难。非粗俗,乃高古之极也。自曹、刘死,至今一千年,惟子美一人能之……近世苏、黄亦喜用俗语,然时用之,亦颇安排勉强,不能如子美胸襟流出也。②

由此可见,佛禅之明心见性的宗观深刻影响着宋代文人对本心自性的发现与认可,反映到文学领域就是主张诗文自胸臆流出的创作思想成为当时的普遍观念,这对朱熹的文是"自胸中流出"文学观念影响深刻。必须指出的是,此处的胸臆,既蕴含"情",也包含"性"。关于"情"和"性"关系,宋人的观点比汉人的"发乎情,止乎礼义""吟咏性情,以风其上"通达得多,也纠正了唐人的"不平则鸣"或"吟性不咏情"的偏激,提出了"以情合于性,以性合于道"③的诗学观念。这无疑是朱熹后来提出诗文当"吟咏性情之正"的先声。

(二)妙悟与熟参:禅与诗的天然之会

"悟"这个范畴被引入中国诗学领域最开始并不源于禅宗之"悟",而是与"兴"有着密切的渊源。春秋时期孔子讲"兴"、先

---

① (清)何文焕辑:《后山诗话》,《历代诗话》上册,中华书局2004年版,第302页。
② 丁福保辑:《岁寒堂诗话》卷上,《历代诗话续编》上册,中华书局2006年版,第450、458页。
③ (宋)田锡、罗国威校点:《贻宋小着书》,《咸平集》卷二,巴蜀书社2008年版,第33页。

第一章　朱熹佛禅因缘的社会历史语境

贤们"称诗以谕其志"其实就是凭借所称引的诗句来启发彼此。启发者，开悟也；受启发者，即悟也。这样，"悟"就产生了。可见，"兴"和"悟"在思维模式上是相通的。禅宗风靡士林且其学说义理深刻影响中国诗学领域一个很重要的原因就在于禅宗之"悟"与中国文人固有的思维模式和文化心理是契合的。至宋代，"悟"与文字、与工夫修养联系在一起，形成"悟入"的诗学观念，而这正来自于禅宗的深刻影响。所谓"悟入"，即参禅者不仅达到事（现象）、理（本体）融通而有证悟，而且由此进入自在无碍之境。禅宗教士人要"悟入"。比如，陆游的朋友李德远就从应庵法师处得"悟入"之法："亡友临川李德远，浩实闻道于应庵，盖与密庵同参。李德远每与某谈参问悟入时，机缘言句，率常达旦。"[①] 又如，宗杲也说：

> 譬如良医应病与药。如今不信有妙悟底，返道悟是建立，岂非以药为病乎？世间文章技艺，尚要悟门，然后得其精妙，况出世间法，只恁么了得？[②]

宗杲认为，包括文章技艺的"世间法"得其"悟门"，方可达到"妙悟"。此处，宗杲所言"悟门"，即指"悟"，是事理圆融之境，其所谓"妙悟"，即"悟入"，是进入事理圆融后的自由无碍之境。但是"妙悟"的获得不是被动消极的静观，而是积极主动的工夫修为：

> 妙喜常谓衲子辈说，世间工巧技艺，若无悟处，尚不得其

[①] （宋）陆游：《松源禅师塔铭》，《陆游集·渭南文集》卷四〇，中华书局1976年版，第2385页。

[②] （宋）蕴闻编：《大慧普觉禅师语录》卷三〇，《大正藏》第47册，第886页中。

妙，况欲脱生死。而只以口头说静，便要收杀。大似埋头向东走，欲取西边物，转求转远，转急转迟，此辈名为可怜愍者，教中谓之谤大般若断佛慧命人。……日用缘处提撕，不要间断。古德有言"研穷至理，以悟为则"。若说的天花乱坠，不悟总是痴狂外边走耳。勉之，不可忽。①

在宗杲看来，妙悟之得在于不间断地"日用缘处提撕"，这就是宗杲著名的"看话禅"。而所谓"日用缘处提撕，不要间断"即为与熟读、熟参等相联系的工夫论。这一禅观的根本要义在于熟参是获得妙悟的途径，妙悟是参禅者追求的最高境界。熟参，即仔细、反复地参，咀嚼、回味不可思议的"机锋""公案""话头"。然而参禅与学诗有着天然的联系，对此宋人早有论说，如吴可云："学诗浑似学参禅，竹榻蒲团不计年。直待自家都了得，等闲拈出便超然。"（《学诗诗》）韩驹也说："学诗当如初学禅，未悟且遍参诸方。一朝悟罢正法眼，信手拈出皆成章。"（《赠赵伯鱼》）姚勉亦在《题俊上人诗集》中说："子佛者也，未可以语，吾之上就子之所知言之诗，正如子家之禅，姑归而熟口之。"（《雪坡集卷三十七》）南宋末年的戴复古也认为："欲参律诗似参禅，妙趣不由文字传。个里关心稍有悟，发为言语自超然。"（《论诗十绝》之七）由此可见，诗与禅之间的密切联系与高度相似是宋人普遍的观点。的确，作为艺术的诗与作为宗教的禅亦确有相通之处，对此当代学人祁志祥已有论说：

中国艺术与禅宗的扑朔迷离、旨冥句中的特点有类似之处，即从"含蓄为上""温柔敦厚"的美学趣味出发，通过赋物来

---

① （宋）蕴闻编：《大慧普觉禅师语录》卷三○，《大正藏》第47册，第941页上。

第一章 朱熹佛禅因缘的社会历史语境

赋心,通过必行来喻意,即事以明理,即景以寓情,也形成了"意在言外""旨冥象中"的平淡含蓄特点,读者要充分领会其间大意,亦需熟读精思、反复咀嚼才是。①

由此可见,中国艺术,尤其是古典诗歌有着"意在言外""味外之旨""蕴藉含蓄"等特点,因此对诗意、诗情、诗境的把握与体会需在反复品读和咀嚼中获得,这就如参禅者获得妙悟的禅境要通过仔细、反复地参是类似的。所以,很显然学诗需熟读、讽咏、涵咏与禅宗所倡的熟参是相似的,且是受了"熟参"的启示。在禅宗熟参之法的启示下,宋人及后代的文人学诗都很重视熟读。以宋人而论,如苏轼云:"观陶渊明诗,初若散缓不收,反复不已,乃识奇趣。"(《书唐氏六家书后》)又如陆游《何君墓表》有云:诗"有一读再读至十百读乃见其妙者"。再如元好问《与张中杰郎中论文》也有类似的语言:"文须字字作,亦要字字读。咀嚼有余味,百过良未足。"而严羽的《沧浪诗话》更是将"熟参熟读"视为文人学诗的门径:

若以为不然,则是见诗之不广,参诗之不熟耳。试取汉魏之诗而熟参之,次取晋宋之诗而熟参之,次取南北朝之诗而熟参之,次取沈(佺期)、宋(之问),王(勃)、杨(炯)、卢(照邻)、骆(宾王)、陈拾遗(子昂)之诗而熟参之,次取开元、天宝诸家之诗而熟参之,次独取李、杜二公之诗而熟参之,又取大历十才子之诗而熟参之,又取元和之诗而熟参之,又取本朝苏(轼)、黄(庭坚)以下诸公之诗而熟参之,其真是非

---

① 祁志祥:《参禅妙悟与审美解读》,《似花非花——佛教美学观》,宗教文化出版社2003年版,第144页。

亦有不能隐者。①

由上观之，宋代诗学中的"悟"深受禅宗心性论的影响，宋人对诗的"悟入"与"妙悟"的追求就如同参禅者对禅的"悟入"与"妙悟"的审美体验，而对诗歌境界、诗意的"妙悟"离不开沉潜反复的"熟读"，显然又受着引导参禅者走向"妙悟"审美之途的"熟参"启发，而这些都成为朱熹对诗歌理趣的崇尚与追求及其诗歌"涵咏"接受论产生的历史文化土壤。

第四节 闽佛教盛况

朱熹祖籍徽州婺源（今属江西婺源县），出生于南剑州（今福建南平）尤溪县（今属福建三明），除为官外任、出游访学的几年，朱熹一生在闽时间长达60多年。福建自古宗教气息浓厚，有"俗信鬼尚祀，重浮屠之教"之称。对此，前人多有评说。如朱熹说泉州"此地古称佛国，满街都是圣人"。与之同时的南宋诗人谢泌有诗云："湖田种稻重收谷，路上逢人半是僧。城里三山千簇寺，夜间七塔万支灯。"又朱熹弟子陈淳亦说："南人好尚淫祀，而此邦尤甚。"可见古闽禅风之盛。这种具有地域特色的佛禅风气是朱熹濡染佛禅的又一重要文化土壤。

福建环山临水，独特的地理环境孕育着独特的人文风貌。佛教自三国吴、晋之际传入福建，在源远流长的历史长河中虽几度沉浮，但菩提之种一经播撒便生根发芽，开枝散叶。至唐五代，福建已成为中国佛教的中心之一，其僧人、寺院居全国首位，这一盛况延续到两宋。两宋时期，不论寺院盛况还是僧众数量，或是佛藏的修订

---

① （宋）严羽：《诗辨》，《沧浪诗话》，中华书局1985年版，第3页。

第一章　朱熹佛禅因缘的社会历史语境

刊刻在全国都堪称首位或前列。

一　宋代佛教寺院盛况

宋代佛教寺院与前代相比至少有两个方面的特点。

一是不仅在数量上居全国之冠，而且很多寺庙颇显富丽堂皇。对此文献多有记载：

> 寺观所在不同，湖南不如江西，江西不如两浙，两浙不如闽中。[1]
>
> （闽寺观）历晋、宋、齐、梁而始盛，又历隋唐以及伪闽而益盛，至于宋极矣！名胜地多为所占，绀宇琳宫，罗布郡邑。[2]
>
> 城里三山千簇寺，夜间七塔万支灯。[3]
>
> 闽之八州，以一水分上下，其下四郡良田大山多在佛寺。[4]
>
> （福州）金银福地三千界，风月人居十万家。[5]
>
> （宋初，泉州）寺观之存者凡千百数。[6]
>
> 祠庐塔庙，雕绘藻饰，真王侯居。[7]

---

[1] 吴潜：《奏论计亩官会一贯有九害》，《许国公奏议》卷二，《丛书集成新编》第31册，（台北）新文丰出版有限公司1984年版，第34页。

[2] （明）黄仲昭：《寺观》，《八闽通志》卷七五，福建人民出版社2006年版，第1089页。

[3] （宋）谢泌：《长乐集总序》，《全宋诗》第1册，北京大学出版社1995年版，第598页。

[4] （宋）韩元吉：《建宁府开元禅寺戒坛记》，《南涧甲乙稿》卷一五，《丛书集成新编》第63册，（台北）新文丰出版有限公司1984年版，第539页。

[5] （宋）梁克家撰：《淳熙三山志·土俗》卷四〇，影印文渊阁《四库全书》第484册，（台北）台湾商务印书馆1983年版，第584页。

[6] （清）郭庚武、黄任、怀荫布纂修：《坛庙寺观》，《乾隆泉州府志》（一）卷一六，《中国地方志集成·福建府县志辑》第22册，上海书店出版社2000年版，第378页。

[7] （宋）梁克家撰：《淳熙三山志·寺观》卷三三，影印文渊阁《四库全书》第484册，（台北）台湾商务印书馆1983年版，第481页。

这些文献只是粗略描绘宋代禅寺林立的情形。当代王荣国通过充分的收集和翔实的考证相关文献，以及较为广泛地实地走访，对宋代兴建佛禅寺院的数量及地区分布作了一个较为全面的统计①，以量化对比的形式动态展示了宋代佛禅寺院的兴盛局面：从数量上看，唐代福建兴造寺院715所，宋代福建兴造寺院1180所，元代福建兴造寺院381所；从地区分布看，佛教寺院兴建以北宋福州为中心，而到了南宋时则转移到以建宁、邵武、南剑州为中心的区域。② 这种转移固然与福州寺院已经饱和关系很大，但不可忽略的是，它为生活在建宁、邵武和南剑州等闽中南宋文人出入佛禅寺院提供了极大的便利。

二是南宋文人与佛教寺院渊源甚厚。

许多文人或于寺中读书，与高僧品茗问法、吟诗作文，如李纲绍兴元年（1131）为宋禅师建寺庙并作《瑞光丹霞禅院记》；或把寺庙作为宣扬儒家教义的讲坛，如杨时22岁时，应礼部试而下第，回到故乡后在含云寺讲学；或以游寺为乐，这在南宋文人中更是一个普遍的现象。南宋文人与寺庙的这种特殊渊源自然也对生于斯、长于斯的朱熹发生耳濡目染的影响。

二 僧数居首、法事长盛、宗派林立

僧尼数量的多少往往是衡量佛教盛衰的标志之一。宋代福建僧尼之多高居全国榜首，当时就有人说："闽于天下，僧籍最富"③；"诸路出卖度牒，惟福建一路为多"④。以福州和泉州两地亦可管窥宋代福建僧尼数量之众非同寻常。北宋时，福州有僧32795人，尚

---

① 详见王荣国《福建佛教史》，厦门大学出版社1997年版，第209、211、212页。
② 同上书，第48、211、294、213页。
③ （宋）韩元吉撰：《建安白云山崇梵禅寺罗汉堂记》，《南涧甲乙稿》卷一五，影印文渊阁《四库全书》第1165册，（台北）台湾商务印书馆1983年版，第217页。
④ 《文定集》卷一三《请免卖寺观趯剩田书·小贴子》，影印文渊阁《四库全书》第1138册，（台北）台湾商务印书馆1983年版，第703—704页。

第一章　朱熹佛禅因缘的社会历史语境

未剃度的童行 18548 人①，以宋徽宗崇宁年间福州 211552 户计②，平均每 4 户即有 1 人出家。南宋时更严重，据说："如民家有三男，或一人或两人为僧者。"③ 至于泉州，据《泉州府志》载仅泉州市区就有"僧侣六千"，难怪朱熹有"此地古称佛国，满街都是圣人"之语。值得一提的是，福建不仅有数量庞大的寺院与僧尼，其长盛不衰而规模宏大的法事活动也是当时引人注目的一道人文景观。比如宋梁克家《淳熙三山志》就记载了福建浴佛节佛教寺院举办法事活动的盛况：

> 四月八，庆佛生日。是日，州民所在与僧寺共为庆赞道场。……元丰五年，住东禅僧冲真始合为庆赞大会于城东报国寺，斋僧尼等至一万余人，探阄分施衣、巾、扇、药之属。建炎四年，为会四十有九而罢。绍兴三年，复就万岁寺作第一会。是日，缁黄至一万六千余人。凡会，僧俗号"劝首"数十人，分路抄题，户无富贫，作"如意袋"散依，听所施了亡免者，真伪莫考。④

除了这种大型的法事活动，一些诸如寺中早晚功课、消灾祈福和丛林礼仪等法事活动更是屡见不鲜。

如果说佛教寺院与僧众数量居全国之首、法事长盛不衰是从实践标准去考量宋代福建禅风之盛衰，那么宗派林立就是从理论层面

---

① （宋）梁克家撰：《淳熙三山志》卷一〇《僧道》，影印文渊阁《四库全书》第 484 册，（台北）台湾商务印书馆 1983 年版，第 211—212 页。
② （元）脱脱等撰：《宋史》卷八九《地理》（五），《二十四史》（简体字本）（全六十三册），中华书局 2000 年版，第 1485 页。
③ 《文定集》卷一三《请免卖寺观趲剩田书·小贴子》，影印文渊阁《四库全书》第 1138 册，（台北）台湾商务印书馆 1983 年版，第 703 页。
④ （宋）梁克家撰：《淳熙三山志》卷四〇，影印文渊阁《四库全书》第 484 册，（台北）台湾商务印书馆 1983 年版，第 583 页。

去审视宋代佛教思想的多元性和丰富性。

宋代佛教各宗派继唐五代之后在福建继续传承和流播。据史料载，中国佛教的净土宗、法华宗、三论宗、律宗、慈恩宗、华严宗、密宗、禅宗等八大重要的宗派在福建都流传过。就宋代福建佛教流行的情况看，各宗派的发展情况不尽相同，概而言之，禅宗最盛，华严宗出现"中兴"，净土宗有所发展，其他如法华宗、律宗、慈恩宗等有不同程度的流行。可见两宋时期的福建禅宗仍是宗派林立，多元而不单一。

禅宗在福建的影响最大，有北宗禅与南宗禅之分。其中，宋代南宗禅对福建的影响远大于北宗禅。南宗禅有"五家七宗"（法眼宗、沩仰宗、曹洞宗、云门宗和临济宗的杨岐派和黄龙派），它们在福建流传的过程中名僧辈出，法脉传承脉络清晰。这一传承盛况足以说明两宋福建禅宗兴盛的气派和场面，也由此可以推断它必然会对当地的文人、文化发生不可低估的影响。以朱熹生活的南宋而言，临济杨岐派宗杲所创径山派在当时的影响特别巨大。宗杲（1108—1163）是两宋之交深受道俗两界敬仰的爱国僧人，其所到处从其学者千余众，影响遍及遐陬远俗。据载，宗杲在"云门庵"居住20年后，曾履闽传道："入闽，结茅于长乐洋屿。"① "游七闽，居海上洋屿"②。此处"洋屿"是否为长乐尚值得商榷，但宗杲入闽是不争的事实。此后，宗杲还到泉州，"泉南给事江公创庵小溪，延请师居之"③。宗杲在闽期间，从学者甚众，居洋屿时"从之得法者，十有三人"④；居泉南小区时"缁素笃于道者毕集，未半年，发

---

① （宋）普济集：《五灯会元》卷一九，《卍续藏》第80册，第402页下。
② （元）念常集：《佛祖历代通载》卷二〇，《大正藏》第49册，第689页下。
③ 同上。
④ （宋）普济集：《五灯会元》卷一九，《卍续藏》第80册，第402页下。

明大事者数十人，鼎需、思岳、弥光、道谦、遵璞、悟本等皆在焉"①。而宗杲的法嗣弥光、鼎需、守净、思岳、道谦、宗元以及俗门弟子李邴等均在朱熹生活或任职过的闽中、闽北及泉南一带传法，径山禅成为闽中主要的禅门宗派支脉之一，对南宋士人的影响不可忽视。

禅宗在发展过程中虽各立宗脉，但彼此之间并不是门户森严，而常常是相互渗透、相互融会的。同样的，禅宗与其他佛教派别也是如此。自唐代以来，就有高僧大德主张禅教相融。两宋时期闽中流行的佛教宗派如天台宗（法华宗）、净土宗、密宗等都与禅宗有过互动和彼此吸收的现象，其中以禅宗和华严宗的相兼融合最为显著突出。众所周知，唐代的圭峰宗密先后从南禅宗的道圆、华严宗的澄观习禅与华严，其所倡导的华严之学实际上是一种禅化的华严学。其后，宗密弟子子璿以华严宗旨义释《楞严经》，子璿弟子福建晋水人（今福建晋江市）净源（1011—1088）也秉承其师"融合禅教"之主张，以华严教义解释其他佛教典籍，并曾一度回泉州晋江清凉寺弘传宗密、澄观、子璿所倡导的禅化的华严宗。禅宗与这些佛教宗派千丝万缕的联系一方面表明禅宗虽不是宋代福建唯一的宗派，但其影响是其他宗派所不可望其项背的；另一方面也说明宋代在闽文人深受禅风浸染的同时也接受来自其他宗派佛教思想的影响，宋代闽人的佛教思想是复杂而多元的。

三 佛藏的编撰、翻刻与保存

福建佛禅文化的炽盛与繁荣不仅表现在佛教寺院之兴盛，而且表现在其佛藏典籍丰富的编撰成果、发达的佛藏刊刻和妥善全面的典籍保存。

---

① （元）念常集：《佛祖历代通载》卷二〇，《大正藏》第49册，第689页下。

（一）丰富的编撰成果

有学者指出："福建历代高僧著述宏富，据不完全统计，目前可查阅的有留下著作的高僧曰百余人，著作近350部。"① 由此可见，福建高僧素有著述传统。唐五代僧众编撰成果丰富自不必说，宋代禅僧寺子秉承传统亦留下丰富的著述。不仅如此，宋代亦有身居要职的士大夫参加佛教典籍的编纂。大体说来两宋时期，与朱熹同时或之前比较有影响的佛教典籍编撰成果主要有：

一是福建浦城人宋初大学士杨亿奉诏与兵部员外郎李维、太常丞王曙等参与《景德传灯录》的刊削、裁定，历时一年完成。同时，杨亿还奉诏充任润文官编纂新译佛教经录《大中祥符法宝录》21卷（一说22卷），有弥足珍贵的史料价值。

二是福州鼓山赜藏主旁蒐广采唐五代至宋初诸家宗派禅师语录，辑成汇"南泉而下二十二家示众机语"②的《古尊宿语录》四卷，并于"绍兴之初"③刊印。又于宋嘉熙二年（1238）刊刻完成《续古尊宿语录》（六卷）。通过这两部语录，"不仅可以把握禅宗盛期之梗概，亦可观禅宗主要代表人物的思想全貌。它是研究禅宗特别是禅宗盛期必不可少的思想资料"④。除此以外，还出现或流传《道英禅师语录》《了灿禅师语录》《雪峰慧空禅师语录》《有需禅师语录》《藏用禅师语录》《守净禅师语录》等禅师语录著述。

三是福建建宁人道谦于绍兴十年（1140）编集的《大慧普觉禅师宗门武库》。它并不是单纯记录宗杲本人的若干言语和杂录，还包括记叙宋代临济宗和云门宗僧人的言谈逸事为主，同时兼及记载其

---

① 何锦山：《论佛教在福建传播特点》，《宗教学研究》1996年第2期。
② （宋）赜藏主编集，萧箑父、吴有祥点校：《〈古尊宿语录〉前言》，《古尊宿语录》，中华书局1994年版，第26页。
③ （宋）晓莹录：《云卧纪谈》卷一，《卍续藏》第86册，第663页上。
④ （宋）赜藏主编集，萧箑父、吴有祥点校：《〈古尊宿语录〉前言》，《古尊宿语录》，中华书局1994年版，第26页。

第一章　朱熹佛禅因缘的社会历史语境

他禅林人物（包括禅僧和参禅宰执士大夫）的行为事迹，比较全面地展示了各禅宗宗系的面貌。

此外，宋代还出现较有代表性的佛经教义阐释的撰述，如有朋法师的《楞严·维摩诘经注》；戒环法师的《华严经要解》一卷、《楞严经要解》二十卷、《妙法莲华经要解》十九卷（一说二十卷）。

（二）发达的佛藏典籍刊刻与保存

福建林木茂盛，竹木成海，独特的资源优势为福建提供了丰富的造纸和版刻材料。与此同时，宋代闽中地区已成为发达的文化中心，刻版事业极其繁荣，不仅有与杭州、西蜀并称三大书籍刻印产地的建阳麻纱坊，而且有为数不少的私家或寺观刻版，这些为宋代刻经提供了极大的便利和保障。始于宋神宗元丰三年（1080）、成于宋徽宗崇宁三年（1104）由福建东禅等觉院所雕的《崇宁万寿大藏经》和始于北宋政和二年（1112）、成于南宋绍兴二十一年（1151）由福州开元寺所雕的《毗卢大藏经》成为中国历史上最早的寺刻大藏经，也是福建最早的刻本。除此而外，各大小寺院刊刻经书也成为当时瞩目的现象，较具代表性的有玄沙宝峰院刊刻的《玄沙师备禅师广录》、光孝寺刊刻的《大慧普觉禅师语录》、鼓山涌泉寺刊刻的《佛说观无量寿佛经》，等等。显然，佛藏典籍的刊刻在宋代是相当繁荣的。不仅如此，由于福建地处环山靠海，偏隅东南，远离中原动乱地带，有着妥善保存佛藏典籍独特的地理优势，使得许多珍贵的佛典流传至今。

由此看来，两宋时期丰富的佛典资料显示宋人对佛教的热衷，一方面积极参与佛教建设；另一方面这为宋人以修心为目的出入佛禅、研读佛教经典提供了丰富而有力的资源保障，这是宋代福建佛禅风气炙热盛况的又一独特表现。

以上从政治、理学、文人、文学等几个方面分析朱熹与佛禅的密切渊源，但必须特别指出的是，宋代是一个以理学文化为底蕴的时代，这一文化有着不同于传统儒家文化的融合释道文化的特征，与此同时，朱熹为捍卫儒家的正统地位是举着鲜明的排佛旗帜的，这就提示我们，朱熹与佛禅的因缘不能割裂理学对其出入佛禅的影响。美国文艺理论家 S. 阿瑞提曾说："一个人不能凭空创造出新的东西。他的创造必须有一个环境。这个环境给他提供文化熏陶以及各种刺激。"[①] 的确如此，一个人的成长离不开他所处的生活环境。朱熹与佛禅的因缘正是宋代佛教与政治、理学和文学深厚的渊源及福建独特而炽盛的佛禅风气从各个方面给予朱熹佛禅文化的熏陶和刺激的结果，其崇佛与反佛的思想和行为都是在这一历史语境下生成的。

---

① ［美］S. 阿瑞提：《创造的秘密》，钱岗南译，辽宁人民出版社 1987 年版，第 47 页。

第二章 生平思想与佛教

在理学与经学光环的照耀下,朱熹与佛道、与文学的关系似乎显得黯淡无光。然而,朱熹是传统文化的一面镜子,在这面镜子中,我们看到的不仅仅是儒家文化的集大成者。实际上,朱熹所创立的广大、精微的理学体系是融合、吸收了优秀文化遗产之精髓尤其是佛老文化而构建——朱熹以及其思想学说深受佛学的影响,这种影响既包括"援佛入儒",也包括与之相反的"攻评和排斥"。这种两极的表现既反映出朱熹对佛教二律背反的态度,也折射出朱熹这面传统文化的镜子有着复杂的文化心态的内涵。

第一节 佛禅因缘家学师承考述

朱熹与佛禅之因缘除了以理学文化为底蕴却处处充盈着佛禅智慧与灵性的社会历史文化土壤外,还与其独特的生活环境和成长经历有直接的关系,这包括:既有理学渊源又充满佛道气息的家庭环境;从青少年时期起既师从儒释兼修的武夷"三先生"及禅学修养极高的道谦法师,又师从辟佛扬儒的儒学大师李侗;与此同时,其既广交儒道有识之士,又友结方外之客。

一　家学：父祖奉佛事略

朱氏家族按朱熹祖父朱森的话说是"吾家业儒，积德五世"。但就这样一个时代业儒的家庭，也有浓厚的佛老氛围。下分述之。

朱森，字良才，熹祖父。朱氏家道中落，至朱森时常常"以奉养日短为终身之忧"①，但其"胸中冲澹，视世之荣利泊然"②，曾云"外物浮云尔"③。晚年寂寞凄凉，据朱熹父朱松载其"晚读内典，深解义谛，时时为歌诗，恍然有超世之志"④，沉溺在佛典道书和吟诗唱和中寻求精神的寄托。

朱松，字乔年，熹父，于儒学、诗歌颇有造诣，曾"问道于龟山杨时弟子罗从彦、萧颙。以诗文名于南渡前后，有《韦斋集》十二卷、外集十卷"⑤。不仅如此，朱松受家风影响，也耽好佛老。从现存的《韦斋集》十二卷看，有近半数的诗作是以佛禅为题旨的：或咏叹佛寺，如《书僧房》《游山光寺》《游报国寺》等；或抒发释家情怀，如《宿禅寂院》《梅花》《寄湛师》等；或与衲子缁流唱和之往来，如《游南峰赠长老》《赠僧》《种竹报恩院示僧二首》。其中不少诗作极富禅境，如：

一月分身入万池，道人何处不相随。卧听绝壑传风籁，历历新诗世不知。（《寄湛师》）

《华严经》有"譬如净满月，普现一切水"之说，以"月"喻

---

① 束景南：《朱熹年谱》（增订本），华东师范大学出版社2014年版，第4页。
② 同上。
③ 同上。
④ 同上。
⑤ 同上书，第6页。

第二章 生平思想与佛教

佛身,以"水"喻众生。后来玄觉的《证道歌》将其与禅宗融合,提炼成华严禅"事理圆融"形象精警之语:"一性圆通一切性,一法遍含一切法。一月普现一切水,一切水月一月摄。"朱松此诗前两句就颇臻此妙境,成为一佛能顺应众生之心而变现出种种形相的诗性言说。寓览朱松诗文,其中提到的朱松寓居福建后,萍踪浪迹的佛禅寺院有垄寺、龟灵寺、妙香寺、永和寺、延庆寺、山光寺、万叶寺、西峰院、延福寺、白云寺等,不一而足;朱松还常与高僧大德谈禅说法,与其交往的禅僧寺子有深师、觉师、华严道人、求道人、西堂道人、净悟、湛师、三峰长老、惠匀、南峰长老、康道人、大智禅师等。其中,朱松与求道人的唱酬最多;而与净悟长老交谊最深,客寓政和时,往返建安期间常住净悟长老所在的寺院,并应其之请,写有一篇《尊胜院佛殿记》。朱熹撰文回忆其父与净悟之交游时说:

> 先君子少日喜与物外高人往还,而于净悟师为尤厚。后尝为记尊胜佛殿,今刻石具在,可考也。净悟,建阳后山人,晚自尊胜退居南山云际院,一室翛然。禅定之余,礼佛以百万计。年过八十,目光炯然,非常僧也。常为余道富文忠、赵清献学佛事。其言收敛确实,无近世衲僧大言欺世之病。以是知先君子之厚之非苟然也。[①]

朱熹的这段回忆不仅透露了其父与净悟长老深厚的情谊,而且从其"目光炯然,非常僧也""无近世衲僧大言欺世之病"等赞叹之语不难看出朱熹对这位长老印象之深刻,以及朱熹早年就已形成

[①] 《晦庵先生朱文公文集》卷八四,《朱子全书》第24册,上海古籍出版社、安徽教育出版社2002年版,第3969页。

对佛教较客观理性的认识——佛门中既有大言欺世之徒，亦有像净悟一样的收敛确实之人。另外，值得注意的是，上段文字是朱熹为其父《与净悟书》所作的后跋，但在朱松的《韦斋集》十二卷并无此文，故而朱松此文很可能是收录在被朱熹视为"多应用文字"的朱松的《外集》十卷中。朱熹在淳熙七年（1180）曾将朱松《韦斋集》十二卷刊行于世，却不刻这《外集》十卷，据束景南先生的推测，很可能是后者更多地记载或流露了不少朱松与释子羽流交往唱酬的文字。[①]

由上观之，朱松不仅频频出入佛禅寺院，与禅僧寺子交游往来，向高僧大德谈禅问法，而且其人其文已深受佛禅影响，自小生活在朱松身边的朱熹对此可谓耳濡目染。

朱槔，字逢年，熹叔。从现存朱槔的《玉澜集》看，其颇有其父业儒而喜内之旨趣，有悲天悯人济世苍生的情怀，却又希冀过宁静悠闲、淡泊明志的生活，在入世的生活处境和出世的超然旷志平衡中，朱槔以佛道处世的人生态度成为他"不肯随俗俯仰，厄穷蹭蹬，有人所难堪而其节愈厉，其气益高，其诗闲暇晏不见悲伤憔悴之态"[②]的主要原因。宋代禅悦之风盛行，居士佛教深受文人士大夫的喜爱，朱槔也不例外，他的许多诗作中都写得极有禅意，如：

> 诗书邀我忽半世，车毂前却连崖嵬。试寻夷路到圣处，马力已竭烦舆台。去天尺五吐杰句，孔丘盗跖俱尘埃。坐疑蓬岛寻丈尔，扁舟径入浮云堆。（《用东坡武昌寒溪韵三篇》）
>
> 赤乌白马吐杰句，黄花翠竹通幽禅。（《辛酉五月望简陈和仲》）

[①] 束景南：《朱子大传》，商务印书馆2003年版，第33页。
[②] （宋）尤袤：《玉澜集后跋》，影印文渊阁《四库全书》第1133册，（台北）台湾商务印书馆1983年版，第558页。

第二章 生平思想与佛教

一牛鸣地两禅林，雾雨初晴翠霭深。(《寄人》)

汝辈禅心起，今年道眼浑。不知东嶂外，滟滟涌金盆。(《九日与数客登善福院之绝顶晚饮茗饮阁予以病先赋十二韵》)

除了创作禅味十足的诗篇，朱槔与佛门弟子也多有往来，尤其与善诗能文的求道人、葵道人、涌翠道人吟诗唱和、交往密切，如《十月上休日示求道人》《葵道人之三山》《折山道中六言寄湧翠道人》等。其中《次韵寄求道人》一诗对我们理解朱槔佛老处世的心态颇有裨益：

天工愦愦春无力，桃李颦心少颜色。梦中矫首望三山，我是东南未归客。岩壑交游人姓支，相思江月半成规。遥知草木代说法，岂是画饼随儿嬉。此身分不过朝市，何日相从拂衣袂。岂容陶令载白莲，會作郑虔书落柿。

显然，这是首和求道人的诗。求道人原诗已佚，故而无从考辨其所作何意。然该诗提到了两个人，一是被誉为隐逸之宗的陶渊明，二是才名昭著于时的郑虔。此处要特别指出的是，陶渊明的高蹈之风为宋人所崇尚，朱槔也深以为许，并追慕和效仿之，曾"自作挽歌词，齐得丧，一死生，直欲友渊明于千载"[1]。这首诗所提到的"陶令载白莲"是指东林寺寺主慧远曾邀陶渊明入白莲社之事。陶渊明虽与慧远一直交谊甚好，常谈玄论道，但还是婉拒了慧远之请，究其原因就在于陶渊明"结庐在人境，而无车马喧。问君何能尔，心远地自偏"的人生风致早已超脱到极高的层次，无须外在的形式。

---

[1] （宋）尤袤：《玉澜集后跋》，影印文渊阁《四库全书》第1133册，（台北）台湾商务印书馆1983年版，第558页。

朱槔倾慕的就是这种发自内心的对于真正修行的虔诚膜拜和皈依，而不是仅有念经诵佛、坐禅入定的方式去摒除内心的杂念。

由于家境贫寒，朱熹自小与父朱松和叔朱槔过着四处流寓的生活。朱松去世后，由于朱槔不肯随波逐流的特行以致处境穷厄，无力照顾兄长的孤儿寡母，朱熹母子只好托由武夷三先生照管，叔侄二人也因此分处两地。朱槔曾写《乙丑除夜寓永兴寄五二侄一首》来表达对朱熹重振朱氏祖风的殷殷期望。而在他的《自作挽歌辞》中除了表达对这对孤儿寡母的牵挂，更是话尽人世沧桑："天涯念孤侄，携母依诸刘。书来话悲辛，心往形輒留。"① 尽管境遇颠沛流离，但叔侄二人感情甚笃。因此朱槔在感情上和精神上对朱熹发生着潜移默化的影响，而其耽好佛老、以佛老处世的人生态度影响朱熹也就不足为奇了。

朱熹父祖辈嗜好佛禅，其母家也是一个好佛老的大族。在他撰写的《外大父祝公遗事》一文中描述其外祖父既有菩萨心肠，好善乐施，又佞佛成癖的情形：

> 熹少时见外大父，犹能颇诵其语……亲丧，庐墓下，手植名木以千数。率诵佛书若干过，乃植一本，日有常课，比终制而归，则所植已郁然成阴矣。……其他济人利物之事，不胜计，虽倾资竭力，无吝色，乡人高其行……公之家资势力不能复如往时矣，然终不以为悔也，比其晚岁，生理益落，而好施不少衰……②

关于朱熹母亲祝氏的资料极为稀少，我们仅在朱熹之《外大父

---

① （宋）朱槔：《玉澜集》，影印文渊阁《四库全书》第1133册，（台北）台湾商务印书馆1983年版，第557页。以下所引朱槔诗作均出自此本，不在另注出处。
② 《晦庵先生朱文公文集》卷九八，《朱子全书》第25册，第4571—4572页。

祝公遗事》一文及为其母写的祝寿诗寻得其母性情、秉性等的蛛丝马迹。朱熹说其母"德性特似公"①,"也知厚德天应报,更说阴功世所希"(《又三首》)②,可见其母也是笃信佛教的人。祝氏在朱熹身边时间最长,母子感情极为深厚,其母对佛教的痴迷必然也会影响朱熹。朱熹另有两个舅父,他们也继承了信佛好老的家风,并把南宋重经不重史、醉心佛老杂书和泛观博览的读书风气传给了朱熹。

二 师承:刘子翚、道谦与李侗

在朱熹漫长的求学生涯中,为其授学的老师中,既有像刘子翚这样的"以儒包禅"的慈父般的老师,又有于禅造诣极高径山嫡传弟子道谦法师,也有像李侗这样排斥佛禅的醇儒,他们对朱熹的佛禅态度、佛禅思想有直接的影响。

绍兴十三年(1143)三月二十四日朱松病故托孤,把朱熹母子交给了崇安五夫里刘子羽照顾,同时又请崇安道学密友籍溪胡宪、白水刘勉之和屏山刘子翚为朱熹师。三先生中,刘子翚的佛禅气息最重。朱熹曾说他"独居一室,危坐或竟日夜,嗒然无一言"③。在《跋家藏刘病翁遗帖》亦有所描述:"病翁先生壮岁弃官,端居味道,一室萧然,无异禅衲。视世之声色、权利,人所竞逐者,漠然若无见也。"④

在他的文集中,充满佛禅气息的诗篇俯首即是,正如王渔洋《带经堂诗话》卷二〇所评:"其《屏山集》诗往往多禅语……先生常语文公曰:'吾少官莆田,以疾病时接佛老之徒,闻其所谓清静寂灭者,而心悦之……'故文公讲学,初亦由禅入。"而在其《池北偶

---

① 《晦庵先生朱文公文集》卷九八,《朱子全书》第25册,第4572页。
② 《晦庵先生朱文公文集》卷二,《朱子全书》第20册,第298页。
③ 《晦庵先生朱文公文集》卷九〇,《朱子全书》第24册,上海古籍出版社、安徽教育出版社2002年版,第4168页。
④ 《晦庵先生朱文公文集》卷八四,《朱子全书》第24册,上海古籍出版社、安徽教育出版社2002年版,第3966页。

谈》则说得更具体：

> ……其《屏山集》往往多禅语，如《牧牛颂》云："软草丰苗任满前，苍然觳觫卧寒烟。直饶牧得浑纯熟，痛处还应着一鞭。"《径山寄道服》云："远信殷勤到草庵，却惭衰病岂能堪。聊将佛日三端布，为造青州一领衫。粲粲休夸绮与纨，纫兰制芰亦良难。此袍遍满三千界，要与寒儿共解颜。"此类是也。(《屏山诗禅》)①

刘子翚浓厚的佛禅气息与他精研佛道，拜思彻禅师为师，与寺僧大德如宗杲、圆悟、道谦等过从甚密有密切的关系。其中，刘子翚与思彻禅师和宗杲的交往尤其值得一提。思彻禅师是天童觉禅师第六代法嗣，号了堂。刘子翚在莆田通判任上结识了这位能静坐入定数日的思彻禅师，并皈依其门。朱熹提到过此事：

> 屏山少年能为举业，官莆田，接塔下一僧，能入定数日。后乃见了老，归家读儒书，以为与佛合，故作《圣传论》。②

此处，"了老"即思彻禅师。由此可见，刘子翚的禅学思想接受的是默照禅。何为默照禅？三峰藏法师对此有较明确的表述：

> 示众单坐禅不看话头，谓之枯木禅，又谓之忘怀禅。若坐中照得昭昭灵灵为自己者，谓之默照禅。以上皆邪禅也。③

---

① (清)王士禛：《四库家藏 池北偶谈》，山东画报出版社2004年版，第275页。
② 《朱子语类》卷一〇四，《朱子全书》第17册，上海古籍出版社、安徽教育出版社2002年版，第3436页。
③ (明)法藏说，弘储记：《三峰藏和尚语录》卷七，《嘉兴藏》第34册，第160页上。

第二章 生平思想与佛教

可见，默照禅的教义核心在于"默坐而照"，"默"，即不为外在环境和内心影响，让心处于安静平和的状态；"照"，即明白觉知自己内心与外在的一切变化而达到净虑去欲的状态，即所谓"昭昭灵灵为自己者"。默照禅源自般若学与止观，至东晋慧远以"照寂"二字来统括其禅修方法。至南宋曹洞宗宏智正觉作《默照铭》与《坐禅箴》来介绍这种禅修方法。但这种禅法遭到了与之多有往来、提出主悟的"看话禅"的宗杲的不少批评。

刘子翚与宗杲早年就有所交往，两人书信往来也颇多。而这些书信多是围绕着"看话禅"与"默照禅"彼此针锋相对的问题展开的。对于这二者的区别，宗杲在《答李参政别纸》中曾作过一番比较：

> 富枢密顷在三衢时，尝有书来问道。因而打葛藤一上，落草不少，尚尔滞在默照处。定是遭邪师引入鬼窟里无疑。今又得书，复执静坐为佳，其滞泥如此，如何参得径山禅？今次答渠书。又复缕缕葛藤，不惜口业，痛与划除，又不知肯回头转脑，于日用中看话头否？[1]

从这段话中可以看出，宗杲认为默照禅的静坐极其"滞泥"，不知"回头转脑"，会把人的内心导向一种守空死寂的境地，而于"日用中看话头"的看话禅则可引导参禅者顿悟佛理。为此，宗杲在信中多次指出刘子翚的禅病：

> 近年以来，禅道佛法衰弊之甚，有般杜撰长老，根本自无所悟，业识茫茫无本可据，无实头伎俩收摄学者，教一切人如渠相似，黑漆漆地紧闭却眼，唤作默而常照，彦冲被此辈教坏

---

[1] （宋）蕴闻编：《大慧禅师语录》卷二六，《大正藏》第47册，第922页中。

了，苦哉苦哉。……彦冲却无许多劳攘，只是中得毒深，只管外边乱走，说动说静，说语说默，说得说失。更引周易内典，硬差排和会，真是为他闲事长无明。……彦冲引孔子称"易之为道也屡迁"，和会佛书中"应无所住而生其心"为一贯。又引"寂然不动"，与土木无殊。此尤可笑也。……彦冲非但不识佛意。亦不识孔子意。……彦冲以"应无所住而生其心"与"易之屡迁"大旨同贯，未敢相许。若依彦冲差排，则孔夫子与释迦老子，杀着买草鞋始得。何故？一人屡迁，一人无所住，想读至此，必绝倒也。（《答刘宝学彦修》）①

令兄宝学公（刘子羽）……基本坚实，邪毒不能侵，忘怀管带在其中矣。……杜撰长老辈。教左右静坐等作佛。岂非虚妄之本乎。又言。静处无失。闹处有失。岂非坏世间相而求实相乎。若如此修行。如何契得懒融所谓今说无心处不与有心殊。《〈答刘通判彦冲〉书一》② 左右在静胜处住了二十余年，试将些子得力底来看，则个若将桩桩地底做静中得力处，何故却问闹处失却？而今要得省力，静闹一如，但只透取赵州无字，忽然透得，方知静闹两不相妨，亦不著用力支撑，亦不作无支撑解矣。《〈答刘通判彦冲〉书二》③

从以上书信内容不难看出刘子翚濡染佛禅之深：一者表现为宗杲对刘子羽、刘子翚兄弟俩参禅之别了如指掌，在信中精辟地指出刘子翚参"默照禅"禅病之所在，尤其是对刘子翚以禅解《易》作《圣传论》的强行附会更是一针见血，此足见刘氏兄弟与宗杲关系之非同一般。据载，刘氏兄弟大概在靖康二年（1127）就与宗杲相识；

---

① （宋）蕴闻编：《大慧禅师语录》卷二七，《大正藏》第47册，第925页上。
② 同上书，第926页上。
③ 同上书，第926页下。

第二章 生平思想与佛教

《续传灯录》刘子羽被列为宗杲的"法嗣",刘子翚与宗杲虽禅学上不相合,但宗杲依旧为其作了一首《刘子翚像赞》,而《屏山集》中《径山寄生子作道服三首》之二就是写给宗杲的;此外,宗杲曾专门到崇安五夫里开善寺为刘氏兄弟升坐说法,开善寺的道谦为宗杲大弟子,刘氏兄弟常出入此寺参禅问法等,都表明刘子翚兄弟与佛禅有着密切的渊源关系;二者从宗杲对刘子翚默照禅批判的思想高度也可看出,刘子翚濡染佛禅之深不是一般文人士子的泛泛之好,而是提升到思想理论的层面,将它们渗透到自己融会了儒佛老三道的理学体系的构建中。朱熹从刘子翚这里接受的就是这样一个充满禅气的理学教育,这最主要体现在两个方面。

一是刘子翚为朱熹取字"元晦"就是儒兼佛老之说的字词。其《字朱熹祝词》是这样解释他为朱熹取的这一字的:

> 字以"元晦",表名之义:木晦于根,春容晔敷。人晦于身,神明内腴。昔者曾子,称其友曰:有若无,实若虚……宜养于蒙,言而思忠,动而思蹟,凛乎惴惴,惟曾颜是畏。①

在这个释义中,"人晦于身,神明内腴"即蕴含佛老都崇尚的净虑去欲以保持本真;"有若无,实若虚"既有道家有无相生、虚实相依的辩证意味,亦蕴含佛家所谓"色即是空,空即是色"的思辨旨趣。因此,其字"元晦"实则杂糅了佛老之说,有着丰富的文化底蕴。不仅如此,束景南还从朱熹与宗杲二人分别在理学与佛学的成就和影响展开联想,认为刘子翚为朱熹取字"元晦"和张商英为禅宗大师宗杲取字"昙晦""有异曲同工之妙"②,刘子翚取

---

① (宋)刘子翚:《屏山集》卷六,影印文渊阁《四库全书》第1134册,(台北)台湾商务印书馆1983年版,第402—403页。

② 束景南:《朱子大传》,商务印书馆2003年版,第58页。

字"元晦","是把宗杲的影子印到朱熹身上了,他的字词不啻是一次禅教"。①

二是刘子翚临终赠朱熹平生绝学"不远复"三字符亦是受佛老清静寂灭之说启发的产物。朱熹在刘子翚临终前向其师问平生"入道次第",刘子翚毫不讳言其学与佛禅之渊源:

> 吾少闻道,官莆田时,以疾病始接佛老之徒,闻其所谓清净寂灭者,而心悦之,以为道在是矣。比归读吾书,而有契焉,然后知吾道之大、其体用之全乃如此。抑吾于《易》,得入德之门焉,所谓"不远复"者,则吾之三字符也。佩服周旋,罔敢失坠,于是尝作《复斋铭》《圣传论》,以见吾志。(《屏山刘先生墓表》)②

这"不远复"三个字原是儒家克己复礼修身养性的方法,三字源出《周易·复卦·象》:"初九,不远复,无祇悔,元吉";"不远之复,以修身也。"刘子翚认为其官莆田之时所接触的清净寂灭的默照禅与他后来所读儒书有契合之处,即"不远复"与默照禅静坐"主静观复"的主旨不谋而合;同时,这三字与道家的"涤除玄览","致虚极,守静笃,万物并作,吾以观其复"亦有沟通之处。

束景南先生曾说"病翁刘子翚是朱熹真正的启蒙精神导师"③。的确如此,刘子翚为朱熹取字"元晦"以及将平生绝学"不远复"三字符临终赠予朱熹所表现出的儒兼佛老的博杂的学术兴趣,对朱熹有很深的影响。尤其是刘子翚在儒佛相兼思想主导下在其《圣传

---

① 束景南:《朱子大传》,商务印书馆2003年版,第59页。
② 《晦庵先生朱文公文集》卷九〇,《朱子全书》第24册,上海古籍出版社、安徽教育出版社2002年版,第4169页。
③ 束景南:《朱子大传》,商务印书馆2003年版,第55页。

第二章 生平思想与佛教

论》中表现出来的儒道统与佛道统合一的道统论,成为朱熹十余年来出入佛老的思想依据。其默照禅虽不为朱熹接受,但其与宗杲的佛禅论战却让朱熹对主悟的径山禅一见倾心;而其生前把开善寺的宗杲大弟子道谦引荐给他,更把朱熹引上了主悟的"昭昭灵灵的"禅学之路。

道谦(?—1155),姓游,崇安五夫里人,是朱熹真正的禅学导师。《五夫里志稿·释志》对道谦的生平有比较详细的记载:

  道谦和尚,姓游,五夫里人,家世业儒……削发,谒果勤、日杲二禅师,秘传心印,结庵于仙洲山……侍者曰:"梦行去来,于师何有,独不留一语邪?"师笑曰:"万法来空,三兴非有,就生于何安着,忍为骇俗态邪?"后二日永寂。道谦送人诗云:"二三尺雪山藏路,一两点花春信梅,将此赠君持不去,请君收拾早归来。"

由上可知,道谦为克勤、宗杲嫡传弟子,深得二禅师秘传心印,于"日用处看话头",顿悟佛理;与此同时,其世代业儒的家庭背景又为他打下扎实的儒学背景,可谓儒释双修之人,道谦如此的文化修为显然对朱熹有着特殊的吸引力。而《五灯会元》卷二〇对道谦悟入径山禅有生动的叙说:

  建宁府开善道谦禅师,本郡人。初之京师依圆悟,无所省发。后随妙喜庵居泉南。及喜领径山,师亦侍行。未几,令师往长沙通紫岩居士张公书,师自谓:"我参禅二十年,无入头处。更作此行,决定荒废。"意欲无行。友人宗元者叱曰:"不可在路便参禅不得也?去!吾与汝俱往。"师不得已而行,在路泣语元曰:"我一生参禅,殊无得力处。今又途路奔波,如何得相应去?"元告之曰:"你但将诸方参得底,悟得底,圆悟妙喜为你说得底,都不要理会。途中可替底事,我尽替你。只有五件事替你不得,你须自家支当。"师曰:"五件者何事?愿闻其要。"元曰:"着衣吃饭,屙屎放尿,驮个死尸路上行。"师于言下领旨,不觉手舞足蹈。元曰:"你此回方可通书,宜前进,吾先归矣。"元即回径山,师半载方返。妙喜一见而喜曰:"建州子,你这回别也!"……①

文中,"及喜领径山,师亦侍行"即言道谦遂妙喜(宗杲)前往径山学禅,刚开始无所得,道谦曾一度想放弃,但后来在其友宗元的帮助下,终于悟得径山禅之要旨。道谦后来向朱熹传授的也主要就是主悟的径山禅。

朱熹与道谦的结识得益于三先生与道谦的密切往来,尤其是刘子翚修开善寺,使得道谦成为此寺的主僧:

字彦冲,即子羽之弟,以荫补承务郎,辟真定幕后,除判兴化军,以疾辞隐武夷山。日以讲学为业,朱熹师事之。尝修开善院,屡延名德主之,共为法喜之游,僧中凡有撰述,多出其手,光扬大法为独至云。②

可见,朱熹师事武夷三先生时,刘子翚曾修开善寺并延请道谦为寺主。不仅如此,刘子翚和道谦还常"共为法喜之游"。这为朱熹结识道谦提供了契机。在绍兴十五年(1145)一次偶然的机会中,朱熹认识了道谦禅师:

---

① (宋)普济集:《五灯会元》卷二〇,《卍续藏》第80册,第423页下。
② (明)元贤集:《建州弘释录》卷二,《卍续藏》第86册,第570页上。

第二章 生平思想与佛教

某年十五六岁时，亦尝留心于此（禅学）。一日在病翁处所会一僧，与之语，其僧只相应和了说，也不说是不是，却与刘说，某也理会得个昭昭灵灵的禅。刘后说与某，某遂疑此僧更有要妙处在，遂去扣问他，见他说得也煞好。及去赴试时，便用他意思去胡说。是时，文字不似而今细密，由人粗说，试官为某说动了，遂得举。①

朱熹因用了道谦所授之意在科举考试中一举高中，这对朱熹有着独特的意义："这份试卷成了朱熹思想发展的一块里程碑：它表明在朱熹身上，心学压倒了理学，道谦主悟的'昭昭灵灵的禅'终于战胜了刘子翚主静的'三字符'，道谦的禅说可以使朱熹一举金榜高中，也就成为他师事道谦的直接契机。"② 可见道谦对朱熹的影响非同一般。综观各类文献所载，道谦对朱熹的影响主要有两个方面。

一是融会儒释。前文已述道谦有着世代业儒的家世背景，同时又是克勤、宗杲的嫡传高门弟子，这种受学经历为后来道谦形成融贯儒释的学养创造了有利的条件。而这种特殊的学养根基也成为他向门下弟子传禅说法的授学风格。在朱子《文集》或《语类》所提到的朱熹接触、研读的佛教经典中，道谦作为开悟朱熹的《大慧语录》和《正法眼藏》的佛教读本对朱熹的影响甚大。而这两种读本最大的特点就是体现了用儒家语言改头换面，不着痕迹地援佛入儒。朱熹在给孙敬甫的信中提到了宗杲、道谦这种接引士大夫的妙法：

（熹）少时喜读禅学文字，见杲老与《张侍郎书》云：左

---

① 《朱子语类》卷一〇四，《朱子全书》第 17 册，上海古籍出版社、安徽教育出版社 2002 年版，第 3437—3438 页。

② 束景南：《朱子大传》，商务印书馆 2003 年版，第 85 页。

右既得此把柄入手，便可改头换面，却用儒家语言，说向士大夫接引……①

又在其杂著《张无垢中庸解》也说：

某释之师语之曰："左右既得把柄入手，开导之际，当改头换面，随宜说法，使殊途同归，则世出世间两无遗恨。然此语亦不可与俗辈知，将为实有怎么事也。"见大慧禅师《与张侍郎书》，今不见于语录中，盖其徒讳之也。②

由于宗杲弟子讳言自己师父以儒入佛，因此《大慧语录》没有记载宗杲对张九成所说的原话。在今本《正法眼藏》中收有一封《答张子韶侍郎书》，但主要探讨禅法是否要辟除门户之见。因此朱熹所说的杲老之语当是其年少之时读到的道谦所赠的旧本《正法眼藏》所收之文。也就是说，道谦希望朱熹像张九成一样，能够以儒兼佛，以佛证儒，达到儒佛相融及出世与入世殊途同归。虽然在学理上，朱熹并没有完全吸收道谦所授之法，但在修养方法上却对朱熹有很重要的启发，使朱熹真正做到了理禅融会。此将在朱熹佛教行实一节详述，此不赘述。

二是道谦主悟的"看话禅"向内体悟修养的工夫。据《佛祖历代通载》卷三〇载：

朱文公少年不乐读时文，因听一尊宿说禅，直指本心，遂

---

① 《晦庵先生朱文公文集》卷六三，《朱子全书》第23册，上海古籍出版社、安徽教育出版社2002年版，第3064页。
② 《晦庵先生朱文公文集》卷七二，《朱子全书》第24册，上海古籍出版社、安徽教育出版社2002年版，第3473页。

第二章 生平思想与佛教

悟昭昭灵灵一著。十八岁请举,时从刘屏山,屏山意其留心举业,暨搜其箧,只《大慧语录》一帙尔。①

此处所谓"一尊宿说禅"指的就是朱熹听道谦说禅。道谦所编的《大慧语录》成为朱熹随身携带的佛学启蒙读本,哪怕连去参加科举也带着,说明朱熹对径山禅情有独钟。而道谦为朱熹所说的径山禅其中就有宗杲的著名公案"狗子话时时提撕",这在各家所记载的道谦给朱熹的复信中可以看出,如:

> 径山谦首座归建阳,结茅于仙洲山,闻其风者悦而归之。……朱提刑元晦以书犊问道,时至山中,有答元晦,其略曰:"十二时中,有事时随事应变,无事时便回头向这一念子上提撕:狗子还有佛性也无?赵州云无。将这话头只管提撕,不要思量,不要穿凿,不要生知见,不要强承当。如合眼跳黄河,莫问跳得过跳不过,尽十二分气力打一跳。若真个跳得这一跳,便百了千当也。若跳未过,但管跳,莫论得失,莫顾危亡,勇猛向前,更休拟议。若迟疑动念,便没交涉也"。②

又如:

> 信国文公朱晦庵熹问道于开善谦禅师……答曰:"某二十年不能到无疑之地,只为迟疑。后忽知非,勇猛直前,便自一刀两段,把这一念提撕:狗子还有佛性也无?州云无。不要商量,不要穿凿,不要去知见,不要强承当。"公服之无斁。③

---

① (元)念常集:《佛祖历代通载》卷二〇,《大正藏》第49册,第691页上。
② (宋)圆悟录:《枯崖漫录》卷中,《卍续藏》第87册,第32页中。
③ (元)熙仲集:《历朝释氏资槛》卷一一,《卍续藏》第76册,第251页中。

再如：

> 谦答书曰："把这一念提撕狗子话，不要商量，勇猛直前，一刀两段。"晦庵览之有省。①

以上各家记载的道谦复信虽在文字上有出入，但有一点是毋庸置疑的，即道谦以宗杲的"狗子话时时提撕"来启发朱熹悟"昭昭灵灵的禅"。这是一种要求确立某个话头、问题，进行内省的参究体认，由疑入悟的主悟禅学，而这对朱熹后来构建他的敬知双修的理学思想有很重要的影响。然而，在朱熹通往牧斋、醉心佛禅的道路上，因为遇到李侗而发生了根本性逆转。

李侗（1093—1163），字愿中，南剑州剑浦人（今属福建南平），师承罗从彦，与朱熹父朱松同门，是杨时的再传弟子。据朱熹《延平先生李公行状》介绍，李侗祖上为仕宦之家，"曾祖讳干，屯田郎中致仕，赠金紫光禄大夫……祖讳纁，朝散大夫，赠中奉大夫，……父讳涣，朝奉郎，赠右朝议大夫……"②但是，李侗却无为宦之趣，24岁从学罗从彦有得后，"退而屏居山田，结茅水竹之间，谢绝世故四十余年。箪瓢屡空，怡然自适"，以收授弟子为乐，朱熹就是其弟子之一。

由于博览群书，家学与师承亦有广博的文化背景，青年朱熹的思想极为博杂，儒释道三家均有浸染，而于佛禅尤深。从学李侗十年，是李侗对朱熹各方面全面影响的十年。其中，尤其重要的影响是李侗是朱熹由"禅"转"儒"的关键人物，其言之，李侗是朱熹从痴迷佛禅寄托精神及试图从佛禅中寻到解决现实生活困境的门径

---

① （明）宗本集：《归元直指集》卷下，《卍续藏》第61册，第461页中。
② 《晦庵先生朱文公文集》卷九七，《朱子全书》第25册，第4516页。

第二章 生平思想与佛教

转而发现之前所学之非的转棙之人。概而要之,其突出表现为两个方面。

一是李侗是朱熹从行动上由"禅"转"儒"的第一人。绍兴二十三年(1153),24岁的朱熹在往泉州同安赴任前,特意绕道剑莆漳林拜见李侗。而正是在这次会面中,李侗所说的话对朱熹的思想转变有着醍醐灌顶的意义。李侗在后来给罗博文的信中提到了此次会面他看出朱熹所学之非:"渠(朱熹)初从开善处下工夫来,故皆就里面体认。今既论难,见儒者路脉,极能指其差误之处。"[①] 虽然如此,朱熹对李侗的话却是将信将疑的。朱熹回忆这次与李侗相见的情形时提到:

> 后赴同安任,时年二十四五矣,始见李先生。与他说,李先生只说不是。某却倒疑李先生理会此未得,再三质问。李先生为人简重,却是不甚会说,只叫看圣贤言语。某遂将那禅来权倚搁起。意中道,禅亦自在,且将圣人书来读。读来读去,一日复一日,觉得圣贤言语渐渐有味。却回头看释氏之说,渐渐破绽罅漏百出。[②]

文中,朱熹虽疑李侗于佛禅无所得而不能理解自己所言,但另一方面也说明,在李侗之前,没有人指出朱熹所学之弊病,也正因为如此,与李侗的这次会面使朱熹在通往佛禅路上第一次有意识地放下禅书,按李侗所教,日复一日读圣贤书,从行动上由"禅"转"儒",这不能不归功于李侗的教诲。但是,这并没有让朱熹思想立刻尽弃前学,事实上,与李侗这次会面之后至同安的前两年(绍兴

[①] (宋)李侗:《与罗博文书》,《李延平集》卷一,中华书局1985年版,第4页。
[②] 《朱子语类》卷一〇四,《朱子全书》第24册,上海古籍出版社、安徽教育出版社2002年版,第3438页。

二十四、二十五年，1154—1155），吏事之余，朱熹仍喜谈禅说佛，只不过与前时相比，时儒时佛，心理上彷徨于儒佛的挣扎。正如束景南先生所言："朱熹怀着'疑而不服'的心情离别李侗，但李侗的话在他心中引起了震动，从此儒与佛两个自我在他身上发生了交战。"①

二是体证李侗所授"理一分殊"确立了朱熹弃"禅"弘"儒"思想上的本质转变。"理一分殊"并非李侗首创，起始谈之者是程颐。程颐说："天下之志万殊，理则一也"，"物散万殊"而"万物一理"。（《程氏易传·粹言》卷一）李侗继承程颐所论，并以此传授朱熹。朱熹曾经在与师夏的交谈中提到此事：

文公尝谓师夏曰："余之始学，亦务为笼统宏阔之言。好同而恶异，喜大而耻小，于延平之言，则以为何为多事若是？心疑而不服。同安官余，反复思之，始知其不我欺矣。盖延平之言曰：吾儒之学所以异于异端者，理一分殊也。理不患其不一，所难者分殊耳。此其要也。"②

朱熹另一弟子金履祥曾载有李侗对朱熹授受"理一分殊"之语。李侗对朱熹说：

天下理一而分殊，今君于何处腾空处理会得一个大道理，更不去分殊上体认？③

---

① 束景南：《朱熹研究》，人民出版社2008年版，第54页。
② （宋）赵师夏：《〈延平答问〉跋》，详见《朱子全书》第13册，第354页。
③ （宋）金履祥：《仁山文集序》，《仁山集》卷五，《丛书集成新编》第64册，（台北）新文丰出版公司1984年版，第122页。

第二章　生平思想与佛教

上文中,"笼统宏阔之言"盖指佛老之言;所谓"好同而恶异,喜大而耻小"是指朱熹早年师事道谦时习得的以儒兼佛、儒佛相容的应事态度,而这些均为李侗所不屑。在李侗看来,儒佛之别在于"理一分殊",万物之"理"归于"一"容易,所难者在于"分殊",这也是李侗要朱熹用心体会儒佛差别的地方,"理不患其不一,所难者分殊耳","今君于何处腾空处理会得一个大道理,更不去分殊上体认",说的都是这个意思。那么,如何去体证万物之"分殊"呢?李侗对朱熹又说:

> 汝恁地悬空理会得许多,而面前事却又理会不得!道亦无玄妙,只在日用间着实做工夫处理会,便自见得。①

"只在日用间着实做工夫处理会"是李侗教给朱熹体证"万殊"具体的方法。从渊源看,"理一分殊"与华严宗、禅宗在承认主客体间"一即一切,一切即一"思想上有密切的关系,但在如何达到区别"一"与"殊"的路径上,李侗所教的强调日用循序做功夫与华严、禅二宗凭当下直觉悟察本然有着本质的不同,后者显然空玄虚诞,而前者则是下学而上达的实在工夫。

据王懋竑《朱子年谱》,朱熹往见李侗共四次,分别是绍兴二十三年(1153)、二十八年(1158)、三十年(1160)、三十二年(1162)。这四次会晤以及师生二人平时的书信往来,对朱熹渐悟释氏之非有着转折性意义的影响:在李侗的指引下,朱熹不仅在行动上放下佛书转读圣贤书,把注意力从玄虚诞妙的佛禅悟境转移到社会现实、国家生活中来,进而在思想上也逐步完成"逃禅归儒"的历程。除

---

① 《朱子语类》卷一〇一,《朱子全书》第 17 册,上海古籍出版社、安徽教育出版社 2002 年版,第 3373 页。

了这四次会晤，据束景南先生考证，朱熹与李侗还有两次会晤，即隆兴元年（1163）的最后两次。① 这两次会晤的交流谈话成为后来朱熹入都奏事三扎的主要内容，其中崇儒排佛成为奏事的核心。奏事归返，朱熹又立即与汪应辰展开了儒佛之辨的大论战，通过这场论战，朱熹越过李侗与极易流于禅定的"主静"思想，逐步建立起"敬知双修"的成熟完善的理学体系。

综上所述，朱熹的人生成长历程中，既受着家庭佛老气息的熏陶，又受着武夷三先生杂糅佛老理学思想的影响；既直接从佛经道书、佛禅法师汲取佛老思想，又受儒学大师直接引导，逐步实现"逃禅归儒"的转变。可以说，佛禅与理学的交锋贯穿于朱熹一生，而这正是特殊的家学师承经历在朱熹人生历程的投射和影响。

第二节　佛禅因缘行实考述

朱熹虽为理学名家，然在宋代佛教盛行的时代，在其家学师承佛禅氛围的熏陶下，朱熹一生与佛禅有着不同寻常的因缘。他曾"出入释老者十余年"②，说自己"少年即慨然有求道之志，博求之经传，遍交当时有识之士，岁释老之学亦必究其归趣，订其是非"（《崇安县志》卷二二）；"某年十五六时，亦尝留心于禅"③；"熹于释氏之说，盖尝师其人，尊其道，求之亦切至矣"④。的确，在绍兴十七、十八年至绍兴二十五、二十六年间，是朱熹出入佛老的高峰

---

① 束景南：《朱熹与李侗的最后两次相见》，《中国哲学史研究》1986年第4期。
② 《晦庵先生朱文公文集》卷三八，《朱子全书》第21册，上海古籍出版社、安徽教育出版社2002年版，第1700页。
③ 《朱子语类》卷一〇四，《朱子全书》第17册，上海古籍出版社、安徽教育出版社2002年版，第3437页。
④ 《晦庵先生朱文公文集》卷三〇，《朱子全书》第21册，上海古籍出版社、安徽教育出版社2002年版，第1295页。

第二章 生平思想与佛教

期,遍访深山古寺,访禅探幽;拜访高僧大德,法贤取长;饱览佛教典籍,与释书为伴,等等,成为朱熹这一人生阶段的主旋律。即使是其"逃禅归儒"后,他与佛禅之缘也仍是千丝万缕,禅根未绝。

一 遍访寺观之游踪

朱熹一生遍访名山绿水,徜徉于山水之间的同时其踪迹亦常流连于佛禅寺院。据陈荣捷先生的统计,《文集》所载的朱熹生平到过的佛寺,不下20处。在这些佛寺中,或住宿、或吟诗、或观赏碑帖、或刻石、或置酒、或集会。[①] 寺院对朱熹而言,在不同的人生阶段、心境状态下,其意义是不同的:或为禅院佛寺的清幽之境所吸引,为现实的喧嚣生活寻找一个诗意栖息的清静之所;或为寺院禅僧大德智慧与修为折服,前往问法求道;或为问学路上求知、辩道与学习、切磋的场所。以下分而论之。

(一)禅悦之思的诗意栖息之所

佛门寺院乃清幽淡雅之地,不少文人士子游走禅门寺院往往为涤荡尘世之纷扰以求心灵精神的诗意栖息之所。寓览朱子诗文,其不少诗作抒写了他在佛门寺院游玩时的禅悦之思。如《杭州上天竺讲寺志》卷一四载有《春日游上竺》一诗[②]:

> 竺国古招提,飞甍碧瓦齐。林深忘日午,山迥觉天低。琪树殊方色,珍禽别样啼。沙门有文畅,啜茗漫留题。

诗题中的"上竺"位于杭州西湖天竺山上,建于后晋天福年间,系天台法华胜地。据《光绪刘氏宗谱卷》载,刘子翚兄弟曾将嘉兴

[①] [美]陈荣捷:《朱熹》,生活·读书·新知三联书店2012年版,第231页。
[②] 此诗又收录在《武林梵志》《古今图书集成》。

田舍上竺寺"以副素志",且《屏山集》卷一六亦收有刘子翚《过天竺寺》等诗,可见刘氏兄弟与天竺寺的深厚渊源,朱熹至都下即访上竺寺也就在情理之中了。另外,从诗中描绘之景,可推知此诗作于春间。据朱子年谱所载,朱熹一生八次到都下,只有绍兴十八年春试和二十一年铨试春间在临安。又据《宋史·高宗纪》载,绍兴十八年正月宋高宗赵构皇帝驾幸上竺寺礼佛问法,惊动临安举子,皆往祈梦问卜。朱熹受此氛围影响,前往上竺寺同寺僧品茗问法,兴到之处于壁上题诗抒发其悠游于寺院时的自在和惬意。

梵天寺是朱熹心中的另一佛国圣地,在同安县城东北大轮山上。据《同安县志》载梵天寺"创于隋唐间名国兴寺,有庵七十二所,宋熙宁中合为一区,改名梵天禅寺"[①]。梵天寺"宫殿巍峨,层楼耸杰,门阁靓深,庭除广殖,肖神之象,说法之堂,栖徒之居,缭宫之垣,靡不雄壮钜丽,擅一邑之观"[②],由此可见此寺之雄伟壮丽。朱熹在同安任期间,曾与同僚常聚此处,吟诗唱酬。诗作中,除了抒发寺中闲情雅兴的诗如《同僚小集梵天寺坐间雨作已复开霁步至东桥玩月赋诗二首》《兼山阁雨中》《登阁》,另有三类诗歌主题尤其可见朱熹与佛禅之渊源:一是寓禅思佛情之诗,如:

> 持身乏古节,寸禄久栖迟。暂寄灵山寺,空吟招隐诗。读书清磬外,看雨暮钟时。见喜凉秋近,沧州去有期。(《梵天观雨》)

二是抒写寺庙之荒凉与寺僧生活之困顿:

---

① 黄成助:《同安县志》卷八,(台北)成文出版社1967年版,第198页。
② 同上书,第182页。

第二章　生平思想与佛教

轮尽王租生理微，野僧行乞暮还归。擅空日落无钟鼓，只有虚塘蝙蝠飞。(《梵天方丈壁》)

三是借偈发禅悟之得，最具代表的便是朱熹题于法堂门上之偈：

神光不昧，万古徽猷。入此门来，莫存知解。(《题梵天法堂门扇》)

此偈乃唐平田长老所作之偈颂①。在《大慧普觉禅师语录》中宗杲用看话禅对此偈加以解释：

所以道："神光不昧，万古徽猷。入此门来，莫存知解。"只如一大藏教说权说实说顿说渐说有说无，乃至西天此土诸代祖师。古往今来一切知识，种种言语种种作用，且道："是知解耶？非知解耶？"若定夺得出秉拂上座一场败阙；若定夺不出，泼第二杓恶水去也喝一喝云："是甚么？"有照用无向背，只许老胡知，不许老胡会。②

在宗杲的看话禅看来，此偈中所谓"神光""此门"即是"悟"的法门，通过超越语言、推理与意识的"悟"方能求得不可闻见、知觉的超越感官的"法"。朱熹少年时读大慧语录已烂熟于胸，必然深谙宗杲对此偈的解释，故而游寺之兴能信手拈来题此偈于梵天寺法堂门上。

（二）问法求道之所

如果说于寺中云游赏玩是朱熹寄寓闲情逸致的表现，那么造访

---

① 详见（宋）普济集《五灯会元》卷四，《卍续藏》第80册，第90页上。
② （宋）蕴闻编：《大慧普觉禅师语录》卷九，《大正藏》第47册，第845页下。

高僧大德驻留寺院则是其谈禅问法的寄寓之所。众多佛寺中，密庵和开善寺无疑是最典型的代表。

密庵是道谦于绍兴九年（1139）辞别宗杲归崇安仙洲山下所建。在密庵落成以前，道谦先筑清湍亭，亭成之时，不少文人骚客纷纷吟游题诗，刘子翚、胡宪等均有诗作留下，吕本中亦寄来《谦上人清湍亭》一诗遥贺。密庵落成后，南宋名相、学者为之题匾曰"自信"，道谦就是在这里为众生开坛说法。故而清湍亭与密庵成为文人士子远离尘世喧嚣与问法悟道乐而往之的绝佳去处。关于密庵，吕祖谦《入闽录》有比较详细的记载：

……初四日，游密庵，据五夫七里，庵乃僧道谦所庐……庵前数十步清湍亭，古木四合，泉石甚胜。绕涧百余步昼寒亭，面瀑布。庵亦幽静，晚遂宿庵中。……①

可见密庵清幽、怡人的环境是吸引文人前往云游的一个重要因素，朱熹自称"予少好佳山水"，又离其故居不远，自然会常游此地。然而，密庵对朱熹还有一个重要意义，就是此地成为他向道谦问法参禅的胜处。道谦弟子甚众，《云卧纪谈》卷下称：

谦后归建阳②，结茅于仙洲山，闻其风者，悦而归之，如曾侍郎天游、吕舍人居仁、刘宝学彦修。朱提刑元晦，以书牍问道，时至山中。③

---

① （宋）吕祖谦：《东莱吕太史文集》卷一五，《吕祖谦全集》第1册，杭州古籍出版社2008年版，第236页。

② 束景南先生认为应作建州，详见束景南《朱熹年谱长编》（增订本），华东师范大学出版社2014年版，第92页。

③ （宋）晓莹录：《云卧纪谈》卷二，《卍续藏》第86册，第676页上。

第二章 生平思想与佛教

上文"闻其风者,悦而归之"可见前往密庵向道谦学法问道者之盛,朱熹亦为其中一人。朱熹文集中直接以"密庵"为题的诗文篇目不少,而在诗文中吟咏密庵之游的诗篇亦不在少数,有学者统计二者总数合计24首。① 可见此庵在朱熹心中的地位。朱熹之游记散文《游密庵记》云:"向夕,冒大雨,涉重涧,登昼寒亭,观瀑布甚壮"。② 作者前往密庵风雨无阻,可见朱子对密庵喜爱之一斑。朱熹曾有诗赋昼寒亭、清湍亭和密庵一首,其中"道人何年来?借地结茅屋。想应厌尘网,寄此媚幽独。架亭俯清湍,开径玩飞瀑"(《游昼寒以茂林修竹清流激湍分韵赋诗得竹字》)指的就是道谦结密庵、筑清湍亭之事,另外,诗题中的"昼寒亭"亦在五夫里密庵附近;而诗中"久此寄斋粥""十年落尘土"则更是透露了朱熹早已为密庵常客,是朱熹学禅的重要时期。朱熹向道谦除"以书牍问道",还"时至山中",正如此诗所云:"交游得名胜,还往有篇牍。杖履或鼎来,共此岩下宿。夜灯照奇语,晓策散游目。茗椀共甘寒,兰皋荐清馥。至今壁间字,来者必三读",可见在密庵,朱熹向道谦问法求学到了废寝忘食的程度。

但密庵距朱熹所寓居的潭溪毕竟较远,前往拜见道谦较不便利。绍兴十六年(1146),密庵道谦应刘子翚之请出世建州之开善寺,此寺距潭溪极近。至此,朱熹频频向道谦学佛问禅。正如朱熹在《祭开善谦禅师文》所云:"师出仙洲,我寓潭上。一岭间之,但有瞻仰。丙寅之秋,师来拱长。乃获从容,笑语日亲。"③ 也就是在开善寺,朱熹向道谦问其平生悟道之旨——四个"决定不是":"一日焚香,请问此事。师则有言,决定不是。始知平生,浪自苦辛。去道

---

① 严耀中:《朱熹与密庵》,《中华文史论丛》第五十七辑,1998年版,第241—251页。
② 《晦庵先生朱文公文集》卷八四,《朱子全书》第24册,上海古籍出版社、安徽教育出版社2002年版,第3985页。
③ (明)心泰编:《佛法金汤编》卷一五,《卍续藏》第87册,第436页中。

日远,无所问津。"①

总之,密庵和开善寺写下的不仅是朱熹好山水吟禅思的情怀,更有其与道谦禅师"茗椀共甘寒,兰皋荐清馥"参禅悟道的体验,在朱熹人生心路历程中留下了刻骨铭心的印记。

(三) 受学、论道之所

儒者与寺庙之渊源,不仅是其佛情禅思的寄寓之所,亦有受学、论道之用。根据史料文献记载和朱熹的诗文创作,不难发现,在朱熹出入的佛禅寺院中,其对佛禅态度的变化可从其在西林院、方广寺、福岩寺、云峰寺以及鹅湖寺之行实管窥一斑。

西林院对朱熹的意义不仅仅是一座佛禅寺庙,更是记录了朱熹由佛之"有体无用"逐渐体会到儒家之"体用洒然融释"思想转变的过程。朱熹往谒李侗,每寓居西林院。从现有文献看,朱熹寓居西林院共有五次,除最后一次进京上疏归来参加李侗逝世后的会葬外,其余四次均在此面师受教,对朱熹思想的影响尤其重大。关于西林院之具体位置和朱熹延平受学之事,嘉靖《延平府志》卷四有简略记载:"西林(院),在府城东南,五代梁时建。朱文公谒李延平受学,尝寓于此。"绍兴二十三年(1153)朱熹在西林院第一次接受李侗的面师受教。此次受教,李侗以自己"理一分殊"和主静的学问大旨授予朱熹,前者使朱熹从醉心释老的朦胧觉醒转向自觉地排佛;后者虽然试图使其走出道谦所受的昭昭灵灵的禅,却又有将其引入主静的默照禅的险境,导致朱熹终究未能摆脱禅气。绍兴二十八年(1158),朱熹第二次前往延平面师受教,馆于西林院,时间长达两个月。其间,李侗与他面论静的持守工夫与动的日用工夫之"洒然融释"的问题。朱熹有诗《题西林院壁二首》透露了这次相会在他思想演变中的印迹:

---

① (明)心泰编:《佛法金汤编》卷一五,《卍续藏》第87册,第436页中。

第二章 生平思想与佛教

  触目春风不易裁，此间何似舞雩台。病躯若得长无事，春服成时岁一来。

  巾屦翛然一钵囊，何妨且住赞公房。却嫌宴坐观心处，不奈檐花抵死香。

  题诗其一是描绘西林院附近风景优美和诗人为之陶醉的情怀；其二首联与颔联抒写寓居西林院的适性之情，颈联和尾联则流露其对李侗要他"默坐澄心"以体认"理一分殊"无所适从的困扰。绍兴三十年（1160），朱熹第三次往谒李侗，寓居西林院惟可禅师之舍，受教数月方归，有诗《题西林可师达观轩》。对此次受学经历，《再题西林可师达观轩》诗小序对此有追叙：

  绍兴庚辰冬，予来谒陇西先生，退而寓于西林院惟可禅师之舍，以朝夕往来受教焉。阅数月而后去。可师始尝为一室于其居之左，轩其东南，以徙倚瞻眺。而今铅山尉李兄端父名之曰"达观轩"，盖取贾子所谓"达人大观，物无不可"云者。予尝戏为之诗，以示可师。既去而遂忘之。[①]

  由上可知，朱熹此次在西林院受学时间甚长，且朱熹对起居室"达观轩"着意重墨录之，可见此轩在朱熹心中之分量。绍兴三十二年（1162）春正月朱熹第四次往谒李侗于建安，后二人一同往归延平，朱熹仍寓西林院受教至三月。此间，朱熹作诗《再题西林可师达观轩》和《示西林可师》二首。绍兴三十年与绍兴三十二年在西林院的时日，朱熹于此致力于孔孟之学，多有创获，成为他从"有体无用"迈入"洒然融释"的践履工夫的转折阶段，然而他与佛禅

[①] 《晦庵先生朱文公文集》卷二，《朱子全书》第20册，第286—287页。

的渊源并未由此隔断，不仅在诗中发出"卷帘一目遥山碧，底是高人达观心"(《示西林可师》其一)的怅问，更以"惕然乎其终未有闻"的情感慨叹暴露其心底"向来妙处今遗恨，万古长空一片心"(《再题西林可师达观轩》)的未断的禅根。

经过这几次在西林院的面师受教，以及面师受教之后师生二人就受教内容展开的书信往来，出入佛老十余年的朱熹逐渐完成了他从宗杲、道谦所授的主悟的心学到李侗所授的主静的理学的转变。

如果说西林院有着记录朱熹师从李侗后逃禅归儒这一转折历程的意义，那么，乾道三年（1167）秋，方广寺、福严寺、云峰寺则留下了其逃禅归儒路上在衡山南天佛国充满嬉笑戏谑意味的自觉斥佛的印迹；而淳熙二年（1175）的鹅湖之行更是在与陆氏兄弟的唇枪舌剑的论辩中将其辟禅排陆的思想轨迹铭刻在铅山之麓的鹅湖寺。

据《南岳总胜集》载，方广寺位于南岳西后洞40里，与高台比近，衡山莲花峰下，耸立在如莲盛开的8座玉峰中。从朱、张等人汇集而成的南岳酬唱诗看，他们诗兴浓厚，在方广寺一带吟唱的诗占三分之一。其中颇值一提的是，朱熹和张栻《闻方广长老化去有作》一诗而作的《夜宿方广闻长老守荣化去敬夫感而赋诗因次其韵》颇具借佛禅论儒道的意味：

> 拈椎竖拂事非真，用力端须日日新。只幺虚空打筋斗，思君辜负百年身。

在朱熹看来，不论佛家的参禅修道还是儒家的修身养性，形式并不重要，而是要做到"实"处，获得真正的收获，反之就辜负了生命，落得个"只幺虚空打筋斗，思君辜负百年身"，这种慨叹与张

第二章　生平思想与佛教

栻诗中的"山僧忽复随流水,可惜平生未了身"[①] 可谓同调。几日之后朱熹、张栻等人来到南岳丛林之首福严寺。此寺为佛教天台宗三祖慧思于南北朝陈光大元年(567)建成,初名般若寺。唐开元年(713)禅宗七祖怀让来南岳,辟此寺为南宗道场,宣扬禅宗六祖慧能的"顿悟法门"之学说,故又名"天下法院"。后又于北宋太平兴国年间(976—983)改名福严寺。因寺院规模雄伟,佛教传播影响甚大,后人题联石柱赞其"福严为南山第一古刹,般若是老祖不二法门"。然而就在这样的佛教圣地,朱熹在与张栻的唱酬互和之中,却吟唱出与绍兴二十三年冬间在泉州安溪通玄峰壁上所题"心外无法,满目青山。通玄峰顶,不是人间"截然不同的音声:

昨夜相携看霜月,今朝谁料起寒烟。安知明日千峰顶,不见人间万里天。(《福严寺回望岳市》)

如果说"不是人间"的一偈之颂是朱熹在通玄峰顶体悟到"万法唯识""心外无法"的清空妙境后流露出的由衷的欣羡之情,那么在福严寺唱出的"安知明日千峰顶,不见人间万里天"这一亵渎佛教天乐的尘世之音则充满了质疑与挑战的意味。到了朱熹、张栻等人南岳之游即将结束饯别于云峰寺之时,二人在诗文唱酬中对佛禅的戏谑则完全转变成严肃的论学研儒的主调——云峰寺,成为朱、张二人临别前夕"思绎讨论,以毕前说"(《南岳游山后记》)[②] 充满学术探讨与求道精神的圣地。这种自觉抵制佛禅的意识,到了淳熙

---

① (宋)张栻:《闻方广长老化去有作》,《全宋诗》第45册,北京大学出版社1995年版,第27939页。

② 《晦庵先生朱文公文集》卷七七,《朱子全书》第24册,上海古籍出版社、安徽教育出版社2002年版,第3704页。

二年（1175），朱熹、吕祖谦与陆九渊兄弟的铅山鹅湖之会，则已完全演变为旗帜鲜明的崇理排佛的态度。位于铅山东北十五里的鹅湖山上有座东晋唐僧大义植锡的鹅湖寺，朱陆二人就在此地展开了历史上著名的理学与心学关于"性即理"与"心即理"、"即物穷理"与"发明本心"两大命题的论战。众所周知，陆氏心学是极具佛禅意味的理论体系，朱熹与之论战，本质上是要将佛禅从理学体系中剥离出去，其辟禅的态度不辩自明。

从上竺、梵天的适性之游到密庵倾心全意的浸染佛禅，从建州西林院"洒然融释"的朦胧觉醒到衡阳之方广寺、福严寺、云峰寺的嬉笑戏禅，再到信州之鹅湖寺的"支离"与"易简"的论辩机锋，朱熹出入其间留下的踪迹不仅勾勒出其逃禅归儒思想演变的轨迹，而且不难看出：佛寺院落于朱熹而言，绝不仅仅是云游赏玩、适性逍遥的去处，这里发生的一切表明即便是大儒如朱熹，亦与佛禅有着亲近深厚的渊源；同时，也正因为其儒者的身份，又奉行恪守着崇儒排佛的路线。

二 法贤取长交游考述

朱熹之好佛禅尤显者之一，即参访高僧大德，或佛老修为颇高的居士，法贤取长。与朱熹交往之寺僧或居士，有师徒之谊，有友朋之情；有深入交换思想者，有泛泛之交者；有唱酬吟和者，有闲谈赏游者……数众之中，道谦、谢伋、圆悟与之交往颇值得注意。

在谈及道谦之前，有必要提及朱熹与道谦之师宗杲的交游往来。宗杲与朱熹之往来多为神交，即二人多以书信往来的形式交往。《朱熹文集》卷六〇《答许生中应》云："近年释氏所谓'看话头'者，也俗书有所谓《大慧语录》者，其说甚详。"卷六十三《答孙敬甫》四："少时喜读禅学文字，见杲老与张侍郎书云……"宋蕴闻编《大慧普觉禅师语录序》、元念常集《佛祖历代通载》卷三〇等记载，朱

第二章 生平思想与佛教

熹"十八岁请举,时从刘屏山,屏山意其必留心举止,暨披其箧,只《大慧语录》一帙尔"。从这些言辞不难看出,朱熹的思想深受宗杲的提契和影响。然而宗杲思想对朱熹发生直接影响还是由其弟子道谦实现的。

道谦是朱熹真正的禅学导师,有着正式的师徒关系。寓览朱子文集,其不少游密庵的诗作透露了他早年师事道谦的事实。其中,作于乾道七年(1171)的《游昼寒以茂林修竹清流激湍分韵赋诗得竹字》一诗尤其翔实、宝贵。全诗如下:

> 仙州几千仞,下有云一谷。道人何年来?借地结茅屋。想应厌尘网,寄此媚幽独。架亭俯清湍,开径玩飞瀑。交游得名胜,还往有篇牍。杖屦或鼎来,共此岩下宿。夜灯照奇语,晓策散游目。茗椀共甘寒,兰皋荐清馥。至今壁间字,来者必三读。再拜仰高山,悚然心神肃。我生虽已后,久此寄斋粥。孤兴屡呻吟,群游几追逐。十年落尘土,尚幸不远复。新凉有佳期,几日戒征轴。宵兴出门去,急雨遍原陆。入谷尚轻埃,解装已银竹。虚空一瞻望,远思翻蹙恧。袒跣亟跻攀,冠巾如膏沐。云泉增旧观,怒响震寒水。深寻得新赏,一篑今再覆。同来况才彦,行酒屡更仆;从容出妙句,珠贝烂盈匊。后生更亹亹,俊语非碌碌。吾缨不复洗,已失尘万斛。所恨老无奇,千毫真浪秃。[①]

诗中"杖屦或鼎来,共此岩下宿。夜灯照奇语,晓策散游目。茗椀共甘寒,兰皋荐清馥"等句以实录的手笔记录了朱熹与道谦共

[①] (宋)朱熹撰,郭齐笺注:《朱熹诗词编年笺注》,巴蜀书社2000年版,第557页。若无另行注明,文中所引录的朱熹诗歌作品皆出自此本,不再另行注明出处。

宿岩下、灯下交谈、游目文字的岁月；"久此寄斋粥""十年落尘土"更将朱熹师事道谦时日之长暴露无遗。而"至今壁间字，来者必三读。再拜仰高山，惧然心神肃"则流露出朱熹对道谦深深的敬仰之情。《居士分灯录》载有朱熹从道谦学禅时所作的诗："端居独无事，聊抱释氏书。暂息尘累牵，超然与道居。门掩竹林幽，禽鸣山雨余。了此无为法，身心同宴如。"① 此足见师事道谦后的朱熹对佛禅的痴迷。道谦圆寂之后，朱熹曾为之写过两篇祭文。其中，《祭开善谦禅师文》不仅详述了二人相识、相交的过程，而且写得情真意切，颇为动人。全文如下：

我昔从学，读《易》《语》《孟》。究观古人，之所以圣。既不自揆，欲造其风。遗绝径塞，卒莫能通。下从长者，问所当务。皆告之言，要须契悟。开悟之说，不出于禅。我于是时，则愿学焉。师出仙洲，我寓潭上。一岭间之，但有瞻仰。丙寅之秋，师来拱长。乃获从容，笑语日亲。一日焚香，请问此事。师则有言，决定不是。始知平生，浪自苦辛。去道日远，无所问津。未及一年，师以谤去。我以行役，不得安住。往还之间，见师者三。见必款留，朝夕咨参。师亦喜我，为说禅病；我亦感师，恨不速证。别其三月，中秋一书，已非手笔，知疾可虞。前日僧来，为欲往见。我喜作书，曰此良便。书已遗矣，仆夫遗言，同舟之人，告以讣传。我惊使呼，问以何故。龄乎痛哉，何夺之速！恭惟我师，具正遍知。惟我未悟，一莫能窥。挥金办供，泣于灵位。稽首如空，超诸一切。②

---

① （明）朱时恩辑：《居士分灯录》卷二，《卍续藏》第86册，第609页上。
② （明）心泰编：《佛法金汤编》卷一五，《卍续藏》第87册，第436页中。

第二章　生平思想与佛教

朱熹由昔日从学只读《周易》《论语》《孟子》等儒家经典，但是在学习过程中，因"遣绝径塞，卒莫能通"，转而向道谦学习径山禅，在与道谦朝夕相处的一年里，不仅问道咨参，还常"亦感师，恨不速证"，可见其学禅之心之迫切与投入。这一段不长的叙述为我们勾勒了在道谦的影响下，朱熹由崇儒到信佛的思想转变，尤其最后一句，道尽了他对道谦辞世之感伤，同时也是其世事如幻、凌空一切人生感触的发抒。正是道谦与朱熹这种深厚的师生之谊，为朱熹深入地接触径山新派禅宗提供了契机，使朱熹于禅学颇有所得。正如钱穆先生云："朱子于佛学，亦所探玩。其于禅，则实有其真切的了解。"[①] 而陈荣捷先生就李侗说朱熹"初从谦开善处下工夫来，故皆就里面体认"进一步指出李侗所谓"下工夫"和"体认"说明朱熹对道谦所授之禅"印象必深"。[②]

朱熹与亦儒亦佛亦道的谢伋的相识、交往是推动其最终踏上师事道谦之路的一个关键契机。谢伋，生卒年不详，字景思，自号药寮居士，上蔡（今属河南）人，乃谢克家之子。曾除为详定一司敕令所删定官，自工部员外郎徙为祠部员外郎，兼太常少卿。后寓居黄岩。能诗文，以悠游赋闲为主题；又喜论文章作法，其著《四六谈麈》一卷以北宋四六文为主，亦兼及南宋初年的四六文；还著有《药寮丛稿》二十卷，然今已佚。谢伋是程门四子中最具禅气的谢良佐的从孙，受家风熏陶和影响，谢伋亦佞佛好老。据载，谢伋在县城北建药寮作为自己的隐居之处："药园，在县北四十里灵石山，宋谢少卿伋隐居处。"（《台州府志·古迹略》卷九四）"谢少卿药寮，谢伋景思居黄岩之三童岙，药寮其园名，朱文公有诗。"（《台州外书·古迹》卷一三）谢伋之好佛老，从其所作诗作可管窥一二：如

[①]　钱穆：《朱子论禅学上》，《朱子新学案》（中），巴蜀书社1986年版，第1074页。
[②]　[美]陈荣捷：《朱子新探索》，华东师范大学出版社2007年版，第429页。

其诗《国清愚谷禅师索更好堂诗》《灵岩寂庵辨才师有罗汉树一株黎自台岳托根木》不仅体现诗人与禅僧的交游往来,而且也是其佛禅之思的抒发。又如其在《同季父游东掖能仁寺》诗云:

> 两寺从分有白莲,人瞻东掖旧承天。重寻贵主布金地,共饮神僧卓锡泉。阮叔林闲携伴侣,支郎社内许留连。欲迎瑞相还凫去,香火灵山古佛前。①

该诗通过对北宋临海地位最高、名声最大的天台宗山家派白莲系的祖庭白莲寺的咏叹抒发诗人内心浓厚的佛禅情结。其诗《妙庭观二首》又表现了诗人服丹羽化升遐的道老情怀:

> 萧萧六辔天边路,云竹风松正岁寒。欲洗衰颜换凡骨,应须九转大还丹。
> 云軿一去远难追,丹鼎埋光固不疑。承露仙人辞汉后,几重深杳隔瑶池。②

与此同时,与谢伋同时之人在吟诗唱和中也对谢伋的佛老情怀多有论及:如曾惇《和谢景思》云:"红药高吟须小谢,白莲胜社得遗民"(《天台集》卷二),其实就是对谢伋仿效慧远结白莲社,与濡染佛禅的名儒曾惇、洪适、孙觌和天台国清愚谷禅师、灵岩寂庵辩才师等吟诗谈禅的叙写;又如王之望《寄题谢景思药寮》云:"室霭兰芝无俗物,房深花木称僧居"(《汉滨集》),活脱脱地勾勒出谢伋超尘脱俗的禅僧之气。绍兴二十一年春(1151),朱熹在前往临安

---

① (宋)林表民编:《天台续集》别编卷三,影印文渊阁《四库全书》第1356册,(台北)台湾商务印书馆1983年版,第562页。
② (清)陈钟英、王咏霓等编修:《黄岩集》卷二三,《黄岩县志》,光绪三年刻本。

第二章 生平思想与佛教

参加完铨试返归途中,折往黄岩灵石山拜访了这为佛老双修的药寮居士谢伋。在聆听谢伋的教诲后,朱熹深情地写下《题谢少卿药园二首》,其中第二首写道:

> 小儒忝师训,迷谬失其方。一为狂喑病,望道空茫茫。颇闻东山园,芝术缘高冈。喑聋百不治,效在一探囊。再拜药园翁,何以起膏肓?

从这首诗不难看出朱熹一方面对谢伋充满了景仰之情,另一方面又对问学之路充满了"望道空茫茫"的困惑。由此可见,此次拜访谢伋给朱熹带来的心灵精神的震撼何等强烈!那么朱熹诗中所谓"道"是指什么呢?结合朱子此次远游回到家中把书斋之名改"牧斋",又把这首《题谢少卿药园二首》作为记录其出入佛老心路历程的手订的第一部诗集的首篇,显然有其意味深长的意图:即拜访谢伋是其问学路上的一个新起点,正是这个起点,让朱熹最终走上了师事道谦的道路,进入到出入佛老的高峰期。

朱熹交往的僧人中另一值得注意的就是感情至深者开善寺的肯庵圆悟禅师。据清嘉庆版《崇安县志》卷八记载:"圆悟和尚,号肯庵,居五夫里开善寺,法性圆融,学贯儒释,不为空幻语。常和晦翁诗,有'可怜万木凋零后,屹立风雪惨淡中'之句。又赞晦翁像云'若泰山之耸,浩浩海波之平,凛乎秋霜澄肃,温其春阳发生,立天地之大本,报万物之性情,传圣贤之心印,为后人之典型'。顺寂之日,晦翁泣诗曰:'一别人间万事空,焚香瀹茗恨相逢;不须复活三生石,紫翠参天十二峰。'"《宋崇安开善寺肯庵圆悟禅师》对朱熹与肯庵圆悟禅师的密切往来亦有类似记载:

(肯庵圆悟)建安人。解行为众所推,朱晦庵雅重之。尝和晦庵梅诗云:"可怜万木凋零后,屹立风霜惨淡中。"闻者莫不叹赏。顺寂日,晦庵哭以诗曰:"一别人间万事空,焚香瀹茗怅相逢。不须更化三生石,紫翠参天十二峰。"①

上述两文所提圆悟和晦庵《吟梅》诗,据《诗人玉屑》卷二〇所载,认为是二人初识的契机;此后随着交往的深入和了解,圆悟为朱熹作像赞。庆元五年(1199)夏,圆悟禅师圆寂,朱熹写下两首非常凄婉的诗《香茶供养黄檗长老悟公故人之塔并以小诗见意二首》:

摆手临行一寄声,故应离合未忘情。炷香瀹茗知何处?十二峰前海月明。

一别人间万事空,他年何处却相逢?不须更话三生石,紫翠参天十二峰。

诗人以离合不忘情及慨叹不知相逢何年何处的深情笔触道出了对圆悟的不舍。"三生"源于佛教的因果轮回学说,分别代表前生、今生、来生。而"三生石"的典故是记载和颂扬唐圆观与李源二人"三生"之约深厚情谊的故事②,朱熹借此典含蓄传达自己与肯庵圆悟的深厚情谊及抒发对圆悟圆寂的哀痛。

寓览朱子文集,与朱熹交往之僧人或居士除对其思想有重要影响之道谦、谢佽和感情至深者肯庵圆悟外,有名字可考且有一定交往者尚有西林可师、东峰道人溥公、益公道人、云谷瑞泉庵主、仰上人、南上人等,这些僧人中或与其唱和往来,或交换思想,或泛泛而交,然不论何种交往形式都不难看出朱子与佛门弟子、俗家居

---

① (明)元玄集:《建州弘释录》卷二,《卍续藏》第86册,第566页上。
② "三生石"典故及出处详参第四章第二节"三生石"典故分析。

士有或深、或浅的关系。

三 饱览释书、手订诗稿之归趣

朱熹有诗《久雨斋居诵经》云：

> 端居独无事，聊披释氏书。暂释尘累牵，超然与道俱。门掩竹林幽，禽鸣山雨余。了此无为法，身心同晏如。

朱熹以诗意的笔触抒写自己诵读释书而获得的超然脱俗、与道（佛道）相契的心灵体验。可见，阅读佛经并不是朱熹由于"端居独无事"后打发时光的无聊之举，而是佛经精深思辨的形而上哲思深深地吸引着他。

据《朱子语类》和《文集》所载：朱熹看过的佛经，见诸文字的有《四十二章经》《大般若经》《华严经》《楞严经》《法华经》《圆觉经》《金刚经》《心经》《光明经》《维摩经》《肇论》《华严大旨》《华严合论》《景德传灯录》《大慧语录》，而且在《文集》和《语类》中还常有泛指性的语词指代佛经，如"佛书""《藏经》""释氏教典"等。另据《宋史》的记载，朱熹看过的佛经还包括《遗教》《禅苑清规》《武门宗库》《正法眼藏》，他还读过唐沩山灵佑禅师、法眼宗的永明延寿、宗杲的法嗣道谦的语录，对庐山慧远的著作和达摩大师的禅也有研究。[①] 可见朱熹阅读佛经之广泛。不仅如此，有些经书他还读得特别细致，如他说："《楞严经》第二卷首段所载，非惟一岁有变，月亦有之。非惟月有变，日亦有之。非为日有变，时亦有之。但人不知耳。此说亦是。"[②] 又说：

[①] （元）脱脱等：《朱熹传》，《宋史》卷四二九，中华书局2000年版，第9986页。
[②] 《朱子语类》卷七一，《朱子全书》第16册，第2388页。

"《楞严经》前后只是说咒。中间皆是增入。盖中国好佛者觉其陋而加之耳。"①《华严合论》则说"佛说本言尽去世间万事。其后黠者出，却言实际埋地，不染一尘。万事门中，不舍一法"②。还说："试将《法华经》看，便见其诞。开口便说恒河沙数，几万几千几劫，更无近底年代。"③ 这些都表明朱熹于佛经并非泛泛而读，有些佛经甚至在他头脑中留下了深刻的印象，如朱熹曾在《答黄子耕书中》说："病中不宜思虑，凡百可且一切放下，专以存心养气为务；但跏趺静坐，目视鼻端，注心脐腹之下，久自温暖，即见功效矣"④，其中所谓"跏趺静坐，目视鼻端，注心脐腹之下"之说显然来源于《楞严经》卷五所提到的"注目谛观鼻尖，时久鼻息成白"佛教的禅定修行法；又如前文所提的《正法眼藏》和《大慧语录》，朱熹曾因其不着痕迹地以儒兼佛和援佛入儒而为之倾倒，成为他后来与弟子纵横论学时信手拈来引用佛经语最多的佛书，可见其影响之大。

朱熹与佛禅之因缘不仅在于穿梭寺院、交游寺僧、饱读释书，而且于自觉与不觉中将其渗透到自己的日常生活中。如朱熹对禅定和静坐身体力行，正如清人彦元批评朱熹所说："朱子教人半日静坐，半日读书，无异于半日当和尚，半日当汉儒。"⑤ 朱熹还将自己的斋名为"牧斋"，又把手订的第一部诗集名为《牧斋净稿》，其中"牧"孕育着佛禅之旨。禅家以"牧牛"喻牧人，"牧"是禅家心学修炼功夫的不二法门，对此我们可通过丁福保先生对"十牛图序"词条的详细阐释明了：

---

① 《朱子语类》卷一二六，《朱子全书》第18册，上海古籍出版社、安徽教育出版社2002年版，第3945页。
② 同上书，第3946页。
③ 同上书，第3961—3962页。
④ 《晦庵先生朱文公文集》卷五一，《朱子全书》第22册，上海古籍出版社、安徽教育出版社2002年版，第2381页。
⑤ （清）彦元：《朱子语类评》，《彦元集》，中华书局1987年版，第253页。

第二章 生平思想与佛教

一、寻牛序，二、见迹序，三、见牛序，四、得牛序，五、牧牛序，六、骑牛归家序，七、忘牛存人序，八、人牛俱亡序，九、返本还源序，十、入尘垂手序。……然而譬心事修炼之事以牧牛之事，实有由来。阿含经中说牧牛十二法，智度论明十一事。又禅门之诸祖，有提唱水牯牛之公案者，如马祖禅师之水牯牛公案是也。又如沩山灵佑禅师上堂曰：老僧百年后向山下作一个水牯牛是也。如是以牛譬说心地之修治，自古已然。[①]

词条指出以牧牛譬喻修炼之事自《阿含经》"牧牛十二法"始，就不断有人沿用这一譬喻意蕴，后这一譬喻义已成禅宗公案。以牧牛之十事，实则喻心事修炼的十种境界[②]。后精于佛老的谯定依此十种境界写就《牧牛图》，朱熹之师刘勉之为之作注，使朱熹早年与此书结缘，并对其将佛家的"明心见性"与儒家的"正心诚意"进行巧妙的儒佛比附与融合充满了激赏：

谯作《牧牛图》，其序略云："学所以明心，礼所以行敬；明心则性斯见，行敬则诚斯至。"草堂刘致中为作传，甚祥。[③]

后来朱熹虽认为儒家之理"实"，释家之理"空"，但仍认为："释氏言'牧牛'，老氏言'抱一'，孟子言'求放心'，皆一般"[④]，

[①] 丁福保：《佛学大辞典》，上海书店出版社1991年版，第219页。
[②] 此十种境界为：第一寻牛，即发菩提心之位也，第二见迹至第六骑牛归家五者，修行之位也，第七忘牛存人与第八人牛俱存，成菩提之位也，此忘牛存人为小乘我空之成菩提，人牛俱忘为大乘我法俱空之成菩提也。第九返本还源入涅槃之位也。是通于大小乘而言。第十入尘垂手方便究竟之位也。参见丁福保《佛学大辞典》，上海书店出版社1991年版，第219页。
[③] 《朱子语类》卷六七，《朱子全书》第16册，上海古籍出版社、安徽教育出版社2002年版，第2248页。
[④] 《朱子语类》卷一二六，《朱子全书》第18册，上海古籍出版社、安徽教育出版社2002年版，第3934页。

也就是说，朱子认为作为修养功夫的佛家之"牧"，道家之"虚"与儒家之"诚"是相通的。显然，儒佛老相通与融合是朱熹以"牧"名斋、把记录自己出入佛老十余年的手订的第一部诗集命名为《牧斋净稿》的思想基础，从而在一定层面上表明朱熹思想与生活与佛禅千丝万缕、难以割断的联系。

综上可知，在朱熹的人生历程中，既有奉佛、亲佛的人文环境，又有以儒为宗、浓厚、醇正的儒家风范，这就形成了他在日常行实中表现出既与佛禅亲近甚至浸染其中的一面，又以振兴儒业为己任，表现出辟佛、排佛的一面，而这恰恰也反映出朱子佛禅矛盾而复杂的文化心态。

第三节　佛禅思想的复杂与矛盾

束景南先生曾指出："写朱熹这个人（不是'圣人'），要写出他的复杂的道学性格，复杂的道学行为，复杂的儒家自我，复杂的文化心理。"[①] 的确，朱熹是反映时代精神的一面镜子，其文化心态的多元化更昭示着其心灵现实的丰富性和生动性。然而，这并非就其整个文化心态而言，其实，就构成其文化心态之一元的佛禅思想，也同样如此。朱熹佛禅思想充满着复杂性与矛盾性，对此，学术界从哲学层面探讨和论说的成果颇丰。但笔者以为，心态是一个远比哲学框框更富于流动性和生动性的范畴，因此，检讨朱熹佛禅思想的复杂性与矛盾性还可以从其佛禅思想发展演变的动态历时性中考察。具言之，笔者以为最重要的有两点。

---

① 束景南：《自序》，《朱子大传》，商务印书馆2003年版，第11页。

第二章　生平思想与佛教

一　"深究禅学"与"广涉佛书"：深刻与粗陋并存

笔者寓览朱熹佛禅思想的研究成果发现，多数成果是围绕朱熹理学与佛禅关系的问题展开，或论融合，或论排斥；还有一部分成果则主以检讨朱熹对佛教的认识，检讨的角度涵盖了常识论、本体论、心性论、伦理论、禅宗论等各个方面。然而，众多成果之中，对朱熹佛禅思想构成的多元化似关注不多，而朱熹多元化的佛禅思想构成恰恰也说明朱熹佛禅思想的复杂性。

朱熹曾说自己"旧时亦要无所不学：禅、道、文章、楚辞、诗、兵法，事事要学，出入时无数文字，事事有两册"①。此处"禅"并非专指禅宗，乃佛教代称。朱熹将佛书置于首位，可见其于佛禅并非只是被动接受来自外在的潜移默化，而是曾下博览泛观、潜心阅读、详作心得之力的。前文已指出，朱熹看过的佛经包括《四十二章经》《大般若经》《华严经》《楞严经》《法华经》《圆觉经》《金刚经》《心经》《光明经》《维摩经》《肇论》《华严大旨》《华严合论》《景德传灯录》《大慧语录》《禅苑清规》《武门宗库》《正法眼藏》以及唐沩山灵佑禅师、法眼宗的永明延寿、宗杲的法嗣道谦的语录，对庐山慧远的著作和达摩大师的禅也有研究。在以上各经中，《心经》内容博约，有"证大道之枢纽，佛教各宗派之综纲"之称，很难用单一的宗派性质加以界定。而朱熹经常提到的《楞严经》可以说是一部佛教修行大全，其内容包含了显、密、性、相等重要道理；宗派上横跨禅、净、密、律；修行次第上则更显充实、圆满。《法华经》也是朱熹狂读佛老之书时期涉猎的佛经典籍之一，此乃法华宗代表性著作，在中国大乘佛教史上有深远影响。其余如《大般

---

①　《朱子语类》卷一〇四，《朱子全书》第17册，上海古籍出版社、安徽教育出版社2002年版，第3438页。

若经》《金刚经》《维摩经》《肇论》者亦为大乘经典之作,它们是天台、唯识、三论等宗派教义在不同层面的阐发。在朱熹涉猎的众多经典之中,其濡染的禅宗经典尤多,《圆觉经》《光明经》《景德传灯录》《禅苑清规》《武门宗库》《正法眼藏》及各禅师的语录均是禅宗典籍。朱熹对禅宗机锋尤其赏识,如其云:"禅家便是如此。其为说曰:立地便要你究得,坐地便要你究得。他所以撑眉弩眼,使棒使喝,都是立地便栋教你承担认识取,所以谓之'禅机'。"①因此,禅宗不论在其理学体系之建构还是在其日常教学、言语交谈中对他的影响都是最为深远的。此外应当格外注意的就是《华严经》,此为华严宗的根本经典。华严宗亦深深影响朱熹理学体系的构建,故而《华严经》必是朱熹曾下力之处,作为对《华严经》宏旨经义精微疏论的著作——《华严大旨》《华严合论》自然也是朱熹研读的对象。众经之中,唯《四十二章经》因其版本不同,其教理性质有些差异。一般认为"《四十二章经》是佛教传入中国后翻译最早的一部佛经",但"现在更为学术界所接受的集录之说,认为《四十二章经》是从大小乘各类经典中集录的"。② 显然,这种观点在探讨《四十二章经》是译经还是抄经过程中已认定此经在教义上属大小乘教义。然而,还有一种较有影响力和比较流行的观点认为:《四十二章经》世俗久已流行的本子是宋守遂注本,而守遂本由于依意妄造,大失本真,为禅宗人所伪造,新增不少禅宗教义,如"无念无住""见性学道"等。③ 此论显然与单纯地认为《四十二章经》含大小乘教义是不同的。然据朱熹谈及《四十二章经》有关言论,如"释氏书其初只有《四十二章经》,所言甚鄙俚,后来日添月益,

---

① 《朱子语类》卷三五,《朱子全书》第15册,上海古籍出版社、安徽教育出版社2002年版,第1304页。
② 韩剑英:《宋初孤山智圆〈四十二章经〉正义》,《佛学研究》2008年第0期。
③ 汤用彤:《汉魏两晋南北朝佛教史》(增订本),昆仑出版社2006年版,第38—42页。

皆是中华文士相助撰集。……大抵皆是剽窃《老子》《列子》意思，变换推衍以文其说"①，基本可以揣测其所读本子为禅宗人伪造之本。

由上可知，朱熹所涉经书种数虽然不多，但基本上涵盖了禅宗、华严、法华、天台、唯识、三论、净土、律宗等各宗派的佛教典籍，朱熹汲取各宗所长，乃至融会贯通，提出了不少对佛禅之学的精辟之论。但诚如上文所提，朱熹所读佛书以禅书为多，其最用力处在禅，其他宗派多为浏览涉猎，未曾专力深究，与此同时，由于其一开始就把《正法眼藏》和《大慧语录》作为佛学入门的途径，表明他对佛禅的学习并非从正脉入手，也未得正宗，这导致他的佛禅思想虽是多元丰富，却难免于复杂中又略显粗陋。比如，朱子说"释言空，儒言实；释言无，儒言有"，又说"释氏只要空，圣人只要实"②，这是从理事关系的层面看待儒释两家的"实"与"空"的问题，有它的深刻性，但实际上释氏所谓"空"乃是心之去累之"空"，并非指事"空"，朱熹从"事空"层面解说释家之"空"有曲解之嫌，显然是粗陋的。钱穆先生对此也曾说过："盖佛学之流衍中国，禅学成为其最后归宿，亦为在当时最盛行之一宗，故朱子特所深究。其他佛书，朱子仅浏览及之。议论所到，不免粗疏，不求详备。亦有揭发未精到，剖析为深入。"③ 由此可见，朱子虽广涉佛书，然因未曾系统而专力为之，故而其于佛禅之解除有意地曲解之外，也难免有误解或粗陋之处。

二 从"逃禅归儒"到"外斥内援"

如前所述，朱熹生活在一个佛老氛围浓厚但始终以儒为宗、世

---

① 《朱子语类》卷一二六，《朱子全书》第18册，上海古籍出版社、安徽教育出版社2002年版，第3927—3928页。
② 同上书，第3933页。
③ 钱穆：《朱子新学案》（中），巴蜀书社1986年版，第1116页。

代业儒的家庭环境里，让他从小一方面接受系统的儒学教育，另一方面在耳濡目染中接受祖父辈们喜好佛禅的熏陶。师事武夷三先生后，虽然还是主以研经习儒，接受他们的经学和理学思想，但是朱熹从三先生那儿接受的理学思想具有浓重的佛学气息：从刘子翚处，朱熹既接受了刘子翚为他所取的具有禅教意义的字"元晦"，又吸收着其以杂糅儒释道三家思想的《圣传论》大纲的理学精华，还从他那里获得刘氏受佛老清净寂灭的启发而创立的具有佛老"主静"修行工夫的生平学问大旨——"不远复"三字遗言；从刘勉之、胡宪那里，朱熹不仅接受着谯定那种混糅老佛之学的象学，而且通过他们结识了径山宗杲门下两大弟子宗元和道谦，并在这样的契机下，朱熹这一时期一面狂读禅老之书，一面研读二程、曾巩之文，禅学和理学两种相反相成的精神力量在少年朱熹心灵中碰撞，推动朱熹踏上了心学之路，"出入佛老十余年"，接受着道谦"昭昭灵灵的禅"，沉浸在宗杲主悟的禅学道路上。直到绍兴二十六年从学李侗，朱熹才结束了"谦谦自牧"的"牧斋时期"，走上了极需探索勇气的"困学"之路。在这条路上，朱熹一方面按李侗要他实践的"看圣贤言语""去圣经中求义"的方法，体会其"理一分殊"和"主静"的学问大旨；另一方面还是无法改变"就里面体认"的痼疾，更何况李侗"主静"的修养方法本身就与天童正觉的默照禅有着很大的相通性，这就意味着朱熹还是难以摆脱身上的禅气。在"困学"三年的探索期，他逐渐进入到"主静"的理学之域，却仍缺少"应事洒落"的通达，有着沉重的"恐闻"遗恨。作于这一时期的《再题西林可师达观轩》一诗尤能反映其此时的心态：

  古寺重来感慨深，小轩仍是旧窥临。向来妙处今遗恨，万古长空一片心。

第二章　生平思想与佛教

诗"以旧题寻岁月"向西林可禅师抒发重游古寺的深沉感慨："向来妙处今遗恨"抒写诗人"困学"三年自以为有得，悟尽所学之妙，待到应事之时却仍不能"洒然力行"而心生"恐闻"之恨；"万古长空一片心"则一方面以诗的语言诠释着李侗所授的孔孟之"仁，人心也"与周程之"仁者，天地生物之心"的即事穷理的真谛，另一方面其引用天柱崇慧禅师"万古长空"的机锋、以禅说儒的方式无形中又透露出朱子心底未断的禅根。然而，不可否认的是，经过"困学"期艰难地求知探索和"恐闻"期内心的挣扎与调整，朱熹终于领悟到李侗所授的与日用处下工夫的洒然融释的思想，从而迎来了朱熹对从宗杲到无垢（张九成）等佛门弟子和佛教信徒思想的一次全面清算，走上了旗帜鲜明的反佛、排佛的道路，在学问上实现了从存理灭欲的"主静"中和旧说到体认儒家实理、与释家心寂理空划清界限的"主敬"中和新说的飞跃。然而，正如束景南先生总结的那样，朱熹所创的敬知双修的"中和新说""还是留下了佛学思维方法影响的印迹"，认为敬知双修"至少从方法论上说又是佛教定慧双修、止观并重、禅智兼用的理学翻版"。[①] 可见佛禅已经成为构筑朱子文化心理不可或缺的一元。

终朱子一生，其内心一直存在着两个自我，即理学自我与心学自我。这两个自我的冲突实际上是身为儒家精神的捍卫者与重建者朱熹对佛禅抑与扬两种不同态度的显现，正如《建州弘释录》所载的那样：

　　文公于释氏之学，或赞、或呵，抑扬并用。其扬之者，所以洗世俗之陋。其抑之者，所以植人伦之纪。盖以其身为道学主盟。故其诲人之语不得不如此耳。然愚观其斋居诵经之作，

[①] 束景南：《朱子大传》，商务印书馆2003年版，第287页。

则有得于经者不浅,非特私心向往之而已也。①

另外,在这两个自我的冲突中,凸显了朱熹与佛禅的关系经历了从"濡染"到"沉醉"再到"逃离"最后"排斥"的过程,然而它们并非只是有此无彼的关系,而是或交织缠绕,或此消彼长,难以剥离,每一个变化都极其微妙而复杂。

综上所述,朱熹"出入佛老十余年",其所涉佛书涵盖宗派甚广,于禅宗之著下力颇深,却因学之失之系统性而显得粗陋;终其一生,排佛辟佛是主调,然"昭昭灵灵的禅"已深植青年朱熹的心灵,令其一生与佛禅始终有着或深或浅、千丝万缕的联系;体现其学术之集大成的理学体系随处可见佛道二教的影子,佛禅与儒、道二教的融会与贯通更令其佛禅思想扑朔迷离。诚如陈寅恪先生指出的那样:"宋儒若程若朱,皆深通佛教者。既喜其义理之高明详尽,足以就中国之缺失,而又忧其用夷变夏也。乃求得两全之法,避其名而居其实,取其珠而还其椟。采佛理之精辟,以之注解四书五经,名为阐明古学,实则吸收异教,声言尊孔辟佛,实则佛之义理,已浸泽濡染,与儒教之宗传合二为一。"②

---

① (明)元玄集:《建州弘释录》卷二,《卍续藏》第86册,第570页下。
② 吴宓:《吴宓日记》,生活·读书·新知三联书店1998年版,第102—103页。

第三章 文学思想与佛禅

20世纪90年代以后，朱熹文学思想的研究在广度和深度上都有了重大突破，由《诗经》《楚辞》的文学批评扩大到文道观、文学史观、文学价值论以及文体论、文气论、文势论、艺术论、风格论、作家论等，研究范围不断扩大，成果日渐丰富。虽然如此，令人遗憾的是，多数成果都仅局限从朱子理学与文学之关系的层面阐释朱熹文学思想的内涵。实际上，正如朱子理学与佛禅有着千丝万缕的联系一样，朱熹许多重要的文学思想亦蕴含了深刻的佛禅思想。

第一节 理学：联结佛禅与朱熹文学思想的纽带

朱熹文学思想的成就主要体现在两个方面：一方面，从理论建构的高度重新审视、整合了历史上文道关系的论说，对文统与道统的关系作出了新的阐释，由此而覆盖到他文学思想中作家论、作品论、接受论等一系列理论构建，产生了诸多不因袭陈说的创见；另一方面，他"以六经注我"，借鉴传统的注疏方式整理研究文学名著，突破前人陈见，著成《诗集传》《楚辞集注》两部在"诗经学""楚辞学"研究史上影响深远的著作，对《诗经》《楚辞》从字、词、章句、诗篇内容到艺术表现手法、言说方式都给予重新审视与评注，其整理校勘韩愈之文的《韩文考异》，"不仅采用古籍校勘的一般方法，更从文学的基本规律，诸如文势、文理、文体、文风以及韩文本身的艺术特征诸方面详加审度"。① 综合朱子文学思想这两个方面的成就，无论其理论建构，还是注疏立说，其文学思想都有厚重的理学文化底蕴。然而，朱子体大思精的理学体系是其集儒家文化之大成，融摄释、道诸家文化建构起来的，尤其是对华严宗与禅宗的吸纳和融摄，对其理学思想无论在义理上还是思辨思维上都有深刻的影响。因此，佛禅对朱熹文学思想的影响并不是直接的，而是以朱子理学为纽带，对其发生间接但深刻的影响。这种影响途径有二：一是禅宗宗统对儒家道统观发生了深刻的影响，继而对朱熹的文统观也发生了影响；二是佛禅义理在文学思想的曲折渗透。对于后者，本章下节专门讨论，本节重点探讨前者。

中国禅宗自达摩初祖首创，流布中华，传衣付法，代代传灯：

> 从上以来，具有相传付嘱，……唐朝忍禅师在山东，将袈裟付嘱于能禅师，经今六代，内传法契以印证心，外传袈裟以定宗旨。从上相传，一一皆以达摩袈裟为信……（《南宗定是非论》）②

> 始自达摩，达摩传慧可，可传僧璨，璨传道信，信传弘忍，忍传大通（即神秀），大通传大照（即普寂），大照传广德，广德传大师（指大证），一一受香，一一摩顶，相承如嫡，密付法印。（《唐大证禅师碑》）③

---

① 张立文：《朱熹文学大辞典》，上海辞书出版社2013年版，第393页。
② 胡适：《神会和尚遗集》，亚东图书馆1931年版，第293页。
③ 《金石萃编》卷九五，《续修四库全书》第889册，上海古籍出版社2002年版，第100页。

第三章 文学思想与佛禅

由上述两则文献可知，禅宗每一代都有一位由宗派推出的高僧大德代表佛法的权威，代表佛法的正统，这种单脉相传的传宗制度一直到禅宗五组弘忍为止。至弘忍传位禅宗六祖，则出现了神秀与慧能的纷争。故而，从六祖始，禅宗分北宗神秀和南宗慧能。后在慧能的努力下，佛教与中国传统文化结合日渐紧密，佛教思想发生了许多创造性的变化，继而导致其教内思想的不同以及愈演愈烈的宗派分化，宗位的传授也由单脉相传一变而为分头并玄。然不管单脉相传还是分头并玄，不管是正统还是旁脉，一个不争的史实表明禅宗重视宗统的传承。禅宗这种浓厚的统绪意识对包括朱熹在内的宋代理学家的道统与文统观念的确立都有深刻的影响。

在唐以前不见道统之说，亦无文统之论。道统说首创于唐代韩愈。其《原道》云：

> 斯道也，……尧以是传之舜，舜以是传之禹，禹以是传之汤，汤以是之文武周公，文武周公传之孔子，孔子传之孟轲。轲之死，不得其传焉。[1]

显然，韩愈为儒家圣人排序论宗的做法受了禅宗讲宗统的影响。这种影响至南宋，由于禅宗灯录的盛行，这种统绪意识在宋代理学家们那里得到了加强，他们建立起圣学传承的道统说，朱熹于此贡献最大。他仿禅宗灯录，为周张二程继孔孟等儒家圣人论宗排序，编著《伊洛渊源录》，并以二程的继承者自居：

> 宋德隆盛，治教休明。于是，河南程氏两夫子出，而有以

---

[1] （唐）韩愈：《昌黎先生集》第十一卷，《续修四库全书》第1309册，上海古籍出版社2002年版，第559页。

接夫孟氏之传。……然后古者大人教夫之法、圣经贤传之指，粲然复明与世。虽以熹之不敏，亦幸私淑而与有闻焉。(《大学章句序》)①

在理论上，他在韩愈的基础上，系统地提出了自己的道统说：

盖自上古圣神继天立极，而道统之传有自来矣。其见于经，则允执厥中者，尧之所以授舜也："人心惟危，道心惟微，惟精惟一，允执厥中者"，舜之所以授禹也。……夫尧、舜、禹，天下之大圣也。以天下相传，天下之大事也。……自是以来，圣圣相传：若成汤、文、武之为君，皋陶、伊、传、周、昭之为臣，既皆以此而接夫道统之传。若吾夫子，则虽不得其位，而所以继往圣，开来学，其功反有贤于尧舜者。然当是时，见而知之者，惟颜氏、曾氏之传得其宗。及曾氏之再传，而复得夫子之孙子思。……自是而又再传以得孟氏，为能推明是书，以承先圣之统。及其没而随失其传矣。……以至于程夫子兄弟者出，得有所考，以续夫千载不传之绪。(《中庸章句序》)②

在这个道统说中，朱熹不仅明确确立了儒家道统的统绪及正宗的标准，而且从人性论、修身和处世之道的阐释层面赋予"人心惟危，道心惟微，惟精惟一，允执厥中"浓厚的理学色彩，大大充实了儒家"道"的内涵，并将这十六字确立为代代相传的心诀，这一心诀与禅门之"不立文字，教外别传，直指人心，见性成佛"的宗

---

① 《四书章句集注》，《朱子全书》第6册，上海古籍出版社、安徽教育出版社2002年版，第14页。
② 《中庸章句》，《朱子全书》第6册，上海古籍出版社、安徽教育出版社2002年版，第30页。

124

第三章 文学思想与佛禅

风很相似,显是朱熹受了禅宗的启发。与此同时,朱熹的"人皆可以为尧舜"的"性善论"与禅宗"人人皆有佛性"的"佛性论"在思想体系的路脉上基本一致。由此不难看出,朱熹道统说之形成与禅宗宗统不论从统绪意识的承传还是从延续统绪的精神指诀的形式都有渊源。有学者对此作过这样的总结:

> 儒家的道统,与禅宗的宗统,主要的差别,前者能隔世相承,后者乃代代传灯,不但此也,禅宗建立了教外别传、不立文字的宗风,而理学家们也是在建立道统之后,取伪古文尚书的"人心惟危,道心惟微,惟精惟一,允执厥中"为心传,于是道统的建立,乃告完成,以时代及学术背景的发生揆之,二者的关系当非偶然的巧合。①

由于禅宗统绪意识的影响,理学家不仅确立了道统,而且还建立起与之相应的文统。在他们的观念中有道统必然应有相应的文统:"按照理学家的论述,道与文应该统一,经典(与词章相对之文)就是统一的典范。站在道与文统一的立场上说,道统与文统是应该合一的。道统之所在就是文统之所在,道统的断绝就是文统的断绝。"②朱熹也同宋代许多理学家一样,不仅倡导道统,也重视文统,以理学家的眼光从道德本位的角度看待历代文章之正宗。如他说:

> 孟轲氏没,圣学失传。天下之士背本趋末,不求知道养德以充其内,而汲汲乎徒以文章为事业。在战国之时,若申、商、孙、吴之术,苏、张、范、蔡之辨,列御寇、庄周、荀况之言,

---

① 杜柏松:《禅是一盏灯》,海南出版社2007年版,第193—194页。
② 张健:《知识与抒情:宋代诗学研究》,北京大学出版社2015年版,第319页。

屈平之赋，以至秦汉之间，韩非、李斯、陆生、贾傅、董相、史迁、刘向、班固，下至严安、徐乐之流，犹皆先有其实，而后托之于言；唯其无本，而不能一出于道，是以君子犹或羞之。及至宋玉、相如、王褒、扬雄之徒，则一以浮华为尚，而无实之可言矣……东京以降，讫于隋唐数百年间，愈下愈衰，则其去道益远，而无实之文，亦无足论。（《读唐志》）①

在朱熹看来，孟子之后不仅道统中断，文统亦失。朱子认为士人不知求道、养德而徒然以文章为事业乃舍本求末，其力主道德与文章合一，道统与文统合一，而这种合一的前提是道是本、文是末，文以道为中心，即朱子所谓"道德、文章之尤不可使出于二"②。朱子的这一文道关系论且不论其具体的内涵与价值，但若推究其理论来源的层面而言，与道统观紧密结合的文统论也可以说是受了宋代禅宗重宗统的传统影响。

综上所述，朱熹的文统论从哲学背景而言，直接源于其极具浓厚理学色彩的道统观，但由于其道统观的确立颇受禅宗统绪意识的影响，因此从更深远的源头追述其成因亦可认为是受了禅宗宗统观的影响。由此不难看出，朱熹的文学思想与禅宗的渊源并不是直接的，有时甚至是隐晦的，二者之间的关系往往需通过连接朱熹文学与佛教的桥梁与纽带——理学，才能曲径通幽，识得个中三昧。朱熹文学思想大体分三个层次，文道关系是其文学思想的最高层次，文体论、文势论、作家论、作品论、诗论、文论等是第二层次，赋比兴论、"天生成腔子"的法度论、感物道情与以理节情说等则是第三层次。这三个层次以其理学思想为底蕴，并通过理学受到融合其

---

① 《晦庵先生朱文公文集》卷七〇，《朱子全书》第23册，上海古籍出版社、安徽教育出版社2002年版，第3374—3375页。
② 同上书，第3373—3374页。

中的佛禅思想的影响，意蕴深邃而深刻，尤值得我们探赜索隐。

第二节　文学思想佛禅渊源发微

由于朱熹"致广大、尽精微、综罗百代"的学术素养，其文学思想呈现出不同前人的集大成风貌。与前人相比，朱熹确实提出了不少有开创性的文学思想，如他纠正了程颐的"作文害道"说，提出了以道德为本体的文论和诗论；超越了邵雍的"涉理路而去情好"的诗学观念，提出了"以情寓理、以理节情"①的诗歌创作论；突破前人比、兴诗学观念的理解，从感物道情与吟咏性情之正的角度重新阐释了比、兴的诗学意义等。一般认为，朱熹之文学思想与其理学有深厚的渊源，学术界常以"理学文学"或"理学诗学"等语词来描述朱熹理学与文学的密切关系。也正因为理学光环的遮蔽，朱熹文学思想中的佛禅旨趣变得暗淡无光，甚至杳然无踪。然而，细加探究与溯源，不难发现，正如朱熹于理学构建中"援佛入儒"一样，佛禅也渗透在朱熹的许多文学思想中。虽然这种影响是曲折而隐晦深邃，并非如理学对文学思想的影响那样直接而显而易见，但同样值得我们细加考究，揭示出其意蕴丰富而深刻的佛禅旨趣。

一　文学本体论："文从道中流出"的佛禅渊源

文道关系一直是中国文学理论的核心话题之一。特别是理学家的文论思想中，这一命题尤被关注，这也是朱熹文学思想的一个核心命题。对这一命题，朱熹最经典的表述就是"文从道中流出"：

曰：不然，这文皆是从道中流出，岂有文反能贯道之理？

---

①　张毅：《宋代文学思想史》，中华书局1995年版，第258页。

文是文，道是道，文只如吃饭时下饭耳。①

　　道者文之根本，文者道之枝叶。惟其根本乎道，所以发之于文，皆道也。三代圣贤文章，皆从此心写出，文便是道。②

这段文字朱熹表达了四层意思：一是"文"是从"道"中流出的不同于"道"的东西；二是"道"与"文"是本与末的关系；三是"文"依存于"道"，是"道"的一个"分殊"；四是合于"道"的"心"写出的"文"皆是"道"也。有学者认为朱熹的这一文道关系论是"孔子'有德者必有言'（《论语·宪问》）的另一种表述"③，但实际上若从这一思想的哲学基础去溯源，则不难看出它实际上是朱熹理气说在文学上的诗学阐释，若进一步细细推究，它又与佛教禅宗以"心"为本的心性说有间接但渊源深远的关系。

"理"和"气"是朱熹哲学体系中的最高范畴，对此朱熹多有论说：

　　天下未有无理之气，亦未有无气之理。④
　　有是理后生是气。⑤
　　有是理便有是气，但理是本。⑥
　　理未尝离乎气，然理形而上者，气形而下者。自形而上下

---

① 《朱子语类》卷一二九，《朱子全书》第18册，上海古籍出版社、安徽教育出版社2002年版，第4298页。
② 《朱子语类》卷一三九，《朱子全书》第18册，上海古籍出版社、安徽教育出版社2002年版，第4314页。
③ 张健：《知识与抒情：宋代诗学研究》，北京大学出版社2015年版，第286—287页。
④ 《朱子语类》卷一，《朱子全书》第14册，上海古籍出版社、安徽教育出版社2002年版，第114页。
⑤ 同上。
⑥ 同上。

第三章　文学思想与佛禅

言，岂得无先后。①

理却无情意，无计度，无造作。只此气凝聚处，理便在其中。②

厘清理与气的关系，对我们理解文道关系大有裨益。在朱熹的哲学体系中，理与道、与太极的内涵相同："太极只是天地万物之理。在天地言，则天地中有太极；在万物言，则万物中各有太极。"（《太极图说解》）也就是说，朱熹的这个"理"有两个主要内涵：一是指"天理"，即物之理，是一本万殊之理："天下物皆可以理照，有物必有则，一物须有一理。"③ 这一内涵上的"理"有似于佛教之真如佛法，有遍布一切之意："一性圆通一切性，一法遍合一切法，一月普现一切水，一切水月一月摄。"④ 也合于华严宗"能遍之理，性无分限。所遍之事，分位差别。一一事中，理皆全遍，非是分遍"⑤ 这种一即一切，一切即一的全遍思想。二是指性理，是在己之理，是道德伦理，朱熹有所谓"性即理""心统性情"之说，这显然渊源于禅宗的"明心见性"，将以往对外王的追求转向对内心的观照。显然，"理"的建构融摄了佛禅思想，与"理"一体的"气"自然与佛禅亦有渊源。朱熹的文道关系是以其理气关系为哲学基础的，按照吴长庚先生的观点："将理气用于人，便有性与心的范畴，将理气用于文，便有道与文的范畴。"⑥ 故而说朱熹的文道关系与佛禅亦渊源深厚未尝不可。为了进一步说明这一点，下文将从文学本

---

① 《朱子语类》卷一，《朱子全书》第 14 册，上海古籍出版社、安徽教育出版社 2002 年版，第 115 页。
② 同上书，第 116 页。
③ （宋）程颢、程颐：《二程遗书》卷二八，《二程集》，上海古籍出版社 2000 年版，第 193 页。
④ （唐）释玄觉：《永嘉证道歌》卷一，《大正藏》第 48 册，第 396 页中。
⑤ （唐）宗密注：《华严法界观门》卷一，《大正藏》第 45 册，第 687 页中。
⑥ 吴长庚：《朱熹文学思想论》，黄山书社 1994 年版，第 61 页。

体与佛禅以"心"为本的心物观渊源进一步阐释。

在"文从道中流出"的思想中，学人多为朱熹的"木喻"说所吸引，关注到朱熹文道一体及文道二者的本末关系。其实，这一思想朱熹另有表述：

> 三代圣贤文章，皆从此心写出，文便是道。①
> 欧公……谢表中自叙一段，只是自胸中流出。②

上述两则文字，涉及"心"（"此心""胸中"）与"物"（"文"）的关系。对于心物关系，佛教强调以"心"为本，如《大方广华严经》云："心如工画师，画种种五阴，一切世界中，无法而不造"，"一切世间法，唯以心为主"；又如天台宗有以一"心"纳三千大千世界的宗观；而禅宗则直接称自己的宗派为心宗，更有"明心见性"之论……这种种"心"论实际上是把"心"当作主宰万物、创造万物的本源。佛禅的这种肯定"心"的主动性和创造性在魏晋南北朝之后为文艺理论和文艺创作所吸收，而到宋代，主张诗文自胸臆流出成为一个相当普遍的创作观念，如释惠洪说诸葛孔明之《出师表》、刘伶《酒德颂》、陶渊明《归去来兮辞》、李另伯《陈情表》"皆沛然从肺腑中流出"③；又如张戒说"诗、文、字、画，大抵从胸臆中流出"④等。朱熹之"文从道中流出"的文学观显然也是如此。如前文所述，道即理，理即性，性之于人则为心，"性即理也，

---

① 《朱子语类》卷一二九，《朱子全书》第18册，上海古籍出版社、安徽教育出版社2002年版，第4314页。

② 《朱子语类》卷一三九，《朱子全书》第18册，上海古籍出版社、安徽教育出版社2002年版，第4302页。

③ （宋）释惠洪：《诸葛亮刘伶陶潜李令伯文如肺腑中流出》，《冷斋夜话》卷三，中华书局1985年版，第13页。

④ 丁福保辑：《岁寒堂诗话》卷上，《历代诗话续编》上册，中华书局1983年版，第458—459页。

第三章　文学思想与佛禅

在心唤做性，在事唤做理"，也就是说，上文所谓"此心"和"胸中"均指具道德伦理的人心，这样文从"此心"写出，文自"胸中"流出，实则强调了以"心"为本、发露主观心性的文学本体论，是吸收佛禅心性论而形成的强调"心"在艺术创作中的主宰作用以及心物交融的文学理论。

二　作家人品论："修辞立其诚"的佛禅文化底蕴

"修辞立其诚"语出《易传·乾文言》："子曰，君子进德修业。忠信，所以进德也；修辞立其诚，所以居业也。"本为阐述乾卦居"九三"之位的"君子"不断加强道德修养之重要。后这一词逐渐为后人不断阐发，角度、意蕴颇丰[①]，"诚"这一体现儒家人格境界的范畴逐渐向文学价值转化。从诗学领域看，对"诚"阐释的角度不同，至少会涉及两方面问题，即文学真实和作家人品。前者关乎作品情感之真幻，后者关乎作家修养；而佛教亦有"即心即佛"之情真说与心性修养之工夫论。二者虽属不同层面的本体问题，但文化间的相互渗透和价值的转化使二者间的相通性似乎又有了合理性。

（一）"真实无妄"与"即心即佛"

"诚"是朱熹理学的一个重要范畴，对此朱熹多有论说，其中对《中庸》之"诚"，他论说得最为深透、系统，核其主旨，"诚"乃"真实无妄"之意："诚者，真实无妄之谓，天理之本然也。"[②] 也就是说，"诚"是天理本然之"真实无妄"真实地存在于人的心灵的。

[①] 如唐人李鼎祚《周易集解》从爻位角度阐发："居三修其教令，立其诚信，民敬而从之。"清初诗人钱谦益从作品独创性的角度发挥："古之人往矣，其学殖之所酝酿，精气之所结撰，千载之下，倒见侧出恍惚于语言竹帛之间。《易》曰'言有物'，又曰'修辞立其诚'。《记》曰'不诚无物'，皆谓此物也。"清人严复则将其阐发为翻译原则"信、达、雅"之一的"信"："《易》曰'修辞立其诚'，子曰'辞达而已'。曰：'言之无文，行之不远'，三者乃文章正轨，亦即为译事楷模。"诸如此类，不赘述。

[②] 《四书章句集注》，《朱子全书》第 6 册，上海古籍出版社、安徽教育出版社 2002 年版，第 48 页。

因此,"诚"既为"理之实",也是"心之实"。① 换句话说,朱熹认为"诚"即"真情",是真情实意、表里如一之意:"既是真情,则发见于外者,亦皆可见。如种麻则生麻,种谷则生谷,此谓'诚于中,形于外'。"② 据此延伸,"修辞以立其诚"不就是"诚于中,形于外"的一个方面吗?朱熹说:"所谓修辞立其诚所以居业者,欲吾之谨夫所发,以致其实,而尤先于言语之易放而难收也。其曰修辞,岂作文之谓哉?"(《答巩仲至》)显然在朱熹看来,在"诚"由"中"而"外"上,文章要比言语更严谨地体现"理"与"心"的真实无妄。那么朱熹所谓的"心"为何物呢?他认为:

> 心者,主乎性而行乎情。故"喜怒哀乐未发则谓之中,发而中节而谓之和",心是做工夫处。③

又说:

> 盖心是包得那性情,性是体,情是用。心字只一个字母,故性、情字皆从心。④

可见,"心"与"理"既不相同,又有联系。在朱熹的哲学范畴中,性即理,而非心即理,但是"心具万理",也就是说,万理皆备于心。正如有学者所指出的那样:"'理之实'是从客观的、超越的层

---

① 《中庸或问》,《朱子全书》第6册,上海古籍出版社、安徽教育出版社2002年版,第599页。
② 《朱子语类》卷一六,《朱子全书》第14册,上海古籍出版社、安徽教育出版社2002年版,第522—523页。
③ 《朱子语类》卷五,《朱子全书》第14册,上海古籍出版社、安徽教育出版社2002年版,第94页。
④ 同上书,第91页。

第三章　文学思想与佛禅

面讲，只是'净洁空阔'的形而上的潜存。'心之实'则落实在主体心灵的活动层面讲，如人的真实情感体验与直觉。"[1] 由此可见，"修辞以立其诚"，也就是在文章中抒写体现自然之理的真实存在和这种真实存在在主体心灵中的真实的情感体验与直觉。这种文学观从本质上说是强调作品的内容与情感是真实不虚妄的。中国文学具有浓厚的抒情传统，不论是"诗言志"还是"诗言情"，都主张言为心声，强调作品"情真""心真"，换言之，是作品情感的真实、自然。从这点上说，朱熹的"修辞以立其诚"与中国传统诗学观念是一致的。

值得注意的是，佛教也讲"诚"，但与朱熹"修辞以立其诚"之"诚"的真实无妄之意是否相同呢？《无量寿经》有教导信徒要善护"身、口、意"三业，并把"口"业置之首位，强调修行的人要口业自净，具足正语，也就是说话时要避免"两舌、恶口、妄语、绮语"四种过失。其中，"妄语"指的是欺妄之语，"绮语"即花言巧语。可见，在"修辞"或语言上，二者都强调"真"，强调"实"。另外，佛教也讲"心真"，讲"以真合情"。佛教"般若实相"说把"真如"看成是真实的"实相"，认为它是一切诸法之本源："于真实性觉如如"[2]；"入于真实妙法界，自然觉悟不由他"[3]。所谓"如如""法界"即"真如"。"真如"，即佛性，也可以是佛法的最高境界。因此，按般若实相的观点，佛性是真实、本然存在的，是可以自然觉悟的原初之态。涅槃说兴起后又有"佛性我""如来藏"之谓佛性。虽然名称各不相同，但都是代表佛教创造出来的抽象的佛性本体，并无本质的差别。到了唐代，这种抽象神圣的"真如"本体则演变成相对具体尘世的"心"本体，出现了诸如"心是

---

[1] 陈蕾、李爱华：《会计诚信体系构建问题研究》，辽宁大学出版社2008年版，第45页。
[2] （东晋）佛陀跋陀罗译：《大方广佛华严经》卷一五，《大正藏》第9册，第499页上。
[3] （东晋）佛陀跋陀罗译：《大方广佛华严经》卷一二，《大正藏》第9册，第472页中。

诸法之本""心是自性清净之本""即心即佛"之说。显然，此时"真如"或"佛性"的真实便是"心"的真实，而"心"的真实即人之"本心"，是自然之心，无矫揉造作，无虚情假意，佛性与人心合一。这对宋明理学发生了重要影响，陆九渊的"心即理"与王阳明的"良知"论自不必说，其实就朱熹的"修辞以立其诚"的"诚"也可以说与之有一定的渊源。前文已指出，"诚"既为"理之实"，也是"心之实"，正说明朱熹理学的"理心合一"的特征，这与佛性与人心合一有相似性。另外，如前所述，作为佛性本体的"心"是自然之心，也就是说佛教的心性合一实则以情为真，这种观念对宋明以后的文艺思想有一定影响，比如宋明文艺作品强调人的情感的自然真实和率性而动，其实就是对禅宗的"即佛即心""自见本心""直心是道场"的一定借鉴。而朱熹之"修辞以立其诚"主张文章中抒写体现自然之理的真实存在和这种真实存在在主体心灵中的真实的情感体验与直觉，强调在作品中抒写真实无造作的情感，从情感抒写性质看，又何尝不可谓与佛禅之"以情为真"说是异曲同工呢？再者，从情感表现的方式与程度看，它必须符合"天理之本然"，朱熹主张"以情寓理，以理节情"；而佛教所谓"真心""以情合真"也强调"情"的表现要合乎佛性的本然。由此可见，在"抑情扬性"上，二者显然也是相通的。

（二）持"敬"与禅定

"修辞立其诚"关乎到作文如何做到"立诚"的问题，也就是涉及作家人品或道德修养的问题。如上文所述，"诚"既是"理之实"，亦是"心之实"，而做到"理"与"心"之真实无妄，朱熹以为"这工夫自是大"：

>   问："'修辞立其诚'，何故独说辞？得非只举一事而言否？"曰："然。也是言处多，言是那发出来处，人多是将言语

第三章　文学思想与佛禅

做没紧要,容易说出来,若一一要实,这工夫自是大。"①

大体说来,朱熹之谓"辞",有文字、文章、语言等义。此处,"辞"从字面看是语言,但从整段话的内在逻辑看则是文章之意。朱熹认为需使零碎、"没要紧"的语言"一一要实",需修养大"工夫"。那么这"工夫"指什么?显然是文章者立己之"诚"、体认实理的内在的道德修养。这是从作者人品的角度提出的。而做实这一工夫,朱熹提出了与"诚"对举的"敬"的思想,这一思想的核心要旨是"涵养需用敬,进学则在致知",表明"涵养"与"穷索"二者不可偏废。对此,前贤时彦已论颇深,此不赘述。对于"诚"与"敬"的关系,程颢认为内心持"敬"则"诚"立,正所谓:"诚者天之道,敬者人事之本。(敬者用也)。敬则诚。"② 从渊源看,朱熹的主敬思想承续二程。关于"诚"与"敬"的关系,朱熹有"敬以直内,义以方外,便是立诚"③ 之论。不难看出,朱熹的"诚""敬"关系论中多了一个"义",也就是说内在的"敬"的涵养,加上外在的"义"自觉遵从,才能使心灵充实。由此可见,"诚"的确立离不开"敬"的涵养。朱熹"敬"论的核心观点是"敬,只是此心自做主宰处"④,可见,"敬"重在"此心主宰"上。朱熹又说"三代圣贤文章皆从此心写出"⑤,圣贤之文即"立诚"之

---

① 《朱子语类》卷六九,《朱子全书》第16册,上海古籍出版社、安徽教育出版社2002年版,第2294页。
② (宋)程颐、程颢著,王孝鱼点校:《程氏遗书》卷一一,《二程集》,中华书局2008年版,第127页。
③ 《朱子语类》卷九五,《朱子全书》第17册,上海古籍出版社、安徽教育出版社2002年版,第3215页。
④ 《朱子语类》卷一二,《朱子全书》第14册,上海古籍出版社、安徽教育出版社2002年版,第371页。
⑤ 《朱子语类》卷一三九,《朱子全书》第18册,上海古籍出版社、安徽教育出版社2002年版,第4314页。

"修辞"，此之谓"诚"，自是持"敬"之心涵养而成的"诚"，即是文章者内在的道德人品。因此，朱熹之"修辞立其诚"从深层次而言，要求作家持"敬"修"辞"而立"诚"，换言之，"诚"实现的前提是"敬"的工夫的修养。值得特别指出的是，朱熹的"主敬"工夫论除了蕴含丰富的理学意蕴，还吸收了部分佛禅义理以及佛学思维方法，而其中又与文学艺术的创作心理有许多相通之处。具言之，朱熹主敬论包含四方面的内容：

> 曰："然则所谓敬者，又若何而用力耶？"曰："程子于此，尝以主一无适言之矣，尝以整齐严肃言之矣。至其门人谢氏之说，则又有所谓常惺惺法者焉。尹氏之说，则又有所谓其心收敛不容一物者焉。观是数说，足以见其用力之方矣。"[①]

可见"敬"在朱熹看来包括："主一无适""整齐严肃""常惺惺法"和"其心收敛不容一物"。除"整齐严肃"外，其余三方面都与内心的修养工夫有关，它们与禅宗的禅定工夫有或深或浅的渊源。在探讨这三方面与佛禅的渊源之前，我们有必要先把握"主一无适""常惺惺法"和"其心收敛不容一物"的内涵：

1. "主一无适"

所谓"主一无适"者，程颐对此早有界定：

> 所谓敬者，主一之谓敬。所谓一者，无适之谓一。且欲涵泳主一之义，一则无二三矣。[②]

---

① 《大学或问》，《朱子全书》第6册，上海古籍出版社、安徽教育出版社2002年版，第506页。
② （宋）程颐、程颢著，王孝鱼点校：《程氏遗书》卷一一，《二程集》，中华书局2008年版，第127页。

136

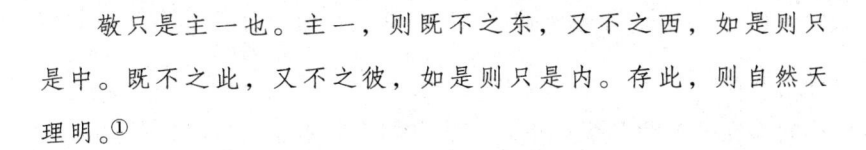

敬只是主一也。主一，则既不之东，又不之西，如是则只是中。既不之此，又不之彼，如是则只是内。存此，则自然天理明。①

朱熹对此也有论说：

"主一"只是心专一，不以他念杂之；"无适"只是不走作。如读书时只读书，著衣时只著衣；了此一件又做一件。身在这里，心亦在这里。②

由上文可知，"主一"与"无适"是同义的反复，从根本意义而言，它包含两个层面的意义：一是指专心、专注、不旁骛，而"如是则只是内"则进一步指出了专注的对象是内心；二是内心处于中庸或绝对中和的状态，即上文所说的"既不不之东，又不之西"，"不走作"。此二者为敬之工夫修养的两个方面，唯其如此，方可人欲尽去，内心自然合乎天理。

2. 常惺惺法

"敬"的另一方面的内容——常惺惺法的最初提出者是谢上蔡（谢良佐）。其《上蔡语录》云：

"敬"是常惺惺法，心斋是事事放下，其理不同。③

朱熹对上蔡"'敬'是常惺惺法"的解释是："惺惺，乃心不昏

---

① （宋）程颐、程颢著，王孝鱼点校：《程氏遗书》卷一五，《二程集》，中华书局2008年版，第149页。
② 陈文新：《四书大全校注》（上），武汉大学出版社2009年版，第87页。
③ 《上蔡语录》卷中，《朱子全书外编》第3册，第30页。

昧之谓。"① 而钱穆先生则认为："禅宗惺惺寂寂，系心一处，使不散乱，大体只是看重一个当下，一个现前。当下现前，刹那变灭，此心亦刹那变灭。所以系心一处，景于无系无着。其次，则打叠一切，专系在一念上，待得此念纯熟，忽然脱掉，则仍落无住无念境界，这就是参话头工夫。"② 这两种看法都强调"敬"的另一含义是使心时时保持清醒、提撕之意。朱熹对"常惺惺法"很是赞同，他说：

> 古人瞽史诵诗之类，是规戒警诲之意，无时不然。便被他恁地炒，自是使人住不著。大抵学问须是警省。且如瑞岩和尚每日间常自问："主人翁惺惺否？"又自答曰："惺惺。"今时学者却不如此。③

所谓"大抵学问须是警省"，显然强调了"常惺惺法"的重要性。

3. "其心收敛不容一物"

此语原出于尹和靖（尹焞）。朱熹的学生就此曾请教于朱熹，其内容如下：

> 问："和靖说'其心收敛不容一物'。"曰："这心都不着一物，便收敛。他上文云：'今人入神祠当那时直是更不着得些子事，只有个恭敬。'此最亲切。今人若能专一此心，便收敛紧密，都无些子空罅。若这事思量未了，又走做那边去，心便成两路。"问尹氏"其心收敛不容一物"之说。曰："心主这一

---

① 《朱子语类》卷一七，《朱子全书》第14册，上海古籍出版社、安徽教育出版社2002年版，第573页。

② 钱穆：《二程学术述评》，《中国学术思想史论丛》（五），安徽教育出版社2004年版，第189页。

③ 《朱子语类》卷一二，《朱子全书》第14册，上海古籍出版社、安徽教育出版社2002年版，第359页。

第三章 文学思想与佛禅

事，不为他事所乱，便是不容一物也。"①

由上观之，"其心收敛不容一物"在朱熹看来也就是要心无旁骛，不为物侵，不为事扰。

由此看来，朱熹强调内心修养工夫的三个方面都特别重视虚心，断绝思虑，摒弃外界之纷扰。而这恰恰也是佛教心性工夫论特别是禅定中所特别强调的。禅定，梵语音译词，其译法特别。禅，为梵语 dhya^na 之音译，是印度梵语禅那的简称；定，为梵语 sama^dhi 之意译，禅定为华、梵合称；一说禅为 dhya^na 之音译，定为其意译，梵汉并称作禅定。按照任继愈先生的解释，禅定大体有三义：一是作为"心所法"的一种，指专注一境，思想集中，为广义上的"定"，或名"生"定，人皆有之；二是特指生于色界诸天而修行的四种禅定；三是作为佛教三学之一的定学，指通过精神集中、观想特定对象而获得悟解或功德的一种思维修习活动。一般说来，大乘将禅定与"般若"结合起来，以智慧指导禅定，故"止""观"并提，"定慧双运"。中国禅宗以"禅"命宗，进一步扩大了禅定的观念，重在"修心""见性"，而不再限于静坐凝心、专注观境的形式。② 综观这三种释义，禅定最重要的特征就是专注，让自己的心定下来，从而在定中产生无上的智慧。《大乘义章》和《顿悟入道要门论》也有相关类似的表述：

心住一缘离于散动，故名为定。③

---

① 《朱子语类》卷一七，《朱子全书》第 14 册，上海古籍出版社、安徽教育出版社 2002 年版，第 573 页。
② 任继愈：《佛教大辞典》，江苏古籍出版社 2002 年版，第 1232 页。
③ （东晋）慧远：《大乘义章》卷一三，《大正藏》第 44 册，第 718 页上。

妄念不生为禅,坐见本性为定。①

尤其值得一提的是,"常惺惺法"本身就来自佛教,是禅宗的著名公案,出于台州瑞岩师彦禅师。师彦禅师,闽人,俗姓许,生卒年不详,出家在台州瑞岩。据《五灯会元》载:"师寻居丹丘瑞岩,坐磐石,终日如愚。每自唤主人公(指佛性),复应诺,乃曰:'惺惺者,他后莫受人谩。'师统众严整,江表称之。"自此,"主人公常惺惺法"就成了禅宗公认的禅法。除此而外,"常惺惺法"与永嘉禅的"寂寂惺惺法"在禅理上有很大的相通性。《禅宗永嘉集》以"五念""六料简"喻说"寂寂惺惺法":

入门之后,须识五念。一故起,二串习,三接续,四别生,五即静。……复次若一念相应之时,须识六种料简。一识病,二识药,三识对治,四识过生,五识是非,六识正助。……第二,药者,亦有二种:一寂寂,二惺惺。寂寂谓不念外境善恶等事,惺惺谓不生昏住无记等相。此二种名为药。第三,对治者,以寂寂治缘虑,以惺惺治昏住。用此二药,对彼二病,故名对治。第四,过生者,谓寂寂久生昏住,惺惺久生缘虑,因药发病,故云过生。第五,识是非者,寂寂不惺惺,此乃昏住;惺惺不寂寂,此乃缘虑;不惺惺不寂寂,此乃非但缘虑,亦乃入昏而住;亦寂寂亦惺惺,非唯历历,兼复寂寂,此乃还源之妙性也。此四句者,前三句非,后一句是,故云识是非也。第六,正助者,以惺惺为正,以寂寂为助,此之二事,体不相离,犹如病者,因杖而行,以行为正,以杖为助。夫病者欲行,必先取杖,然后方行,修心之人,亦复如是。必先息缘

---

① (唐)慧海:《顿悟入道要门论》卷上,《卍续藏》第63册,第18页上。

第三章 文学思想与佛禅

虑，令心寂寂，次当惺惺，不致昏沉，令心历历，历历寂寂，二名一体。……①

此段文字以形象的比喻，将"寂寂惺惺法"之禅理说得很透彻：首先，区分了"寂寂"和"惺惺"含义之别，即"寂寂谓不念外境善恶等事，惺惺谓不生昏住无记等相"，很明显，这分别对应于朱熹"敬"论中"其心收敛不容一物"和"主一无适""常惺惺法"；其次，指出了"寂寂"与"惺惺"二名一体、体不相离的关系，朱熹敬论的四个方面从根本意义而言实则也是异名一体；再次，由"寂寂"到"惺惺"是由定入慧的过程，"'寂'意味着'止''定'，是稳定、入静的方法。'惺'意味着'观''觉'，是提撕、觉照的方法。寂寂惺惺并用，起到止观双修、定慧相承的作用。"② 可见，"寂寂"与"惺惺"从根本上说是定与慧的关系，对此，智颛禅师和慧远法师都曾以形象的比喻论说二者的关系。智颛禅师说："定慧二法，如车之双轮，鸟之两翼，若偏修习，即堕邪倒。"（《修习止观坐禅法要》）慧远法师也说："禅非智无以穷其寂，智非禅无以深其照。""照不离寂，寂不离照。"（《庐山出修行方便禅经统序》）即朱熹在阐述敬知双修的关系时，深受禅宗阐释定慧关系思维模式的影响。他说："涵养、穷索，二者不可偏废，如车两轮，如鸟两翼"；"能穷理，则居敬工夫日益进；能居敬，则穷理工夫日益密。譬如人之两足，左足行，则右足止；右足行，则左足止。"③ 显然，朱熹的"主敬"论深受定慧双修、止观并重、寂照并用的佛学思维方法的启

---

① （唐）玄觉：《禅宗永嘉集》，《大正藏》第48册，第389页中。
② 惠空：《永嘉禅法的时代意义》，参见释妙峰《曹溪禅研究》（三），中国社会科学出版社2002年版，第243页。
③ 《朱子语类》卷九，《朱子全书》第14册，上海古籍出版社、安徽教育出版社2002年版，第301页。

发和影响。

由此可见，实现修"辞"立"诚"之前提的"敬"是一个与佛禅渊源颇深的工夫修养论。朱熹认为"敬"的工夫在读书明理中特别重要，并不用来直接指向文学。但朱熹又强调"文从道中流出"，修辞需"立其诚"，这样，"敬"也就成了作家需要修养的工夫。在文学创作上，朱熹认为居敬涵养最重虚静。他说：

> 今人所以事事做得不好者，缘不识之故。只如个诗，举世之人尽命去奔做，只是无一个人做得成诗。他是不识，好底将做不好底，不好底将做好底。这个只是心里闹，不虚静之故。不虚不静故不明，不明故不识。若虚静而明，便识好物事。虽百工技艺做得精者，也是他心虚理明，所以做得来精。心里闹，如何见得！①

在朱熹看来，不仅读书明理要断绝思虑、平心静气，时时提撕、涵咏，作诗同样需要内心虚灵明静。静是心主于敬的结果，只有在"主一无适""其心收敛不容一物"与"常惺惺"的状态中，才能把诗作好、作精。从这个意义上说，"修辞以立其诚"又涉及作家创作的心理状态与居敬涵养的心性工夫之间的某种联系。

由上观之，朱熹之"修辞以立其诚"，其文学思想的内涵很大程度上关涉"诚"所指向的哲学内涵与方法之论。从内涵层面看，"诚"为真实无妄之意，当它指向文章或文学作品时，既可以是内容的不虚妄，也可以是情感的真实和充实，而这与佛教倡"以情合真"是相通的；从方法论层面看，"修辞立诚"，关乎到作家人品，如何

---

① 《朱子语类》卷一四〇，《朱子全书》第18册，上海古籍出版社、安徽教育出版社2002年版，第4332页。

第三章 文学思想与佛禅

做到"正心诚意",这就涉及作家居敬涵养的道德修养工夫,而朱熹的"主敬"之论不仅吸收了佛禅义理,也深受其思维方式的影响。由此可见,"修辞以立其诚"这样一个以传统儒家思想为内核的文学思想命题,在朱熹理学与佛禅千丝万缕的联系中终究难免也带上佛禅印迹,甚至深得佛禅义理与思辨思维的启发和影响。

三 作品创作论:"天生成腔子"的融佛因缘与辟佛表现

朱熹日常与学生探讨为文作诗文字之法的时候,主张文字熨帖、稳当,有不少"腔子"论:或云"天生成腔子",或称"文字腔子",或单说"腔子",或以"填腔子""入个腔子做"来说后人为文而文的矫作之态;也有不以"腔子"为说的,如"依格""本分""自有稳当抵字"等,大体也表达此意。后人一般以"天生成腔子"来完整表述朱熹的这一文学思想。

"天生成腔子"是一个充满辩证思维的文学思想命题。在探讨这一命题之前,我们有必要梳理一下"腔子"的含义。朱熹的"腔子"论多是在书信问答和与学生日常交谈中提及。有学生就"腔子"之意请教朱熹,其详如下:

> "满腔子是恻隐之心",莫不只是馁否?"心要在腔子里",莫只是不放却否?所谓"腔子"之意,岂禅俗语耶?
>
> "腔子"尤言躯壳耳,只是俗语,非禅语也。满腔子,只是充塞周遍本来如此,未说道不馁处。[①](《答邓卫老》)

可见,"腔子"依朱熹之语为躯壳的意思。对此,朱熹在别的场

---

① 《晦庵先生朱文公文集》卷五八,《朱子全书》第23册,上海古籍出版社、安徽教育出版社2002年版,第2793页。另,同书《朱子语类》卷五三第1759页也对"腔子"之意有相同表述。

合也表达了类似的意思，如他说"腔子，身裹也……"①　"腔子，'乃洛中俗语'"②，"腔子，犹言邸郭。此是方言，指盈于人身而言"③，等等。从朱子单提"腔子"的语境看，主要是从哲学范畴而言，用来解释孟子之"恻隐之心"的安放处，也就是安放"恻隐之心"的躯壳，用的是本义。用此一义时，朱熹通常将"腔子"与"心"对举。比如，程子云"心要在腔子里，不可惊外"④，朱熹强调"此个心须是管着他使得"⑤。又如，在给吕祖谦的复信中，朱熹指出今人读书读出病来，读的一定不是叫人存心养性的圣贤之书，而是因为他们没有做到程子所说的"心要在腔子里"，以致"今一向耽著文字，令此心全体都奔在册子上，更不知有己，便是个无知觉不知痛痒之人"。⑥（《答吕子曰》）这是从读书明理的角度谈"腔子"与"心"的关系。在朱熹看来，读书不能随心所欲，而应存心养性、修身立诚，不能让"心"游荡在"腔子"（躯壳）之外。"腔子"确定了"心"存放的范围、框架。这样，当"腔子"用在文学范畴的语境时，其本义自然而然产生了引申义。朱熹与学生评论"今人作文好用字"时，提出了著名的"天生成腔子"的思想：

　　前辈云："文字自有稳当底字，只是始者思之不精。"又曰："文字自有一个天生成腔子。古人文字自贴这天生成腔子。"⑦

---

① 《朱子语类》卷五三，《朱子全书》第15册，上海古籍出版社、安徽教育出版社2002年版，第1760页。

② 同上书，第1761页。

③ 同上书，第1762页。

④ 《朱子语类》卷一三，《朱子全书》第18册，上海古籍出版社、安徽教育出版社2002年版，第3589页。

⑤ 同上。

⑥ 《晦庵先生朱文公文集》卷四七，《朱子全书》第22册，上海古籍出版社、安徽教育出版社2002年版，第2202页。

⑦ 《朱子语类》卷一三九，《朱子全书》第18册，上海古籍出版社、安徽教育出版社2002年版，第4318页。

第三章 文学思想与佛禅

从这条文献可以明显看出,"腔子"的意义已由本义躯壳引申为行文参照的模式、范本或框架之义。总的说来,"腔子"一词用在论及作诗为文文字之法的语境时,基本上指向的都是这一含义,如:朱熹认为"三代之书、诰、诏、令皆是根源学问,发明义理,所以粲然可为后世法",而后世之人"只是将前人腔子,自做言语填放他腔中,便说我这可以比圣人"。① 所谓"后世为法",即指以圣人之文为范本。又如:

> 然王通所以如此者,其病亦只在于不曾子(仔)细读书,他只见圣人有个《六经》,便欲别做一本《六经》,将圣人腔子填满里面。②

> 林艾轩云:"司马相如赋之圣者。扬子云、班孟坚只填得他腔子,如何得似他自在流出。"③

> 因说伯恭有批文,曰:"文章流转变化无穷,岂可显以如此?"某因说:"陆教授谓伯恭有个文字腔子,才作文字时便将来入个腔子做,文字气脉不长。"④

以上表明,"腔子"一词由于使用语境不同,其具体内涵有一定变化,但二者之间是有联系的。具言之,"天生成腔子"这样一个文学思想命题是其哲学命题"心要在腔子里"的具体表现。朱熹说"三代圣贤文章,皆从此心写出"⑤,可见,圣贤文章皆是在"腔子"

---

① 《朱子语类》卷一三七,《朱子全书》第18册,上海古籍出版社、安徽教育出版社2002年版,第4240页。
② 同上书,第4239页。
③ 《朱子语类》卷一三,《朱子全书》第18册,上海古籍出版社、安徽教育出版社2002年版,第4291页。
④ 《朱子语类》卷一三九,《朱子全书》第18册,上海古籍出版社、安徽教育出版社2002年版,第4317—4318页。
⑤ 同上书,第4314页。

145

之中写出的；换言之，文须是在合乎"理"的质的规定性的参照模式中流出。朱熹说："前辈做文字，只依定格，依本分，所以做得甚好。后来人却厌其常格，则变一般新格做，本是要好，然未好时先差。异了。"① 此处所谓"定格"或"本分"与"腔子"异名同义。照此看来，"腔子"说到底就是文章的范本或模子。而这个范本或模子可因模拟对象的不同，其文章法度、格调均有所不同，这就规定了朱熹"天生成腔子"的文学意蕴包含两个方面。

第一，从法度看，"天生成腔子"意味着有一定的框架模仿或模拟文章。对此，朱熹提出模仿要遵循"识""仿""守"的主张。所谓"识"，是朱熹格物致知观念在诗学领域的体现。在朱熹看来，识诗之好坏、高下，除内容外，体制为首。他说：

> 来喻所云"漱六艺之芳润，以求真澹"，此诚极至之论。然恐亦须先识得古今体制，雅俗向背，仍更洗涤得尽肠胃间夙血脂膏，然后此语方有所措。如其未然，窃恐秽浊为主，芳润入不得也。近世诗人，正缘不曾透得此关，而规矩于近局，故其所就皆不满人意，无足深论。②

上文指出，学诗首先要"识古今体制"，通过辨识体制，识得雅俗向背，辨出"秽浊"与"芳润"——判断出诗之优劣与高下。所谓"仿"，即模仿、模拟前人优秀诗文。这种模仿主要是着力于意思、语脉、章法上以古人作品为范本，从而力求在风格上具有古人"天生成腔子"的韵味，即朱熹所谓"意思语脉，皆要似他底，只换

---

① 《朱子语类》卷一三九，《朱子全书》第18册，上海古籍出版社、安徽教育出版社2002年版，第4315页。
② 《晦庵先生朱文公文集》卷六四，《朱子全书》第23册，上海古籍出版社、安徽教育出版社2002年版，第3095—3096页。

第三章　文学思想与佛禅

却字"。① 所谓守,并不是简单、死板、凝固的,它有一个由正入变、循序渐进的过程,同时须是"变而不失其正"的守,正如朱熹所说的:"余尝以为天下万事皆有一定之法,学之者须循序而渐进。如学诗则且当以此等为法,庶几不失古人本分体制。"②

第二,从格调看,"天生成腔子"指的是依理而生的文字之风格的形成是自然的。关于这一点,有学者把"天生成腔子"之格调具体化为一种自然、平淡、质朴的风格③,笔者以为此尚值得商榷。一者,持这种观点者多数只关注到"天生"一词,并释其为"自然"之意。但笔者以为,"天生"亦可分开解。"生"者产生之意也。然"天"作何解,有两段文字值得注意:

> 五方之民,言语不通,却有暗合处。盖是风气之中有自然之理,便有自然之字,非人力所能安排……④
>
> 因论今世士大夫好作文字,论古今利害,比并为说,曰:不必如此,只要明义理。义理明,则利害自明。古今天下只是此理。所以今人做事多暗与古人合者,只为理一故也。⑤

朱熹主张理一元论,在他的哲学体系中,"理"是一种绝对的存

---

① 《朱子语类》卷一三七,《朱子全书》第18册,上海古籍出版社、安徽教育出版社2002年版,第4239页。
② 《晦庵先生朱文公文集》卷八四,《朱子全书》第23册,上海古籍出版社、安徽教育出版社2002年版,第3968页。
③ 如成复旺等著的《中国文学理论史》持"朱熹所谓'天生成腔子',就是一种平淡、自然而有韵味的艺术风格"(成复旺、黄保真、蔡钟翔:《中国文学理论史》,北京出版社1987年版,第404页)。张立文也认为"天生成腔子"指"诗文是自然生出,故质朴、自然、平淡,具有自然美"(张立文:《朱熹美学思想探析》,《哲学研究》1988年第4期)。
④ 《朱子语类》卷一四〇,《朱子全书》第18册,上海古籍出版社、安徽教育出版社2002年版,第4335页。
⑤ 《朱子语类》卷一三九,《朱子全书》第18册,上海古籍出版社、安徽教育出版社2002年版,第4318页。

在，先于宇宙万物而生，文字依理而生，即"风气之中有自然之理，便有自然之字"，故而，"天"可释为自然；又，古人做事（含作文字）乃按照自然之理之作为，正所谓"古今天下只是此理""只为理一"。因此，"天"在此处可以理解为是"理"的比喻性说法。二者，对于"成"，通常解释为形成，但若结合朱熹"文从道中流出"的文学本体论思想，"成"解为"流出"或"自然而然形成"似更为贴切。三者，在这种阐释中，"腔子"含义似可释为"风格"，但风格是多变而无迹可寻的，因此需通过有迹可循的法度或参照的模式（即旧格），文字方形成对应的风格。综合此三点，朱熹认为作文文字"天生成腔子"，其言下之意就是从"道"（即"理"）中流出的文字遵循或运用某种法度或参照的模式在风格上贴近被模拟和参照的对象，自然而然形成相应的风格；换言之，"天生成腔子"意在指出风格之形成是自然的、不是人力为之的，这种风格可因模拟或参照对象不同而不同，并非单指自然、质朴、平淡的风格。

由上观之，以往把朱熹"天生成腔子"的文学思想看成只是文章有章可循或文章风格自然是失之偏颇的。而且，尤可注意的是，其文学思想意蕴的这两个方面存在着二律背反的矛盾。一方面，他主张作文有一定的框架模仿或模拟，意味着它有法可循，即朱熹讲求诗文法度；另一方面，朱熹认为诗文风格是依理而生的文字自然而然形成，"非人力所能安排"。这样就形成了"天生成腔子"这一文学思想命题中"法度"与"自然"的矛盾。在以理学为文化底蕴，佛、道思想融摄其中的时代氛围中，"自然"与"法度"的矛盾在很大程度上也反映着这三种文化内在的矛盾，尤其是理学家宣称的"理"与释家所讲的"佛性"，一方面是先验世界的本原，是宇宙万物所自出；另一方面又都讲求各种修省的方法。换句话说，朱熹之"天生成腔子"所蕴含的"自然"与"法度"这两个方面与佛禅有深厚的渊源。

第三章 文学思想与佛禅

首先，如前所述，朱熹之"文字自有一个天生成腔子"指的是依理而生的文字之风格的形成不是人力安排，而是自然的。文章自然天成是朱熹特别推崇的一种诗学观念。他说："今人学文者，何曾作得一篇，枉费许多气力，大意主乎学问以明理，则自然发为好文章。诗亦然。"又说"古人文章，大率只是平说而意自长。后人文章，务意多而酸涩。如《离骚》，初无奇字，只恁地说将去，自是好。后来如鲁直，凭地着力做，却自是不好"。① 其中所提到的"自然""平说""恁地说将去"，指的都是一种自然而然的意味。这种自然的诗学观并非只来自儒家文化，实际上它与禅宗和中国本土老庄思想的结合而形成的任运随缘的思想有密切的关系。道家从老子提出"自然"开始，就为中国美学确立了很高的艺术标准。之后庄子有"道法自然"之说，魏晋时期在玄学自然观影响下，形成"天然""妙道""心师造化""澄怀味象"一系列诗学观念。至唐宋，禅宗兴起并迅速在文人士大夫之间流行、发展起来，在与老庄思想的结合过程中，形成了任运随缘的思想。以马祖道一为代表的洪州禅所提出的"触类是道""平常心是道"开了任运随缘自然美观的先河。所谓"触类是道"，宗密认为是修禅者"起心动念，弹指謦咳，扬眉瞬目，所作所为皆是佛性全体之用，更无第三主宰。如面作多般饮食，一一皆面。佛性亦尔，全体贪嗔痴造善恶苦乐故，一一皆性"。② 显然"触类是道"强调不受外在约束、出于自然而超越自然。马祖道一还说"平常心是道"：

道不用修，但莫污染。……若欲直会其道，平常心是道。何谓平常心？无造作，无取舍，无断肠，无凡无圣。……只如

---

① 《朱子语类》卷一三九，《朱子全书》第18册，上海古籍出版社、安徽教育出版社2002年版，第4290页。

② （唐）宗密：《圆觉经大疏释义钞》卷三，《卐续藏》第9册，第534页中。

今行住坐卧，应机接物，尽是道。①

由此可见，"平常心是道"即是说任心，也就是任运随缘，自然而然。洪州禅于日常生活中任运自然的态度实际上是内心自由外化的一种形式，从而表现出任运随缘的自然情趣。这种情趣在《长庆大安禅师》记载的一段文字体现得更加充分：

雪峰因入山采得一枝木，其形似蛇。于背上题曰："本自天然，不假雕琢。"寄与师。师曰："本色住山人，且无刀斧痕。"②

此处，"本自天然，不假雕琢"和"无刀斧痕"，与朱熹"天生成腔子"以自然为美的内蕴是一致的。因此，从这一层面说，"天生成腔子"融合或蕴含了佛教义理的某些元素。

其次，如果说"天生成腔子"强调文章自然天成、以自然为美具有一定的融佛元素，那么，其中蕴含从"道"（即"理"）中流出的文字遵循或运用某种法度或参照的模式对典范进行模拟和模仿，即为诗作文需讲求法度，又与呵佛骂祖的旨趣大相径庭，具有浓烈的辟佛色彩。呵佛骂祖之源头可以追溯到六祖慧能建立禅宗特别是提倡自性是佛的观点，如他说："佛是自性作，莫向身外求。"③"我心自有佛，自佛是真佛。自若无佛心，何处求真佛？汝等自心是佛，更莫狐疑。"④ 在这种"佛是自性作""自佛是真佛"将佛祖与自性同一思想的影响下，禅宗兴起否定神圣与权威、偶像与崇拜的批判

---

① 《马祖道一禅师广录》（四家语录卷一），《卍续藏》第69册，第3页上。
② （宋）普济集：《五灯会元》卷四，《卍续藏》第80册，第89页上。
③ （唐）法海集：《南宗顿教最上大乘摩诃般若波罗蜜经六祖惠能大师于韶州大梵寺施法坛经》，《大正藏》第48册，第341页上。
④ （元）宗宝编：《六祖大师法宝坛经》，《大正藏》第48册，第361页下。

第三章　文学思想与佛禅

精神。如临济义玄说：

> 如今学道人，且要自信，莫向外觅。
> 你若求佛，即被佛魔摄。你若求祖，即被祖魔缚。你若有求皆苦，不如无事。
> 若人求佛，是人失佛。若人求道，是人失道。若人求祖，是人失祖。①

依义玄之意，求佛拜祖，崇拜偶像，不但不能求道问祖，而且反而会成为得道解脱的障碍。而德山宣鉴的骂佛更是将权威与偶像批判得更为彻底：

> 这里无祖无佛，达磨是老臊胡，释迦老子是干屎橛，文殊普贤是担屎汉，等觉妙觉是破执凡夫，菩提涅槃是系驴橛，十二分教是鬼神簿、拭疮疣纸。四果三贤，初心十地是守古冢鬼，自救不了。②

后期禅宗甚至将呵佛骂祖演变为"逢佛杀佛，逢祖杀祖，逢罗汉杀罗汉，逢父母杀父母，逢亲眷杀亲眷"③，认为只有这样才能"始得解脱，不与物拘，透脱自在"④。

从临济义玄的"不求佛"，到德山宣鉴的呵佛骂祖，再到后期禅宗的"逢佛杀佛"，体现了禅宗反对一切偶像崇拜，而以明心见性为尊的思想。禅宗的这一思想反映到诗学领域，则表现为反模拟、反

---

① （宋）赜藏主集：《古尊宿语录》卷四，《卍续藏》第68册，第29页上。
② （宋）普济集：《五灯会元》卷四，《卍续藏》第80册，第142页中。
③ （宋）赜藏主集：《古尊宿语录》卷四，《卍续藏》第68册，第26页中。
④ 同上。

151

复古，主张在作品中呈现艺术个性。而朱熹认为"文字自有稳当底字"，"文字自有一个天生成腔子"所内蕴的为文作诗要遵循一定的框架，讲求诗文法度，从根本上说是主张作诗为文要从模仿古人经典的作品入手，即模仿典范，这与反复古、反模拟文学观念决然不同；进一步说，模仿典范，即树立偶像、遵从权威，也就是"文"必须合乎"理"，遵循"三代圣贤之文"的法度，这与禅宗剔除偶像、蔑视权威的旨趣显然是背道而驰的。从这个层面而言，朱熹的"天生成腔子"又是对禅宗呵佛骂祖、藐视崇拜与偶像的否定，从而具有一定的辟佛意义。

综上，"天生成腔子"蕴含的文学思想具有矛盾二重性：一是其本身的文学思想意蕴中蕴含崇尚诗文风格不斧凿、自然形成与讲求诗文法度的矛盾。二是与之相呼应的，崇尚自然颇得佛禅任运随缘之神髓；讲求法度，提倡诗文复古、模拟，又与禅宗呵佛骂祖之旨趣迥然有别，从而形成这一文学思想既融佛又辟佛的文化特色。

四　作品接受论："涵泳"之佛禅渊源

"涵泳"之说并非始于朱熹。出现在文学作品中的"涵泳"可上溯至魏晋。西晋左思《吴都赋》之"涵泳乎其中"是可见的最早文献。此处，"涵泳"为潜游之意："涵，沉也。扬雄《方言》曰：'南楚谓沉为涵。'泳，潜行也。见《尔雅》。"（《左太冲吴都赋》）之后韩愈《禘祫议》亦云"涵泳"："臣生遭圣明，涵泳恩泽，虽贱不及议，而志切效忠。"[①] 依《说文解字》释"涵"为"水泽多也"，故而韩愈之谓"涵泳"可引申为浸润、沉浸之意。至宋代，"涵泳"为理学家所用，其意义又发生了改变，如下文：

---

① 韩愈：《禘祫议》，《韩愈散文全集》，今日中国出版社1996年版，第38页。

第三章　文学思想与佛禅

　　要见圣人，无如《论》、《孟》为要。《论》、《孟》二书于学者大足，只是须涵泳。①

　　入德必自敬始。故容貌必恭也，语言必谨也。虽然，优游涵泳而养之可也，迫则不能久矣。②

　　为学不可以不读书，而读书之法又当熟读深思，反复涵泳，株积寸累，久自见功。不惟理明，心亦自定。(《答江端伯》)③

很显然，"涵泳"指的是学习、解读儒家经典和修养道德的一种方法。朱熹之"涵泳"说对张载和二程多有继承和发挥，其最大的贡献就在于其"涵泳"论已不仅仅限于读书或修养道德的层面，而是常常将这一话语转换或移位到作品的接受之域；换句话说，"涵泳"诗文的过程其实就是接受者对作品进行审美体验的过程。显然，这种转换或移位架设了理学和诗学的桥梁，从而使"涵泳"一词具有文学理论的价值。尤其值得注意的是，朱熹"涵泳"作品接受论中，其对审美主体在作品接受过程中的心理状态、接受方法、感悟境界的描述与禅宗证道参悟的体认过程与思维方式有着颇多的渊源。以下分三个方面分别论述。

（一）"虚心涵泳"与"无心"悟道

朱熹"涵泳"论包含三个层次。其第一个层次是指出了阅读者"涵泳"诗文时的心理状态。朱熹很善于将人的心境涵养和读诗、学诗之"涵泳"的心理状态相联系，特别强调"涵泳"诗文作品时须"虚心涵泳"，这在他日常谈话与书信往来中多有论说：

---

　　① （宋）张载：《经学理窟·义理》，《张载集》，中华书局1978年版，第272页。
　　② （宋）程颢、程颐：《河南程氏粹言》卷一，《二程集》，中华书局1981年版，第1194页。
　　③ 《晦庵先生朱文公文集》卷六四，《朱子全书》第23册，上海古籍出版社、安徽教育出版社2002年版，第3123页。

大抵思索义理到纷乱窒塞处，须是一切扫去，放教胸中空荡荡地了却，举头一看，便自觉得有下落处。(《答蔡季通》)①

须是打叠这心光荡荡地，不立一个字，只管虚心读地，少间推来推去，自然推出那个道理。(《答朱飞卿》)②

如《诗》、《易》之类，则为先儒穿凿所坏，使人不见当时立言本意。此又是一种工夫，直是要人虚心平气，本文之下打迭交空荡荡地，不要留一字先儒旧说，莫问他是何人所说，所尊所亲、所憎所恶，一切莫问，而唯本文本意是求，则圣贤之指得矣。若于此处先有私主，便为所蔽而不得其正。(《答吕子曰》)③

上文所谓"放教胸中空荡荡""打叠这心光荡荡""虚心""虚心平气""打迭交空荡荡地"，都是强调阅读和接受作品过程中需清空头脑中的前知识、前理解，以不受干扰的心境去探求文本作者的原意，这样才能"自觉得有下落处""自然推出那个道理"，求得"圣贤之指"。这是朱熹"虚心涵咏"之第一层面的含义，即他所谓的"莫先立己意"。(《学五·读书法下》)④ 然而，朱熹又认为看诗或读诗不能拘泥于文字的训解，而应该全身心投入到艺术作品中，玩味咀嚼，体味和把握作品的义理、情感和境界，使自己的审美体验与之相通与契合，领会其中奥妙，正所谓读诗"须是沉潜讽咏，玩味义理，咀嚼滋味，方有所益"。"如看诗，不须得着意去里面训

---

① 《晦庵先生朱文公文集》卷四七，《朱子全书》第22册，上海古籍出版社、安徽教育出版社2002年版，第1994页。

② 《朱子语类》卷八〇，《朱子全书》第17册，上海古籍出版社、安徽教育出版社2002年版，第2760页。

③ 《晦庵先生朱文公文集》卷四八，《朱子全书》第22册，上海古籍出版社、安徽教育出版社2002年版，第2213页。

④ 《朱子语类》卷一一，《朱子全书》第17册，上海古籍出版社、安徽教育出版社2002年版，第335页。

第三章　文学思想与佛禅

解，但只平平地涵泳自好。"① 朱熹曾将这种审美体验的心理状态生动地比喻为"通身下水"，他说：

解诗，如抱桥柱浴水一般。②

又说：

须是踏翻了船，通身都在那水中，方看得出。③

这个比喻形象地说明"涵泳"诗文的过程是阅读者或接受者全身心沉浸到作品中，在不断阅读和讽诵的过程中，细细玩味和体会，感受和领悟作品的妙处。这是朱熹"虚心涵泳"的第二层含义，即其所谓"读书，须要切己体验，不可只作文字看"。④ 又说，读书须"虚心涵泳，切己省察"⑤。此处"切己"即是要全身心投入其中的意思，这与他强调"为学须是专心致志"⑥的观点是一致的。

由上观之，朱熹所谓"虚心涵泳"从本质上说是接受者在作品接受的过程中，清空原有的知识，超越自己的历史环境，全身心投入到作品中。朱熹所提到的这种"虚心涵泳"的心理状态很大程度上得益于两宋盛行的禅宗所倡导的"无心悟道"的启示。禅宗早在

---

① 《朱子语类》卷八〇，《朱子全书》第17册，上海古籍出版社、安徽教育出版社2002年版，第2761页。
② 同上书，第2772页。
③ 《朱子语类》卷一一七，《朱子全书》第18册，上海古籍出版社、安徽教育出版社2002年版，第3610页。
④ 《朱子语类》卷一一，《朱子全书》第14册，上海古籍出版社、安徽教育出版社2002年版，第337页。
⑤ 同上书，第334页。
⑥ 《朱子语类》卷一〇四，《朱子全书》第17册，上海古籍出版社、安徽教育出版社2002年版，第3436页。

慧能时就提出了"无念、无相、无住"的禅修法门,《坛经》云:

> 我此法门,从上以来,顿渐皆立。无念为宗,无相为体,无往为本。何名无相?无相者,于相而离相;无念者,于念而不念;无住者,为人本性。念念不住,前念、今念、后念,念念相续,无有断绝,若一念断绝,法身即离色身。念念时中,于一切法上无住,一念若住,念念即住,名系缚,于一切法上念念不住,即无缚也。此是以无住为本。善知识,外离一切相是无相,但能离相,体性情净,此是以无相为体。于一切境上不染,名为无念,于自念上离境,不于法上生念。①

上引文中,"无念为宗,无相为体,无住为本"是禅宗渐修顿悟的禅修准则。"无念"即不起妄念、不起分别心,"无相"就是不作分别相,"无住"指的就是没有任何执着的心灵状态,这三者实际上强调的是主客体在空寂的心灵状态中实现合二为一,以实现精神的超越。从这一点上说,朱熹所谓"虚心涵泳"诗文的心灵状态与慧能所提倡的禅修者"无念、无相、无住"之"无心"之态体道证悟是很相通的。又,天童正觉禅师就小僧"如何是人境两俱夺"一问,曾云:

> 兄弟有底道:"三十年、二十年、三年、五年,在丛林中怎么做?也道我参禅学道。若不曾到底,有甚么用处。你但只管放教心地一切皆空,一切皆尽,个是本来时节。"②

---

① (唐)慧能著,郭朋校释:《坛经校释》,中华书局2012年版,第39页。
② (宋)集成等编:《宏智禅师广录》卷五,《大正藏》第48册,第60页中。

第三章 文学思想与佛禅

可见，天童正觉禅师叫人"只管放教心地一切皆空，一切皆尽"的坐禅默照的方式而回到精神的原初状态，也与朱熹"虚心涵咏"所提倡的心理状态的旨趣殊途同归。尤其值得注意大慧宗杲禅师提出的"看话禅"，其主张看话头而做到无心，进入思维的空白状态，与"虚心涵咏"说可谓渊源深厚。大慧禅师云：

> 但将妄想颠倒底心，思量分别心，好生恶死底心，知见解会底心，欣静厌闹底心，一时按下，只就按下处看个话头。（《答富枢密》）①

他还说：

> 理路义路心意识都不行，如土木瓦石相似时。莫怕落空，此是当人放身命处。（《答王教授》）②

在宗杲看来，参禅者体道证悟时须摆脱外缘、外境以及脑海中原有的知解认识所造成的纷扰，潜心参究话头，此正是"无心悟道"的状态。关于"无心"，宗杲说：

> 所谓无心者，非如土木瓦石顽然无知。谓触境遇缘，心定不动，不取着诸法，一切处荡然，无障无碍。无所染污，亦不住在无染污处，观身观心如梦如幻，亦不住在梦幻虚无之境。到得如此境界，方始谓之真无心。（《示清净居士》）③

---

① （宋）蕴闻编：《大慧普觉禅师语录》卷二六，《大正藏》第 47 册，第 921 页上。
② （宋）蕴闻编：《大慧普觉禅师语录》卷二九，《大正藏》第 47 册，第 934 页中。
③ （宋）蕴闻编：《大慧普觉禅师语录》卷一九，《大正藏》第 47 册，第 890 页下。

可见，宗杲之"无心"是对慧能"无念、无相、无住"的继承和发展，他认为只有在消除障碍、浸染与执念的"无心"状态下才可参禅悟道。

由上观之，朱熹之"虚心涵咏"吸收和融合了禅宗"无心证道"之"心解"传统的精髓。朱熹讲"虚心"，禅宗讲"无心"；朱熹之"涵咏"，既为道德之修养，亦为诗文之赏鉴，而禅宗之悟道，乃其参禅之修为，此二者实则都是主张主体摒除外界及内心执念的影响而实现主客交融的境界，彼此是相通的。

（二）"沉潜反复"与"渐修熟参"

朱熹"涵咏"论的第二个层次是他指出了"涵咏"是"沉潜反复"的阅读和接受过程，即阅读者读诗文须完全沉浸其中并通过反复咀嚼去把握作品，使"大义"自行显现。他在《楚辞集注》中说：

> 顾王书之所取舍，与其题号离合之间，多可议者，而洪皆不能有所正。至其大义，则又皆未尝沉潜反复、嗟叹咏歌，以寻其文词指意之所出，而遽欲取喻立说、旁引曲证，以强附于其事之已然。是以或以迂滞而远于性情，或以迫切而害于义理，使原之所为壹郁而不得申于当年者，又晦昧而不见白于后世。①

朱熹认为东汉王逸《楚辞章句》、北宋洪兴祖《楚辞补注》对《楚辞》"大义"不能准确把握，歪曲阐发，是由于他们"取喻立说、旁引曲证""强附于其事"，"皆未尝沉潜反复、嗟叹咏歌"。可见，在朱熹看来，反复地仔细玩味诗文是准确把握作品"意思"的

---

① 《楚辞集注》，《朱子全书》第19册，上海古籍出版社、安徽教育出版社2002年版，第17页。

第三章　文学思想与佛禅

方法。这种意思朱熹在其他场合也说过：

> 问："看先生所解文字，略通大意，只是意味不如此浃洽。"曰："只要熟看。"又云："且将正文熟诵，自然意义生。有所不解，因而记录，它日却有反覆。"①
>
> 诗须是沉潜讽诵，玩味义理，咀嚼滋味，方有所益。须是先将诗来吟咏四五十遍了，方可看注。看了又吟咏三四十遍，使意思自然融液浃洽，方有见处。诗全在讽诵之功。看诗不须着意去里面分解，但是平平地涵泳自好。②

上文"熟看""熟诵""吟咏四五十遍""又吟咏三四十遍"表明"沉潜反复"的含义首先是指要反复地读，仔细地读；同时，在"熟看""熟诵"的过程中，诗文义理自然而然产生，即朱熹所说的"自然意义生""意思自然融液浃洽"，因此，"沉潜反复"实际上还是一种长久积累的工夫。综合此二者，不难看出，朱熹强调的"涵泳"论所包含的"沉潜反复"的观点是一种在日积月累的工夫修行中使诗文义理自行显现的方法，正如他所说的："此语或中或否，皆出臆度，要之未可遽论，且涵泳玩索，久之当自有见。"③（《性理》）这种方法既与佛禅"渐修"的修行过程是相通的，同时也与佛禅参悟机锋及公案话头的方法"熟参"有着高度的相似性。

何谓"渐修"？在阐释这一范畴之前，有必要先将其与"渐悟"区别开来。佛教之悟道成佛的内核在于"悟"。"悟"有"顿悟"与

---

① 《朱子语类》卷九，《朱子全书》第 18 册，上海古籍出版社、安徽教育出版社 2002 年版，第 3589 页。

② （宋）魏庆之：《晦庵论读诗看诗之法》，《诗人玉屑》卷一三，上海古籍出版社 1959 年版，第 267 页。

③ 《朱子语类》卷五，《朱子全书》第 14 册，上海古籍出版社、安徽教育出版社 2002 年版，第 234 页。

"渐悟"之分。早期翻译的佛经多持"渐悟"之说，认为是修行者渐次修菩萨修行的"十地"或"十住"，分阶位、由浅入深地进行以至最后达到觉悟。"顿悟"则是一次、一时地觉悟。特别要指出的是，不论是"顿悟"还是"渐悟"，都离不开"渐修"的环节。也就是说"渐修"关涉的是修行的过程，"顿悟"和"渐悟"关涉的是修行所达到的境界，"渐修"不包含丝毫的"悟"，它是指参禅悟道者采用各种方便法门进行不断修行，从而逐渐开悟、求得解脱的修行过程。竺道生说："夫兴言立语，必有其渐"①，又说："悟不自生，必借信渐。"② 在竺道生看来，兴言立语离不开"渐修"的修行过程，同时修道者"悟道"之前，必定要经历"渐修"之程。北宗神秀也主张"渐修"，与其"拂尘看净"的修行理论相对应的修行工夫有息想、摄心、拂尘等，这些工夫重在日积月累，逐渐领会以致贯通。虽然从朱熹读过的佛禅典籍看，他并没有看过北宗神秀的著作，故而其思想受神秀影响的可能性很小。但不能不承认，朱熹认为阅读或接受诗文的过程中需"沉潜反复"，与神秀之参禅悟道重日常点滴积累的"渐修"修行方法是相通的。另外，唐代僧人宗密的"先因渐修功成而豁然顿悟"③ 之说与朱熹"沉潜反复"豁然晓悟更是如出一辙。除"渐修"外，佛门参禅悟道的"熟参"之法与朱熹之"沉潜反复"也有很大的相似性。

佛门中的"熟参"，原是指佛门弟子要反复咀嚼和玩味佛教典籍记载的机锋和公案话头才能获得个中三昧的方法。佛门参禅悟道特重"熟参"，如明代本智之《佛山法句》就强调了这一点：

老檀二六时中，将本参话头重加精进，一切处不可放过。

---

① （宋）竺道生撰：《法华经疏》卷一，《卍续藏》第27册，第1页下。
② （晋）惠达撰：《肇论疏》，《卍续藏》第54册，第55页中。
③ （唐）宗密：《禅源诸诠集都序》卷一，《大正藏》第48册，第399页上。

第三章 文学思想与佛禅

念兹在兹，如炼精金，转加明净。……今以化诸君念佛公案一百八句，见性成佛秘旨，书寄老檀，熟参熟念，自觉觉他。①

将所要参的话头"重加精进"，与后文提到的参禅者在念佛公案时需"熟参熟念"是一个意思。在禅师看来，只有做到"熟参"才能"自觉觉他"。清代济时记述的《首楞严经正见》记录的阿难问法佛祖的一段话也颇能反映出"熟参"在识心见性中的重要性：

> 又阿难言：我虽识此见性无还，云何得知是我真性？下至三科七大等文，皆是用妙底道理。若不然，则见心外有法，法外有心，截而二之，是歧见也，非本旨矣，所以贯一妙字，乃见即法是妙，即见是心，心外无法，法外无心，故成其道也。然非勉强牵合，实无二体焉。于是一一结之曰：皆如来藏妙真如性。学者若欲于此留心，先将前三卷经文，细细熟参，然后进之三摩钵提，进之禅那，自然迎刃而解矣。②

上引文中特别指出学道者要悟得佛法之妙、识得"如来藏妙真如性"之三昧，首先应"细细熟参"前三卷经文。由此可见，"熟参"即仔细、反复的参悟工夫，这一工夫为后世佛门大德继承和发展，宋代临济大慧宗杲之"看话头"便是其中较有影响的代表之一。宗杲"看话头"之"看"乃"参"之意，即探究、求索之意。所谓"看话头"即是探究、求索"话头"内在的佛法义理，从而把握"话头"的"本来真面目"。③ 然而，这并非能一蹴而就，而是要通过长期的修养工夫，这一工夫具体来说就是宗杲常常提倡的时时提

---

① （明）本智撰：《浮山法句》卷七，《嘉兴藏》第25册，第299页中。
② （清）济时述：《楞严经正见》卷三，《卍续藏》第16册，第668页上。
③ （宋）蕴闻编：《大慧普觉禅师语录》卷一，《大正藏》第47册，第812页下。

撕、参活句。如他说：

> 须是行也提撕，坐也提撕。喜怒哀乐时，应用酬酢时，总是提撕时节。①

> 但向十二时中，四威仪内，时时提撕，时时举觉。狗子还有佛性也无？云无。不离日用，试如此做工夫看，月十日便自见得也。②

> 狗子还有佛性也无？州云无。只这一字，尽尔有甚么伎俩，请安排看，请计较看。思量计较安排，无处可以顿放，只觉得肚里闷心头烦恼时，正是好底时节。第八识相次不行矣，觉得如此时，莫要放却。只就这无字上提撕。提撕来提撕去，生处自热，热处自生矣。③

上引文献中，宗杲所说的"提撕"就是"参"的意思，即探究、参究之意。故而"时时提撕"，就是所谓的"熟参"。宗杲说"时时提撕""提撕来提撕去"与朱熹说"学者只要是熟，工夫纯一而已。读时熟，看时熟，玩味时熟"④ 以及"看得一说，却又看一说。看来看去，是非长短，皆自分明"⑤ 是何其相似。

概而言之，将朱熹之"沉潜反复"与佛禅之"熟参"仔细比照，不难看出这二者之间至少有三方面是很相似的：首先，前者讲"反复"，后者讲"熟"，实则都在强调一种长久的、日积月累的工夫；其次，前者之"沉潜"与后者之"参"，都是沉浸其中进行探

---

① （宋）蕴闻编：《大慧普觉禅师语录》卷一七，《大正藏》第47册，第884页下。
② （宋）蕴闻编：《大慧普觉禅师语录》卷二六，《大正藏》第47册，第921页上。
③ （宋）蕴闻编：《大慧普觉禅师语录》卷三〇，《大正藏》第47册，第939页上。
④ 《朱子语类》卷一一，《朱子全书》第14册，上海古籍出版社、安徽教育出版社2002年版，第346页。
⑤ 同上书，第336页。

第三章 文学思想与佛禅

索之意;最后,前者之"沉潜反复",意在反复讽诵、咀嚼和玩味中寻得诗文之"自然意思",后者之"熟参",旨在反复、仔细的参究工夫中悟得佛法三昧,显然,二者的终极目标都是力求把握对象的"本来真面目"。可见朱熹之"沉潜反复"与佛禅之"熟参"渊源深厚。

(三)"豁然贯通"与"一悟百悟"

朱熹"涵泳"说的第三个层次就是在"虚心涵咏"、"沉潜反复"的过程中,阅读者于不知不觉中自然而然地体会和把握作品的义理、意味、意境,从而达到"豁然贯通"的境界。检朱子文集、《语类》相关文献,其之谓"豁然贯通"论述如下:

> 至于用力之久,而一旦豁然贯通,则众物之表里精粗无不到,而吾心之全体大用无不明矣。①
>
> 巨细相涵,动静交养。初未尝有内外精粗之责。及其真积力久,而豁然贯通焉,则亦知其浑然一致,而果无内外精粗之可言矣。②

由上引文不难看出,"豁然贯通"关涉两个层面的哲学问题:一是工夫之涵养,即上文所说的"用力之久""真积力久";二是"豁然贯通"后进入的境界,即引文所谓"吾心之全体大用无不明""浑然一直"之境。所以,"豁然贯通"有似于佛禅悟道的最高境界——"一悟百悟":在"悟"之前,离不开修道参禅的工夫积养,妙悟之后则豁然开朗,自在无碍。犹值一提的是,朱熹"豁

---

① 《四书章句集注》,《朱子全书》第6册,上海古籍出版社、安徽教育出版社2002年版,第20页。
② 《大学或问》,《朱子全书》第6册,上海古籍出版社、安徽教育出版社2002年版,第528页。

然贯通"说并不仅限于道之修、学之养,它同样也指阅读和接受作品领悟文义、意蕴后的境界。朱熹说:"看文字且自用工夫。……久之自能自现。盖蓄积多者忽然爆开,便自然通。"① 显然,朱熹认为"涵泳"诗文亦可达到"豁然贯通"的境界。大体说来,它包含两个层面的内容:一是他提出阅读和接受作品时"文字须是活看"。"活看"就意味着要打破常规和束缚,在"看"的过程中"豁然贯通",领会作品的意蕴,这一过程如同佛禅僧人悟道过程凭借"活参"实现"顿悟",把握真如佛性;二是读者在不断咀嚼体会作品的过程中有所领悟、贯通一切后,进入"自然和气从胸中流出"的妙境,这种妙境与禅宗悟道者"一悟百悟"后的圆融无碍相通。

1."文字须是活看"与"活参"

朱熹反对阅读者在接受作品时纠结于文字音韵、名物训诂、文体等因素,主张以"通悟"②的方式把握诗文作品的意蕴。所谓"通悟"即是指以"活看"诗文词句的方式把握文章义脉,体认诗文意蕴。朱熹说:

> 文字须是活看。此且就此说,彼且就彼说,不可死看。牵此合彼,便处处有碍。③

朱熹强调"文字须是活看",但"活看"不是牵强附会,而是"看大意":

---

① 《朱子语类》卷一一,《朱子全书》第14册,上海古籍出版社、安徽教育出版社2002年版,第343页。
② 《朱子语类》卷八〇,《朱子全书》第17册,上海古籍出版社、安徽教育出版社2002年版,第2754页。
③ 《朱子语类》卷五,《朱子全书》第14册,上海古籍出版社、安徽教育出版社2002年版,第217页。

第三章　文学思想与佛禅

看诗，且看他大意。①

读诗，只是将意思想象去看。②

看诗不要死杀看了……如此便诗眼不活③。

可见，"看大意"是一种整体性、领悟性的体认方式。在朱熹看来，赏读和品鉴诗文不能仅仅停留在字面文意，而是要透过字面意思品其言外之意：

> 大凡物事须要说得有滋味，方见有功。而今随文解义，谁人不解？须要见古人好处。如昔人赋梅云："疏影横斜水清浅，暗香浮动月黄昏。"这十四个字，谁人不晓得？然而前辈直恁地称叹，说他形容得好，是如何？这个便是难说，须要自得言外之意始得。……这个有两重：晓得文义是一重，晓得意思好处是一重。若只晓得外面一重，不识得他好底意思，此是一件大病。④

很明显，朱熹认为"活看"文字不仅要"晓得文义"，更为重要的是要"晓得意思"。所谓"晓得意思"，即是领会文外之意，从这一点上说它与禅宗"世尊拈花，迦叶微笑"一样，有着"心有灵犀一点通"的默契会意，而这种会意很大程度上就是豁然贯通的精神体验。

---

① 《朱子语类》卷八〇，《朱子全书》第 17 册，上海古籍出版社、安徽教育出版社 2002 年版，第 2755 页。
② 《朱子语类》卷八一，《朱子全书》第 17 册，上海古籍出版社、安徽教育出版社 2002 年版，第 2773 页。
③ 《朱子语类》卷八〇，《朱子全书》第 17 册，上海古籍出版社、安徽教育出版社 2002 年版，第 2757 页。
④ 《朱子语类》卷一一四，《朱子全书》第 18 册，上海古籍出版社、安徽教育出版社 2002 年版，第 3610 页。

朱熹讲"文字须是活看"不能不让人联想到禅宗用语"活参"。所谓"活参"即"参活句，不参死句"，这是禅宗把握真如佛性的一种特殊思维方式，为历代禅师所推崇："夫参学者，须参活句，莫参死句。活句下荐得，永劫不忘。死句下荐得，自救不了。"① 对这一方式做过最为生动阐释的是德山缘密禅师，其详如下：

上堂："但参活句，莫参死句。活句下荐得，永劫无滞。'一尘一佛国，一叶一释迦'，是死句。'扬眉瞬目，举指竖佛'，是死句。'山河大地，更无淆讹'，是死句。"时有僧问："如何是活句？"师曰："波斯仰面看。"曰："恁么则不谬去也。"师便打。(《鼎州德山圆明缘密禅师》)②

在德山缘密禅师看来，"一尘一佛国，一叶一释迦""扬眉瞬目，举指竖佛""山河大地，更无淆讹"这些符合禅宗经典教义的语句都是"死句"，因为这些经典教义本身已被赋予了合乎逻辑的、比较固定的意义，这些意义束缚了人的思维。而像"波斯仰面看"这种不束缚人的思维、打破常规的语句才是"活句"。问话的僧人没能领会其中的奥妙，仍执着于常规的佛教教义，这种方式叫"参死句"。反之，不执着于佛教典籍字面意思，破除对佛教教义的僵化理解，便是"参活句"，也就是"活参"。有学者指出："禅宗的'参活句'是要破除对佛教教义的僵化理解，进行直觉的体验、丰富的想象和自由的理解。这种阐释和体验方式与艺术思维多有相通之处。"③ 这就一语中的地指出了"活参"的特点就在于其灵活地参究和探索以悟得真如佛性，同时也指出了禅门"活参"与艺术思维的渊源。将

---

① （宋）蕴闻编：《大慧普觉禅师语录》卷一四，《大正藏》第47册，第869页中。
② （清）集云堂编：《宗鉴法林》卷五〇，《卍续藏》第66册，第581页下。
③ 朱立元：《美学大辞典》（修订本），上海辞书出版社2014年版，第214页。

第三章 文学思想与佛禅

之比照于朱熹所谓"文字须是活看",不难看出二者之间不仅在跳出字面意义的限制和束缚上的主张是一致的,而且在二者导向的结果上也是一致:即"活参"往往在"直觉的体验、丰富的想象和自由的理解"中通向"妙悟",而"活看"则实现对艺术作品产生豁然贯通的领会。

2. "自然和气从胸中流出"与"圆融无碍"

关于阅读、理解和接受作品过程中,读者之思与作者之思会通融合的神秘体验,不论是儒家还是禅宗都有不少文化描述过。比如,对于读者接受作品微妙复杂的内心体验方面,儒家文化中就有孟子的"以意逆志"说,禅宗则有以"悟"为宗的"心解"传统;又比如在超越文本言、辞的语境层次从而获得道、意语境层次的原始意义和终极意义上,儒家有孟子的"不以辞害意"说,禅宗则有"禅道唯在妙悟"之论。① 检朱熹"涵泳"说内在意蕴第三个层次描述的"豁然贯通"的内心体验,从本质上说,其实就是读者接受作品过程中读者思境与作者思境交相融合的境界描述。具体说来,"文字须是活看"关涉的是这一境界的微妙复杂的体验方法,即相当于孟子的"以意逆志"和禅宗的"参悟"。然而朱熹又认为"活看"文字,"涵泳"诗文,悟得诗文意蕴后会进入"自然和气胸中流出"的审美之境,而这正是前述"超越文本言、辞的语境层次从而获得道、意语境层次的原始意义和终极意义"的境界,这种境界与佛禅体证悟道后的圆融无碍之境也是相通的。

朱熹一直强调读书是"切己"的体验:

> 须要切己体验,不可只作文字看。②

---

① 周裕锴:《中国古代阐释学研究》,上海人民出版社2003年版,第218页。
② 《朱子语类》卷一一,《朱子全书》第14册,上海古籍出版社、安徽教育出版社2002年版,第337页。

字字句句，涵泳切己，看得透彻，一生受用不尽。①

"切己"也就意味着阅读者以自身的感悟和体验与作品完全融合在一起，"是以自家之心体验圣人之心"②，当读者的思想、情感与作品的思想、情感水乳交融时，"自家之心便是圣人之心"③，从而悟道融通、豁然开朗。难怪朱熹会说"涵泳"诗文时"自然和气从胸中流出，其妙处不可得而言"④。此种不可言说的境界之妙有似于其诗所云"得意溪山共徙倚，忘情鱼鸟共徜徉。应观物我同根处，剖破藩篱即大方"⑤（《尤溪县学观大阁》），又恰如其文"心平而气和，冲融畅适，与物无际"所写之境，直是一种"一悟百悟"后的圆融无碍之境。

关于圆融，《佛光大词典》对其基本意义作了这样的阐释：

> 圆融，谓圆满融通，无所障碍。即各事各物皆能保持其原有立场，圆满无缺，而又为完整一体，且能交互融摄，毫无矛盾、冲突。相互隔离，各自成一单元者称"隔历"；圆融即与隔历互为一种绝对而又相对之对立关系。⑥

这一阐释指出"圆融"最主要的特点在于圆满融通，无所障碍。

---

① 《朱子语类》卷一四，《朱子全书》第14册，上海古籍出版社、安徽教育出版社2002年版，第420页。

② 《朱子语类》卷一二〇，《朱子全书》第18册，上海古籍出版社、安徽教育出版社2002年版，第3774页。

③ 同上。

④ 《朱子语类》卷八〇，《朱子全书》第17册，上海古籍出版社、安徽教育出版社2002年版，第2760页。

⑤ 《晦庵先生朱文公别集》卷七，《朱子全书》第25册，上海古籍出版社、安徽教育出版社2002年版，第4975页。

⑥ 慈怡：《佛光大辞典》第6册，书目文献出版社1989年版，第5404页。

第三章 文学思想与佛禅

佛教各宗派都推崇圆融无碍，其中最有影响的理论之一当首推华严宗的圆融观。华严宗以法界缘起理论为根基，以圆融无碍为其最高理想和境界。根据华严法藏的观点，华严法界与心境相关：

> 心境融通门者，即彼绝理事之无碍境与彼泯止观之无碍心。二而不二，故不碍心境，而冥然一味。不二而二，故不坏一味，而心境两分也。[1]

按法藏的观点，心境之自在圆融在于"理事之无碍境"与"止观之无碍心"的"冥然一味"。所谓"冥然一味"指的是默思冥想悟得理趣之唯一无二，因此，心境之圆融无碍即是在证道体悟中彻悟佛理，达到"理事"与"止观"无碍相融的境界。这种境界在禅宗那里则表述成"豁然晓悟"后的"通达无碍"。神会禅师曾说：

> 若遇真善知识，以巧方便，直示真如，用金刚断诸位地烦恼，豁然晓悟，自见法性本来空寂，慧利明了，通达无碍。证此之时，万缘俱绝；恒沙妄念，一时顿尽；无边功德，应时筹备；金刚慧发，何得不成。[2]

神会在这里描绘的大彻大悟的禅悟境界正是一种自由通达无碍的境界，正如周裕锴指出的那样："禅悟是指精神主体高度自觉独立，大彻大悟，自由自在地与宇宙本体的本然状态高度圆融契合的一种境界。"[3] 这与朱熹涵泳悟"道"（作品的蕴旨）后"自然和气从胸中流出"所体验到的圆融无碍的审美境界是一样的。

---

[1] （唐）法藏述：《华严发菩提心章》卷一，《大正藏》第45册，第654页中。
[2] 杨曾文编校：《神会和尚禅语录》，中华书局1996年版，第38页。
[3] 周裕锴：《中国禅宗与诗歌》，上海人民出版社1992年版，第114页。

综上所述，朱熹主张诗文鉴赏与接受前"涵泳"之"虚心"的心理状态与修道参禅前悟道之"无心"的心理准备有着异曲同工之处；其所倡诗文鉴赏与接受之"沉潜反复"、多读精思、长久积累，实则吸收和融摄了修道参禅"熟参渐修"的工夫修为；"虚心"涵泳的心灵状态与"沉潜反复"的工夫修为，必然带来领悟和体会诗文意蕴后"自然和气从胸中流出"的"豁然贯通"的神妙体验，这种"与文相融"游刃有余、自在无碍的境界又与修道参禅"一悟百悟"后的圆融无碍之境又何其相似。由此可见，朱熹"涵泳"说的三个层次充满着儒家诗文作品的接受方式与禅宗证道体悟方式的分别对应与会通融合的意味。

第三节　佛禅论中的文学观

如前所述，朱熹是理学大师，其"致广大，尽精微，综罗百代"[①]的理学思想是以儒家文化为根基，并吸收和融摄释、道文化之精华建构而成的，这表明朱子与佛老之学有着深厚的渊源。他曾出入佛老十余年，泛释佛老，广读释老之书，并道书论说，对释道之学发表过不少真知灼见。与此同时，朱熹又是一位有着深厚文学修养的文学家，不仅留下1200多首（其中不少堪称优秀）诗作，而且提出了丰富的文学思想与诗歌创作观念。故而，其由出入佛老而归宗于儒的蜕变历程不仅在其学术与心态上会留下印记，而且也反映到了他的文学思想和文学创作上。就其文学思想与佛禅的关系而言，学界不论在探讨朱熹佛禅思想对其文学观念的影响，还是揭橥其文学思想与佛禅之渊源，成果都极为鲜见[②]；而透过朱熹的佛禅之论，体

[①]（清）黄宗羲：《宋元学案》卷四八，中华书局2007年重印本，第1495页。
[②] 前者较有代表者见方彦寿《朱熹的"援佛入儒"与严羽的"以禅喻诗"》（《文艺理论研究》2009年第3期）；后者见方新蓉《朱熹的"看诗"与宗杲的"看话"》（《大慧宗杲与两宋诗禅世界》，中华书局2013年版，第300—313页）。

第三章 文学思想与佛禅

会潜藏其中的文学观念者更是微乎其微。故而,本书将着力探索朱熹佛禅论中所反映的文学观念,以期抛砖引玉,引同人关注,弥补此方面学界研究现状之缺憾。

检朱子文集、《语类》相关文献,朱熹佛论约分两类,一为评佛经者,二为论佛理者。前者依陈荣捷先生之说分义理之批评和典据之考证两类[①],后者可分融佛与排佛之论。凡此种种,其旨既有借重以阐明儒学之需,亦有辟佛振儒之意。然朱子佛论之独特不仅在于此,其尤独特者在于,其论佛说禅中关涉到佛经与文学之关系、佛论思想蕴含着深刻的文学观念。此为朱熹佛禅思想研究的空白之域,亦为研究朱熹文学思想者所忽略之处,颇有探讨的空间和价值。

一 佛经论之文学批评

所谓佛经论非论佛,主要是论佛经也。朱熹在论述佛经的过程中涉及三个文学思想层面的问题:一是朱熹佛经义理论说中的文学创作观;二是佛经写译与文学手法的运用;三是佛经写作的比较研究。略论如下。

（一）佛经义理论说中的文学创作观

朱熹常常阐说或评论佛经义理,旨在以儒学之态批判佛学之邪误,偶亦有赞佛学义理之精深者。这些言说虽是从哲学或学术思想的层面展开,但往往对后人的人生态度和创作态度产生了重要影响。朱熹曾对《金刚经》法门之本"无所住"进行过精到的阐说,也曾在《楚辞集注》提出过"以无心而冥会"的诗歌创作发生观,二者虽不是同一层面的问题,然其内涵上却有相通之处。

关于"无所住",《金刚经》是这样说的:

---

① [美]陈荣捷:《朱子新探索》,华东师范大学出版社2007年版,第415页。

诸菩萨摩诃萨应如是生清净心，不应住色生心，不应住声、香、味、触、法生心，应无所住而生其心。①

所谓"住"，就是执着的意思。因此上文之意在于告诫世人不应执着于色、声、香、味、触、法而产生迷恋之心；应对世俗不执着，方能悟道成佛。由此可见，《金刚经》所言旨在消除人们的"住而生心"的魔障。后人对《金刚经》这一法门多有论说。如唐代六祖慧能将《金刚经》之"应无所住"之"无住"视为法门之本："我此法门，从上以来，先立无念为宗，无相为体，无住为本"；"若前念今念后念，念念相续不断，名为系缚。于诸法上念念不住，即无所缚也。此是以无住为本"。②到宋代，士人对《金刚经》"无所住"的思想讨论得更加热烈，如晁迥把"无所住"视为禅宗顿教的法门："《金刚》之无所住心，《圆觉》之普眼观门，实教也，顿教也。看内典者当如是戒。"③而王安石则从悟性的角度把"无所住"视为《金刚经》的四大宗旨之一："然旁行之所载，累译之所通，理穷于不可得，性尽于无所住，《金刚般若波罗蜜》为最上乘者，如斯而已矣。"④朱熹也讨论过《金刚经》的宗旨：

或问《金刚经》大意，曰："他大意只在须菩提问'云何住，云何降伏其心'两句上。故说不应住法生心，不应色住色生心，'应无所住而生其心'，此是答'云何住'。又说'若胎

---

① （后秦）鸠摩罗什译：《金刚般若波罗蜜经》，《大正藏》第8册，第754页下。
② （元）宗宝编：《六祖大师法宝坛经·定慧品》，《大正藏》第48册，第353页上。
③ （宋）晁迥：《法藏碎金録》卷八，文渊阁《四库全书》影印本。
④ （宋）王安石：《书金刚经义赠吴珪》，《临川文集》卷七一，影印文渊阁《四库全书》第1105册，（台北）台湾商务印书馆1983年版，第595页。

第三章 文学思想与佛禅

生、若卵生、若湿生、若化生，我皆令人无余涅槃而灭度之'，此是答'云何降伏其心'。"①

朱熹认为《金刚经》的"大意"（即宗旨）有两个方面，即"云何住"和"云何降伏其心"。对于前者，朱熹的理解是"无所住"；对于后者，他认为是"无余涅槃而灭度之"。不仅如此，朱熹还进一步指出这二者"都教你无心了方是，只是一个'无'字"。②这就以精到的眼光看到了《金刚经》"无所住"法门其旨在"无心"上。这种彻悟不仅对朱熹学术思想上"心体虚明""涵养格物"等理论的建构产生了影响，而且对其提出的"以无心而冥会""随事感触，辄形于声"③ 的诗学观点也影响深刻。其《楚辞集注》云：

> 盖屈子者穷而呼天，疾痛而呼父母之词也。故今所欲取而使继之者，必其出于幽忧穷蹙、怨慕凄凉之意，乃为得其余韵，而宏衍钜丽之观、欢愉快适之语，宜不得而与焉。至论其等，则又必以无心而冥会者为贵，其或有是，虽则远且贱，犹将汲而进之。一有意于求其似，则虽迫真如扬、柳，亦不得已而取之耳。④

上引文中，朱熹指出屈原诗文之韵在情，不在文；其情之可贵者在"幽忧穷蹙、怨慕凄凉"之意乃"无心而冥会"的流露，即《楚辞》情感是发自内心、毫无矫饰造作、"平淡自摄""真味发溢"的自然流露。这种类似的看法在《诗集传序》也表达过：

---

① 《朱子语类》卷一二六，《朱子全书》第18册，上海古籍出版社、安徽教育出版社2002年版，第3946—3947页。
② 同上书，第3947页。
③ 《楚辞集注》，《朱子全书》第19册，上海古籍出版社、安徽教育出版社2002年版，第87页。
④ 同上书，第220—221页。

人生而静，天之性也，感于物而动，性之欲也。夫既有欲矣，则不能无思；既有思矣则不能无言；既有言矣，则言之所不能尽，而发于咨嗟咏叹之余者，必有自然之音响节族而不能已焉。此诗之所作也。(《诗集传序》)①

朱熹在这里指出了诗歌创作产生的机制，即由于人具有"感于物而动"的"性之欲"，故而由"欲"生"思"，由"思"生"言"，由"言"生"咨嗟咏叹"之辞，继而创作出具有"自然音响节族"的诗作。此处尤要注意的是，上文所言"性"乃本性、天性之意，也就是"以无心而冥会"的原初之"感"。如果说，在《楚辞集注》朱熹强调诗歌情感的抒发是"无心"之发，那么在《诗集传序》中则是他对诗歌的"无意"之作的强调，反映了他"随事感触，辄形于声"的诗歌创作观念。

由上观之，《金刚经》"无所住"就悟道层面而言，是要解除种种烦恼、束缚，使心灵不滞留于任何一种状态，达到自由无碍的境界。朱熹对此深有体悟，并将其转涉诗学层面，从诗歌情感的"无心"流露发抒观到诗歌创作的"无意为诗"发生说，无不表现出《金刚经》"无所住"对宋人心态和创作观念的影响。这种影响正如周裕锴先生总结的那样："'无所住'思想对宋人的人生态度和创作态度都有不可忽视的影响。"②"就创作态度而言，'无所住'、'不有所著'在宋代文学思想中往往以一种'无意于文'的创作心态而潜在表现出来，或者说，此种态度与'无意于文'的思潮相通。"③

---

① 《诗集传》，《朱子全书》第1册，上海古籍出版社、安徽教育出版社2002年版，第350页。
② 周裕锴：《法眼与诗心——宋代佛禅语境下的诗学话语建构》，中国社会科学出版社2014年版，第128页。
③ 同上。

第三章　文学思想与佛禅

（二）佛经写译与文学手法的运用

朱熹的佛经论涉及不少关于佛经来源、批判佛经内容之真谬以及评议佛经内容之演绎的言论。这些言论虽以辟佛为宗旨，然其中不乏朱熹对佛经书写与文学手法运用之渊源的精辟论断。大体说来，这些论断可分两类：

一是朱熹关于佛经源头的考论中蕴含着对佛经书写的文学性认识。关于这一问题，朱熹论说颇多：

> 释氏书其初只有《四十二章经》，所言甚鄙俚，后来日添月益，皆是中华文士相助撰集。……大抵皆是剽窃《老子》《列子》意思，变换推衍以文其说。①

> 此经（《楞严经》）是唐房融训释，故说的如此巧。佛书中唯此经最巧。然佛当初也不如是说，如《四十二章经》，最先传来中国底文字，然其说却平实。②

> 初来只有《四十二章经》。至晋宋乃谈义，皆是剽窃《老》《庄》，取《列子》为多。其后达磨来又说禅。③

> 直至晋宋间，其教渐盛。然，当时文字，亦只是将老、庄之说来铺张。如远师诸论，皆成片尽是老、庄意思。直到梁普年间，达磨入来，然后一切被他扫荡，不立文字，直指人心。④

> 释氏只《四十二章经》是古书，余皆中国文士润色成之。⑤

多数论者在引用上述文字时，一般从朱熹考证中国佛经之源头

---

① 《朱子语类》卷一二六，《朱子全书》第 18 册，上海古籍出版社、安徽教育出版社 2002 年版，第 3927 页。
② 同上书，第 3928 页。
③ 同上书，第 3961 页。
④ 同上书，第 3929 页。
⑤ 同上书，第 3931 页。

的角度论说。的确，在朱子看来，中国最初只有《四十二章经》是佛经，后来的经书都是中国文人附会加工的。从佛经之考据的角度而言，朱熹的这些观点虽有错误的地方（如学界一般认为《四十二章经》是抄经，而不是译经），但它却启发人们去思考中国佛经的来源，唤起人们以走入"原典"的方式去研究佛学，毫无疑问这是很有价值的。然而，除此之外，笔者以为：尽管朱熹讨论佛经的初衷在于辟佛，但他认为佛经"皆是剽窃《老》《庄》""只是将老、庄之说来铺张""尽是老、庄意思"，是后人润色而成，这些论断一方面是朱熹对佛经书写与中国传统文化之渊源的认同；另一方面表明他关注到了佛经书写的文学性特征，主要表现在：首先，他说佛经之作乃"剽窃""铺张"老、庄之说，这实际上涉及作品的模拟与创新问题；其次，他说《四十二章经》本"所言甚鄙俚""其说却平实"，后人对其"日添月益"，这既是对该经原有的语言、内容特点的概括，也一语道出了佛经的虚构性特点；最后，他所谓除《四十二章经》外的所有佛经皆是"中国文人润色成之"，更是对中国佛经与文学手法之间的关联作了一个大胆的推断。

二是朱熹对佛经内容的批判中彰显出他对佛经书写艺术表现方法的体认。

孙昌武先生曾将"夸诞""玄想""神变"[①]总结为佛教的独特表现方法。对此，实际上在朱熹对佛经内容的批判言论中早有论及。现陈其荦荦大者如下。

1. 佛经夸诞手法的运用

夸张是中国文学的基本表现手法，但与佛经中的夸张相比，只是小巫见大巫。佛经中的夸张带有虚幻、离奇的特点，故而称之为"夸诞"。比如《法华经》云：

[①] 孙昌武：《佛教与中国文学》，上海人民出版社1988年版，第48、52、56页。

第三章　文学思想与佛禅

无量无边百千万亿那由他劫。譬如五百千万亿那由他阿僧祇三千大千世界，假使有人抹（原作末）为微尘，过于东方五百千万亿那由他阿僧祇国乃下一尘，如是东行，尽是微尘。①

佛教有所谓尘点劫之说。尘，指微尘；劫，为极大之时限。那由他，是梵语"nayuta"的音译，又译为那由多，意思是"多到无法计算"，是印度数量单位。阿僧祇也是指"无数"的意思。因此"五百千万亿那由他阿僧祇三千大千世界""过于东方五百千万亿那由他阿僧祇国乃下一尘"旨在形容距离之遥远，可见这里显然用了现实中不可能存在的夸诞之法来表现。对于佛经书写夸诞的表现手法朱熹发表过不少论说，如他说：

佛氏乘虚而入中国。广大自胜之说、幻妄寂灭之论、自斋戒变为义学。②

又说：

宋景文《唐书赞》说佛多是华人之谲诞者攘庄周、列御寇之说佐其高，此说甚好。如欧阳公只说个礼法，程子又只说自家义理，皆不见他正赃。却是宋景文捉得他正赃。佛家先偷《列子》，列子说耳目口鼻心体处有六件，佛家便有六根，又三之为十八戒。初间只有《四十二章经》，无凭地多，到东晋便有谈议，如今之讲师，做一篇议总说之。到后来谈议厌了，达磨便入来，只静坐，于中有稍受用处，人又都向此。今则文字极

---

① （后秦）鸠摩罗什译：《妙法莲华经》卷五，《大正藏》第9册，第42页中。
② 《朱子语类》卷一二六，《朱子全书》第18册，上海古籍出版社、安徽教育出版社2002年版，第3927页。

多，大概都是后来中国人以《庄》《列》说自文，夹插其间，都没理会了。攻之者，所执又出于禅学之下。①

上述两段文字，朱熹所论关涉以下几个层面的内容：一是朱熹简明扼要地勾勒出佛教由斋戒之学变为义学再而发展为禅学的发展史。二是指出佛教义理进入中土后，除《四十二章经》外，其余皆是"剽窃"老庄之学而立己之说的。三是朱熹对佛经的内容和表现手法上的"夸诞"特点有一定认识，主要体现在：首先，它认为佛教具有广大自胜、幻妄寂灭、自斋戒变的特点，其中，"广大""幻妄"之论实则既是对佛经内容特点的概括，也是其对佛经"夸诞"艺术表现手法的另一表述。其次，朱熹对"宋景文《唐书赞》说佛多是华人之谲诞者攘庄周、列御寇之说佐其高"一说深表认同，这一方面表明朱熹对"佛"的创立者的身份特征有明确的认识，即他们是"华人之谲诞者"；另一方面"佛"的创立者和书写者为"谲诞"之人，佛经书写具"谲诞"特征也就在情理之中了。"谲诞"者，与"夸诞"近义也。而在评《法华经》的内容和特点的时候，朱熹对佛经的"夸诞"更是直言不讳：

> 试将《法华经》看，便见其诞。开口便说恒河沙数，几万几千几劫，更无近底年代。②

朱熹说《法华经》最大的特点就是"诞"，并举了一个例子来说明这个特点："开口便说恒河沙数，几万几千几劫，更无近底年代"，如前文所述，"劫"表示的是极大之时限，这本身已说明时间

---

① 《朱子语类》卷一二六，《朱子全书》第18册，上海古籍出版社、安徽教育出版社2002年版，第3925页。
② 同上书，第3961页。

第三章　文学思想与佛禅

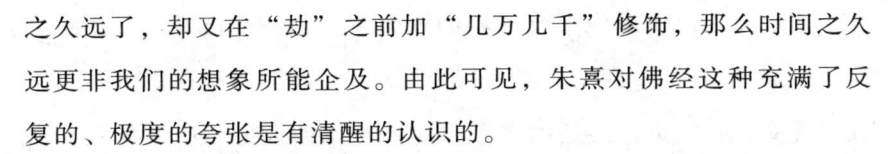

之久远了，却又在"劫"之前加"几万几千"修饰，那么时间之久远更非我们的想象所能企及。由此可见，朱熹对佛经这种充满了反复的、极度的夸张是有清醒的认识的。

2. 佛经中的玄想特点

玄想是佛经描写的另一个特点。所谓玄想是指高度的想象。朱熹在论佛经书写的时候对佛经玄想的特点亦曾有所论及。其评《楞严经》之性质云：

> 《楞严经》本只是咒语，后来房融添入许多道理说话。……所以有咒者，盖浮屠居深山中，有鬼神蛇兽为害，故作咒以禁之。……咒全是想法。西域人诵咒如叱喝，又为雄毅之状，故能禁伏鬼神，亦如巫者作法相似。①

关于《楞严经》的真伪，学术界尚存争议，此处暂不讨论。虽然朱熹说房融在《楞严经》添加了许多道理，但他并未否定《楞严经》的咒语性质，同时还说"咒全是想法"，能禁鬼神蛇兽之害，这就一针见血地指出了《楞严经》具有玄想的特点。此外，朱熹在探讨陈了翁（陈瓘）缘何沉迷佛教的一段谈话也表明他对佛经充满玄想的特点是有所认识的：

> 《华严合论》，其言极鄙陋无稽。不知陈了翁一生理会这个有什么好处，也不会厌。可惜极好的秀才只恁地被它引了去。又曰：其言旁引广论说神说鬼，只是一个天地万物皆具此理而已。经中本说得简径直白，却被注解得越没收杀。②

---

① 《朱子语类》卷一二六，《朱子全书》第18册，上海古籍出版社、安徽教育出版社2002年版，第3948页。

② 同上书，第3955页。

这段文字指出《华严合论》的两个特点：一是语言上，鄙陋无稽。所谓"无稽"，即指此经语言漫无边际，而漫无边际的语言离不开玄之又玄的想象；二是内容上，此经乃说神说鬼，这本身就是玄想的结果。

由此看来，不论是对《楞严经》"咒"的评说，还是对《华严合论》"言"的阐析，朱熹都看出佛经玄想与中国文学常用的艺术手法——想象既有相似处，又有自己的特点：相似处体现在佛经玄想和中国文学想象都有非现实的色彩。而所谓特点则表现为中国文学想象是人凭借记忆所提供的材料突破时空的限制重新创造新形象的心理活动，因此，它仍具有现实性；玄想则是对世俗世界的超脱，如上文朱熹指出的"楞严咒"独特而神奇的功能和《华严合论》说神说鬼的内容，这种书写已将现实世界完全消融于想象世界中。正如孙昌武先生总结的那样："中国文学想象不论如何夸张离奇，却总是在现实的基础上进行，是一种现实的概括。……但佛典的想象却全然不同。它把现实世界消融到想象之中。……在佛典中幻想与现实、精神与物质的界限被打通了。"①

3. 佛经的神变表现方法

佛经传入中土后有人称其"好大不经，奇谲无已"②"深妙靡丽"③，究其原因不仅与佛经夸诞、玄想的手法有关，与其神变的表现方法也有密切关系。与中国典籍擅长演绎外在形象的变异相比，佛经中的神变重在刻画内在的神通，如佛陀、维摩诘其外在形象与世俗之人并无二致，但二者示众说法之神奇、灵异极富神幻和变异

---

① 孙昌武：《佛教与中国文学》，上海人民出版社1988年版，第52—53页。
② （南朝宋）范晔撰，张道勤校点：《西域传·论》，《后汉书》卷八八，浙江古籍出版社2000年版，第849页。
③ （南朝梁）僧祐撰，李小荣校笺：《牟子理惑论》，《弘明集校笺》卷一，上海古籍出版社2013年版，第40页。

第三章 文学思想与佛禅

色彩。对此,《弘明集》有相关记载:

> 佛者,谥号也。犹名三皇神、五帝圣也。佛乃道德之元祖,神明之宗绪。佛之言觉也,恍惚变化,分身散体,或存或亡,能大能小,能圆能方,能老能少,能隐能彰,蹈火不烧,履刃不伤,在污不染,在祸无殃,欲行则飞,坐则扬光,故号为佛也。①

这段文字没有描写"佛"外在形象的奇异,而是从存亡、大小、方圆、隐彰之变化;火、刀、污、祸之不侵;行若高飞、止则光彩四溢等内在的"神力"刻画"佛"的神异形象。佛经中,神变是佛经常常表现的内容,常叙写人(神)之神通,如佛法无边、佛有三身(法身、报身、应身)、"因缘"之说等。朱熹曾和弟子讨论过佛有三身和"因缘"之说的问题:

> 释氏说,法身便是本性,报身是其德业,化身是其肉身。问:"报身是如何?"曰:"是他成就效验底说话。看他画毗卢遮那坐千叶莲珠常富贵,便如吾儒说圣人备道全美相似。"②
>
> 鲁可几问释氏"因缘"之说。曰:"若看书'作善降之百祥,作不善降之百殃',则报应之说诚有之。但他说得来只是不是。"又问:"阴德之说如何?"曰:"也只是不在其身,则在其子孙耳。"③

---

① (南朝梁)僧祐撰,李小荣校笺:《牟子理惑论》,《弘明集校笺》卷一,上海古籍出版社2013年版,第14页。
② 《朱子语类》卷一二六,《朱子全书》第18册,上海古籍出版社、安徽教育出版社2002年版,第3952—3953页。
③ 同上书,第3953页。

所谓佛有三身，无非就佛之无数化身而言。朱熹在向弟子解释"报身"时，将佛"坐千叶莲珠常富贵"的高贵形象与儒家圣人"备道全美"的"德充"之状相比附，可见他是认同佛有无数化身的说法的。而其对"因缘"之说所谓"百祥""百殃"及子承父报之因果报应之说深信不疑，也是基于他对佛的神力在现实中可能存在的认同。正因为如此，朱熹明确总结了各佛经书写的共同特征，他说：

《四十二章经》《遗教》《法华》《金刚》《光明》之类，其所言者，不过清虚缘业之论，神通变现之术而已。①

上文明确指出：神变是佛经所共同表现的重要内容，这是符合佛经写作事实的。

不可否认，朱熹在批判佛教典籍之义理的荒谬性同时，却在批判的言辞中透出他对佛经文学色彩和文学表现手法的捕捉，见出他与佛教文学亦不无渊源。

（三）佛经写作的比较研究视野

如前所述，朱熹说过不少关于《四十二章经》和道家经典之渊源的言论，也认为不少佛经在传入中土后，经过译者或文士加工而成的汉译佛典相对原典发生了很大变化。这种比较性的论说除了启发我们思考佛、道二教彼此碰撞与融合的文化互动现象外，更为独特的是它向我们提供了佛经文本写作的比较研究视野。为行文方便，现将有关文献重录于此。

关于《四十二章经》，朱熹说：

---

① 《晦庵先生朱文公别集·释氏论下》卷八，《朱子全书》第25册，上海古籍出版社、安徽教育出版社2002年版，第4991页。

第三章 文学思想与佛禅

  释氏书其初只有《四十二章经》,所言甚鄙俚,后来日添月益,皆是中华文士相助撰集。……大抵皆是剽窃《老子》、《列子》意思,变换推衍以文其说。①

  初来只有《四十二章经》。至晋宋乃谈义,皆是剽窃《老》《庄》,取《列子》为多。②

  直至晋宋间,其教渐盛。然,当时文字,亦只是将老、庄之说来铺张。如远师诸论,皆成片尽是老、庄意思。③

  释氏只《四十二章经》是古书,余皆中国文人润色成之。④

  以上文字朱熹向我们提供了译经与本经之间几个特别有价值的比较研究视域:一是朱熹说《四十二章经》是"剽窃《老》《庄》",这就提示我们对它们进行思想内容的甄别和比较;二是在朱熹看来,《四十二章经》"鄙俚",这不仅有内容之"鄙俚",也包括了语言也同样如此,而译经则是"变换推衍""润色"而成,这为我们提供了语言文风的比较研究;三是朱熹认为译经是"中华文士相助撰集""中国文人润色成之",这表明我们可从作者与译者的文化背景、历史语境等角度进行比较,从而进一步思考文士在佛经翻译中所起的作用和承担的角色。除此以外,朱熹还有不少关于佛经的论说都包含了比较研究视角的启发性:如他评《楞严经》的咒语功能很自然地让人联想到与中国的道教巫术文化和宗教心理功能的比较。⑤ 再如,朱熹曾说:

---

① 《朱子语类》卷一二六,《朱子全书》第 18 册,上海古籍出版社、安徽教育出版社 2002 年版,第 3927 页。
② 同上书,第 3961 页。
③ 同上书,第 3929 页。
④ 同上书,第 3931 页。
⑤ 李小荣:《汉唐佛、道经典的文体比较——兼论宗教文化视野中的比较文体学》,《中国社会科学》2016 年第 11 期。

> 盖佛之所生，去中国绝远，其书来者，文字音读，皆累数译而后通。……①
>
> 夫佛书本皆胡语，译而通之，则或以数字为中国之一字，或以一字而为中国之数字。而今其所谓偈者，句齐字偶，了无余欠。至于所谓二十八祖传法之所为书者，则又颇协中国音韵，或用唐诗声律。②

上引文字中，朱熹从文字、音读的差异及文体的渊源对译经和本经作了深刻的比较，可见朱熹眼光之独到。

概而言之，朱熹对佛经虽有不少偏颇甚至错误之论，其讨论佛经的本意和主旨也在佛经的思想和义理，并非探讨佛经的写作或文学问题，但不可否认的是，他其中的言论已有不少关涉到了文学，透过其有关佛经思想的论说亦可见出其深厚的文学修养和文学观念以及他对佛教文学深刻的认知和判断。

二 佛理批判中的文学观

所谓朱熹佛理论是指朱熹对佛教义理抽象化、体系化和理论化了总的看法和根本观点；相对前文所述的朱熹对佛经发表的具体言论而言，其佛理论从本质上指的是其对佛教义理抽象而体系化了的佛禅观。从佛禅思想研究领域看，学术界对朱熹佛禅观的研究成果可谓汗牛充栋；从朱熹文学思想研究成果看，学术界对其理学中所蕴含的文学思想的探讨亦颇为可观，然透过朱熹佛禅观解读其中蕴含的文学思想，就笔者目力所见，学术界的研究几近空白。而笔者以为，这一视角对更为全面而深刻地解读朱熹文学思想之文化渊源

---

① 《晦庵先生朱文公别集·释氏论下》卷八，《朱子全书》第 25 册，上海古籍出版社、安徽教育出版社 2002 年版，第 4992 页。
② 同上书，第 4992—4993 页。

第三章 文学思想与佛禅

无疑是大有裨益的，故而很值得尝试。

寓览文集、《语类》，不难发现，蕴含文学思想的朱熹佛理论虽不多，但精辟深刻，富于启发性。其中，比较重要而典型的文学观有两个：一是朱熹在批判苏学杂糅佛老的过程中体现出的文学功用观；二是其在否定不假渐修直达顿悟宗观的同时吸收与融会渐修而悟宗观建构的学诗工夫论。

（一）批判苏轼杂糅佛老的苏学表现的文学功用观

朱熹对杂糅佛老的苏学多有批判，其中体现得最集中、最激烈之处在于他与其叔汪应辰由佛学论辩而扩展到对苏学的邪正批判上的论说中。他说：

> 惟是苏学邪正之辨，终未能无疑于心。盖熹前日所陈，乃论其学儒不至而流于诐淫邪遁之域。窃味来教，乃病其学佛未精，而滞于智虑言语之间，此所以多言而愈不合也。夫其始之辟禅学也，岂能明天人之蕴，推性命之原，以破其荒诞浮虚之说而反之正哉？[①]

在朱熹看来：苏轼虽以儒为学，但并未真正把握儒学的醇正之域；又由于其学佛亦只停滞于佛学之义理、言语之表面，故而即使辟禅，他也无法达到"明天人之蕴，推性命之源"。朱熹在信中还指出："学以知道为本"[②]，"学"之纯正与否在于是否知"道"，苏轼由于"不知道"[③]，故而其学不正，不论其早年辟禅还是晚年学佛，

[①] 《晦庵先生朱文公文集》卷三〇，《朱子全书》第21册，上海古籍出版社、安徽教育出版社2002年版，第1303页。
[②] 同上。
[③] 同上。

都是"凡释氏之说，尽欲以智虑亿度，以文字解说"①，以其佛老玄说纵横于其奇文豪墨之中，在士大夫之间有着广泛而深远的影响。但是，这种影响在汪应辰看来，其根源并不在于佛老之学，而是苏轼"文章之妙"的艺术魅力，他说：

  今世人诵习（苏学），但取其文章之妙而已，初不于此求道也……蜀士其盛，大率以三苏为师，亦止是学其文章步骤。②

  由上文"但取其文章之妙而已，初不于此求道也"可知，汪应辰认为苏学对世人的影响不在"道"，而在"文"，这就把二人关于苏轼杂糅佛老之学的苏学是否影响世风的争论转到了"文""道"关系的探讨上。对此，朱熹的看法是：

  夫学者之求道，固不同于苏氏之文矣，然既取其文，则文之所以述有邪有正，有是有非，是亦皆有道焉，固求道者之所不可不讲也。若曰：惟其文之取，而不复议其理之是非，则是道自道，文自文也。道外有物，固不足以为道；且文而无理，又安足以为文乎？盖道无适而不存者，故即文以讲道，则文与道两得，一以贯之；否则，亦将两失矣。③

  显然，朱熹认为"道"与"文"是不可割裂的；"文"虽有邪、正之分，但皆离不开"道"。那种只取其"文"，不论"文"中之"道"的观点是把"文"与"道"割裂了。所谓"道外有物，固不

---

① 汪应辰：《答朱元晦》书十五，《文定集》卷一五，学林出版社2009年版，第156页。
② 汪应辰：《答朱元晦》书九，《文定集》卷一五，学林出版社2009年版，第154页。
③ 《晦庵先生朱文公文集》卷三〇，《朱子全书》第21册，上海古籍出版社、安徽教育出版社2002年版，第1305页。

第三章　文学思想与佛禅

足以为道"即是说"道外无物方成其道";同时,"文"若是无"理",这样的"文"实际上不足以成为"文"了。因此,在朱熹看来,世人既取其"文",必然亦取其"道",会受"道"的影响,而苏轼之"文"对世人的影响就是一个很典型的例子:

> 至于王氏、苏氏,则皆以佛老为圣人……高者出入有无而曲成义理,下者指陈利害而切近人情。其智识才辨谋为气概,又足以震耀而张皇之,使听者欣然不知所倦,非王氏之比也。然语道学则迷大本,论事实则尚权谋,炫浮华而忘本实,贵通达而贱名检。此其害天理,乱人心,妨道术,败风教,亦岂尽出王氏之下也哉!①

此书作于乾道四年(1169)。朱熹认为王安石和苏轼虽都以"佛老为圣人",但二人之"文"对社会的影响不同。苏轼"雄深敏妙"②(《与芮国器》)之文以佛老有无之玄理,指陈利害之近人情③及智识才辨成气概等"煽其倾危变幻之习"④(同上),对世人产生"震耀而张皇"的迷惑力,从而使人读其文而"欣然不知所倦",这是王文所不能比的。由于"苏氏声名文学震动一世,未尝有以为非"⑤,故而其"文"所载的"道"必然会因其"语道学则迷大本,

---

① 《晦庵先生朱文公文集》卷三〇,《朱子全书》第 21 册,上海古籍出版社、安徽教育出版社 2002 年版,第 1303 页。

② 《晦庵先生朱文公文集》卷三七,《朱子全书》第 21 册,上海古籍出版社、安徽教育出版社 2002 年版,第 1625 页。

③ 苏轼主张"六经之道,惟其近于人情"的重自然之人情的解经观,这与程朱理学解经重伦理是背道而驰的。

④ 《晦庵先生朱文公文集》卷三七,《朱子全书》,上海古籍出版社、安徽教育出版社 2002 年版,第 1625 页。

⑤ 黄震:《黄氏日抄》卷三四,《黄震全集》第 4 册,浙江大学出版社 2013 年版,第 1280 页。

论事实则尚权谋，炫浮华而忘本实，贵通达而贱名检"而带来"害天理，乱人心，妨道术，败风教"的严重后果。但是苏轼之文的祸害，吕祖谦却不这样认为，他把苏轼看成是如唐勒、景差一类文章之士，主张不必纠缠于"道"之辨："孟子深斥杨、墨，以其似仁义也。同时如唐勒、景差辈，浮词丽语，未尝一言与之辨，岂非与吾道判然不同，不必区区劳颊舌较胜负耶。某氏（苏氏）之于吾道，非杨、墨也，乃唐、景也，似不必深与之辨。"① 对此，朱熹又提出：

苏氏之学，上谈性命，下述政理，其所言者非特屈宋唐景而已。学者始则以其文而悦之，以苟一朝之利；及其既久则渐涵入骨髓，不复能自解免，其坏人材、败风俗盖不少矣。（《答吕伯恭》）②

显然，朱熹在这里再次重申了"上谈性命、下述政理"的苏文不仅使学者初时"以其文而悦"，而且久而久之苏文言说的"道"则"渐涵入骨髓"，以致"坏人材、败风俗"。

以上引文，朱熹虽为批判杂糅佛、老的苏学而论，然反映出朱熹的文章功用观。其所谓"使听者欣然不知所倦"，"学者始则以其文而悦之"表明朱熹对苏轼文章的艺术魅力有充分认识，是从审美功用的角度来看待苏文的。但是，苏轼因作文时不知"道外无物"之理，反"肆意妄言"，以佛老有无曲成义理，为"害道"之文，且其文被四方"学者家传而人诵之"，导致"害天理，乱人心，妨道术，败风教""坏人材、败风俗"，又彰显出他以是否有益于载道、

---

① 吕祖谦：《与朱侍讲》，《东莱吕太史别集》卷七，《吕祖谦全集》第1册，浙江古籍出版社2007年版，第399页。
② 《晦庵先生朱文公文集》卷三三，《朱子全书》第21册，上海古籍出版社、安徽教育出版社2002年版，第1428页。

第三章 文学思想与佛禅

风教来衡量文章的价值,即从教化功用的角度否定了苏文。由此看来,朱熹在其"既取其文",必"复议其理之是非"思想的主导下,认为文章的教化功用是首要的,审美功用退居其次,甚至认为审美若不能为载道、教化所用,会产生适得其反的影响。因此,朱熹对"以文废道"的风气很不满:

> 韩退之、欧阳永叔所谓扶持正道、不杂释、老者也。然后到得紧要处,更处置不行,更说不去,便说得出来也拙,不分晓。缘他不曾去穷理,只是学作文,所以如此。东坡则杂以佛、老,到急处便添入佛老相和倾瞒人,如装鬼戏、放烟火相似,且遮人眼。如诸公平日担当正道,自视如何。及才议学校,便说不行,临了又却只是词赋好,是甚么议论!①

上引文中,从朱熹对韩愈、欧阳修"不曾去穷理,只是学作文"和苏轼之文"杂以佛、老"的遮人耳目之法的批评足可看出朱熹以"道"论文的文学价值功用观。

综上所述,从根本上说,朱熹对苏轼杂糅佛老的批判进而扩大到文道关系、文学功用的探讨归根到底还是在强调其所谓的"道"或"理"。

(二)"顿悟"说批判对朱熹学诗工夫论的启发

朱熹的理学思想特重工夫修为,他说:"为学只是升高自下,步步踏实,渐次解剥,人欲自去,天理自明。"②(《答包详道》二)因此,他对禅宗不假渐修的顿悟是持否定态度的:

---

① 《朱子语类》卷一二六,《朱子全书》第18册,上海古籍出版社、安徽教育出版社2002年版,第4262页。
② 《晦庵先生朱文公文集》卷五五,《朱子全书》第23册,上海古籍出版社、安徽教育出版社2002年版,第2617页。

圣门之学，下学而上达，至于穷神知化，亦不过德盛仁熟而自至耳。若如释氏理须顿悟，不假渐修之云，则是上达而下学也，其与圣学亦不同矣。①

究观圣门教学，循循有序，无有合下先求顿悟之理。（《答刘公度》）②

朱熹认为圣门之学与释氏最大的区别在于前者是"下学而上达"，是"循循有序"之工夫；后者是"上达而下学"，是"合下先求顿悟之理"。在他看来，"循循有序"讲求的是"工夫次第"③（《答叶正则》四），是由下而上、渐次而进、自然而然达到"穷神知化"的境界。在与禅宗工夫论的比较中，不难看出，朱熹认为圣门之学的为学工夫不同于不假阶梯的顿悟，而类似于渐修而悟的禅门宗观。关于这一宗观，荐福寺弘辨曾载：

帝（唐宣宗）曰："何为顿见，何为渐修？"对曰："顿明自性，与佛同俦，然有无始染习，故假渐修对治，令顺性起用，如人吃饭，不一只便饱。"④

上文以生动的比喻来说明渐修与顿悟之间的关系，即顿悟的实现是假之"渐修"，通过一定的工夫次第的修养来实现的。由此可见，朱熹所说的这种为学工夫讲究次第、渐进过程的观点显然于此宗观渊源深厚。值得注意的是，这一观点亦渗透在其学诗工夫论中。

---

① 《晦庵先生朱文公文集》卷四五，《朱子全书》第22册，上海古籍出版社、安徽教育出版社2002年版，第2077页。

② 同上书，第2487页。

③ 《晦庵先生朱文公文集》卷五六，《朱子全书》第23册，上海古籍出版社、安徽教育出版社2002年版，第2651页。

④ （宋）志磐撰：《佛祖统纪》卷四二，《大正藏》第49册，第387页中。

第三章　文学思想与佛禅

其《跋病翁先生诗》云：

> 此病翁先生少时所《闻筝》诗也。规模意态，全是学《文选》乐府诸篇，不杂近世俗体，故其气韵高古，而音节华畅，一时辈流少能及之。逮其晚岁，笔力老健，出入众作，自成一家，而已稍变此体矣。然余尝以为，天下事皆有一定之法，学之者须循序而渐进。如学诗，则且当以此等易量，然变亦大是难事，果然变而不失其正，则纵横妙用，何所不可？不幸一失其正，却似反不若守古本旧法以终其身之为稳也。[①]

由刘子翚少时学诗以《文选》入手，晚年出入众家而自成一家的诗歌创作经历，可以看出朱熹认为学诗讲究"工夫次第"，即由"正"入"变"的渐进过程。由此可见，朱熹在论为学工夫讲次第、"天下事（如学诗）皆有一定之法，学之者须循序而渐进"时，在对佛禅不假渐修顿悟观否定的同时，也吸收了佛教禅宗强调工夫之"因缘渐修，佛性顿悟"宗观的合理成分，这是朱熹工夫论在对佛禅义理既吸收又排斥的一个表现，同时也是其诗学思想文化渊源复杂深厚的独特所在。

朱熹文学思想的研究是 20 世纪以来朱熹文学研究中成果最为瞩目的领域，所取得的成果主要集中在两个方面：一是对朱熹文学思想的本体研究，包括由《诗经》《楚辞》的文学批评扩大到文道观、文学史观、文学价值论以及文体论、文气论、文势论、艺术论、风格论、作家论等各方面的研究；二是关于理学与文学思想关系的研究，这包括朱熹文学思想与理学之渊源和理学中的文学思想研究两

[①] 《晦庵先生朱文公文集》卷八四，《朱子全书》第 23 册，上海古籍出版社、安徽教育出版社 2002 年版，第 3968 页。

个方面。然而，正如束景南先生说的：朱熹有着"复杂的道学性格，复杂的道学行为，复杂的儒家自我，复杂的文化心理"[①]，这就意味着朱熹文学思想所蕴含的文化元素也是复杂而多元的。由前所论可知，综上所述，朱熹文学思想深受其理学思想的影响，但也与佛禅颇有渊源。具言之，其渊源主要表现为两种方式：一是佛禅与朱子文学思想主要是通过佛禅对朱子理学之影响，继而由理学对文学的影响而发生的，因而从表面看，佛禅与朱熹文学思想并不是直接关联的。二是由于朱熹的佛典论与佛理论皆旨在批判和排斥佛教，因此，其文学观念也只是潜在隐晦其中的，需要我们细加揣度，详加甄辨，探赜索隐，方可拨云见月，识得个中三昧。朱熹文学思想与佛禅之渊源之所以是间接或隐晦的，其因主要有三：一是朱熹理学家的身份使其维护儒学的正统地位，从而有意识地遮蔽佛禅对其学术、文学思想的影响。二是朱熹善于吸收、融会不同文化之精髓，从而构建起具有集大成性质的文化思想（包括文学思想）。由于这种思想的集大成性质，往往使其文化思想及反映文学艺术创作规律的文学思想内在的文化因素隐晦复杂、难以察觉，需要我们沿着蛛丝马迹寻幽探胜。三是朱熹论佛禅中所间接表现的文学观念又表明思想的传达与接受之间可能存在多元解读的空间。综合此三方面因素提示我们：佛禅与朱熹文学思想的渊源是深厚而复杂的，其丰富的文化意蕴和思想表达的复杂性都值得我们细细探究、追本溯源。

---

① 束景南：《自序》，《朱子大传》，商务印书馆2003年版，第11页。

第四章　朱熹诗与佛禅[①]

《中国诗史》的作者陆侃如、冯沅君曾说："我们认为在中国古代哲学家中，只有三人是真能懂得文学的，一是孔丘，一是朱熹，一是王夫之，他们说话不多，句句中肯。"[②] 相较于只从伦理学、哲学、教育学的角度评价朱熹而言，陆、冯二人此语无疑是智者之言。然而，朱熹不仅懂文学，还是一个诗歌创作的能手。众所周知，朱熹是理学家，其志不在诗，但早年却以诗闻名，正如罗大经《鹤林玉露》甲编卷六"朱文公论诗"条所记载的："胡澹庵上章，荐诗人十人，朱文公与焉。文公不乐，誓不复作诗，迄不能不作也。"[③] 但值得玩味的是，不乐作诗的朱熹，却写下1200多首诗，其中不少堪称优秀之作。近年来，学术界对朱子诗歌在题材、思想、艺术成就、艺术风格、诗体等各方面研究都取得了长足的进步。[④] 然细读朱熹诗歌不难发现，其诗与佛禅亦颇有渊源，这种因缘关系复杂而多元，有颇多值得探讨的空间。

[①] 据笔者粗略统计，朱熹平生作词作不多，合计约16首，其中作于乾道三年（1167）的《水调歌头联句问讯罗汉》和淳熙六年（1179）的《江槛词》二词虽与佛禅有些渊源，但因其艺术价值不高和数量不多，故而本书略去了朱熹词与佛禅关系的探讨。
[②] 潘立勇：《朱子理学美学》，东方出版社1983年版，第46页。
[③] 罗大经：《鹤林玉露》，中华书局1983年版，第112页。
[④] 此方面代表作有：莫砺锋《朱熹文学研究》（南京大学出版社2000年版）设有专章专节较深入地探讨朱熹诗的思想内容和艺术成就等；胡迎建《朱熹诗词研究》（中山大学出版社2011年版）则专门对朱熹诗进行整体观照和探讨。

第一节 相关诗歌创作的动态考察

束景南先生把朱熹结识道谦和接受"昭昭灵灵的禅",视为其出入佛老十余年的开始①,又把其正式从学于李侗作为他沉于佛国的朦胧觉醒与儒家心态的复归期②。那么从结识道谦的绍兴十四年(1144)到正式从学李侗的绍兴二十七年(1157)实则是朱熹一生与佛老关系最密切的时期。然而,朱熹一生写下的与佛禅相关的诗作是否与其人生阶段与佛禅的亲疏关系吻合呢?这是我们考察佛禅在朱熹心态史轨迹演绎的重要衡量尺度,有必要对其创作的与佛禅有关的诗作做一番动态的考察。

考察朱子生平与佛禅、诗歌创作的关系,首先要厘清两个问题。一是佛禅在朱熹诗中呈现的概貌是怎样的?品读朱子之诗,笔者发现,朱子诗歌与佛禅大约有以下几种关系:(1)描写寺院生活、环境或与僧人交往;(2)通过自然山水景物抒发佛情禅意或抒写禅趣之作;(3)出入佛老心迹的表露之诗;(4)佛禅义理的感悟之作;(5)以佛说儒的感悟之作,包括借佛禅义理证儒家思想或以佛禅思辨思维说儒理;(6)辟佛诗;(7)佛教典故入诗扩充诗意、诗境的表现空间;(8)单纯以佛教语词入诗,与诗之题旨或诗意无甚关联。为行文之便,笔者把凡涉猎以上内容的诗作,均统称为佛禅诗。二是佛禅诗的创作与朱熹心路历程的演变轨迹是否同步?这就涉及此类题材诗歌创作分期的问题。纵观朱子一生与佛禅经历了从向往到沉迷,从沉迷转入彷徨,进而又进入复归与尽弃几个阶段,因此,与之相应地,可将朱熹与佛禅相关的诗歌创作的分期作如下划分:

---

① 束景南:《朱子大传》,商务印书馆2003年版,第81页。
② 同上书,第163页。

第四章　朱熹诗与佛禅

（1）佛禅的向往期（绍兴二十一年，1151年前）；（2）出入佛禅的高峰期（绍兴二十一年至绍兴二十五年，1151—1155年）；（3）告别佛禅的转折期（绍兴二十六、二十七年间，1156、1157年间）；（4）逃禅归儒的复归期（绍兴二十八年至乾道五年，1158—1169年）；（5）尽弃释老之学的归儒期（乾道六年至庆元六年，1170—1200年）。以下以此分期，考察朱熹在每一时期其佛禅诗创作的概况。

一　佛禅向往期

家庭佛老氛围的熏陶和武夷三先生杂糅佛老的理学思想的教育，让朱熹自小除了有不自弃的儒家灵魂，也有一颗虔诚的浸透佛老的心灵。检朱子绍兴二十一年前的生平经历，其诗《送德和弟归婺源二首》其二概述了这一时期他的主要生活经历：

> 十年寂寞抱遗经，圣路悠悠不计程。误子南来却空去，但将迂阔话平生。①

据束景南先生考证，此诗作于绍兴二十年（1150）②，故而"十年寂寞抱遗经"的生活往前推十年当是绍兴十一年（1141）以来至作此诗时的十年苦读期。此间，朱熹的两段受学经历对其心灵、思想产生重要影响。一是自此时起，其父朱松在家向朱熹传授明道（程颐）—龟山（杨时）—豫章（罗从彦）一脉的理学，授之以《论语》《春秋》《中庸》之学等。二程及其弟子之学具有杂糅佛老的特点，尤其是被朱松奉为儒学圭臬的《中庸》有着浓厚的援佛入儒的底蕴。二

---

① （宋）朱熹撰，郭齐笺注：《朱熹诗词编年笺注》，巴蜀书社2000年版，第347页。
② 束景南：《朱熹年谱长编》（增订本），华东师范大学出版社2014年版，第66页。另，关于朱熹诗的创作时间若无明显出人者，本书一般采用郭齐笺注的《朱熹诗词编年笺注》的观点，不再另加注释说明。

195

是绍兴十三年（1143）后，朱熹师事理智上奉儒为大本、情感趣味上则取释老玄说的武夷三先生，后又在刘子翚处认识道谦后与之书信往来问禅，这些都为其提供了以儒为宗又泛释佛老的文化土壤。与此同时，这一时期，他不仅对儒家经典由记诵章句转而进入融会经义，而且对经史子集百家之学全面攻读，这包括读释老之学：

某旧时亦要无所不学：禅、道、文章、《楚辞》、诗、兵法，事事要学，出入时无数文字，事事有两册。①

正是这种狂读把朱熹最终引向了师事道谦的道路。这一时期，与佛禅相关的诗歌创作情况如下表所示。

代表作篇名及各类合计篇数 佛禅在诗中呈现的概貌	诗作篇名	篇数合计
寺院风光、与僧人交游、咏好佛之士	《春日游上竺》	1
禅意、禅趣、禅情、禅境	《访昂山支公旧址》	1
表露出入佛老心迹、抒发佛老情怀	《桐庐舟中见山寺》《武林》	2
感悟佛理	《访昂山支公旧址》	1
以佛说儒或禅悟思辨入诗		0
辟佛		0
佛教典故、佛教语词入诗	《武林》《春日游上竺》 《题霜杰集》《访昂山支公旧址》	4

此处必须指出的是，佛禅在朱熹诗中呈现的概貌可能存在交叉的现象，即有些诗作可能具有上述概貌两种或两种以上的类别，因此各类别篇数合计的总数要比其实际创作的诗作多。由上表可知，这一时期朱熹创作的与佛禅相关的诗作共5首。由上表可知，佛教

---

① 《朱子语类》卷一〇四，《朱子全书》第18册，上海古籍出版社、安徽教育出版社2002年版，第3484页。

第四章 朱熹诗与佛禅

语词入诗的诗作最多,其次是感悟佛理之诗,最后是寺院风光和流露对佛禅向往的诗作。但是,从总体数量并结合诗歌内容和艺术成就看,这一时期的佛禅诗并不是朱熹诗的主流题材。可见,家学师承中深厚的佛禅渊源只是在青年朱熹的心灵中播下了种子,产生了朦胧的向往之情,并没有成为他诗歌咏叹的主调。

二 出入佛禅高峰期

绍兴二十一年(1151),朱熹建书斋取名牧斋,在这里开始了他"日读《六经》百氏之书"、"谦谦自牧"的生活。此间,朱熹师事道谦,致书道谦问禅,写下佛禅诗名作《斋居诵经》;又于是年四月亲往密庵问法道谦,归返后心中常念道谦禅师,在很长一段时间沉浸于佛经禅书之中,究味禅悦,其诗《夏日二首》是其这一段禅悦生活的反映。又,自绍兴二十一年始,朱熹开始编订记录其出入佛老十余年的佛老之诗《牧斋净稿》,该诗集所收诗作的起止时间与师事道谦相始终。按束景南先生之意,"书斋名'牧'与禅师名'谦'同出于《周易》《谦》卦……'牧'与'谦'之意义相同,朱熹之牧斋自谦亦即师事道谦修禅之意……"[①] 绍兴二十三年至二十五年间,是朱熹与佛老之往来最为密切的时期。这一时期有几件颇能反映朱熹与佛禅关系密切的事件:一是其作《牧斋记》,总结绍兴二十一年至二十三年以来的读儒经与泛释佛老、浸染佛禅的生活;二是绍兴二十三年朱熹经剑南见李侗,颇为自信地与之谈学禅心得;三是在泉南佛国沉迷佛老,尤其突出的表现是他在泉州安溪县北的凤山通玄庵壁上,题了他终身爱如至宝的一偈:"心外无法,满目青山。通玄峰顶,不是人间"[②],这不仅反映出禅宗与华严宗对他思想

[①] 束景南:《朱熹年谱长编》(增订本),华东师范大学出版社2014年版,第147页。
[②] (明)林有年主纂:《安溪县志》卷八(明·嘉靖版),(香港)国际华文出版社2002年版,第268页。

心灵的影响，更表现出朱熹对佛禅之学的吸纳与融会贯通；四是于绍兴二十五年春，前往广东潮州梅阳（即今梅州）见大慧宗杲。① 对比绍兴二十一年前的佛禅向往期朱熹与佛禅的渊源看，这一时期朱熹不仅通过阅读佛书禅说间接汲取佛禅之慧，更通过与禅僧大德直接往来、参禅问法等途径悟道礼佛，并常陶醉其中。而绍兴二十五年其奉府檄在同安征集地方明贤碑碣事传时，四处访禅、广交禅僧道老隐士，更表现出浓厚的道心禅意。此期以佛禅为主题的诗作不论在数量上、内容上或是艺术成就上都远远高于前期，其中还创作出不少优秀诗篇。其详如下表所示。

佛禅在诗中呈现的概貌 \ 代表作篇名及各类合计篇数	诗作篇名	篇数合计
寺院风光、咏僧人	《同僚小集梵天寺坐间雨作已复开霁步至东桥玩月赋诗二首》《题囊山寺》	2
与僧人好佛之士之交游	《题谢少卿药园二首》其二、《赠仰上人》	3
禅意、禅趣、禅情、禅境	《久雨斋居诵经》《夏日二首》《六月十五日诣水公庵雨作》《寄题咸清精舍清晖堂》	4
表露出入佛老心迹、抒发佛老情怀	《诵经》《小盈道中》《寄山中旧知七首》（其一、其三）《杜门》《晨登云际阁》《感事有叹》	6
感悟佛理	绍兴二十三年在通玄壁上题偈、《杜门》	2
以佛说儒或禅悟思辨入诗	《日用自警示平父》	1
辟佛	《小盈道中》《日用自警示平父》	2

---

① 关于朱熹与大慧宗杲相见时间，学术界存在以下几种观点：（1）日本学者友枝龙太郎认为在绍兴二十五年（1155）大慧北归途中；（2）陈荣捷先生推定为1156年下半年（此两种观点参看［美］陈荣捷《朱子与大慧禅师及其他僧人的往来》，《朱子学刊》1989年第1期）；（3）林振礼虽将两人相会时间确证于绍兴二十六年（1156）春，但未见具体佐证材料（参看林振礼《千里往见大慧禅师的历史公案新解》，《东南学术》2014年第1期）；（4）束景南则认为二人相见于绍兴二十五年春［参看束景南《朱熹年谱长编》（增订本），华东师范大学出版社2014年版，第190页］。结合朱子与大慧生平及各家考证使用的文献，笔者倾向束景南之论。

第四章 朱熹诗与佛禅

续表

佛禅在诗中呈现的概貌	代表作篇名及各类合计篇数	诗作篇名	篇数合计
佛教典故、佛教语词入诗		《久雨斋居诵经》《山人方丈》《积芳圃》《秋雨》《秋日怀子厚》《月夜述怀》《梅花开尽不及吟赏感叹成诗仰贻同好二首》其二、《日用自警示平父》《秀野以喜无多屋宇幸不碍云山为韵赋诗熹伏读佳作率尔攀和韵剧思悭无复律吕笑览之余赐以斤斧幸甚》其一	9

由上表可知，朱熹此期五年创作的与佛禅相关的诗合计 25 首，平均每年 5 首。佛禅入诗的方式仍以佛教典故、佛教语词入诗者居多；其次为咏叹佛老情怀与表露出入佛老心迹者，寺院风光、与僧人交游、咏好佛之士及禅意、禅趣、禅情、禅境之作；再次为感悟佛理者和辟佛之诗。显然，在出入佛老的高峰期，朱熹创作的抒佛老情怀、写禅意禅情以及咏寺院、僧人和好佛之士的诗作不论数量还是艺术价值都远远高于佛禅向往期创作的诗作，比较真实地反映了这一时期朱熹耽于佛禅的迷恋心态。但朱熹并没有因沉醉佛老而一醉不醒，因为他毕竟是自小接受着系统的儒学教育，同时南宋社会的现实也促使他不断进行自我反思，这一时期朱熹创作的与佛禅相关的诗出现了辟佛诗和以佛说儒的诗作，这是此前所没有的。

三　出入佛老由盛入衰转折期

随着道谦绍兴二十五年圆寂以及秦桧死后二程之学的解禁，至绍兴二十六七年间，朱熹出入佛老转入低潮。作于绍兴二十六年五六月间的《策问》的最后一首是朱熹生平写下的最早的一篇怀疑佛老的文字，成为他弃佛崇儒朦胧觉醒后通往逃禅归儒之路的起点。这一时期，围绕在朱熹身边的既有寺僧道老和好佛之士诸如石佛院无可禅师、显庵益公道人和傅自得之辈，也有直斥佛老为异端的精于经学的名儒如陈知柔、蔡兹之流。在好佛与斥佛的两股力量的冲击中，朱熹内心的佛老自我与儒家自我也往复地排斥和斗争。而最终将朱熹从泉南佛国耽恋佛老的状态中唤醒的是其在泉州整整半年读经反思给他思想上带来的一次飞跃，成为他出入佛老由高潮走向低潮的直接契机，使他对佛禅理一无分殊、离事空悟的修养产生了怀疑，转而相信李侗教给他的理一分殊和涵养修养论。这一时期，朱熹共写下八首跟佛禅有关的诗作，其详如下表。

佛禅在诗中呈现的概貌	代表作篇名及各类合计篇数 诗作篇名	篇数合计
寺院风光	《梵天观雨》《题梵天方丈壁》《题九日山石塱院乱峰轩二首》	3
与僧人交游、咏僧人或好佛之士	《兼山阁雨中》	1
禅意、禅趣、禅情、禅境	《又谢人送兰》	1
表露出入佛老心迹、抒发佛老情怀	《梵天观雨》《和李伯玉用东坡韵赋梅花诗》	2
感悟佛理		0
以佛说儒或禅悟思辨入诗	《春日》《观书有感》	2
辟佛		0
佛教典故、佛教语词入诗	《和李伯玉用东坡韵赋梅花诗》	1

上表中，作于绍兴二十六年（1156）的《又谢人送兰》是一首富于禅韵的诗，其"独卧寄僧间，一室空山秋"通过前句实写寄居寺院的孤独与寂静和后一句以室空写心空的虚写表现出独特的佛禅情韵。《梵天观雨》则既描绘出寺院特有的掩映在山杳雨冥的钟磬清音的清幽之境，又衬托内心清净、安宁的境界，是朱熹沉浸佛老情怀的抒发。《兼山阁雨中》一诗以速写的笔法画出了老僧面容的同时，又以写意的表现方式描绘出老僧的心境。而作于绍兴二十七年的《和李伯玉用东坡韵赋梅花诗》显然是其心底潜藏不散的佛老情怀的诗意表现，而其中"冷光自照眼色界"则是地道的禅家语。作

第四章　朱熹诗与佛禅

于绍兴二十六七年间的《春日》和《观书有感》其一则是以"以禅悟思辨的言说方式传达'理趣'"①的典范之作。由此看来，处于出入佛老由高潮转入低潮时期的朱熹，不仅咏叹其内心的佛禅情结是其佛禅诗的主调，而且禅悟思辨思维已融入到其理趣诗的创作中，理禅融会的文化互动与融合在此可见一斑。

四　逃禅归儒复归期

经历了出入佛老由高潮转入低潮的朱熹，其内心开始对佛老产生的怀疑，促使他进一步坚定地走向李侗的理学之路，这一历程被视为是朱熹的逃禅归儒之旅。尽管这一旅程并非一帆风顺，朱熹冥顽不化的佛老灵魂时不时成为其复归儒家路上的不协调的音符，但毕竟绍兴二十八年（1158）朱熹与李侗的延平之会，使其确立了"理一分殊"的思想，跨出了从泉南佛国的朦胧觉醒到自觉排佛重要的一步。此后，在李侗的引导和朱熹自我奋进的苦读与钻研中，理学的自我逐步鲜明、自信起来，在与当时沉于佛老的社会风气进行了一场从佛门宗杲到侯门士大夫无垢的佛学论战及与张栻切磋交流的过程中，朱熹克服了李侗主静中流于禅定和偏于静的佛禅流弊，逐步确立起已发未发浑然不分的"中和旧说"。随着对二程著作的深入阅读和精研，朱熹对程颐的主敬思想有了进一步认识，而"己丑"之悟使他最终确立起敬、知双修的"中和新说"，从而划清了同释家心寂理空的界限，"宣告了朱熹漫长曲折的主悟—主静—主敬的逃禅归儒思想演变历程的总结"②。纵观这一时期，朱熹旗帜鲜明地扛起了辟佛大旗，不论其对汪应辰或是苏学的批评，还是针对宗杲——无垢禅学编集而成的反佛体系大作《杂学辨》，或是对湘湖派"拈

---

① 邱蔚华：《朱熹诗佛禅情结诗性视界探微》，《东南学术》2016 年第 3 期。
② 束景南：《朱子大传》，商务印书馆 2003 年版，第 287 页。

椎竖佛""擎拳竖佛"禅气说的批评,都表明他踏上了复归儒家的旅途。朱熹不仅对社会浓厚的崇佛风气给予世俗的批判,而且将这一批判上升到学理层面。但是,尽管如此,不论是形成于此期的朱熹之中和新说对佛禅思维方法的吸收,还是创作于这一时期流露出的禅根未断的诗歌,都体现了朱熹对佛教既斥又融的文化心态。此期,其与佛禅相关的诗歌创作如下表所示。

佛禅在诗中呈现的概貌	代表作篇名及各类合计篇数	诗作篇名	篇数合计
寺院风光			0
与僧人交游、咏僧人或好佛之士		《示西林可师》《与一维那》《闲坐》《益公道人相见信安道温陵旧游出示近诗因次其韵》《次益老》《方广奉怀定叟》《罗汉果次敬夫韵》《过高台携信老诗集夜读上封方丈次敬夫韵》《赠上封诸老》	9
禅意、禅趣、禅情、禅境		《入瑞岩道间得四绝句呈彦集充父二兄》其三、《次韵潮州诗六首》之《豪上斋》其二、《又和秀野二首》其二	3
表露出入佛老心迹、抒发佛老情怀		《题西林院壁二首》其二、《困学二首》《示西林可师》《伏读二刘公瑞岩留题感事兴怀至于陨涕追次元韵偶成二篇》《示诸同志》《挽延平李先生》三首其一、《寄吴公济兼简李伯谏五首》其五、《自上封登祝融峰绝顶次敬夫韵》	8
感悟佛理			0
以佛说儒或禅悟思辨入诗		《寄籍溪胡丈及刘恭父二首》其二、《题西林可师达观轩》《春日偶作》《偶题三首》《克己》	7
辟佛		《次祝泽之表兄》《次范硕夫题景福僧开窗韵》《公济和诗见闵耽书勉以教外之乐以诗请问二首》《伯谏和诗云邪色哇声方漫漫是中正气愈骎骎予谓此乃성人从心之妙三叹成诗重以问彼二首》《方广圣灯次敬夫韵》《夜宿方广闻长老守荣化去敬夫感而赋诗因次其韵》《福岩寺回望岳市》	7

第四章　朱熹诗与佛禅

续表

佛禅在诗中呈现的概貌	代表作篇名及各类合计篇数 诗作篇名	篇数合计
佛教典故、佛教语词入诗	《题西林院壁二首》其二、《因学二首》《题西林可师道观轩》《奉陪彦集充父同游瑞岩谨次莆田使君留题之韵》《伏读赵清献公瑞岩留题感叹之余追次元韵》《入瑞岩道间得四绝句呈彦集充父二兄》其三、《挽籍溪胡先生三首》其三、《闲坐》《公济惠山蔬四种并以佳篇来贶因次其韵》《再题吴公济风泉亭》《次范硕夫题景福僧开窗韵》《公济和诗见闵耽书勉以教外之乐以诗请问二首》《题画卷》《后洞山口晚赋》《方广奉怀定叟》《夜宿方广闻长老守荣化去敬夫感而赋诗因次其韵》《自方广过高台次敬夫》《春日偶作》	19

由上表可知，这一时期朱熹共创作44首与佛禅相关的诗。这一时期佛禅入诗的面貌有几个值得关注的地方：一是为数不少的与僧人交游的诗作表明，在逃禅归儒路上，朱熹虽辟佛，但仍广交方外之士。二是虽然仍有许多诗作是表露出入佛老心迹、抒发佛老情怀的，但已不是抒写对佛老的迷恋，而主要是表现其逃禅归儒艰难的心路历程，或回忆和检讨出入佛老十余年的经历。三是出现了为数不少的辟佛诗，而抒写禅意、禅趣、禅情、禅境和寺院风光以及感悟佛理的诗作明显减少。四是佛教典故、佛教语词入诗的作品不仅是数量上明显增加，更为重要的是其中使用的典故扩充了诗意或诗境，且其中大部分佛教语词或典故的使用旨在援佛入儒、以佛证儒。因此，这一时期朱熹佛禅诗的主旋律在于辟佛，虽然在浅吟低唱的时候其有时情不自禁还会流露潜藏心底的佛情禅意，但也只是掩盖在主旋律下的小调，这是朱熹逃禅归儒心路历程独特的诗性表现。

五　尽弃释老之学归儒期

自乾道六年（1170）后，朱熹开始了尽弃释老之学的人生之旅，

203

其生平学问大旨和三次学问总结都是在这一时期完成的。如果说逃禅归儒复归期还能听到辟佛主旋律下不合主调的佛老情怀的小调，那么其尽弃释老之学后的朱熹，此时唱出的就是慷慨激昂的排佛斥道的音声了，即使偶有小调那也是为我所用、被滤除了杂质、融会贯通了的协调之音了。也就是说，这一时期，朱熹与佛禅主要在于排斥，但与此同时也吸收了佛教心性论、修养论等合理的内容以助其心态与学术之养。主要体现为：一是从乾道六年开始至淳熙元年，朱熹对湘湖派极具禅气的"观心"说展开的批判与论战以及其性说《论性答稿》、仁说《仁说》、心说《观心说》三大著作的问世，标志着他理学体系的全面建立；二是鹅湖之会朱、陆二人展开的性即理与心即理、即物穷理与发明本心之间的矛盾论争（至淳熙十二年朱熹称陆学为"只是禅""异端之学"）和淳熙三年批判李之翰、李宗思的佛说及其具总结鹅湖之会以来批判佛老识心见性论写就的《释氏论》，建构了其格物致知的理论；三是淳熙十五年（1188）十一月朱熹上奏的具有政治批判意义的《戊申封事》，实际上也是全方位的文化反思，对当时风靡社会的以佛老为高、以功利为高的浙间功利学派和以无垢禅学为渊源的江西陆学末流都给予严厉批判；四是淳熙四年六月完成的《四书集注》，从佛教作为宗教迷信、文化形态及宗教哲学三个层次给予佛教思想批判的同时，却又将其思辨思维纳入到自己"理一分殊"的理论建构中，并且在此基础上，淳熙十六年建立的四书学体系，也彰显出朱熹理一分殊的辟佛体系与禅宗、华严宗有着天然的精神相通；五是绍熙二年至庆元四年，对以叶适为代表的暗中学佛、调和儒释的永嘉学和以叶祖洽为代表的笃信无闻无见无思虑禅说的永康学的批判也具有强烈的辟佛色彩。的确，朱熹乾道六年之后，一路高唱排佛之歌。尽管如此，这一时期他仍同许多羽客缁徒交游唱和，如他与为他作像赞、和他梅花诗的高僧圆悟相识与往来，也和儒释兼通的云居院嗣公和尚多有来往；

第四章　朱熹诗与佛禅

淳熙七年末至淳熙八年闰三月间，推崇寒山子诗的朱熹，与深得寒山诗髓的方外诗友志南法师不仅互赠诗作，而且为其诗题跋，甚至多年后请其校雠印刻了《寒山子诗》，可见二人关系之密切。而晚年的朱熹，除了在儒家乐园里遨游，还时不时在佛老的天地间寻求庆元党争后人生苦闷的暂时解脱，以致在庆元五年同周必大、杨万里、甘叔怀一起竟学着禅师的样作偈谈禅。这一时期，朱熹写下的佛禅之诗，其详如下表所示。

佛禅在诗中呈现的概貌	代表作篇名及各类合计篇数 诗作篇名	篇数合计
寺院风光	《云谷二十六咏》其二十六、《奉同尤延之提举庐山杂咏》（含《楞伽院李氏山房》《万杉寺》《归宗寺》《落星寺》）《山北纪行十二章章八句》《咏南岩》	6
与僧人交游、咏僧人或好佛之士	《观刘氏山馆壁间所画四时景物各有深趣因为六言一绝复以其句为题作五言四咏》其一、《山北纪行十二章章八句》《奉酬九日东峰道人溥公见赠之作》《香茶供养黄蘖长老悟公之塔并以小诗见意二首》	4
禅意、禅趣、禅情、禅境	《次秀野极目亭韵》《出山道中口占》	2
表露出入佛老心迹、抒发佛老情怀	《送德和弟归婺源二首》其二、《游昼寒以茂林修竹清流激湍分韵赋诗得竹字》《游会稽东山》	3
感悟佛理		0
以佛说儒或禅悟思辨入诗	《斋居感兴二十首》其四、《寄云谷瑞泉庵主》《戏答杨庭秀问讯离骚之句二首》	3
辟佛	《斋居感兴二十首》十六、《奉答景仁老兄赠别之句》《次韵四十叔父白鹿之作》《奉酬九日东峰道人溥公见赠之作》《山寺逢僧谈命》	5
佛教典故、佛教语词入诗	《次秀野韵题卧云庵》《观刘氏山馆壁间所画四时景物各有深趣因为六言一绝复以其句为题作五言四咏》其一、《云谷二十六咏》其二十二、《奉和公济兄留周宾之句》《奉同黄子厚赋白芙蓉》《下元节假行视陂塘因与宾友挈儿甥出郭登山赋二诗示子直春卿及折桂云公并呈郡中诸僚友》《次韵四十叔父白鹿之作》《归宗寺》《山北纪行十二章章八句》《次刘圭甫和人梅花韵》《奉酬九日东峰道人溥公见赠之作》	18

205

续表

佛禅在诗中呈现的概貌	代表作篇名及各类合计篇数	诗作篇名	篇数合计
		《淳熙甲辰中春精舍闲居戏作武夷櫂歌十首呈诸同游相与一笑》其一和其三、《云谷次吴公济韵》《奉酬圭父白莲之作》《醉作三首》其三、《山寺逢僧谈命》《香茶供养黄蘖长老悟公之塔并以小诗见意二首》《病中承子服老弟同居厚叔通居中居晦诸兄友载酒见过子服有诗牵勉奉和并呈在席幸发一笑》《咏南岩》	

　　由上表不难看出，朱熹诗歌与佛禅的关系以佛典或佛教语词入诗者居多，而且主要以后者为主，这类诗占了此期该题材诗作的41%。另外，虽然从文化心态的历程看，朱熹这一时期演绎着激烈的排佛强音，但从诗歌吟咏的角度看，其创作的吟咏寺院、咏唱与僧人交游，咏僧人或好佛之士，抒写禅意、禅趣、禅情、禅境以及表露出入佛老心迹、抒发佛老情怀的作品，其数不少，合计15篇，占此期该题材诗作的35%；而以佛说儒或禅悟思辨入诗和辟佛诗合计仅8篇，仅占19%。可见，这一时期朱熹诗歌创作轨迹并不与其文化心态的发展轨迹完全一致。

　　综上所述，朱熹各时期创作的与佛禅相关的诗作表明随着诗人文化心态和心路历程的改变，每一时期佛禅在其诗呈现的面貌亦有所改变。大体说来，最能反映诗人佛禅旨趣的诗，如：抒写禅意、禅趣、禅境的诗篇，吟咏与僧人交游的诗篇，抒发对佛老热爱与迷恋以及感悟佛理的诗篇，就同类诗在佛禅诗的总占比而言，出入佛老高峰期以前（含出入佛老期）的诗作高于此期之后的；而诗之旨趣在儒不在禅的作品，如：以禅悟思辨入诗或以佛说儒的诗作和辟佛诗则明显主要创作于出入佛老由盛入衰的转折期之后，这一现象基本动态地反映了朱熹一生与佛禅关系的变化。与此同时，不论哪一时期，佛禅旨趣一直是其诗吟咏的主题之一，暴露了朱熹虽然理性上对佛禅声色俱厉，有着鲜明的辟佛态度，在感性上其心底交织缠绕的禅根终其一生都未曾褪色、消弭。

第二节 佛禅视野观照下的朱熹诗探析

朱熹以儒名家，在理学发展史上具有里程碑意义。然而，朱熹又濡染佛禅，有较高的佛学修养，其手订的第一部诗集《牧斋净稿》44 首诗中，有半数是咏叹佛老，其余诗作也多半流露释老意味——此足见"昭昭灵灵的禅"已深植青年朱熹的心灵深处，以至于即使是中年儒道复归，朱熹拳拳之"理"也始终与心底难以割断的"禅"交织缠绕。学术界对朱熹由理学、佛老之学所构筑的文化心态在其诗中是如何表现的，尚缺乏深入探讨，尤其是朱熹诗中佛情禅意的诗性传达与表现有待深入发掘。[①] 本书以朱熹诗中的佛禅为观照中心，分别检讨以诗之旨趣与佛禅的关系、佛禅在朱熹诗中的表现方式，以此管窥朱熹复杂的文化心态之一斑。

一 以佛禅旨趣为中心的诗歌分类

纵观朱熹生平诗作，其诗与佛禅的关系，从诗之旨趣的层面看，

---

① 束景南《朱子大传》是一部揭示朱熹文化心态的力作，其综合朱熹哲学、思想、文章、生平经历等进行全面观照，但朱熹诗歌创作如何表现诗人与理学宗师双重身份文化心态的独特性仍有待发掘。金春峰《朱熹诗与佛禅》[《朱熹哲学思想》，(台北) 东大图书股份有限公司 1998 年版，第 409—431 页] 一章专门探讨了朱熹诗中的佛禅思想，但该文不是从文学的视野观照，仅限于分析朱熹佛禅思想在其人生不同阶段的不同内容，考察的深度和广度也都有待进一步发掘。同时该文有些论述误引属于朱熹道教思想或道教情怀的诗，如《宿武夷道观二首》《夏日》《寄山中旧知》等；还有些诗作虽是表现朱熹闲适情怀，但从文化渊源看与佛禅关系并不紧密，是否受佛禅影响尚值得商榷。而其他相关研究如王锟《朱熹诗作思考"太极之理"》(《中国社会科学报》2014 年 9 月 1 日第 A06 版)、胡迎建《朱熹与佛禅五题》(《宜春学院学报》2012 年第 10 期)、王煜《朱熹诗中的道佛痕迹》(《朱子学新论——纪念朱熹诞辰 860 周年国际学术会议论文集 1130—1190》，上海三联书店 1991 年版，第 343—348 页)、周静《论朱熹的山林诗与禅情结》(《宗教学研究》2008 年第 2 期) 等多集中于对朱熹诗佛禅题旨研究，对其理学、佛老之学所构筑的文化心态及诗性视界都揭示得不够充分。

主要分两类：一是以佛禅旨趣为宗的诗篇，二是以辟佛归儒为旨趣的诗篇。前者包括：或在诗中一方面描绘佛禅寺院之建筑、风光和高僧大德超凡脱俗的气韵，抒发对清幽静谧之境的喜爱，另一方面又以白描式的手法刻画僧容，反映他们贫寒清苦的生活；或在诗中记叙与僧人和崇佛之士的交游，流露出入佛老的心迹与情怀；或在诗中通过自然景物、泛释佛老之书心路历程的描写，抒发诗人的禅情、禅趣、禅意和对佛理的体悟与感受等，不一而足。后者则主要通过以佛证儒、援佛入儒及扬儒辟佛的诗篇展现朱熹作为理学家的儒者情怀。以下分别举隅论说。

（一）以佛禅为旨趣的诗

终朱子一生，除接受系统的儒学受教经历，亦与寺僧及喜好佛禅之士往来密切。朱熹诗中，很大一部分诗或直接咏叹佛禅，艺术地再现了诗人对佛禅的喜爱和迷恋；或反映其对佛禅既赏又斥的矛盾心态；或又以诗化的语言描写禅意、禅趣。

1. 描绘佛禅寺院之建筑、风光及僧人的生活

如前所述，宋代佛寺之兴蔚为壮观，而福建为最。朱熹一生除了著述、讲学、诗酒之乐外，酷好山水是其生活情趣的重要表现之一。而佛寺多建在清静秀丽、风光旖旎的山林之中，即使是城郊附近的寺院也往往依山傍水、松掩竹映、暮鼓晨钟，给人以无限的超尘出世之感。因此，在游山玩水的过程中，一度曾迷恋佛老的朱子前往寺院寻幽探径、品禅访道是再自然不过的事情了。检朱子诗集，其吟咏佛寺之建筑、风光及僧人生活的诗篇约 27 首。这些诗作不仅向我们描绘了幽远出尘的自然胜境，也为我们勾勒了一幅千姿百态的禅僧释子的生活画面。

作于绍兴十八年（1148）的纪游诗《春日游上竺》，通过诗人在上竺寺赏游时的真切感受描绘了一幅独具特色的建筑景观、自然物象和寺中高僧悠游自在的生活图景：

第四章　朱熹诗与佛禅

竺国古招提，飞甍碧瓦齐。林深忘日午，山迥觉天低。琪树殊方色，珍禽别样啼。沙门有文畅，啜茗漫留题。①

诗题中的"上竺"位于杭州西湖天竺山上，建于后晋天福年间，系天台法华胜地。此诗亦作于朱熹前往临安科举应试时。其时，朱熹听说赵构皇帝驾幸上竺寺礼佛问法，惊动临安举子，受此氛围影响，亦前往上竺寺同寺僧品茗问法，并在寺壁上题了这首纪游诗。诗的前六句，诗人巧妙地选用了一组富有特色的建筑意象"飞甍""碧瓦"和自然物象"林深""山迥""琪树""珍禽"等，为竺国古刹抹上了殊方异国、琼阁仙山的色彩。后两句则通过与善诗文的文畅法师品茶问法、随意壁上题诗抒发其悠游于寺院时的自在和惬意。全诗古寺的巍峨宏伟、寺外自然景物的幽美与寺中之人的情境交相辉映，独具特色的取景视角和对诗中人物的激赏，足可见青年朱子对佛禅的喜爱。

作于绍兴二十五年（1155）的《同僚小集梵天寺坐间雨作已复开霁步至东桥玩月赋诗二首》则以诗性的描绘为我们呈现出笼罩在烟雨与月色中的佛寺胜景：

傑阁翔林杪，披襟此日闲。层云生薄晚，凉雨遍空山。地迥衣裳冷，天高澄霁还。出门迷所适，月色满林关。

空山看雨罢，微步喜新凉。月出澄余景，川明发素光。星河方耿耿，云树转苍苍。晤语逢清夜，兹怀殊未央。

全诗以细腻的笔触描绘了一幅闲看梵天寺雨中、雨后空雨蒙蒙、

---

① （明）释广宾：《诗文记述品》，《杭州上天竺讲寺志》卷一四，杭州出版社 2007 年版，第 227 页。

月洒林间、满目青翠的自然景象。"空山"是朱熹诗中经常出现的意象，因此尤其值得玩味细品。"空"本是佛教一种重要的世界观、宇宙观，有学者把它概括为"把宇宙的一切物质现象和精神现象统统归结为'空'"①。当这种"空"观向诗歌领域渗透，与自然景物和人物心境互融互摄时，往往会给诗作带来浓郁的佛教色彩。上诗中，朱熹称满目青翠之山为"空山"，一方面是通过山之"空"衬托梵天寺之寂静、清幽；另一方面是用"佛教的'静空'思想来观照人与自然，将主体及客体的一草一木、一山一水、一鸟一虫纳入到佛教'空'的状态和场所，消解了主、客体之间二元对立，使主、客进入由动返静、空灵澄澈的境界"。②

朱熹笔下的佛寺游写不仅展现出一幅幅自然景观，而且还有丰富的人文景观：如诗人咏叹仰上人的心迹如"秋云"般"飘摇无定姿""孤鹤"般"天高逐散丝"（《赠仰上人》）；又如：

岩中老释子，白发对青山。不作看山想，秋云时往还。（《题九日山石坲院乱峰轩二首》其二）

上诗中"白发对青山"以暗喻和比兴手法，勾勒了"老释子"鹤发童颜、一尘不染的状貌，诗末又以秋云之来去的自由舒卷比喻"岩中释子"行踪的飘忽不定。全诗由形到意，以疏淡的笔墨勾勒出岩中释子情趣超凡脱俗的形象。尤可注意的是，朱熹诗中不仅吟咏情致淡泊的世外高人，也有对凡夫俗子僧人的刻画与描写：如《与一维那》饱含着诗人对医术高超的僧人的敬仰和感激，而《兼山阁雨中》则刻画了一个"面似冻梨头似雪"老僧的面容和心境。在

---

① 普慧：《〈心经〉：一部微型的大乘空宗般若学》，《东方论坛》1997年第1期。
② 普慧：《中古佛教文学研究》，世界图书出版西安有限公司2014年版，第128页。

第四章 朱熹诗与佛禅

《梵天方丈壁》一诗中更是以白描的手法活画出贫寒僧人的形象：

> 轮尽王租生理微，野僧行乞暮还归。山空日落无钟鼓，只有虚堂蝙蝠飞。

此诗一反对僧人高蹈情怀的描写，直接把笔触伸向贫寒之僧生计无着落的社会现实，流露出诗人对下层百姓的深切同情。

2. 记叙与僧人和崇佛之士的交游，流露出入佛老的心迹与情怀

如前文所述，朱子不仅在出入佛老十余年的时间里与僧人和崇佛之士密切往来，向高僧大德访禅问法，即使是尽弃佛老之学归返儒途后，也仍同方外之友相互交游互动，留下不少名篇佳作。此类诗作按其记述的内容和抒发的情感大约可分两类。

一类是在诗意地表达对高僧大德的敬仰中流露出对佛禅的喜好的。如前文所述记录朱子师事道谦《游昼寒以茂林修竹清流激湍分韵赋诗得竹字》一诗，在诗中既叙述了诗人与道谦共宿岩下、灯下交谈、游目文字、把盏品茗的岁月："杖履或鼎来，共此岩下宿。夜灯照奇语，晓策散游目。茗椀共甘寒，兰皋荐清馥"，也通过"久此寄斋粥""十年落尘土"的追忆勾勒了其曾经耽于佛禅的心路历程，同时也在诗中情不自禁地流露出对道谦的敬仰："至今壁间字，来者必三读。再拜仰高山，惧然心神肃。"朱子早年沉浸在"昭昭灵灵的禅"之心迹从此诗清晰可见。抑或是朱熹中晚年时期的诗作，也仍可见他对一些高僧的有着崇拜和向往的情愫，如《过高台携信老诗集夜读上封方丈次敬夫韵》一诗写道：

> 十年闻说信无言，草草相逢又黯然。借得新诗连夜读，要从苦淡识青妍。

上诗中，信老，即信无言，南宋名僧宗杲弟子。此诗是朱熹夜读《信老诗集》和上封方丈韵而作的。诗的前两句写诗人久闻信老其名，好不容易相见却又匆匆而别，后两句则通过夜读信诗体会信老其人苦淡而清澈高雅的气逸。诗人对信老的敬仰之情可谓溢于言表。

另一类是在叙写与方外友人的交谊中表现出他对佛老的复杂心态，如在与泉州僧显庵益公道人交游唱和中，诗人在吟唱"莫道相望胡海阔，争知千里不同风""珍重故人相认得，新诗重举旧家风"（《益公道人相见信安道温陵旧游出示近诗因次其韵》）深厚情谊的同时，传达了"乾坤极处无今古，道术多岐自短长。傥有新思还告我，不应无雁到衡阳"（《次益老》）的对彼此学问尊重和保留及相互切磋的愿望。而在与崇安笃信佛学的吴公济（吴楫）的交游唱和中，一方面赞叹其"出世自英杰"（《云谷次吴公济韵》）；另一方面又警醒友人"莫将次意（即吴氏宣扬的'教外之乐'）搅儒林"，表达诗人斥佛就儒、乐道遂志的思想。而临近死亡的他，在庆元五年夏（1199）为其方外道友圆悟禅师圆寂而作的悼诗《香茶供养黄蘗长老悟公故人之塔并以小诗见意二首》更可看出他复杂的灵魂：

摆手临行一寄声，故应离合未忘情。炷香瀹茗知何处？十二峰前海月明。

一别人间万事空，他年何处却相逢？不须更话三生石，紫翠参天十二峰。

关于此诗前人评论云："二氏本先生所恶，其不绝方外友者，以交情也。故此题于长老外，加'故人'二字。前半临行寄声，乃故人不忘情于我；后半炷香瀹茗，是我不忘情于故人。末点十二峰，

第四章　朱熹诗与佛禅

指实悟公塔处，且起下首。"① 但是，这只看到诗中寄托着诗人与圆悟彼此间的深厚情谊，实际上诗人在传达情谊的同时也委婉地表达了对佛教"真性常在"的否定，正如郭齐先生所云："此首发题中'见意'二字，言悟公一别人间，身世具空。若论本性散归大化之中，即眼前十二峰头，何尝不在。如谓一灵不灭，创为他年三生石上相逢等语，则全属私心矣。正破释氏真性常在之谬。"②

以上诗作表明，朱熹吟咏与僧人及崇佛之士交游的诗篇在诗中表现的佛老情结是丰富而多层次的。

3. 于自然景物、泛释佛老之书的体悟中抒写禅悦之思

朱熹早期诗作如《斋居闻磬》《对雨》《诵经》等是其青少年时泛释佛老之书时沉浸在佛书道说中的艺术再现。在众多咏叹佛老情怀的诗作中，尤其值得玩味的是，绍兴十八年（1148），朱熹出闽入都赴考，一路却几乎以禅门子弟的眼光赏山看水，路经桐庐名刹，诗兴大发，在其《桐庐舟中见山寺》诗中高歌："行色匆匆吾正尔，春风处处子何如？江湖此去随沤鸟，粥饭何时共木鱼？"一位进京赶考的世俗举子，居然在诗中做着"什么时候也能像寺中和尚一样过着一尘不染的生活"的世外禅梦，足见诗人不仅向往二程之学，更有一个浸透佛老的灵魂。在朱熹诗中，这种情怀往往是通过物境与心境、景与理的契合来咏叹禅悦之思。前者如其抒写佛禅情结的名作《久雨斋居诵经》：

端居独无事，聊披释氏书。暂释尘累牵，超然与道俱。门掩竹林幽，禽鸣山雨余。了此无为法，身心同晏如。

---

① （清）洪力行：《朱子可闻诗集》卷五，清康熙六十一年刻本。
② （宋）朱熹撰，郭齐笺注：《朱熹诗词编年笺注》，巴蜀书社2000年版，第849页。

此诗为《居士分灯录》称引记载,作于绍兴二十二年(1152)。诗的首联描绘诗人"端居无事"念经修行的形象,颔联紧接着以白描式的手法写自己念经修行的感受——虽是暂时放下尘累,却也享受着与"道"逍遥的难以言说的超然之趣。此联中的"道"依上下文意,当解为佛道。颈联则通过自然物象"门掩""林幽""禽鸣""雨余"的描写传达一种任运自然、悠然自适的超脱心境。尾联句中的"无为法"为佛教术语,中国大乘佛教往往视之为"涅槃""真如""实相"等的异名,朱熹则借此抒发一种超然脱俗、与道相契的最高境界。洪力行称此诗:"即就题中'久雨'二字作公案。鸟鸣林幽,随意拈出,无非悟境禅机。……"① 由此可见,青年朱熹对佛禅的醉心与痴迷虽不至剃度出家,却也有独居批佛阅经之举,以至能"悟境禅机"。又如其诗《六月十五日诣水公庵雨作》:

云起欲为雨,中川分晦明。才惊横岭断,已觉疏林鸣。空际旱尘灭,虚堂凉思生。颓檐滴沥余,忽作流泉倾。况此高人居,地偏园景清。芳馨杂悄蒨,俯仰同鲜荣。我来偶兹适,中怀澹无营。归路绿泱漭,因之想岩耕。

此诗具体作年未详,据诗作之情感内容,可推约作于诗人青少年时期。诗以疏荡之笔生动形象地描绘雨前、雨中、雨后之景,由景生意,发出"空际尘灭"、"虚堂"生"凉思"之慨,以至诗末竟兴"岩耕"之想,意欲退隐归耕以超拔于世俗尘想。虽然此诗无一禅语佛词,却在诗中通过自然景物的描写抒写了诗人如禅境般的幽静恬淡的心境,这与佛教般若"静观"意识——"安静闲恬,虚融淡泊"②

---

① (清)洪力行:《朱子可闻诗集》卷一,清康熙六十一年刻本。
② (宋)释道元:《第三十三祖慧能大师》,《景德传灯录》,成都古籍出版社2000年版,第70页。

第四章 朱熹诗与佛禅

"即群动以静心,恬淡渊默,妙契自然"① 是何等的契合。此种禅趣在朱熹诗中可谓俯首即是,如:"澄潭俯幽鉴,空翠仰寒滴"(《溪亭》);"浮云一任闲卷舒,万古青山只么青"(《寄籍溪胡丈及刘恭父二首》);"清泉流过碧山头,空水澄鲜一色秋"(《入瑞岩道间得四绝句呈彦集充父二兄》其三);"月色三秋白,湖光四面平。与君凌倒景,上下极空明"(《月榭》)等。这些诗作意象澄静,意兴淡远,是朱熹心静如空的禅悦境界的诗性传达。后者如其诗《武林》,就写得颇有禅宗意味:

> 春风不放桃花笑,阴雨能生客子愁。只我无心可愁得,西湖风月弄扁舟。

此诗作于绍兴十八年(1148)。诗中所说"无心",禅宗多有讨论。慧能有"于诸境上,心不染曰无念。于自念上,常离诸境,不于境上生心"(《六祖坛经》)之说。慧忠禅师也说:"无心自成佛,成佛亦无心。"② 宗杲则发挥慧能"无念"说,提出"无心处不与有心殊"(《正法眼藏》)著名之论。朱熹曾精读宗杲著作,熟悉其禅法,在诗中吟咏的"无心可愁",正是以诗性的艺术审美体验言说禅宗的"无心"观,一句"西湖风月弄扁舟"则是对径山禅心空悟道主旨的诗意抒写,正所谓"禅而无禅便是诗,诗而无诗禅俨然"。

综上所述,朱熹佛禅旨趣诗向我们开放了一个多元化、多层次的空间品读朱熹生动而丰富复杂的佛老灵魂。

(二)以"在儒不在禅"为旨趣的诗

理学家朱熹在作诗为文之时,也常常不忘于诗中言说自己的儒

---

① (东晋)释僧肇撰,释净源集解:《肇论中吴集解卷下·涅槃无名论》,《续修四库全书》,影印辽宁省图书馆藏明刻本。
② (宋)蕴闻编:《大慧普觉禅师语录》卷一五,《大正藏》第59册,第872页下。

者情怀。寓览朱熹所作的与佛禅相关的诗作，不难发现其中有一部分诗随引用佛禅语词或佛教典故言说诗意，但诗歌的主旨在于以佛证儒、援佛入儒；另一部分诗因吸收禅悟思辨思维而使诗歌充满了理趣；还有一部分诗则是直接就以辟佛为主旨。其详分述如下。

1. 以佛证儒、援佛入儒之诗

两宋时期，儒士参禅，阴禅阳儒者比比皆是，甚至有人发出儒佛之道"混而同归"① 的呼声；佛界亦主张"修身以儒，治心以释"，大有儒佛交融之趋势。至南宋，士大夫则普遍以佛老修身养心，以儒经邦治世，如是以佛为本、以儒为用之弊病痛处，朱子自是先知先觉。然朱子于佛学之长处亦了然于胸，故而能扬其长、避其短，以佛证儒、借佛析"理"。其诗云：

圆融无际大无馀，即此身心是太虚。不向用时勤猛醒，却于何处味真腴？寻常应对尤须谨，造次施为更莫疏。一日洞然无别体，方知不枉费工夫。（《日用自警示平父》）

此诗大约作于淳熙初年（1176年前后），为自警七律，却多用佛家语。"圆融"，佛教语，出自《楞严经》卷一七"本性圆融，周徧法界"之语，意思是破除偏执，圆满融通，浑然一体。"无馀"，"馀"同"余"，亦是佛教语，指无余涅槃，唐王维有"忽谓众人，有疑皆问，我于是夜，当入无余"（《大唐故大德净觉禅碑铭》序）之语。"太虚"一词语出《庄子·知北游》："不游乎太虚"，指空虚玄奥之境。别体，原指文章变体，诗中"无别体"当指儒家之"道体"，即宇宙间除了"理"，别无他体。由此看来，诗虽以佛语入诗，却非说佛禅之事，乃融佛禅心性之理言己"理"之持养，指出修心

---

① （宋）张伯端撰，王木浅解：《悟真篇浅解（外三种）》，中华书局1990年版，第2页。

第四章　朱熹诗与佛禅

养性无须寻于身心之外，着力于日常点滴积累，用心体味，方可一超直入，洞彻道体。可见，朱熹此中禅意归宿在儒不在禅。与此援佛入儒抒写诗人终极追求相似的还有：

> 巾履翛然一钵囊，何妨且住赞公房。却嫌宴坐观心处，不奈檐花抵死香。（《题西林院壁二首》其二）

诗中，"翛然"，即逍遥自在的样子。"赞公房"，用了北宋高僧赞宁（后改号"通惠"）的典故，诗以赞公喻西林院惟可师，因此"赞公房"即指西林院惟可师僧舍、僧房。前二句言己无意仕途、暂时逍遥自在之意。第三句中，宴坐，佛教语（其出处详见下文佛教术语"宴坐"条分析），指坐禅或静坐。观心，亦佛语，有"盖一切教行，皆以观心为要"（《十不二门指要钞》）之说，有察识心性、内省的意思。"却嫌"一词有戏言之意，充分体现诗人对佛家"宴坐观心处"的否定。末句，"檐花"喻指道谦所授的"就里面体认的工夫"，因此"不奈"一词又道出了诗人禅根未断的无奈。再如《寄籍溪胡丈及刘恭父二首》云：

> 先生去上云香阁，阁老新峨豸角冠。留取幽人卧空谷，一川风月要人看。
>
> 甏墉前头翠作屏，晚来相对静仪刑。浮云一任闲舒卷，万古青山只么青。

诗中幽人、空谷、风月和万古青山是禅师诗歌或公案中常见的语词。原诗本有寄诗微讽胡籍溪之意，湘湖派创立者胡宏品题，赞其"词甚妙而意未圆"（《五峰集》卷一）。在胡宏看来，"天生风月散人间，人间不止山中好"（《五峰集》卷一），这是对朱熹诗中所

217

谓"一川风月要人看""晚来相对静仪刑"观念的警醒;又说"山中出云雨太虚,一洗尘埃山更好"(《五峰集》卷一),显然又比朱熹"浮云一任闲舒卷,万古青山只么青"的境界高出一筹。二人因此诗成就了一段佳话,此诗也因此成了援佛入儒的理学名篇。

朱熹诗除直接引佛禅之语入诗说儒者之"理",亦还有不着禅语、借禅家之境发抒悟"理"之感的诗作。如《偶题三首》其三:

步随流水觅溪源,行到源头却惘然。始悟真源行不到,倚筇随处弄潺湲。

诗人想觅水之源头,却发现山外有山、水外有水,始悟"真源"难寻后,拄着拐杖随心所欲沿溪水赏玩。可见,全诗不着一禅语佛词,却以禅宗"顿悟"境界,和"觅源"为象喻,阐发诗人"即物穷理"的思想。

从以上诗作不难看出,朱子以佛证儒、借佛析"理"的终极追求在于道学之"理",其借禅家之语、禅家之境"道出了儒家以包罗万有之心'于发用处求之'的思想,然而却又暴露了他心底的禅根犹未斩断"[1]。

2. 充满禅悟思辨之旨趣的诗

朱熹的理趣诗历来为世人称赞。以诗谈理,诗蕴哲理,需做到言此意彼,以诗的语言传达哲理,含蓄隽永,力避理障。理障,原为佛教用语,《圆觉经》卷上载:"云何二障?一者理障,碍正知见;二者事障,绪诸生死。"据此,何良俊在《四友斋丛说·尊生》中又衍伸出作文苦于思索之意:"思索文字,忘其寝食,禅家谓之理障。"诗家把诗陷说理,理景分离,寡诗情、无诗趣视为理障。纵观朱子

---

[1] 束景南:《朱子大传》,商务印书馆2003年版,第193页。

第四章　朱熹诗与佛禅

理趣禅情的发抒之作,确有部分诗作诗味寡淡,堕入理障。①但此类诗仅占少数。事实上,朱熹有许多诗写得极富理趣。关于理趣,钱锺书先生说:"释氏所谓'非迹无以显本',宋儒所谓'理不能离气',举明道之大纲以张谈艺之不同,则理趣也。"②由此而论,朱子诗的理趣是指朱子充满理性精神的道德哲学及其致广大、尽精微的精神世界与物境感应契合之趣以诗性的语言给予观照和表现,这使"理之在诗,如水中盐,蜜中花,体匿性存,无痕无味,现相无相,立说无说。所谓冥合圆显者也"③,而这种"冥合圆显"显然使诗人的理趣有了以禅悟思辨思维的兴悟之趣。如其名作:

　　胜日寻芳泗水滨,无边光景一时新。等闲识得东风面,万紫千红总是春。(《春日》)

一般而言,学界认为该诗是朱子最具理趣的诗作之一。此诗作于绍兴二十六、二十七年(1156、1157),其时朱熹自我反省,潜研经籍有得。全诗以喻像说理:"寻芳"之游春踏青喻心游孔孟圣学,"泗水"喻孔孟圣学,"东风"喻圣学真蕴,末句以春之生机勃勃喻悟道之后心地明澈通畅,豁然开朗。整首诗鲜明生动的形象几乎掩盖了诗人要在诗中阐述的哲理,这种言说方式与《鹤林玉露》卷六载一尼之"悟道诗"颇有相通之处,此诗云:

　　尽日寻春不见春,芒鞋踏遍岭头云。归来笑拈梅花嗅,春在枝头已十分。

---

①　如《克己》《仁术》《宿梅溪胡氏客馆观壁间题诗自警二绝》《公济和诗见闵耽书勉以教外之乐以诗请问二首》等。
②　钱锺书:《管锥编》,中华书局1979年版,第1129页。
③　钱锺书:《谈艺录》,中华书局1984年版,第231页。

参照两诗，我们便会发现，朱熹诗中以山水风物为诗歌骨架肌理以阐传理学思想之灵魂的言说方式与比丘尼"悟道诗"借日月、河山、花草等传释禅情、禅意在活处观照、强调顿悟的言说方式何其相似。后来此诗确实也成为禅宗语录中的名句，如："（僧）进云：'等闲识得东风面，万紫千红总是春。'师云：'不因柳毅传书信，怎得家音到洞庭？'"① 又如："有弟子问禅师：'物有荣枯，岁有新旧，如何是不迁变境界？'禅师答曰：'八八六十四。'又问：'等闲识得东风面，万紫千红总是春。如何是春？'禅师曰：'百草头上见端倪。'"② 特别是明代无相禅师把朱熹的"等闲识得东风面，万紫千红总是春"视为"佛眼"的境界：

……曰："有佛眼时如何？"师曰："等闲识得东风面，万紫千红总是春。"曰："恁么则诸佛见一种，众生见两般？"师曰："真具佛眼，一种也是，两般也是。"③

这段文字表明理禅两家之学在理一分殊、万物一体上是完全相通的，而"等闲识得东风面，万紫千红总是春"正是以诗性的形象表达这样的理念，正如胡迎建先生所云：朱熹"若非在理学、禅学两方面均有体悟，绝无此境界"④。与此以禅悟思辨言说儒者"理趣"类似的诗作还有《春日偶作》（绍兴末年）、《出山道中口占》（淳熙十一年）等。朱熹的另一著名诗作《观书有感》其一也极富禅机：

半亩方塘一鉴开，天光云影共徘徊。问渠那得清如许，为

---

① （明）明雪说：《入就瑞白禅师语录》卷一，《嘉兴藏》第26册，第754页中。
② （清）超永编：《五灯全书》卷六五，《卍续藏》第82册，第302页上。
③ （明）无相说：《法华经大意》卷中，《卍续藏》第31册，第498页中。
④ 胡迎建：《朱熹与佛禅五题》，《宜春学院学报》2012年第10期。

第四章　朱熹诗与佛禅

有源头活水来。

此诗作于乾道二年（1166）。对此诗历来有不同的解读，但据朱熹《文集》卷三九《答许顺之》之十一的书信往来内容①并抄寄此诗，笔者以为此诗是究学论源之作。诗前两句从字面看描绘了半亩之大的方塘，塘水清如明镜，映照蓝天白云，澄澈明亮。禅宿有心如明镜以比喻自性本体的清静，如澄观说："一切镜相，性相清净，离诸杂染，纯净圆德现种依持，能现能生身土智影，无间无断，穷未来际，如大圆镜，现众色相。"②朱熹则借水镜喻持"敬"之心，水清则映物如镜，人持"敬"心，则湛然清虚，方可应纳万物，与之徘徊共舞。显然，朱熹援禅家心如明镜之论以彰其"格物穷理"和"以心察心、明心见性"之"理"。中国佛教徒还有用磨镜之说来比喻心性修养、保持虚静之心以纳万物的道理，如宗密之磨镜喻："譬如磨镜，垢尽明现。虽云磨镜，却是磨尘。所言修道，只是遗妄。夫镜性本明，非从外得。尘复则隐，磨之则显。隐显虽殊，明性不异。"③朱子亦有磨镜、拂尘的工夫论，且此论显然与佛教"磨镜"论极有渊源：

　　心犹镜，仁犹镜之明。镜本来明，被尘垢一蔽，遂不明。若尘垢一去，则镜明矣。④

---

① 此书内容为："秋来老人粗健，心闲无事，得一意体验，比之旧日，渐觉明快，方有下功夫处。日前正是一目引众盲耳，其说在石丈书中，更不缕缕，试取观之为何，却一语也。更有一绝云。"
② （唐）澄观述：《大方广佛华严经随疏演义钞》卷七九，《大正藏》第36册，第620页上。
③ （唐）宗密述：《大方广圆觉修多罗了义经略疏》卷上，《大正藏》第39册，第541页中。
④ 《朱子语类》卷三一，《朱子全书》第15册，上海古籍出版社、安徽教育出版社2002年版，第1109页。

而如何拂尘除垢呢？朱子又有心统性情论：

　　在天为命，禀于人为性，既发为情，此其脉理甚实，仍更分明易晓。唯心乃虚明洞彻，统前后而为言耳……①

　　由此反观《观书有感》最后两句，诗人以设问作结，方塘之水清明澄澈是由于"活水"不断注入。然何以能注入"活水"？结合朱子上述磨镜论及心统性情论可知一二：即首先应有"虚明洞彻"之"心"，然后勤加学习（此犹似禅家之"勤擦拭"），不使心蒙上阴翳，方可不断注入"活水"。可见朱子此诗"命意超高，语句圆活"，虽言"理"之持养，却"似带有禅机在"。②

3. 以辟佛为旨趣的诗

　　纵观朱熹一生的心路历程，其与佛禅的关系以二十四岁和三十岁为界限。二十四岁始疑佛老，将其搁置；三十岁大悟"释氏之说渐渐破绽罅漏百出"③，尽弃其学，至晚年追忆昔时还感叹"昔者吾几陷焉"④。可见朱熹虽有十余年出入佛老的经历，但排佛辟禅是他毕生的主调。在他的诗中，检讨早年迷失佛禅的诗句俯首即是："忆昔殊方久滞淫，年深归路始骎骎"（《寄吴公济兼简李伯谏五首》其五）；十年落尘土，尚幸不远复（《游昼寒以茂林修竹清流激湍分韵赋诗得竹字》）；"禅关夜扣手剥啄，丹经书诵心精专。十年齐楚得失里，醉醒梦觉今超然。迷心昧性哂竺学，贪生惜死悲方仙"（《奉答

---

① 《朱子语类》卷五，《朱子全书》第 14 册，上海古籍出版社、安徽教育出版社 2002 年版，第 224 页。
② （清）洪力行：《朱子可闻诗集》卷五，清康熙六十一年刻本。
③ 《朱子语类》卷一〇四，《朱子全书》第 17 册，上海古籍出版社、安徽教育出版社 2002 年版，第 3438 页。
④ 《晦庵先生朱文公文集》卷七五，《朱子全书》第 24 册，上海古籍出版社、安徽教育出版社 2002 年版，第 3615 页。

第四章　朱熹诗与佛禅

景仁老兄赠别之句》），等等，诸如此类。朱熹主张"文从道中流出"，因此排佛辟禅自然成为其诗的主旨之一。《斋居感兴二十首》其十六是朱熹批判佛学的檄文：

> 西方论缘业，卑卑喻群愚。流传世代久，梯接凌空虚。顾盼指心性，名言超有无。捷径一以开，靡然世争趋。号空不践实，蹑彼榛棘途。谁哉继三圣，为我焚其书。

《斋居感兴》是朱熹"以理为诗"的代表作。上引诗作以慷慨激昂之辞向佛学发起挑战：前四句言西方佛教的由来，中间四句谓佛教妄为宏阔之言及世之趋之若鹜之状；最后四句直陈佛教"蹈虚空""不践实"，当灭其学以扬圣学儒说。与这首辟佛檄文直抒胸臆的表现方式有所不同的是，朱熹有些辟佛诗虽引佛语却唱出与佛曲天乐全然相反的尘世之音，如《福岩寺回望岳市》（详见下文"古典与今典交融之诗"所论）；要么以反讽的方式言说如《伯谏和诗云邪色哇声方漫漫是中正气愈骎骎予谓此乃圣人从心之妙三叹成诗重以问彼二首》其二：

> 任从耳畔妍声过，特地胸中顺气萌。个里讵容思勉得？羡君一跃了平生。
>
> 阙里当年语从心，至今踪迹尚难寻。况君直至无心处，肯向人前话浅深。

诗题中的伯谏，即李宗思，在乾道六年（1170）见朱熹之前笃信佛学，常与朱熹等反复辩难。"邪色哇声"比喻歪门邪说，诗中指佛教。上引诗作，前一首朱熹以看似恭维的言辞写李宗思之言是不可企及的圣人境界；后一首紧承前诗，前两句言孔子之后没有人能与孔子境界相仿，后两句则言李宗思既溺佛，当一超越孔子之"从心"而进入到佛教所谓"无心"之境，那么对人说深道浅则是多余的了。全诗辟佛色彩浓厚，反讽之意也溢于言表。

由上观之，朱熹抒发禅悦之思的诗多作于其青少年出入释老、迷恋佛禅之时，是其"禅关夜扣手剥啄，丹经昼诵心精专"（《奉答蒂仁老兄赠别之句》）的发抒；而其以禅悟思辨的言说方式传达"理趣"和以佛证儒、借佛析"理"的诗性言说之多数诗作作于"逃禅归儒"之时或之后，是朱子吸收并融合佛禅心性之论及思辨思维之长以助理学哲思之完善的诗意抒写，也是朱子禅思理趣交织缠绕、即或归儒之路得以完成也未彻底斩断心底禅根心路历程的诗性再现；而其唱出的与佛曲仙乐绝然相反的旋律，则是其尽弃佛老之学路上辟佛姿态的诗性再现，如此丰富微妙的诗性视界在一定层面上反映出朱子思想心灵的递嬗及其复杂的道学性格与文化心态。

二 以佛语入诗之形式的诗歌分类

所谓佛语入诗，是指诗人创作诗歌时将佛教典籍中具有浓厚佛教色彩的语词、佛教术语或佛教典故引入到诗歌创作中，从而赋予诗歌一定的佛教意蕴。以佛语入诗的传统由来已久。自东晋支遁将佛教引入诗歌开创僧人写诗之局面始，后世诗人不仅僧人创作的诗纷纷效仿，而且文人诗亦步此后尘，深受影响。从两晋之孙绰、许询到南朝之谢灵运、颜延之再到唐之王维、韩愈，宋之苏轼、黄庭坚等，引佛语入诗成为中国文人诗歌创作的一个非常普遍的现象。由前述之朱熹与佛禅相关的诗歌创作的动态考察不难看出，引佛语入诗是朱熹佛禅诗的一个重要特点。据笔者统计，此类诗作合计50余篇，约占佛禅诗总数的一半。从引用的佛语看，引入朱子诗的佛语既有佛教色彩的一般语词，也有佛教的概念和术语，此外还有丰富的佛教典故入诗。

第四章　朱熹诗与佛禅

（一）具有佛教色彩的语词入诗

所谓具有佛教色彩的语词是指日常使用的语词后来被用以佛教领域并赋予了佛教内涵和意蕴的语词；也指佛教语词世俗化，变成了具有普遍意义的词汇。朱熹诗之佛语词二者兼而有之。具言之，前者语词不多，以"空虚""青黄""有无"三词最具代表，具体如下所述。

空虚：原是指百无聊赖、闲散寂寞的消极心态。引申为不充实、空旷冥莫之意。"空虚"一词分别出现在朱熹《题霜杰集》和《斋居感兴》其十六，其文具体分别如下：

扮榆连阴一见晚，何当挽袖凌空虚。（《题霜杰集》）
流传世代久，梯接凌空虚。（《斋居感兴》其十六）

上引诗文中，"空虚"却是一个具有佛教色彩的语汇。关于这个词，可作两种理解：一是"空虚"分为"空"和"虚"两个词语，"空"指代佛教，"虚"则指代老氏；二是中无所有之意，佛教认为一切事物的现象都有它各自的因和缘，事物本身并不具有任何常住不变的个体，也不是独立存在的实体，故曰"空虚"。不论哪一义，"空虚"一词在朱熹此诗中都被赋予了佛教意义，是凌"佛"蹈"空"之怀的言说。

青、黄：原是表示颜色的一般词汇。但由于此诗是凭吊魏晋佛教色宗高僧支道林的，而支道林曾写过《即色游玄论》，后来元代的文才在《肇论新疏》中云："东晋支道林作《即色游玄论》，初句牒，次二句叙彼所计。彼谓青黄等相，非色自能，人名为青黄等，心若不计，青黄等皆空，以释经中色即是空。"[①] 也就是说，在色宗

---

① （元）文才：《肇论新疏》，《大正藏》第45册，第209页上。

看来,青黄等并非本来就自有的实有,而是人赋予的假名,如果人之"心"不执着于这一假名,那么世间所有的形色之相都会显出"空"的本性。这样,青、黄便被赋予了佛教色宗的宗观色彩。因此朱熹《访昂山支公故址》一诗中的"青荚漫随流水去,黄彪时逐暮云归"的人生体验其实就是对佛教般若学的"心若不计,青黄等皆空"的"色即是空"观的诗化。

有无:从古代哲学范畴而言,"有"指事物的存在;"无"指事物的不存在。佛教中的"有无"其义涵各宗,有不同的阐释。"既以非有而有,即不住于无,有而非有,即不住于有,有无不住,即于诸法悉皆解脱。以一切法不出有无故,是知一心解脱之中"①之说是其中一义,指既非有也非无的洒脱境界,如朱熹诗"偶向新亭一破颜,高情直寄有无间"(《次秀野极目亭韵》),"顾盼指心性,名言超有无"(《斋居感兴》其十六)均是对"有无"之此佛教义的发挥。

朱熹诗具有佛教色彩的语词入诗还有一种情况,即原是一般语汇,但随着佛教的传入,使其带上了浓厚的佛教色彩,后又由于语言的变迁和使用场域逐步扩大,其意义又发生世俗化、普遍化的改变。朱熹诗中此类词不少,如前文所说的"空谷""幽人"(《寄籍溪胡丈及刘恭父二首》);又如:"广长舌",本是一个普通的汉语词汇,后来《大智度论》赋予它特定的佛教内涵:

> 是时,佛出广长舌,覆面上至发际,语婆罗门言:"汝见经书,颇有如此舌人而作妄语不?"②

上引文中,"广长舌"指的是佛的舌头。引文还用夸张之法言佛

---

① (宋)延寿集:《宗镜录》卷三一,《大正藏》第48册,第594页中。
② 龙树造、(后秦)鸠摩罗什译:《大智度论》卷八,《大正藏》第25册,第115页中。

第四章　朱熹诗与佛禅

的舌头广而长，能覆盖整个脸部一直到发际。由此义引申，后用来比喻能说会道之人。朱熹之"从教广长舌，莫尽此时心"(《后洞山口晚赋》)正是用的是其引申义。又如：

"尘"，先秦典籍《老子·四章》有"和其光，同其尘"之说，此处"尘"即尘埃之意。但随着佛教的传入，不少佛书对"尘"作了宗教意味的阐释，如："云何名尘，坌污净心，触身成垢，故名尘"①，也有的佛书把它与佛教的"四大四尘"②联系起来解释："色香味触地水火风，此之八种，坌污之义，总名尘也。"③ 从这些解释中不难看出，佛教教义上的"尘"是与涅槃境界相对立的，随着这一词使用的普遍化，引申为"红尘""尘世俗事"，这一意义体现在朱熹《月夜述怀》一诗中：

皓月出林表，照此秋床单。幽人起晤叹，桂香发窗间。高梧滴露鸣，散发天风寒。抗志绝尘氛，何不凄空山？

上诗所谓"绝尘氛"，即有看破红尘之意。诗人选取当空皓月、独宿秋床、金桂飘香、高梧滴露、天风散寒等一系列富有秋意的景致，极力渲染清幽孤寂的环境来衬托其萌生的"绝尘氛"之想的悲凉落寞的心境。此外，朱熹诗中的"地形仙"(《再题吴公济风泉亭》)原为佛经所言的一种长寿神仙，后也指高寿或隐逸闲适之人；"一瓣香"(《用西林旧韵二首》其二)，一炷香的意思，此词原是禅宗开堂说法燃至第三炷香时，即云一瓣香敬献传道授法的某法师，后"一瓣香"指师承或敬慕某人；"真身"(《方广奉怀定叟》)原是佛教语词，指为度脱众生而化现的世间色身，如佛、菩萨等，后来

---

① (唐)道宣撰：《净心诫观法》卷下，《大正藏》第45册第827页中。
② "四大"即地水火风，"四尘"即色香味触，"四大四尘"又称"八事"。
③ (唐)栖复集：《法华经玄赞要集》卷三四，《卍续藏》第34册，第903页下。

227

此词引申为本我之意。显然，这些词基本也是佛教语词世俗化、普遍化的用法。

(二) 佛教概念、术语入诗

佛教概念、术语当然也具有浓厚的佛教色彩，然而与一般的具有佛教色彩的语词不同的是，这些词语只用作佛教场域。朱熹诗佛教概念、术语入诗的现象非常常见。据笔者初步统计，其诗出现的佛教概念、术语包括无心、禅、沙门、无为法、八万妙门、无生、诸缘、鼻观、圆融、无余、香界、五味禅、眼色界、宴坐、三生、第一机、真常、结习、缘业、圆成、佛法、万法、空谛、宾界、万劫、三生、有情从是妄、生缘、同参等，从出现的频次看，"宴坐"出现了三次，"无心"和"三生"各出现两次，其余各出现一次。这些统计数据表明朱熹之于佛禅之了解绝非泛泛涉猎，而是将其熔铸在自己的道学性格与文化心态中，成为其心灵现实的艺术抒写时信手拈来的一部分了。鉴于前文对无心、无为法、圆融、无余等词已作鉴赏，故此不赘述。又朱熹诗以佛教概念、术语入诗之词甚多，无法面面俱到，兹再择颇能写佛禅之境之二例加以赏析：

1. 眼色界：此词出现在朱熹之《和李伯玉用东坡韵赋梅花》，全诗如下：

北风日日霾江村，归梦正尔劳营魂。忽闻梅蕊腊先破，楚客不爱兰佩昏。寻幽旧识此堂古，曳杖偶集僧家园。岚阴春物未全到，邂逅只有南枝温。冷光自照眼色界，云艳未怯扶桑暾。遥知云台溪上路，玉树十里藏山门。自怜尘羁不得去，坐想佳处知难言。但哦君诗慰岑寂，已似共倒花前樽。

此诗作于绍兴二十七年（1157）。诗题中的李伯玉是南宋佞佛成癖的参知政事。在与李伯玉的这首和诗中，诗人叙及自己挂杖偶入

第四章　朱熹诗与佛禅

僧园邂逅寒梅,由眼前物而思远,既有对佛国天堂的遥想,也有思及前人之诗而获的心灵抚慰。全诗富有禅韵,不仅表现遇梅之地远离尘世,本身极具佛禅气息,而且以诗意之笔描绘万物凋零而寒梅一枝独放,梅之高洁脱俗不言而喻,而尤值一提的是,诗人将地道的禅家语"冷光自照眼色界"融入诗中,使此诗更加禅味十足。关于"眼色界",《大宝积经》云:

> 复次如来行于性空,非眼色界。住无相际非耳声界,离于二相非鼻香界,无可知相非舌味界,无障碍相非身触界,入于平等非意法界。①

上引文中,佛家谓眼、耳、鼻、舌、身、意为"六根","眼色界"即言能视色之眼界,《楞严经述旨》释云:

> 眼色为缘,生于眼识。此识为复因眼所生,以眼为界,因色所生,以色为界……此识若因眼生,不有空色,则识无所缘,见无所表,而界亦无从立矣。若因色生,则当空不见色之时。……是故当知眼色为缘,生眼识界,三处都无,俱为虚妄。②

由此可见,"眼色界"亦即色也是空。故而朱熹云"冷光自照眼色界",实则也是"空即是色,色即是空"观的诗化。

2. 宴坐:此词在朱熹诗中出现三次,除前文已述的《题西林壁二首》其二所云:"却嫌宴坐观心处,不奈檐花抵死香。"另两首分别是:

---

① (唐)菩提流志译:《大宝积经》卷八六,《大正藏》第11册,第496页中。
② (明)陆西星述:《楞严经述旨》卷三,《卍续藏》第14册,第637页上。

绝壑云浮冉冉，层岩日隐重重。释子岩中宴坐，行人雪里迷踪。(《观刘氏山馆壁间所画四时景物各有深趣因为六言一绝复以其句为题作五言四咏》其一)

悠悠素心人，宴坐空岩中。(《奉和公济兄留周宾之句》)

宴坐，是佛教典籍经常出现的一个词汇，指的是坐禅，如"尔时，文殊师利自在其室独游宴坐，以空无心离心三昧而为正受"①。而维摩诘指出"宴坐"不是"坐"，并对其作了详细的阐说和分类：

夫宴坐者，不于三界现身意，是为宴坐；不起灭定而现诸威仪，是为宴坐；不舍道法而现凡夫事，是为宴坐；心不住内亦不在外，是为宴坐；于诸见不动，而修行三十七品，是为宴坐；不断烦恼而入涅槃，是为宴坐。②

可见，"宴坐"是佛家修身养性的一种方式，这一方式既是静坐的一种形象化的外在状貌，也是摒弃思虑杂念入定的抽象化的精神状态。上引朱熹诗中"宴坐"之三例就很好地诠释了佛教"宴坐"的这两层意义。但从诗的内涵和形成的诗境看：后两诗生动地再现了岩中释子和淡泊之人潜心坐禅的形象，有着强烈而逼真的画面感；《题西林院壁》其二之"宴坐"指的是一种静坐体验境界，然一"嫌"字又分明道出其谓"宴坐"意在戏说、排斥，这样由充满具象感的"宴坐"就转化为抽象说理式的"宴坐"了。

中国古典诗歌素有"诗言志""诗言情"的传统，朱子在吟咏之时不自觉地将大量的佛禅概念、术语融入到诗歌之中，不仅是其

---

① （西晋）竺法护译：《佛说如幻三昧经》卷一，《大正藏》第12册，第134页中。
② （后秦）鸠摩罗什：《维摩诘所说经》卷一，《大正藏》第14册，第539页下。

第四章　朱熹诗与佛禅

熟悉佛禅的表现，更是其早年痴迷佛禅以及终其一生心底禅根都未断的诗性发抒。

（三）佛教典故入诗

以典故入诗是中国古典诗歌常见的手法之一，是文化积淀的必然结果。刘勰在《文心雕龙》创作论的第一篇就阐说诗文典故的问题。他把诗文中的典故称为"事类"："事类者，盖文章之外，据事以类义，援古以证今也。"[1] 其所谓"事类"包括"古事"和"旧辞"。后来陈寅恪先生发现诗文用典，不仅包括"古事"与"旧辞"，还包括创作作品当下的人、物、事、语等，提出"古典今典之论"：

  自来诂释诗章，可别为二。一为考证本事，一为解释辞句。质言之，前者乃考今典，即当时之事实。后者乃释古典，即旧籍之出处。[2]

上文中，陈寅恪先生明确界说古典、今典之义涵：古典，即指词句故实之出处，也就是刘勰所谓的"古事"与"旧辞"；今典，即文者诗人所经历的当下事实。显然，诗文用典须以才学博览为基础。在"以文字为诗，以才学为诗，以议论为诗"、重学问的宋代，文人于诗文用典是一个普遍的现象，朱熹也不例外。

检朱子之诗，以典入诗者俯首即是，其创作的与佛禅相关之诗用典之作亦为数不少，据笔者粗略统计，约有28首，占此类题材诗作总数的1/4强。从诗中所用之典看，以"古典"为主，亦有"今典"，还有少数"古典"与"今典"融合的诗篇。鉴于学人对朱熹

---

[1] （南朝梁）刘勰著，周振甫注：《文心雕龙注释》，人民文学出版社1981年版，第411页。

[2] 陈寅恪：《柳如是别传》上册，生活·读书·新知三联书店2001年版，第7页。

之与佛禅相关题材诗歌关于"古典""今典"的论说不多，故本书将择要详析。

1. 古典

如上文所述，古典，即"旧籍之出处"，主要包括古事和旧辞。朱熹以佛禅为题材的诗作有不少是运用古典来吟咏发抒的，不论是"古事"，还是"旧辞"，似乎都信手拈来，挥洒自如。就朱熹佛禅题材或佛意禅情诗而言，诗中的古事包括古之僧者之行实、宗观、机锋等，即人物典故，也包括整个佛教之古事，即事典；旧辞则主要是指对佛教典籍中的佛教语词、宗教故事、宗教观念或文化以及古之高僧作品中的言辞的运用。

（1）以佛教古事为典之诗

朱熹虽然读过《四十二章经》《大般若经》《华严经》《楞严经》《法华经》《圆觉经》《金刚经》《心经》《光明经》《维摩经》《肇论》《华严大旨》《华严合论》《景德传灯录》《大慧语录》等诸多佛书，其佛学路数源自宗杲、道谦一脉的新派禅宗，但由于其未从正脉入手，也未得正宗的佛学思想，同时也由于其虽博览佛书，但精研者甚少，因此，朱熹诗所运用的佛教典故很难看出他主受哪一宗派的影响，从而显出其典故的渊源出处具有博杂的特点。然根据诗中古事的内容或对象分，可将其分为人物典故、事典和物典三类。

首先是佛教人物典故入诗。所谓佛教人物典故入诗，是指典故或讲述佛教人物的故事，或为佛教人物宗观的代表。大体说来，朱熹诗运用的佛教人物典故有六个，他们分别是：

①支遁

支遁（314—366），即支道林，世称支公或林公，东晋高僧，不仅精通老庄之说，佛学造诣亦颇深。其著有《圣不辩之论》《道行旨归》《学道戒》《即色游玄论》等，为"六家七宗"之"即色宗"创立者。支遁之典在朱熹诗中出现两次，其详如下：

第四章 朱熹诗与佛禅

之公肯与世相违,故结高堂在翠微。青菜漫随流水去,黄彪时逐暮云归。(《访昂山支公故址》)

已践之许诺,不惭夙尚魂。(《下元节假行视陂塘因与宾友挈儿甥出郭登山赋二诗示子直春卿及折桂云公并写呈郡中诸僚友》)

上引诗中"之公""之"都是指支道林。然由于二诗诗意与内容的不同,这一人物典故在诗中蕴含的文化内涵也有所不同:第一首诗中,引入支遁这个人物其旨在于阐说"即色本空"观(此论详见前文佛语词青、黄的论说)。第二首,诗题中点明朱熹携诸友即子直(杨方)、春卿(王朝)、折桂云公(折桂院道人)登山所赋。诗中的之许指代两个人,分别指支遁和晋高士许掾,二人友善,常一起谈佛论经、讲玄说理:

支道林、许掾诸人共在会稽王斋头,支为法师,许为都讲。支通一义,四坐莫不厌心;许送一难,众人莫不抃舞。但共嗟咏二家之美,不辩其理之所在。①

故而后以"之许"喻文士与僧人的交往。朱熹此诗正是用这个典故表达这样的心迹。

②维摩诘

朱熹诗有两处化用了维摩诘的典故,一是《次祝泽之表兄韵》中,有"此去安心知有法,向来示病不难瘳"之句,而"示病"则是化用维摩诘的典故。此典出于《维摩诘所说经》:

---

① (南北朝)刘义庆:《文学第四》,《世说新语》上卷下,岳麓书社2015年版,第42页。

其以方便，现身有疾。以其疾故，国王大臣、长者居士、婆罗门等，及诸王子并余官属，无数千人，皆往问疾。其往者，维摩诘因以身疾，广为说法："诸仁者！是身无常、无强、无力、无坚、速朽之法，不可信也！为苦、为恼，众病所集……"①

这一典故朱子在此诗中用得自然而娴熟，足以看出朱熹对《维摩诘所说经》之熟悉和喜爱。运用此典的另一诗是《积芳圃》，诗中的"试数毗那襯上花"中的"毗那"（当为"毗耶"）即是指维摩诘。据《维摩诘经》所载，释迦牟尼到毗耶城说法，维摩诘称疾不往，故派文殊师利等前问疾。文殊问："何等是菩萨入不二法门"②，而维摩诘是"默然无言"③，文殊师利因此叹曰："善哉！善哉！乃至无有文字、语言，是真入不二法门。"④ 故而后以维摩诘指代精通佛法的人。在中国古典诗词中又以此故事作为杜口不言而深得妙谛的典故。但朱熹此诗引维摩诘典故入诗其文化内涵却不在于此，而主要用来泛指无欲无念的菩萨（详见后"'襯上花'与'散花天'之'花'"的典故分析）。

③之谦

关于之谦，《高僧传》是这样记载的：

先有优婆塞支谦，字恭明，一名越，本月支人，来游汉境。……谦又受业于亮，博览经籍莫不精究，世间技艺多所综习，遍学异书通六国语。其为人细长黑瘦，眼多白而睛黄，时人为之语曰："支郎眼中黄，形躯虽细是智囊。"……孙权闻其

---

① （后秦）鸠摩罗什：《维摩诘所说经》卷一，《大正藏》第14册，第539页中。
② （后秦）鸠摩罗什：《维摩诘所说经》卷二，《大正藏》第14册，第551页下。
③ 同上。
④ 同上。

第四章 朱熹诗与佛禅

才慧，召见悦之，拜为博士，……谦以大教虽行，而经多梵文未尽翻译，已妙善方言，乃收集众本译为汉语……所出《维摩大般泥洹法句瑞应本起》等四十九经，曲得圣义，辞旨文雅。又依《无量寿中本起》，制《菩提连句梵呗三契》，并注了《本生死经》等。皆行于世。①

由上引文可知，之谦是三国时期月支国僧，人称之郎，博览经籍，因其才慧，曾仕吴博士，曾译多部佛经。"之谦"的典故出现在朱熹的《奉酬九日东峰道人溥公见赠之作》一诗：

几年回首梦云关，此日重来两鬓斑。点检梁间新岁月，招呼台上旧溪山。三生漫说终无据，万法由来本自闲。一笑之郎又相恼，新诗不落语言间。

此诗是诗人与他的方外道友东峰道人（此处"道人"指佛教僧人）溥公的酬赠之作。前四句写诗人与老友阔别多年后重逢的喜悦，后四句写两人重逢时交谈的内容和情绪。前文已述，"之郎"是三国时期的高僧之谦的称号，后世因尊称僧人为"之郎"，所以诗中的"之郎"实际上是诗人对僧人溥公的尊称。

④天柱崇慧禅师

天柱崇慧禅师有一著名机锋，即"万古长空"。据《五灯会元》载：

（僧）问："达摩未来此土是，还有佛法也无？"师曰："未来且置，即今事作么生？"曰："某甲不会，乞师指示。"师曰：

---

① （南朝梁）慧皎：《高僧传》卷一，《大正藏》第50册，第325页上。

"万古长空，一朝风月。"僧无语。①

天柱崇慧禅师答弟子问是否有佛法这一问题时，他用"万古长空，一朝风月"回答。显然，"万古长空"蕴含着佛法永在的意思。朱熹在《再提西林可师达观轩》用到了崇慧禅师的这一机锋：

古寺重来感慨深，小轩仍是旧窥临。向来妙处今遗恨，万古长空一片心。

上诗作于绍兴三十二年（1162）。与佛教用"万古长空"喻佛法永在不同的是朱熹援佛入儒、以佛证儒，以"万古长空"喻李侗所授之学为千古不变之至理。

⑤慧可

绍兴二十八、二十九年间（1158、1159），朱熹在从学李侗三年后，写了一首逃禅归儒路上困学三年问道悟学的自我反思之诗《困学二首》。其中，其一云：

旧喜安心苦觅心，捐书绝学费追寻。困衡此日安无地，始觉从前枉寸阴。

诗中，"安心"是佛教中常见语词，关于其说法各宗观点不同。就朱熹此诗而言，用的是慧可立雪、断臂求道问法以"安心"的典故。据《景德传灯录》载：

近闻，达磨大士住止少林，至人不遥，当造玄境。（光）乃

---

① （宋）道原纂：《景德传灯录》卷四，《大正藏》第51册，第229页下。

第四章 朱熹诗与佛禅

往彼晨夕参承。师常端坐面墙,莫闻诲励。光自惟曰:"昔人求道,敲骨、取髓、刺血、济饥、布发、掩泥、投崖、饲虎。古尚若此。我又何人?"其年十二月九日夜,天大雨雪,光坚立不动,迟明积雪过膝。师悯而问曰:"汝久立雪中,当求何事?"光悲泪曰:"惟愿和尚慈悲,开甘露门广度群品。"师曰:"诸佛无上妙道,旷劫精勤,难行能行非忍而忍,岂以小德小智轻心慢心?欲冀真乘徒劳勤苦。"光闻师诲励,潜取利刀自断左臂,置于师前。师知是法器,乃曰:"诸佛最初求道为法忘形,汝今断臂吾前,求亦可在。"师遂因与易名曰慧可。光曰:"诸佛法印可得闻乎?"师曰:"诸佛法印匪从人得。"光曰:"我心未宁,乞师与安。"师曰:"将心来与汝安。"曰:"觅心了不可得。"师曰:"我与汝安心竟。"①

上引文中,光,即神光,俗姓姬,慧可乃是达摩祖师为其取的法名。据引文所述,慧可向达摩祖师拜师求道经历了立雪、断臂、安心三个过程,故事体现出慧可求道的虔诚。朱熹诗用慧可安心的禅家故事,在于反思自己"有体无用"的顽疾难以根除的根源在于旧时沉迷佛老,以致如今"捐书绝学"都禅根未断,但在归儒路上究竟要如何达到"安心"的自在境界,朱熹此时仍处在一个困学、恐闻的情绪之中。

⑥释迦牟尼

朱熹《公济和诗见闵耽书勉以教外之乐以诗请问二首》诗云:

> 如云教外传真的,却是瞿昙有两心。(其一)
> 未必瞿昙有两心,莫将此意搅儒林。(其二)

---

① (宋)道原纂:《景德传灯录》卷四,《大正藏》第51册,第218页下。

上诗中"瞿昙"是释迦牟尼的姓,可作为佛之代称。据载:"悉达太子者,西域净梵王子,姓瞿昙氏,名释迦牟尼,以其觉性,称之曰佛。"① 因此,诗人借"瞿昙"之典,不仅指出圣贤之教与佛释之学迥异,佛门无"教外之乐",而且告诫公济(即笃信佛学的吴楫)释迦牟尼佛未必两心,不要试图杂糅儒佛,有着鲜明的排佛色彩。

其次是佛教事典的引用。所谓事典,即用事之典,具言之,指的是诗文里引用的古书中的故事。朱熹引用佛教事典共有七首诗,其中,《积芳圃》之"襵上花"、《山人方丈》"散花天"和《香茶供养黄蘗长老悟公故人之塔并以小诗见意二首》其二的"三生石"可谓是诗与典的完美交融。试析如下:

①"襵上花"与"散花天"之"花"

"襵上花"与"散花天"的典故分别出现在以下两诗:

千生结习今余几?试数毗那襵上花。(《积芳圃》)
地窄不容挥麈客,室空那有散花天?(《山人方丈》)

必须指出的是,前诗中的"襵上花"和后诗中的"散花天"都与《维摩诘经·观众生品》所记载的一个故事相关,即:

时维摩诘室有一天女,见诸大人,闻所说法,便现其身,即以天花散诸菩萨、大弟子上。花至诸菩萨,即皆堕落;至大弟子,便着不堕。一切弟子神力去花,不能令去。②

---

① (元)脱脱等撰:《志第二十二·礼志六》,《辽史》卷五三,中华书局1974年版,第878页。

② (后秦)鸠摩罗什译:《维摩诘所说经》卷二,《大正藏》第14册,第547页下。

第四章 朱熹诗与佛禅

这个故事显然"花"不是"物",而是暗喻"结习"。"结习",佛教语,即欲望、烦恼或积久难除的习惯。上文中,故事以"花"是否从诸菩萨、大弟子身上落下,来验证他们的"结习"根除与否,由此可以看出,散"花"是佛教用以检验烦恼是否存在的方式。菩萨无欲无念,故襹上之"花"落了,而大弟子欲念未除,故而襹上之"花"不落。不论是"襹上花"还是"散花天",朱熹两诗中的"花"都用来暗喻烦恼、欲望。前一诗诗人以自问自答的方式传达积芳圃悠然自适的生活涤除了自己心中的欲念,后一诗则以诘问的方式来否定佛教以"花"之落、着验欲念之存在与否的真实性与科学性。

②三生石

朱熹在《香茶供养黄蘖长老悟公故人之塔并以小诗见意二首》其二用到了"三生石"的典故。全诗如下:

一别人间万事空,他年何处却相逢?不须更话三生石,紫翠参天十二峰。

关于"三生石"后世往往把它看作关于爱情的美丽传说。实际上,"三生石"蕴意着佛教"轮回"与"转世"的文化内涵。"三生石"典故最早出于唐袁郊《甘泽谣·圆观》,传说唐李源与僧圆观友善,二人之间有着动人的故事:

圆观者,大历末,洛阳惠林寺僧,能事田园,富有粟帛。梵学之外,音律贯通。时人以富僧为名,而莫知所自也。李谏议源,公卿之子。当天宝之际,以游宴歌酒为务……唯与圆观为忘言交。促膝静话,自旦及昏,时人以清浊不伦,颇招讥诮。如此三十年。二公一旦约游蜀州,抵青城峨眉,同访道求药。圆观欲游长安出斜谷；李公欲上荆州三峡；争此两途，半年未决。李公曰："吾已绝世事，岂取途两京？"圆观曰："行固不由人，请出从三峡而去。"遂自荆州上峡，行次南浦。维舟山下，见妇女数人，繚达锦裆，负甖而汲。圆观望而泣下，曰："某不欲至此，恐见其妇人也。"李公惊问曰："自此峡来，此徒不少，何独泣此数人？"圆观曰："其中孕妇姓王者，是某托身之所。逾三载尚未娩怀，以某未来之故也。今既见矣，即命有所归。释氏所谓循环也。"谓公曰："请假以符咒，遣某速生，少驻行舟，葬某山下，浴儿三日亦访临。若相顾一笑，即其认公也。更后十二年中秋夜月，杭州天竺寺外，与公相见之期也。"李公遂悔此行，为之一恸。……后十二年直诣余杭，赴其所约……忽闻葛洪川畔，有牧竖歌《竹枝词》者，乘牛扣角，双髻短衣，俄至寺前，乃圆观也。……初到寺前歌曰："三生石上旧精魂，赏月吟风不要论。惭愧故人远相访，此身虽异性长存。"又歌曰："身前身后事茫茫，欲话因缘恐断肠。吴越山川寻已遍，却回烟棹上瞿塘。"[①]

由上可知，士人李源与僧人圆泽与道相契、交谊甚厚，故而圆泽圆寂之前与李源有"过三日浴儿"之"临"和"后十二年中秋月夜杭州天竺寺外相见"之约。李源不负约诺，在十二年后两人相见的这天，牧童（即圆泽转世投胎之身）唱出了这曲动人的"三生石"之歌，演绎二人的轮回与转世之缘。然而朱熹这首诗却反其意而用之，完全不相信佛教所谓"轮回""转世"之说，认为人死后万事皆空，阴阳两界出无相见之可能，更无须言三生石，世间唯紫翠峰永在，唱出了与"三生石上旧精魂……此身虽异性长存"截然相反的歌辞，颇有看破生死的透彻之悟。

[①] （唐）袁郊撰：《甘泽谣附录》，商务印书馆1939年版，第8—9页。

第四章 朱熹诗与佛禅

除此之外，朱熹另有三首诗对佛教事典也有不同程度的化用，它们分别是："拈椎竖佛事非真，用力端须日日新"（《夜宿方广闻长老守荣化去敬夫感而赋诗因次其韵》），化用了佛教徒谈佛理时的一种特有的动作——"拈椎竖佛"的典故。"河洛传心后，毫厘复易差"（《挽延平李先生三首》其一）之"传心"一典，化用了禅宗传法，即"不立文字，直指人心，谓法是心，以心传心，心心相应"。"溟濛罔象姿，相好菩萨面"（《鬼佛》）一句中的"相好"也是佛家典故：据佛书载，释迦牟尼有三十二相，八十二好，朱熹之"相好菩萨面"就是化用了佛书记载的这个故事。

再次，朱熹诗还运用两个佛教物典，它们分别是：

①金轮

金轮是佛教传说中象征拥有无比威力的轮型武器。关于这一武器的来历，《长阿含经》对它有详细的描述：

> 尔时，大善见王七宝具足，王有四德，主四天下。何谓七宝？一、金轮宝，二、白象宝，三、绀马宝，四、神珠宝，五、玉女宝，六、居士宝，七、主兵宝。云何善见大王成就金轮宝？王常以十五日月满时，沐浴香汤，升高殿上，采女围绕，自然轮宝忽现在前，轮有千辐，光色具足，天匠所造，非世所有，真金所成，轮径丈四。①

由上引文可知，金轮是征服四方的转轮王的七宝之一，此宝"轮有千辐，光色具足，天匠所造，非世所有，真金所成，轮径丈四"，形质珍贵奇异；同时，"自然轮宝忽现在前"，威力神奇无比。朱熹有一组吟咏庐山胜景诗，其中在游归宗寺时即兴创作了《归宗寺》一诗。

---

① （后秦）佛陀耶舍共竺佛念译：《长阿含经》卷三，《大正藏》第1册，第21页下。

诗开篇就用了"金轮"的典故:"金轮紫霄上,宝界鸾溪边。"这两句分别描绘了归宗寺紫霄峰和鸾溪的美景。其中,由于首句用了"金轮"的典故,既让人感受到紫霄峰"金轮"高高在上、光芒威力四射的壮丽景象,同时"金轮"所具有的佛教文化内涵又增添了自然景观与人文景观水乳交融的文化底蕴,有着独具特色的艺术美。

②莲花

莲花很早就进入到中国古典诗词歌赋的世界,但取莲花之"出淤泥而不染"之意入诗,则是在佛教传入中国之后的事。佛教称无量清净佛生于莲花,视莲花为佛教的圣花,以莲为喻是著名的佛教典故:

> 大莲华者,梁摄论中四义。一、如世莲华在泥不污,譬法界真如,在世不为世法所污。二、如莲华性自开发,譬真如自性开悟,众生若证,则自性开发。三、如莲华为群蜂所采,譬真如为众圣所用。四、如莲华有四德:一香、二净、三柔软、四可爱,譬真如四德,谓常乐我净。①

> 以此人心不生恶欲、恶见而住。犹如青莲华,红、赤、白莲花,水生水长,出水上,不着水。②

> 若无世间爱念者,则无忧苦尘劳患,一切忧苦消灭尽,犹如莲花不着水。③ 眼净如莲花,诸秽永不着。④

中国学者和文人深受佛教莲之"出淤泥而不染"这一典故的影响。为理学开山鼻祖的周敦颐写下的《爱莲说》,将佛教关于莲花自

---

① (唐)法藏述:《华严经探玄记》卷三,《大正藏》第35册,第126页下。
② (东晋)瞿昙僧伽提婆译:《中阿含经》卷二三,《大正藏》第1册,第574页下。
③ (刘宋)求那跋陀罗译:《杂阿含经》卷三二,《大正藏》第2册,第230页上。
④ (东晋)瞿昙僧伽提婆译:《增一阿含经》卷六,《大正藏》第2册,第575页中。

第四章　朱熹诗与佛禅

性纯洁不染之说发挥到了极致。两宋之际的李纲则明确指出："释氏以莲花喻性，盖以其植根淤泥而能不染"（《梁溪集》卷一），并依此意曾作《莲花赋》。朱熹咏莲诗共三首，其中两首有不少诗句是咏莲花这一本性的：

　　湛湛曲池水，晓含风露清。田田绿罗盖，灿灿白玉英。澹然绝世姿，不与浓艳并。俯鉴冰雪影，讵怀儿女情。山中徒淹留，堂下空目成。独有忘机客，相看两无营。（《奉同黄子厚赋白芙蓉成刘彦集平父》）

　　忽传夔府句，并送远公莲。翠盖临风迥，冰华浥露鲜。舞衣清缟袂，倒景烂珠躔。想象芙蓉阙，冥冥绝世缘。（《奉酬圭父白莲之作》）

上诗中，"湛湛曲池水，晓含风露清。田田绿罗盖，灿灿白玉英。澹然绝世姿，不与浓艳并""翠盖临风迥，冰华浥露鲜。舞衣清缟袂，倒景烂珠躔"都是对莲花"出淤泥而不染"含蓄的盛赞。出入佛典，援佛入儒而不露痕迹，可以说朱熹的这两首咏莲诗将其发挥得炉火纯青了。

（2）以佛教旧辞为典入诗

朱熹诗运用古典入诗，除了引入或化用古事，还有一部分是以佛教旧辞为典入诗的。大体说来，这些旧辞入典的方式有两种。

一是直接引佛典旧辞入诗。如："飞腾莫羡摩天鹄，纯熟须参露地牛"（《借韵呈府判张丈即以奉箴且求救药》）之"露地牛"就是直接将禅家语"一色浑成露地牛"[1]"玉脚霜毛露地牛"[2]等引入诗

---

[1] （宋）集成编：《宏智禅师广录》卷八，《大正藏》第48册，第84页上。
[2] （宋）法应集，（元）普会续集：《禅宗颂古连珠通集》卷一五，《卍续藏》第65册，第567页下。

中。又如:"心镜悬之不同调,诗坛哪敢少争锋"(《家山堂》)之"心镜"就是对《圆觉经》"慧目肃清,照耀心镜"①的引用。再如,胡宪去世,朱熹在给老师的挽诗中,还以佛经词"伶俜"入诗:"伤心遽如许,孤露转伶俜。"(《挽籍溪胡先生三首》其三)《法华经入疏》云:"此是我子,我之所生,于某城中,舍吾逃走,伶俜辛苦,五十余年。"②诗中的"伶俜"一词显然来自此典,以此抒发恩师仙去,朱熹内心孤独痛苦的感受。此外,"桑田海水今如许,泡沫风灯敢自怜"(《武夷棹歌》之"三曲")一句也是对佛家"泡沫风灯"语词的直接延引。佛经用"泡沫风灯"比喻性本无体,是身为空,朱熹却借此抒发人之生命、尘世生活如海中泡沫、风中之灯之短暂易逝及诗人以此自省珍惜生命、沛然入道的意愿。

二是化用佛典旧辞入诗。除上文所说《寄籍溪胡丈及刘恭父二首》化用"万古青山"的典故外,以这种方式运用典故的诗作主要还有五首,具体如下所述。

①"土墙""竹牖"等意象的佛典渊源

朱熹的《次范硕夫题景福僧开窗韵》的诗歌意象与佛典的渊源尤为深厚,全诗如下:

昨日土墙当面立,今朝竹牖向阳开。此心若道无通塞,明暗何缘有去来。

诗题中的范硕夫,其人不详,由诗题可知为景福寺一僧人。此诗意象丰富,土墙、竹牖、通塞、明暗、去来等诸多意象。而从其渊源来说,与《楞严经》最接近:

---

① (唐)宗密述:《圆觉经大疏》卷二,《卍续藏》第9册,第374页中。
② (宋)道威入注:《法华经入疏》卷四,《卍续藏》第30册,第113页中。

第四章　朱熹诗与佛禅

> 阿难，此大讲堂，洞开东方。日轮升天，则有明耀。中夜黑月，云雾晦暝，则复昏暗。户牖之隙，则复见通。墙宇之间，则复观壅。分别之处，则复见缘。顽虚之中，遍是空性。郁之象，则纡昏尘。澄霁敛氛，又观清净。阿难，汝咸看此诸变化相，吾今各还本所因处。云何本因？阿难，此诸变化，明还日轮，何以故？无日不明，明因属日，是故还日。暗还黑月，通还户牖，壅还墙宇，缘还分别，顽虚还空，郁𤏐还尘，清明还霁。……则诸世间，一切所有，不出斯类。汝见八种，见精明性，当欲谁还？何以故？若还于明，则不明时，无复见暗。虽明暗等，种种差别，见无差别。诸可还者，自然非汝，不汝还者，非汝而谁？……则知汝心，本妙明净。[1]

上引文中，佛对日、月、门、墙、缘、性、尘、霁等诸相一一分析，揭示诸相所蕴含的明、暗、通、塞的佛理和佛境。显然，朱熹上诗意象源于此经。与之不同的是，朱熹此诗并不是照搬佛之八相入诗，而是以轻松诙谐的游戏之笔，反经意真心"本妙明净"之意而用之。从这个层面上而言，似又是对《金刚经》"无所从来，亦无所去"之意的进一步延伸。

"无所从来，亦无所去"是《金刚经》中的精华语，出现在经中多处，各宗佛经亦多有引用阐说。其中一条与释如来之名的由来有关：

> 须菩提！若有人言："如来若来若去、若坐若卧，是人不解我所说义。何以故？如来者，无所从来，亦无所去，故

---

[1] （宋）思坦集注：《楞严经集注》卷二，《卍续藏》第 11 册，第 255 页上、256 页上。

名如来。"①

"无所从来，无所从去"蕴含着深刻而丰富又充满辩证的内涵，其旨依具体的场合和语境而定，但不论在何种语境中，都包含着时间之"来"与"去"的辩证关系。

题中"开窗"二字可谓"诗眼"，结合诗末二句，其旨昭然，诚如清代学者洪力行先生所云："此诗乃景福寺作。佛经云：无所从来，亦无所去。又阿那含名为不来，而实无不来。篇中就开窗指点出通塞明暗，以心有去有来答示硕夫，唤醒寺僧，破禅家谬说，字字切题。"②由此可见，关于"来"与"去"，佛家认为无所来亦无所去；在朱熹看来却是皆为心之所致，即心有通塞，则有明暗之境；心无通塞，境亦无明暗之变化，这就是朱熹"此心若道无通塞，明暗何缘有去来"之化用《金刚经》"无所从来，亦无所去"的全部内涵。

②尘尘刹刹

《华严经探玄记》在述"圆融无碍"六境界时提到第四境"尘刹无碍"：

> 一、身光无碍。二、光人无碍。三、人法无碍。四、尘刹无碍。五、依正无碍。六、化用无碍。如一念中于一世界化一佛刹尘数众生，即此念中于一切世界亦如是化。一念既尔，余一切念悉皆然也。如一刹中现此尽念三世诸佛，余一切刹各别所现亦如是也。如一尘中有此一切现佛之刹，余一切尘各别亦尔。……是则重重无尽非心言能及。③

---

① （唐）窥基撰：《金刚般若经赞述》卷下，《大正藏》第33册，第153页上。
② （清）洪力行：《朱子可闻诗集》卷五，清康熙六十一年刻本。
③ （唐）法藏述：《华严经探玄记》卷三，《大正藏》第35册，第151页下。

第四章　朱熹诗与佛禅

如引文所述，一念化一佛刹尘数众生、一刹尽现三世诸佛、一尘中又有一切现佛之刹，以此推及余一切念、一切尘、一切刹虽所各有所别，然彼此皆可相互转化、显现，这就是华严所谓"尘刹无碍"的境界。对于这一思想，《大方广华严经随疏演绎钞》解释得很清楚："上经中明，尘尘刹刹、佛佛生生皆悉融摄，事事相望。即云一一各各融摄，即是无差。"① 也就是尘刹，即无碍圆融。朱熹诗《公济和诗见贶耽书勉以教外之乐以诗请问二首》其一云："至理无言绝浅深，尘尘刹刹不相侵"，此句显然在直接引用佛语词"尘尘刹刹"的同时，化用了《华严经》"尘刹无碍"思想。

③化用德诚禅师"船"喻入诗

朱熹《武夷棹歌》是描绘九曲风光和诗性传达武夷历史文化的经典之作，其丰富的文化意蕴与诗中融会其中的典故有密切关系。《武夷棹歌》之"一曲"化用唐代德诚禅师《拨棹歌》中的"钓船"意象就是一个典型的例子：

> 一曲溪边上钓船，幔亭峰影蘸晴川。虹桥一断无消息，万壑千岩锁翠烟。

此诗作于淳熙十一年（1184），诗中"钓船"意象化用了唐代德诚禅师《拨棹歌》"千尺丝纶直下垂，一波才动万波随。夜静水寒鱼不食，满船空载月明归"之"船"的蕴旨。但二者意蕴同中有异：两诗的"船喻"都是喻指修身、修性，但后者抒发佛家从修禅至顿悟收获满船月光、满心宁静与空明的境界，而朱熹在此却借德诚悟道之船喻儒者初识道体之境（"幔亭峰影蘸晴川"）至深识道体之难

---

① （唐）澄观述：《大方广华严经随疏演绎钞》卷二七，《大正藏》第36册，第202页下。

247

("万壑千岩锁翠烟")的体悟过程,真乃意味深长。

④朱熹诗"镜"喻的佛典之源

检视朱熹诗歌,以"镜"为喻的诗篇比较典型的有两首:一是前文所提的《观书有感二首》其二:"半亩方塘一鉴开,天光云影共徘徊。问渠那得清如许,为有源头活水来。"另一诗是作于绍兴末年的《克己》:

> 宝鉴当年照胆寒,向来埋没太无端。只今垢尽明全现,还得当年宝鉴看。

两诗都以"鉴"入诗。鉴者,镜也,为镜之转声。中国文化史上,以"镜"为喻,始于道家,但其"一个重要喻义就是突出心之'虚'的性质"①。而以"镜"喻心和磨镜喻却源自佛教自成一体的镜喻论,关于这一点有学者已早有所论:

> 佛教中镜喻自成一体,对宋明儒学影响至深者当推心镜喻与磨镜喻。不必提惠能、神秀镜喻之争,流传甚广的玄觉《永嘉证道歌》中有语:"心镜明,鉴无碍。廓然莹彻周沙界。"……又如,宗密有磨镜之喻:"譬如磨镜,垢尽明现。虽云磨镜,却是磨尘。所言修道,只是遣妄。夫镜性本明,非从外得。尘复则隐,磨之则显。隐显虽殊,明性不异。"(《大方广圆觉修多罗了义经略疏》卷二上)②

关于心与镜的关系僧肇注《维摩诘经》说得更加明确:

---

① 吴重庆:《儒道互补:中国人的心灵建构》,广东人民出版社1993年版,第47—57页。另,该文对道家的镜喻进行了系统考察。
② 陈立胜:《宋明儒学中的"镜"喻》,《孔子研究》2009年第1期。

第四章　朱熹诗与佛禅

心犹水也，静则有照，动则无鉴。①

上引朱熹两诗显然分别化用佛教心镜喻和磨镜喻。前一诗诚如笔者前文所论，方塘之水明亮如镜，纳"天光云影"于镜中的顺应之神与禅家似影涉水、有心而实无心极其相似，显然化用了佛教心镜喻说中的"廓然莹彻周沙界"之意。后一诗前两句以宝鉴喻心性，诗人认为，人心本明，人性本善只因被尘垢（比喻朱熹所谓气禀、私欲）遮蔽，方才失了光明，只要去除尘垢，就会复现人心之明、人性之善，显然这是佛教磨镜喻的翻版。需要指出的是，这两首诗虽都以"镜"写"心"，但在艺术却有天壤之别。前者真正做到了"得意者越于浮言，悟理者超于文字"②，寓理于具象的描绘中，使诗之"理""趣"天然融合；后者则仅是徒有了诗的外壳，说理时生搬硬套禅语入诗，有"理"而无"趣"，是朱熹诗的一首失败之作。

⑤化用禅语"佛法不怕烂却"入诗

南宋文化史上，谈到朱熹与文人交往的美谈，一定会提到他与杨万里（字廷秀）的交游。其中，二人以诗切磋《楚辞集注》之唱和，成为南宋文坛的独特风景线。在理学成为禁区后，风烛残年的朱熹对"道之不行"深感痛心，转而潜心为《楚辞》作注。《楚辞集注》成后，杨万里以二诗代跋，朱熹因之回作《戏答杨庭秀问讯离骚之句二首》。其一云：

昔诵《离骚》夜扣舷，江湖满地水浮天。只今拥鼻寒窗底，烂却沙头月一船。

---

① （后秦）僧肇撰：《注维摩诘经》卷六，《大正藏》第 38 册，第 386 页中。
② （宋）道原纂：《景德传灯录》卷二八，《大正藏》第 51 册，第 440 页下。

上诗"烂却沙头月一船"一句,朱熹在此诗末尾注云:"'佛法不怕烂却',禅家语也",故而显然此句是对这一禅家语的化用。"佛法不怕烂却"是佛教接引或开示学人常用的机锋转语:

  上堂。举。云峰悦禅师初参大愚。示众云:"大家相聚吃茎齑。若唤作一茎齑,入地狱如箭射。"峰奇之,求参堂,后诣方丈请教。芝曰:"佛法不怕烂却。我忍寒不暇,何暇为汝说佛法,且去化炭。"及归再请教。芝曰"佛法不怕烂却。我忍饥不暇,何暇为汝说佛法,更去持钵"。归日又诣方丈请教。芝曰:"佛法不怕烂却。堂司阙人,且为我充维那去。"忽一日僧堂后架,见桶箍爆有省。急走方丈。芝迎笑曰:"维那且喜大事了毕。"再拜汗下,无语趋出。师拈云:"大愚不施针砭。起云峰之疾于膏肓,后人指下不明,只管向药病相治处看。"①

上文中,云峰悦禅师初谒大愚方丈时,不明了大愚方丈上堂时要大家参究的"大家相聚吃茎齑。若唤作一茎齑,入地狱如箭射"的话头,大愚方丈便反复用"佛法不怕烂却"接引他。所谓"佛法不怕烂却",即心中有佛法,即便可能用错了心,下错了力,总有明白之时,一切不妨的。朱熹此诗,化用这一机锋转语,以佛法写道心,曲折地传达庆元党争导致的理学被禁、"道"("理")之不行的痛苦和"虽九死其犹未悔"的决心。

2. 今典

如前所述,所谓"今典"也就是创作者其时的故实,易言之,与创作者同时的历史环境中的人、物、事、言等。中国文人自古就有重视今典的传统。孟子云:

---

① (宋)妙元编:《虚堂和尚语录》卷八,《大正藏》第47册,第1044页上。

第四章　朱熹诗与佛禅

> 颂其诗，读其书，不知其人，可乎？是以论其世也，是尚友也。①

又说：

> 故说诗者，不以文害辞，不以辞害志，以意逆志，是为得之。②

由上文可知，不论是孟子的"知人论世"说，还是"以意逆志"论，其实都强调了读书说诗解读今典的重要性。然而由于今典不像古典经过时间沉淀，形成约定俗成而广泛流传的认识，因此诠释诗歌中的今典往往不易。就朱熹"今典"发抒佛禅类题材的诗相对而言其数不多，再论及诗歌艺术价值，唯《山北纪行十二章章八句》其五章可为此类诗作的代表作。全诗如下：

> 斯须暮云合，白日无余晖。金波从地涌，宝焰穿林飞。僧言自雄夸，俗骇无因依。安之本地灵，发现随天机。

《山北纪行十二章章八句》是朱熹创作的最长的诗篇。前人评此诗"十二章，前首是冒，后首是结。前六首历叙诸山，所谓'尽彼严壑之胜'，后六首归重到濂溪上，所谓'满兹仁智心'"③，上诗显然是"尽彼严壑之胜"之作。诗之意在于从情景中传出崇正黜邪，职是之故，诗中"僧言自雄夸，俗骇无因依"实则以"今典"入诗。关于此典，诗人在本章诗末特以小字旁注：

---

① （先秦）孟子著，杨伯峻译注：《孟子译注》，中华书局1960年版，第251页。
② 同上书，第215页。
③ （清）洪力行：《朱子可闻诗集》卷五，清康熙六十一年刻本。

天池院西数步有小佛阁，下临绝壑，是游人请灯处。僧云灯非祷不见，是日不祷而光景明灭，顷刻异状。诸生或疑其妄，予谓僧言则妄，而此光不可诬。岂地气之盛而然耶？①

由此可见，诗中暗用了当时僧之"灯非祷不见"的虚妄之言。然朱熹认为出现灯"不祷"而灭乃"地气盛"之故，这就是诗中所云"安之本地灵，发现随天机"，诗人以此揭穿僧言之"俗骇无因依"的虚妄之邪，可谓是以今人今事入诗说理的形象演绎。

3. 古典与今典的交融之诗

朱熹诗不仅蕴含丰富的古典资源，富有时事韵味的今典，而且包括还有古典与今典交融化用的诗作。其中，最典型的典故就是《福岩寺回望岳市》一诗对"不见人间"之典的化用。

"不见人间"源于法眼文益的大弟子天台德韶国师在通玄峰顶写下的偈颂：

通玄峰顶，不是人间。心外无法，满目青山。②

这一诗偈反映了法眼"三界唯心，万法唯识"的宗观，后来佛教各宗对此也津津乐道，后人也对其多有改制。绍兴二十三年（1153）朱熹登上泉州安溪凤山峰，兴之所至，在通玄庵壁变换德韶国师偈，题下了一偈：

心外无法，满目青山。通玄峰顶，不是人间。③

---

① 《晦庵先生朱文公文集》卷七，《朱子全书》第20册，第491页。
② （宋）道原纂：《景德传灯录》，《大正藏》第51册，第407页中。
③ （明）林有年主纂：《安溪县志》卷八（明·嘉靖版），（香港）国际华文出版社2002年版，第268页。

第四章 朱熹诗与佛禅

对朱熹变换德韶国师偈之举,束景南先生有过精到的评论:"朱熹……把偈诗前后两句颠倒过来巧妙改制,变成自己的杰作,这就更加突出了'三界唯心,万法唯识'的宗旨,真是不着一字,尽得风流,表明他已如韶国师一样深悟了法眼宗的真谛。"①

然而,随着朱熹逐渐逃离佛老,走上复归儒家的道路,"不是人间"的典故不再是他谈禅悟道的心得,而成为他虽"援佛"却"辟佛"的一种方式。乾道三年(1167),在与张栻的和诗《福岩寺回望岳市》他再次以"不是人间"一典入诗:

昨夜相携看霜月,今朝谁料起寒烟。安知明日千峰顶,不见人间万里天?

这是一首以景寓理的诗作。前两句叙述诗人与同游之人悠游于山水的时间和天气。后两句由景入理,以景寓理,以反诘之语转换话锋,以强烈的语气对德韶国师"不见人间"的佛曲提出了质疑和否定,同时也否定了自己在绍兴二十三年悟得的佛法真谛,清晰地再现了诗人逃禅归儒生活轨迹之一斑。由此看来,此诗诗末不仅是对佛教典籍旧辞的化用,同时也有朱熹思想进程中的自我否定,可谓古典与今典交融入诗之典范。

(四) 不以佛语而以"状物"入诗的佛韵诗

清人沈德潜曾云:"诗贵有禅理禅趣,不贵有禅语。"(《虞山释律然息影斋诗钞序》)的确,以禅入诗,并不意味着在具有诗的外壳下对佛语禅词的生搬硬套、空洞说禅论佛。关于这一点,钱锺书先生在谈及诗寓禅之理趣时就曾指出:"乃不泛说理,而状物以明理,

---

① 束景南:《朱子大传》,商务印书馆2003年版,第154页。

不空言道，而写器用以载道。"① 所谓"状物以明理""写器用以载道"就是凭借具体的形象抒写禅意、禅理。朱熹创作的与佛禅相关的诗歌中有半数以上并不以佛语入诗，却于状物写景的诗意言说中，透出了别具一格的禅味。前文论朱熹佛禅旨趣诗对此已略有所论，现专就朱熹佛禅理趣状物写景诗之别具一格加以讨论。所谓别具一格指的是朱熹诗中的理趣与佛禅别有渊源，大体说来可分两类。

一是类似于禅宗"顿悟"的诗之理趣。

前文所论的充满禅悟思辨之旨趣的诗如《春日》一诗，巧融至理于气象平和、洒落恬淡的心境抒写，具体鲜明的形象蕴藉着抽象深刻的哲理，这种寓理于象的诗之理趣在思辨思维上与禅悟之趣并无二致。难怪有学者说《春日》一诗的诗句"也完全符合上乘的禅诗标准"②。与此类似的，朱熹的另一诗《出山道中口占》也写出了类似于禅宗顿悟的境界和体验：

川原红绿一时新，暮雨朝晴更可人。书册埋头无了日，不如抛却去寻春。

此诗作于淳熙十一年（1184）。前两句写春天川原红绿、暮雨朝晴万象更新的美好景象；后两句字面意思是：与其终日埋头书堆，不如暂时放下书本，走进大自然中寻找春天。实际上它们蕴含着更深的哲思：诗中所云埋头书册有似于佛禅的"渐修"，是理学家重要的修身养性的一种方式；"寻春"二字意蕴丰富，既可指自然之道，即大自然美好的春天，也可指理学之道，即有进入儒者顿悟的洒落境界，还可指政治之道，即道学工夫突破纸上之用而付诸社会现实

---

① 钱锺书：《谈艺录》，中华书局1984年版，第228页。
② 张培锋：《宋诗与禅》，中华书局2009年版，第37页。

第四章　朱熹诗与佛禅

的践履。可见,"春"在诗人心中别有意味,寄寓着诗人由景悟道的心灵感受,颇得禅宗"顿悟"之旨趣。

二是类似于禅悦体验的诗之理趣。

有学者指出:"借助形象说理的禅学依据是禅悦,禅悦是指由于悟得禅理禅趣而体验到的那种内心恬淡怡悦的心情。"① 朱熹有不少诗,在对自然山水、风花雪月和花鸟虫语的诗性描绘中,传达出独特的禅悦体验。如"独卧寄僧间,一室空山秋"(《又》),不仅抒发寄居寺院的孤独与寂静,而且以"室空"写"心空",极有禅味;又如"认取溪亭今日意,四更山月涌波心"(《趁韵》),道出了"月到天心处,料得少人知"的禅机;再如"浮云一任闲舒卷,万古青山只么青"(《寄籍溪胡丈及刘恭父二首》),借青山云雨抒发任闲逍遥的心境。诸如此类,不一而足。颇值一提的是,虽然有些诗引入佛语词,但诗中的禅理禅趣并不因其而生,而是通过诗中的景物诗性描绘传达出来。如《入瑞岩道间得四绝句呈彦集充父二兄》其三一诗虽然用了"红尘"这一佛教语词,但全诗却是在自然景物的诗意描绘中营造禅境一般的诗境:

清溪流过碧山头,空水澄鲜一色秋。隔断红尘三千里,白云黄叶共悠悠。

诗的上联描绘水之清亮、山之碧空,皆"澄鲜一色";下联以白云自由舒卷、黄叶飞舞营造出远离尘世喧嚣的宁静之境。诗人置身此境,寄怀物外,可谓禅悦的极致体验。又如,绍兴二十一年(1151)五月,朱熹访道谦后归返家中,过起了耽读佛经、究味禅悦的生活。其诗《夏日二首》其一以诗意的笔触传达诗人于自然景物抒写禅味

---

① 李善奎:《中国诗歌文化》,齐鲁书社1999年版,第404页。

生活的体验：

> 夏景已逾半，林阴方澹然。鸣蝉咽余响，池荷竞华鲜。抱痾守穷庐，释志趣幽禅。即此穷日夕，宁为外务牵？

上诗前半写景：一、二两句分别点明时令和全景式勾勒林中万物寂静的画面；三、四句分别选取夏景中最具代表的鸣蝉与池荷，刻画它们生命律动的姿态：鸣蝉的末日悲吟意蕴着生命的消亡，池荷的竞鲜又描绘出生命的绽放与盛开，以诗意的画面抒写诗人对生命历程的独特体验与反思。同时，一、二句之"静"与三、四句之"响"相互衬托，以静写动，以动言静，终以"静"境生。这样，诗人通过状物不仅创造出宁静恬淡，颇有空、寂的禅境，而且传达出诗人对生命生灭无常与万物变动不居的禅悟之思。正如宗白华先生所说："禅是动中的极静，也是静中的极动，寂而常照，照而常寂，动静不二，直探生命的本源。禅是中国人接触佛教大乘义后体认到自己心灵的深处而灿烂地发挥到哲学境界与艺术境界。静穆的观照和飞跃的生命构成艺术的两元，也是构成'禅'的心灵状态。"[①] 在前半部充分状物的基础上，后半部分诗人转而投入到自我的内心世界，直抒胸臆，表达身居穷庐，却心往"幽禅"的精神追求以及终日在此、无所挂碍的逍遥与空灵。诗中虽有一"禅"之佛语，然诗之禅理、禅趣非因此佛语而得，而是全仗状物写景、托境而生。

综上所述，朱熹创作的与佛禅相关的诗作，不仅佛禅旨趣的内容层次丰富、意蕴深刻，充分体现了儒者气象与释家情怀在朱熹文化心理与人格心态的两在共存，以及二者之间参合渗透；而且诗与

---

① 宗白华：《美学散步》（彩图版），上海人民出版社2015年版，第84页。

佛禅结合的形式灵活多样，既表现出诗人深厚的佛学修养，也诗意地再现了诗人复杂的佛老灵魂。

第三节 佛禅情结的审美意蕴及成因探微

如前所述，朱熹"出入佛老十余年"，家学师承亦与佛禅渊源深厚，师事李侗后，虽为维护儒学之正统而排佛、斥佛，对佛禅多有贬抑，然不可否认的是，即便其广大精微的理学体系也是吸纳佛禅思辨理路之精髓而构建的，正如束景南所云："禅宗和华严宗通过'华严禅'对他（指朱熹）理学体系的影响，一直到他死都没有能抹掉。"[①] 由是而论，朱熹之佛禅情结贯穿于一生，熔铸在朱子的生命意识与人格精神中，并在赋诗运思的诗性视界中呈现"思着的诗"与"诗化的思"[②] 的独特审美意蕴。

一 "思着的诗"

所谓"思着的诗"，是指"一切凝神之思都是诗"[③]，对于朱熹佛禅情结之吟咏而言，是指诗人对佛境禅理的内心体验、感悟和思考通过诗歌语言、意象、境界走向审美之途，呈现诗性视界的艺术美。

首先，从意象看，朱熹诗佛禅情结往往通过鸟兽草木、风花雪月等自然意象，使儒、禅之"理"境与"物"境交感契合。有的于诗中吟咏诗人的"禅悦"之思，有的寓儒、禅之理于写景状物中。从文化渊源的角度看，这些意象的选择和使用与佛教对于自然采取观想静察的态度有密切的关系。所谓说："学道之初，要须安坐，收

---

① 束景南：《朱子大传》，商务印书馆2003年版，第287页。
② 胡经之：《文艺美学》，北京大学出版社2003年版，第17页。
③ ［德］海德格尔：《走向语言之途》，《在通向语言的途中》，孙周兴译，商务印书馆1997年版，第230页。

心离境，住无所有，不着一物，自入虚无，心乃合道。"① 朱熹正是对此深有了悟，身融自然，意与物接，不仅以自然作为体道、悟道的对象，而且把自然视为主观沉思的依据，也是其传达思悟的意象来源。这既不同于邵雍、周程等理学诸子单纯以自然意象承载儒家道德精神的形上人格追求，也不同于韩愈深受"佛教艺术的感染和启迪"②，以荒幻意象突出个体与外界的矛盾、对立和抗争的形下情感体验，而是诗人之"情"与儒、禅之"理"交融互渗移至物之"象"中，充分体现佛禅之藏清净心的德力与其内心深处情感思理的共鸣，这是一种宗教式的快乐体验，也是诗人人格精神境界的诉求。

其次，从语言运用思维看，朱熹抒写佛禅情结的诗作以五言、七言绝句或律诗为主，佛禅对其诗作的影响不在于语言句式、概念的一般性逻辑推理，而在于禅宗那种于活处观照，强调直觉体验、顿悟与思辨的思维方式。朱熹诗或以佛禅语词入诗言说"理"旨，或是"望中景助诗人趣，物外春归释子家"（《又和秀野》）那种以禅宗式的澄虑、淡泊之心体验自然清净的诗性语言描述等，所有这些都体现着这种思维方式具有独特的审美张力。

最后，从境界看，朱熹佛禅情结发抒之作的诗境富于禅境之韵。中国诗学史上历来对诗境多有论说和划分，司空图《二十四诗品》细分为二十四种境界，王国维则粗分出"有我之境"和"无我之境"。然而由于朱熹诗佛禅情结言说意象及语言运用思维的独特性，使其佛禅情结诗作的境界很难用其中的诗境理论加以概括和描述，唯其"诗境似禅境"方显其独特诗境之本色。换言之，朱熹诗佛禅情结的言说是诗人以艺术的方式创造出求真见性、体悟人生的诗性世界，是诗人之心、之性与宇宙万有的契合，这与禅境之通过静虑

---

① 陈正夫、何植立：《朱熹评传》，江西人民出版社1984年版，第85页。
② 陈允吉：《"牛鬼蛇神"与中唐韩孟卢李诗的荒幻意象》，《佛教与中国文学论稿》，上海古籍出版社2010年版，第368页。

第四章 朱熹诗与佛禅

去欲的禅观或顿悟见性的直觉观照而达到万念俱灭、物我齐一的圆融无碍之境极其相似,而这正是朱熹诗歌沟通诗禅境界,以艺术的方式言说禅的境界,又在诗的境界中蕴藉丰富的禅韵与禅趣的独特审美视境。

二 "诗化的思"

所谓"诗化的思",是指"一切诗都是思"。[①] 朱熹诗佛禅情结诗性视界蕴含的更深层次的美学意蕴还在于它既是诗人理禅融合、兼摄融通的道学精神的诗性表征,又蕴含着丰富的"诗理合一"的独特意蕴,呈现出厚重的文化底蕴,是"诗化的思"。

首先,就宏观而言,朱熹诗"理"蕴含厚重的文化底蕴。

由上文所论可知,朱熹诗中内蕴之"理",既包括理学之"理",也包括"禅理""禅趣",前者是朱熹个体生命对宇宙万有理性探索的强烈追求,是对人的生存的沉思与观照;后者则诠释着朱子个体生命在群体生活中的真切感受和自由抒发。可见,在这样的诗性视界中,不仅有朱熹佛老情怀之一己逍遥、超越世俗的追求,更有与他人共在、拯救整体、直面人生的儒者的使命感和担当精神。这种人生出处的矛盾冲突、二律背反的两在合一,体现着朱熹极端的形上追求与充分的形下气质兼容并包、融摄吸纳的道学精神,是儒释道三家之学生命与境界,人生的真切观照与亲在体验之共有品格在诗歌艺术世界的践履,也是儒释道三家"一天人,同真善,合知行"[②] 的价值祈向的诗意化。于是,理趣、禅韵、诗情在儒、释、诗多重文化相互渗透与交错中彰显出朱熹诗"诗理合一"的独特审美意蕴——哲学诗化,诗哲学化。朱光潜曾说:"诗虽然不是讨论哲学

[①] [德]海德格尔:《走向语言之途》,《在通向语言的途中》,孙周兴译,商务印书馆1997年版,第230页。

[②] 张岱年:《中国哲学大纲》,中国社会科学出版社1982年版,第5—7页。

和宣传宗教的工具，但是在它的后面如果没有哲学和宗教，就不易达到深广的境界。诗好比一株花，哲学和宗教好比土壤，土壤不肥沃，根就不能深，花就不能茂。"① 在宋代，不乏爱好理学的诗人，也不乏喜吟诗作文的理学家，但能将哲学诗化、诗哲学化，在诗歌中吟咏性情时显理学睿智，在言谈义理时又见诗人用诗的语言、诗的情趣、以禅悟思辨的理路呈现天地境界的人格追求历程，将"思"诗化的却寥若星辰，而朱熹则是其中之一。

其次，就微观而论，朱熹引佛语入诗，带来了"探河究源"的审美空间。

朱熹佛禅类题材的诗引入的佛语，既有佛学色彩浓厚的语词，也有佛教概念、术语的专用词汇，还化用佛教典故，这些引语多数为日常鲜见，用于诗中往往使诗歌表达含蓄深沉，与此同时，典故的选择往往还蕴含着诗人对典故人物、事件的审美认识与审美趣味的认同。因此，我们要读懂诗意、把握诗境，就要对这些佛语特别是典故，追根溯源，探寻其出处、演变及与诗中情境的契合关系，从而真正融入诗歌境界当中领悟其遣词化典的真谛。正如陈寅恪先生所云："解释古典故实，自当引用最初出处，然最初出处，实不足以尽之，更须引其他非最初而有关者，以补足之，始能通解作者遣词用意之妙。"②

三 成因探微

朱熹诗意蕴丰富的审美视界与朱熹复杂而多元的文化成长环境有密切的关系。美国文艺理论家 S. 阿瑞提曾说"一个人不能凭空创造出新的东西。他的创造必须有一个环境。这个环境给他提供文化

---

① 朱光潜：《中西诗在情趣上的比较》，《诗论新编增订本》，中华书局 2012 年版，第 69—80 页。

② 陈寅恪：《柳如是别传》，上海古籍出版社 1980 年版，第 11 页。

第四章　朱熹诗与佛禅

熏陶以及各种刺激"①。的确，朱熹诗佛禅情结的独特审美意蕴渊源有自，概而要之：其艺术美源于朱熹独特的佛禅因缘；其文化底蕴美离不开两宋富于弹性与包容性的文化土壤。

（一）朱熹独特的佛禅因缘

自两汉以来，佛教进入中原，经过300多年向中土浸润、渗透，自东晋兴盛繁荣，直到隋唐，这种发展更是从各个领域对中国传统的思想文化发生重要的影响，而从唐末五代至宋，儒家的伦理道德受到前所未有的冲击，尤其是佛道两家的心性修养和思辨思维为宋代士子广泛认同并加以吸收。从北宋中期开始，士大夫参禅、学禅之风日盛，出现"儒门淡薄，收拾不住，皆归释氏"②"近来朝野客，无座不谈禅"③的局面，以致文人士子之治学、生活、作文皆带上明显的佛禅印记。尤其是禅宗兴起后，特别强调直觉、顿悟，自然风物成为禅机禅理的载体，以物境喻禅理成为山中释子沟通交流的言说方式。如《五灯会元》记载一僧问何为大乘宗时，华藏禅师先以"白云断处见月明"答之，继而又以"黄云落叶闻捣衣"点化。④这种以诗说禅、强调顿悟的活处观照及融通禅境与诗境在宋代可谓蔚然成风，许多理学宗师也不能不受其影响，如《归宗寺志》就记载周敦颐造访佛印时，问道："何谓是道？"佛印回答："满目青松一任看。"此种局面一直延续到南宋。而据文献记载，宋代福建禅寺林立，禅风尤其炽盛。明人黄仲昭在《八闽通志》说闽中佛教寺院"历晋、宋、齐、梁而始盛，至于宋极矣！"⑤《福建佛教史》所统计记载的一组数据也能说明这一现象：唐代福建兴造寺院715所，

---

① ［美］S. 阿瑞提：《创造的秘密》，钱岗南译，辽宁人民出版社1987年版，第47页。
② （宋）道谦：《大慧普觉禅师宗门武库》卷一，《大正藏》第47册，第954页下。
③ （宋）司马迁：《戏呈尧夫》，《司马温公文集》卷一二，中华书局1985年版，第286—287页。
④ （宋）普济：《五灯会元》，中华书局1984年版，第229页。
⑤ （明）黄仲昭：《寺观》，《八闽通志》，福建人民出版社1990年版，第773页。

宋代福建兴造寺院1180所。[1] 朱熹生于闽，长于闽，讲学任职也多在闽地，在宋代福建如此兴盛的佛禅风气所熏染下，喜好佛禅寺院也在情理之中。《朱子文集》所载的朱熹生平所游访的佛禅寺院知其名者不下20处，其在诗中提到的佛禅寺院据笔者统计约20处53首诗，主要内容涉及住宿、观碑、刻石、置酒聚会、游玩吟赏等。此外，朱熹的家学师承亦与佛禅渊源深厚。其父虽习儒为仕，却颇好佛禅，与净悟、大智等禅师交往甚密，且朱熹之外祖父、舅舅、叔叔、母亲等都嗜好佛禅。其父病逝，所托授学之三先生刘子翚、刘勉之、胡宪皆出入佛禅。其中，对朱熹影响颇深的刘子翚，濡染禅风甚深，交往禅僧甚多。后因机缘，朱熹更皈依道谦，理会"昭昭灵灵的禅"。正如宋代禅宗炽盛深刻影响宋代诗歌风貌一样，朱熹如此特殊的佛禅因缘不仅影响着其精神世界和生活方式，也影响着他作诗为文的独特审美艺术，不论是诗歌意象、语言思维还是诗歌境界都深受其佛禅因缘的影响。

（二）两宋文化的极大弹性和包容性

如前所论，朱熹诗佛禅情结的人文底蕴美表现为两个方面：一者为朱子兼涉融通的道学性格，这与宋代文化心理充斥着形上理想追求与形下情感欲求的矛盾和冲突，表现出极大的兼蓄并包有很深的渊源。宋代文化中有种种看似疏离背反的两极却又处处表现出亲和认同的文化现象，如理学与宋词的双璧生辉，儒学道统与禅悦之风的并行不悖，宋代士子心态的向内收敛与向外辐射扩展……显然，由理禅融合熔铸的朱熹道学性格与此种文化精神息息相关。二者为哲学诗化、诗哲学化的"诗理合一"，从主观上说，这首先与朱子兼涉融通的道学性格的形成有直接关系；从客观上说，与有宋一代，糅合、融摄释老之学、富于包容的理学精神浸润到宋代文化的方方

---

[1] 王荣国：《福建佛教史》，厦门大学出版社1997年版，第151、212页。

第四章　朱熹诗与佛禅

面面有关：诗学上，孔子提出的"兴于诗"的命题在历经汉唐两代的沉寂后在宋代突然成了热门的话题，理学家、心学家无不于此津津乐道，并由此扩大到纯文学领域。此后，更有"比兴深者通物理"[①]之说，一改汉唐诗中比兴通向怨刺上政之旨趣。诗歌创作上，宋人作诗好言理，也表现出与唐诗写意抒情不同的诗歌风貌，如王安石之"不畏浮云遮望眼，只缘身在最高层"（《登飞来峰》），苏轼"不识庐山真面目，只缘身在此山中"（《题西林壁二首》），辛弃疾之"青山遮不住，毕竟东流去"（《菩萨蛮·书江西造口壁》）……凡此种种变化，毫无疑义，当与理学致思崇理的方向关系密切。朱熹为理学大家，亦为道学家中的大诗人，其诗佛禅情结与"理"之千丝万缕的联系在一定层面上反映了宋代诗风的转变，而其丰富而微妙的诗性视界，亦折射出宋代理学、禅学及高度的思辨能力与诗从形式到内容结缘的微妙关系。

综上所述，朱熹创作的与佛禅相关的诗，就内容而言，不论是抒发喜好佛禅的眷恋情怀，还是表达辟佛扬儒的旨趣和态度，或是禅悟思辨在其诗作留下的蛛丝马迹，都反映了诗人与佛禅千丝万缕的联系。就其一生而论，儒、佛在其心灵现实中是两在共存的：既有"傍人欲问箪瓢乐，义理谁知悦我心"（《寄吴公济兼简李伯谏五首》其五）"明明直照吾家路，莫指并州作故乡"（《送林熙之五首》其五）的儒者入世的一面，也有"春鸟外，白鸥前，几生香火旧因缘。酒阑山月移，雕槛歌罢、江风拂玳筵"（《江槛词》）的禅家出世之情怀。正如金春峰所云："朱熹一生的追求，事功面虽在儒学，但私心之所向往，则总不忘隐逸与方外。矛盾，但却一往情深。"[②]就艺术审美价值而论，朱熹虽然有些诗不是将佛禅意境化入诗歌，

[①] 郭绍虞：《王直方诗话》，《宋诗话辑佚》，中华书局1980年版，第1—110页。
[②] 金春峰：《朱熹诗与佛禅·万古长空一片心》，《朱熹哲学思想》，（台北）东大图书股份有限公司1998年版，第420页。

"以禅喻诗",而只是将佛教语生硬地放在诗中,削弱和破坏了诗的审美趣味,使之或成为援佛入儒的枯燥说教,如前文所说的《克己》,又如《次祝泽之表兄》之"安心"("此去安心知有法")等;或成为诗人排佛辟禅的代言工具,如《次韵四十叔父白鹿之作》之"空谛"("莫谈空谛莫求仙")等,毫无诗味、诗情或诗境可言,但就其整体成就而言,其创作的与佛禅相关的诗作以诗性的语言表现了这些诗歌丰富的审美意蕴,闪耀着哲理睿智的光辉,洋溢着胸次悠然的文情诗意。确如清人所评朱熹诗之谓"中和条贯,浑涵万有,无事模镌,自然声张"①,在禅情、理趣与诗性中彰显了理学诗人朱熹之本色。

---

① 吴之振等:《文公集钞》,《宋诗钞》,中华书局1986年版,第1651页。

第五章　涉佛古文研究

　　朱熹对于作诗为文的态度就如他对佛老之学既融又斥一样，是矛盾的。他既常常"感事触物，又有不能无言者"①，情不自禁发之于诗文；又担心沉迷其中会"营惑耳目，感移心意"②，甚至刻意地掩饰自己的好文之心，说："平生最不喜作文，不得已为人所托乃为之。"③尽管如此，朱熹不仅提出了深刻丰富的文学思想，留下了1200多首诗词，而且创作了文体多样、内容涵盖上至宇宙天理的哲学反思、下至民间百姓生活琐事记录的各类古文，称其为南宋文章大家实不为过，当今亦有不少学人致力于恢复朱熹"文学家"的身份④。然而，就笔者目力所及，从文学和审美的角度为切入点，学界目前对朱熹古文除记体文、题跋有少量研究外，对其进行文体分类专题研究还是鲜见的。⑤

---

　　①　《晦庵先生朱文公文集》卷七五，《朱子全书》第24册，上海古籍出版社、安徽教育出版社2002年版，第3627页。
　　②　《晦庵先生朱文公文集》卷七七，《朱子全书》第24册，上海古籍出版社、安徽教育出版社2002年版，第3705页。
　　③　《朱子语类》卷一〇四，《朱子全书》第17册，上海古籍出版社、安徽教育出版社2002年版，第3442页。
　　④　如莫砺锋先生认为"朱熹的文学家身份被历史地消解了"，主张"恢复朱熹文学家本来面目"。（莫砺锋：《前言》，《朱熹文学研究》，南京大学出版社2000年版，第8页）
　　⑤　"记"以郭妍的《朱熹"记"文研究》（硕士学位论文，北京师范大学，2009年）为代表。其中以山水游记成果最多，最有代表性的成果当数潘立勇先生的《朱子理学美学的山水美学》（潘立勇：《朱子理学美学》，东方出版社1999年版，第354—401页）和郭良桂的《朱熹山水游记研究》（硕士学位论文，福建师范大学，2010年）。题跋以汪亚琳的《朱子题跋研究》（硕士学位论文，华东师范大学，2015年）为代表。

而以文学与佛禅渊源为观照中心的研究几乎还是一片空白，故笔者不揣浅陋，欲就此论题尝试一二，就教于方家。

第一节　涉佛古文文体概说

清人洪亮吉说："南宋之文，朱仲晦大家也。南宋之诗，陆务观大家也。"① 可见，后人对朱熹之文的成就与陆游诗是置于同一层次评价的，其文对后人发生了深远的影响。然中国文章史上，"古文"的意义十分宽泛。就其发展历程看，"古文"之说始于韩愈，但宋人那里，常常"古文""散文"并称，都用来指与骈体文相对的文体概念。朱熹自己对此亦有所论说："散文亦有押韵者。"② 还说："若散文，则山谷大不及后山。"③ 然而其说并没有对这一范畴作清晰的质的规定。裴世俊先生在界定钱谦益古文概念时曾指出："（古文）属于'杂文学'的范围"④，"根据古文分类和散文特点，我们自然将钱氏除诗歌以外的散体文章，作为本书《钱谦益古文首探》的范围和对象。"⑤ 就朱熹创作的各类文章看，笔者以为，裴先生的这一界定可以适用于对朱熹古文范畴的界说。因此，朱熹的古文指的是除朱熹诗词赋以外的散体文章。朱熹文集包括《文集》《续集》《别集》《遗集》《外集》，各集又按文体对所收之文分门别类，主要包括封事、奏劄、讲义、议状、劄子、奏状、申请、辞免、书、杂著、序、记、跋、题记、铭、箴、赞、表、疏、启、婚书、上梁

---

① 洪亮吉：《北江诗话》卷三，中华书局1985年版，第29页。
② 《朱子语类》卷八〇，《朱子全书》第17册，上海古籍出版社、安徽教育出版社2002年版，第2753页。
③ 《朱子语类》卷一四〇，《朱子全书》第18册，上海古籍出版社、安徽教育出版社2002年版，第4333页。
④ 裴世俊：《钱谦益古文首探》，齐鲁书社1996年版，第9页。
⑤ 同上书，第12页。

第五章 涉佛古文研究

文、祝文、祭文、碑、墓表、墓志铭、行状、公移等几十种各类文体的文章。

按朱子各集的文体分类,关涉佛禅内容的文章多数比较集中在书、杂著、序、跋、记等文体中;另外题记、祭文、墓表、墓志铭、神道碑等文体的篇章在一定层面上也与佛禅有或多或少的关联。我们把这些文章统称为涉佛文。其中,由于祭文、墓表、墓志铭、神道碑等与丧葬之事有关,故而将它们合称为丧葬类涉佛文体。综观朱熹古文涉佛文,其关涉佛禅的方式主要有两种:一是语言上,一方面,朱熹古文创作中引入不少佛语,特别是书信体古文,佛语的引用屡见不鲜;另一方面,朱熹有少部分古文作品是用禅语机锋创作的,尽管数量很少,但却代表了朱熹古文涉佛文最鲜明的特色,若与"禅诗"之说对应,这一部分古文作品可称之为"禅文"。二是内容上,朱熹古文关涉佛禅最主要的是内容层面的关涉,这包括其论佛说禅中所反映出朱熹的佛禅思想、态度、观念;于文章中叙写作者出入佛老之行实,书写其出入佛禅过程中的心路历程;反映禅僧释子的生活、交游与修行;记载与描述崇佛或排佛之士的行实和思想;对涉佛作品的品鉴、考辨;对涉佛现象、事件、场所的记载与描述,等等,诸如此类,不备举。尽管这些内容侧重点不同,但必须指出的是,不论在哪一种文体的涉佛文中,都会不同程度地涉及朱子的佛禅思想、态度、观念,涉及朱子对儒释异同辨别中表现出的融佛与排佛的矛盾二重性;涉及朱熹对佛教义理或佛教典籍的理解或看法,这可以说是朱熹古文涉佛文内容上的共性之处。

此外,这里须将朱熹古文涉佛文文体中的"题记"特别拈出加以说明。题记之义有三种:一是指为名胜古迹或有纪念意义的事物而抒写的文字。二是文体的名称,对此,姚华的《论文后编》指出:"而一文之后,有所题记,后人称曰'书后',抑或曰'跋',则后序之变，前或曰'引'，又前序之变也。"① 由此可见，文体意义上的题记与跋和序有一定的渊源。这种含义上的题记，我们把它归到序跋中讨论。三是古人在名胜各处题写的文字，这种题记文字不多。从朱子文集中的题记看，主要是就各处名胜而着文抒怀或于名胜之处题写文字两类。检朱子题记涉佛文，多数为庐山佛寺名胜处的题记，主要有《题折桂院行记》《题罗星寺》《题罗星寺张于湖字后》《题石乳寺》《题栖贤摩崖》《题叠石庵》《题折桂院》等七篇。以文学性考量看，诸篇之中，仅《题折桂院行记》属着文抒怀之文，有一定的文学性，其文如下：

始，予至折桂院之西轩，爱其江山之胜。道人云公为予言："此未足观，少上当益奇。"因道予行深竹中，竹尽，得大阜，背负五老，面直江湖。东西数百里，云山烟水，渺莽萦带，胜绝不可名状。乃规作亭其处，取李翰林《庐山谣》中语，命以为"黄云观"。会云公去，不果为。今年春乃克为之，未讫工而余代去。闰月晦日，与清江刘子澄、长乐林择之、开封赵子明、温陵许景阳、建安王春卿、长乐余占之、陈彦忠、临淮张致远、长乐黄直卿俱来，因记其事。云公诸王孙，弃官学浮图法，今客大洪山云。淳熙八年辛丑岁朱某仲晦父题。②

庐山佛寺遍布，折桂寺是其中之一。此文是朱熹携诸友、门生游览庐山折桂院而写的题记，文中不仅简洁交代了行踪，而且以疏荡的笔法描绘了折桂院所在山峰狮子峰上的云雾奇观，流露出作者爱江山之胜的情怀。除这篇《折桂院行记》，其六篇皆属于名胜之处

---

① 陈振鹏、张培恒：《古文鉴赏辞典》（下），上海辞书出版社2014年版，第1982页。
② 《晦庵先生朱文公别集》卷七，《朱子全书》第25册，上海古籍出版社、安徽教育出版社2002年版，第4983页。

题写文字,这些文字基本上都是"某某到此一游"之类的题字,无甚文采,此不复赘。

概而言之,除题记外,朱熹古文涉佛文体之书、杂著、序跋、记、丧葬类涉佛文体等诸体涉佛文,其涉佛内容丰富,语言亦与佛禅颇有渊源,有必要对它们分别考察和检讨。

第二节 书体涉佛文

书,是朱子与他人的书信往来,是朱子文集中的重要文体,其数在朱子各类文体创作数量中最多:《文集》一百卷,"书"有四十卷、《续集》十一卷均为"书",《别集》十卷,"书"有六卷,《遗集》三卷,"书"近两卷,只有《外集》两卷"书"极少,仅三篇。检朱子各类文集中的"书",不难发现,朱熹与人书信往来之内容绝大多数都是与师长、友朋、学生间思想、学问的交流、探讨或解惑。其中,涉佛文辞成为他阐说、宣扬其理学思想内容的一个最重要的组成部分,占篇幅总数近一半。细绎朱熹"书"中涉佛文句,佛禅与朱熹"书"文的关系及表现的方式可从三个方面来考察。

一 涉佛内容述论

朱熹与他人的书信多是论学讲道,因此论佛禅就成为其中的主要内容之一。从内容看,主要有三个方面。

(一)儒释之辨为核心的佛禅义理论说

朱熹虽"出入佛老十余年",但其一生排佛的态度是非常鲜明的。翻开朱子文集、《语类》,其对佛禅声色俱厉的言辞或夹枪带棒的批判几乎充斥在每一个角落,而"书"更是成为他与学人儒释交锋的重镇所在。不管是扬儒还是排佛,朱熹与他人书信往来的一个重要内容就是以儒释之辨为核心的义理阐发。这些书信有些是对儒释相近范畴的辨析，如释氏之"心""法"之辨（《答张钦夫》"所示彪长"），又如圣人之"本天"与释氏之"本心"之辨（《答张钦夫》"盖凡一物有一理"），再如圣门"之仁"与释氏之"正觉""能仁"之辨（《答李伯谏》"来书谓圣门以仁为要"）。有些是进一步辨析或纠正前人著述儒释之说中的谬误，如《答胡季随》就对《程氏遗书》中的释氏"直内"与"方外"、释氏与孟子之"识心见性"等作了辨析，同时也对"释氏有尽心知性，无存心养性"的记录给予纠正。① 概而言之，以这一内容为主的书信不胜枚举，它们多是学术思想的探讨与交流，是朱熹理学思想阐发的重要文献。

（二）朱熹对崇佛世风的评说与批判

所谓崇佛世风的批判，既指对整个社会溺佛风气的批判，也指对士人个体浸染佛禅、沉迷其中或阳儒阴释的批评和警示。对于前者，朱熹说过颇多类似的话，如："近世说者多借先圣之言以文释氏之旨"②；"今日学者不没于利欲之途，即流于释氏之径"③；"世道衰微，异论蜂起，近年以来，乃有假佛释之似以乱孔孟之实者"④，等等，诸如此类，不备举。对于后者，朱熹也常以诗文警示。如朱熹批评汲公阳儒阴释时说："横渠墓表出于吕汲公，汲公虽尊横渠，然不讲其学而溺于释氏，故其言多依违两间，阴为佛老之地，盖非深知横渠者。"⑤ 对忽然转而学佛的叔度也深感惋惜："叔度忽为佛学，

---

① 《晦庵先生朱文公文集》卷五三，《朱子全书》第22册，上海古籍出版社、安徽教育出版社2002年版，第2521页。
② 《晦庵先生朱文公文集》卷四五，《朱子全书》第22册，上海古籍出版社、安徽教育出版社2002年版，第2079页。
③ 《晦庵先生朱文公文集》卷五五，《朱子全书》第23册，上海古籍出版社、安徽教育出版社2002年版，第2631页。
④ 《晦庵先生朱文公文集》卷六〇，《朱子全书》第23册，上海古籍出版社、安徽教育出版社2002年版，第2867页。
⑤ 《晦庵先生朱文公文集》卷三五，《朱子全书》第21册，上海古籍出版社、安徽教育出版社2002年版，第1530页。

第五章 涉佛古文研究

私窃忧之",认为叔度"且求之释氏,却是适越北辕,却行求近,此区区所以深惜叔度平日之用心,而不欲其陷于此也"(《答吕子约》)。①但对于因一己之好而影响士人或伤风败俗的崇佛者,朱熹的言辞可谓声色俱厉、毫不留情,最典型的要数朱熹对苏轼的好佛习气的批判。朱熹在给汪应辰(1118—1176,曾迁吏部尚书)的一封复信中提道:

> 至于王氏、苏氏,则皆以佛老为圣人……高者出入有无而曲成义理,下者指陈利害而切近人情。其智识才辨谋为气概,又足以震耀而张皇之,使听者欣然不知所倦,非王氏之比也。然语道学则迷大本,论事实则尚权谋,炫浮华而忘本实,贵通达而贱名检。此其害天理,乱人心,妨道术,败风教,亦岂尽出王氏之下也哉!(《答汪尚书》)②

在给吕祖谦(1137—1181,字伯恭)的信中朱熹也说:

> 苏氏之学,上谈性命,下述政理,其所言者非特屈宋唐景而已。学者始则以其文而悦之,以苟一朝之利;及其既久则渐涵入骨髓,不复能自解免,其坏人材、败风俗盖不少矣。(《答吕伯恭》)③

这些批判崇佛士人的书信表现出朱熹很强的忧道意识。

---

① 《晦庵先生朱文公文集》卷四五,《朱子全书》第22册,上海古籍出版社、安徽教育出版社2002年版,第2192页。
② 《晦庵先生朱文公文集》卷三〇,《朱子全书》第21册,上海古籍出版社、安徽教育出版社2002年版,第1303页。
③ 《晦庵先生朱文公文集》卷三三,《朱子全书》第21册,上海古籍出版社、安徽教育出版社2002年版,第1428页。

（三）叙述自己与方外道友的交游

虽文献载有朱熹与大慧、道谦等方外高人以及友僧投书问法的史实，但朱熹各文集现存的、完整的此类书信仅两封。

一是《与开善谦禅师书》，全文如下：

> 向蒙妙喜开示，应是从前记持文字，心识计校，不得置丝毫许在胸中，但以狗子话头时时提撕。愿受一语，警所不逮。①

此文朱子文集原未收，但收在佛教典籍《佛法金汤篇》卷一五和《释氏资鉴》卷一一。在这封不长的书信中，朱熹向我们透露了早年师事道谦的经历。朱熹在信中希望道谦就大慧宗杲开示所提给予自己提点，即所谓"愿受一语，警所不逮"。朱熹这一投书问法之事在《云卧纪谈》有相应的记载：

> 谦后归建阳，结茅于仙洲山。闻其风者，悦而归之，如曾侍郎天游、吕舍人居仁、刘宝学彦修、朱提刑元晦以书牍问道。时至山中，有《答元晦》。其略曰："十二时中，有事时随事应变，无事时便回头，向这一念子上提撕：'狗子还有佛性也无。'赵州云：'无。'将这话头只管提撕，不要思量，不要穿凿，不要生知见，不要强承当。如合眼跳黄河，莫问跳得过跳不过，尽十二分气力打一跳，若真个跳得这一跳，便百了千当也，若跳未过，但管跳，莫论得失，莫顾危亡，勇猛向前，更休拟议。若迟疑动念，便没交涉也。"②

---

① 《朱子遗集》卷二，《朱子全书》第 26 册，上海古籍出版社、安徽教育出版社 2002 年版，第 613 页。

② （宋）晓莹录：《云卧纪谈》，《卍续藏》第 86 册，第 676 页上。

第五章　涉佛古文研究

两条文献相互对照，互相应证，朱熹早年出入佛禅的经历就非常明晰了。

另一封与方外之友交游的书信是《志南上人》。志南者，生卒年不详，号明老，与朱熹友善，朱熹诗《山北纪行十二章章八句》有"与……会稽僧志南明老偕行"[①]之语。《志南上人》一书原载于《寒山子诗集》后，全文如下：

五月十三日，熹悚息启上：不久闻动静，使至，特辱惠书，获审比日住山安稳，为慰。天台之胜夙所愿游，往岁仅得一过山下，而以方有公事，不能登览，每以为恨。今又闻故人挂锡其间，想见行住坐卧不离泉声山色之中，尤以不得往同此乐为念也。新诗笔势超精，又非往时所见之比。但称说之过不敢当耳。二刻亦佳作也，但挽行夺市，恐不免去故步耳。《寒山子诗》彼中有好本否？如未有，能为雠校刊刻，令字画稍大，便于观览，亦佳也。寄惠黄精、笋干、紫菜多品，尤荷厚意。偶得安乐茶，分上廿瓶，并杂碑刻及唐诗三册谩附回便，幸视至。相望千里，无由会面，临书驰情，千万自爱，不宣。熹悚息启上国清南公禅师方丈。熹再启。

清泉各安佳，儿辈附问。黄婿归三山已久，时得书也。《出师表》未暇写，俟写得转寄去未晚也。《寒山诗》刻成，幸早见寄。有便只附至临安赵节推听，托其寻便，必无不达。渠黄岩人也。熹再启。[②]

[①]　《晦庵先生朱文公文集》卷七，《朱子全书》第20册，上海古籍出版社、安徽教育出版社2002年版，第491页。

[②]　《晦庵先生朱文公别集》卷五，《朱子全书》第25册，上海古籍出版社、安徽教育出版社2002年版，第4932—4933页。另，此"书"亦收在《朱子遗集》卷二（参看《朱子全书》第26册，上海古籍出版社、安徽教育出版社2002年版，第651页）。

此书作于淳熙十五年，是朱熹最具私人话语和情感色彩的书信之一。这封信包含五个内容：一是寒暄之语，表达未得一见的遗憾和心中挂怀的情感；二是评南上人（即志南禅师）新作之诗；三是称道南上人之书刻；四是向南上人索要《寒山子诗》好本；五是絮叨礼尚往来之意。其中，信中有两个内容值得回味。一是两封书信都向南上人索要《寒山子诗》好本，可见这是此信的重点，也由此可知朱子曾读过多种版本的《寒山子诗》。《寒山子诗》共3卷，集录寒山子之诗偈而成，内收五言诗285首、七言诗20首、三言诗6首，共计311首，卷末附载丰干禅师诗及拾得诗，诗以生死无常、富贵烟云为主题。朱熹诗也有许多感叹世事无常、功名利禄转瞬即逝的充满空寂虚无情绪的诗篇，如《感事有叹》《秋夜叹》《次韵傅丈武夷道中五绝句》等，大概与朱熹喜读《寒山子诗》、受了此诗集所影响有关。二是信中流露了诗人对志南法师诗风的激赏。朱熹曾为志南诗卷后作跋，其言曰：

南诗清丽有馀，格律闲暇，无蔬笋气，如云"沾衣欲湿杏花雨，吹面不寒杨柳风"，每深爱之。①

朱熹后来作书向袁梅岩推荐志南及其诗作。检朱子集各卷，未见此书，盖已亡佚。然从袁诗可知端倪，其诗云：

上人解作风骚话，云谷书来特地夸。杨柳杏花风雨后，不知诗轴在谁家。②

---

① 魏庆之：《柳溪近录》，《诗人玉屑》卷二〇，商务印书馆1938年版，第368页。
② 同上。

第五章 涉佛古文研究

所谓"云谷书来特地夸",说的就是朱子以书相荐之事。总而言之,信中说的都是日常之事,情感真挚质朴,毫无头巾气,富于生活气息,也由此可管窥朱子与僧人交游之一斑。

概言之,与讲学论道严肃拘谨的儒者朱熹不同的是,这两封与方外之人交游的书信往来见出了朱熹曾经倾心佛禅、友结方外的一面。

二 佛语禅词考述

朱熹书体文中引用的佛语虽不如其诗歌和《朱子语类》,但为数亦不少。检朱熹之"书",其书信文引佛语有两种形式。

一是直接引用,即对所引佛语不作任何改变而加以延引。如"石火电光底消息"(《答张钦夫书》)[①]一语中,"石火电光"出于《五灯会元》之"此事如击石火,似闪电光"。[②]后禅宗用"石火电光"比喻机锋快捷有所悟入情状的常用语。又如"公以此句为空无一法耶?为万理毕具耶?"[③]其中"空无一法"典出《阿弥陀经疏钞演义》卷三:"性具诸法五句,天台圆教义也,以别教所诠清净真如,空无一法。"[④]

再如"六用不行,本性自见"(《答陈卫道》)[⑤]中,"六用不行"亦是佛教语:"六用不行反流全一"[⑥]等。颇可注意的是,陈荣

---

① 《晦庵先生朱文公文集》卷三〇,《朱子全书》第 21 册,上海古籍出版社、安徽教育出版社 2002 年版,第 1315 页。

② 如《明觉禅师语录》云:"石火电光迟出没",又如《圆悟佛果禅师语录》云:"击石火电光,乃临济垂范。"再如《虚堂和尚语录》:"石火电光殊莫疑"。

③ 《晦庵先生朱文公文集》卷三一,《朱子全书》第 21 册,上海古籍出版社、安徽教育出版社 2002 年版,第 1321 页。

④ (明)古德:《阿弥陀经疏钞演义》卷三,《卍续藏》第 22 册,第 762 页上。

⑤ 《晦庵先生朱文公文集》卷五九,《朱子全书》第 23 册,上海古籍出版社、安徽教育出版社 2002 年版,第 2844 页。

⑥ (宋)思坦集注:《楞严经集注》卷八,《卍续藏》第 11 册,第 550 页上。

捷先生曾说朱熹对这些佛语的引用"目的全在批评,并非借重以阐明儒家思想"①,但笔者以为此说尚值得商榷。综观朱子书信所引佛语既有正面之引,即引用时语意和感情色彩未发生改变;亦有反面之引,即引用时或语意或感情色彩发生了相反的变化。前者如在《答郑子上》一书中就儒家"仁民而爱物"一说,引"如佛之说,谓众生皆有佛性"②来说明儒释二教仁爱之别,而"众生皆有佛性"正是佛教常说的宗观,当属正引。后者如前文所引的《答陈卫道》一书中所云"盖如释氏说,则但能搬柴运水即如神通妙用,此即来喻所谓举起处,其中更无是非"之语,其中"搬柴运水,神通妙用"都是广为人知的禅宗机锋,为禅宗所推崇,然朱熹引用则是用以批判和否定,故而属于反面引用。显然,正引者颇有援佛入儒以证儒说之意,即便不是如此,也并非一味批评。以下再举三例来说明这一问题。

(一)"先以欲勾牵,后令入佛智"

朱熹在《答吕伯恭》("窃承进学之意甚笃")一书中引用了佛教典故,其详如下:

> 科举之教无益,诚如所喻。然谓欲以此致学者而告语之,是乃释氏所谓"先以欲勾牵,后令入佛智"者,无乃枉寻直尺之甚,尤非浅陋之所敢闻也。③

检《大正藏》《卍续藏》《嘉兴藏》等各佛教典籍,上文所引释

---

① [美]陈荣捷:《朱子所引之佛语》,《朱子新探索》,华东师范大学出版社2007年版,第442页。
② 《晦庵先生朱文公文集》卷五六,《朱子全书》第23册,上海古籍出版社、安徽教育出版社2002年版,第2689页。
③ 《晦庵先生朱文公文集》卷三三,《朱子全书》第21册,上海古籍出版社、安徽教育出版社2002年版,第1427页。

276

第五章 涉佛古文研究

氏语在佛教典籍的记载多达近百种，可见此为佛教常见语。据朱熹可能接触的佛教文献看，此语最可能是其读《维摩诘所说经》或《大慧普觉禅师语录》中获得。关于此语，《维摩诘所说经》载有普现色身菩萨问维摩诘"父母妻子、亲戚眷属、吏民知识，悉为是谁？奴婢僮仆、象马车乘，皆何所在？"① 一事，维摩诘作偈答之："或现作淫女，引诸好色者。先以欲勾牵，后令入佛智。"② 此处朱熹显然引之用以证明以有益与否来衡量科举之用是不可取的，基本保持了此语在佛典中的语意和感情色彩，属正面之引。

（二）"将此身心奉尘刹，是则名为报佛恩"

朱熹对佛教并不是全盘否定，他对有的佛教经义还是很肯定的。如《文集》卷三六《答陈同甫》中云：

> 佛者之言曰："将此身心奉尘刹，是则名为报佛恩。"而杜子美亦云："四邻未耜出，何必吾家操。"此言皆有味也。③

上引文中，朱熹将"佛者之言"与杜甫《大雨》诗句对举，且直言二者"皆有味也"，毫不隐晦其对"将此身心奉尘刹，是则名为报佛恩"的激赏。此佛语出自《楞严经》：

> 愿今得果成宝王。还度如是恒沙众。将此身心奉尘刹，是则名为报佛恩。④

---

① （后秦）鸠摩罗什：《维摩诘所说经》卷二，《大正藏》第14册，第27页中。
② 同上书，第29页中。
③ 《晦庵先生朱文公文集》卷三六，《朱子全书》第21册，上海古籍出版社、安徽教育出版社2002年版，第1596页。
④ （宋）思坦集注：《楞严经集注》卷三，《卍续藏》第11册，第339页上。

《楞严经》是朱子引用佛语最多的经卷之一,约有六处,但文集仅此一处,其余皆为《朱子语类》所引(下节专文探讨),可见朱熹对此经颇为熟悉。从引用的语意和语境看,也是正面引用。

(三)"不二法门"

在卷三十九《答陈齐仲》一书中,朱熹提到关于许顺之"不二法门则不可休"一说,其书曰:

> 近尝辩论杂学家数家之说,漫录此数条去,不审高明以为如何?顺之"不二法门则不可休",不可休是不二法门,请更于此下语,如何?①

其中"不二法门"亦是佛教典故。《维摩诘所说经》第九有"如不二法门"品,维摩诘让各菩萨就"不二法门"各抒己见:"诸仁者!云何菩萨入不二法门?各随所乐说之。"②众菩萨说完之后,又问文殊师利:

> 文殊师利曰:"如我意者,于一切法无言无说,无示无识,离诸问答,是为入不二法门。"
>
> 于是文殊师利问维摩诘:"我等各自说已,仁者当说何等是菩萨入不二法门?"
>
> 时维摩诘默然无言。
>
> 文殊师利叹曰:"善哉!善哉!乃至无有文字、语言,是真入不二法门。"③

---

① 《晦庵先生朱文公文集》卷三九,《朱子全书》第22册,上海古籍出版社、安徽教育出版社2002年版,第1756页。
② (后秦)鸠摩罗什:《维摩诘所说经》卷二,《大正藏》第14册,第550页中。
③ 同上书,第551页下。

第五章　涉佛古文研究

"不二法门"是佛教义理名词。维摩诘以"默然无言"相对，实则要众僧不执着于分别，以空观对待一切。换言之，佛教重"理一"、轻"分殊"，这与朱熹的"理一分殊"的哲学观念有差异，因而朱熹对许顺之"不二法门则不可休"之说是有微词的，此属反面引用。

二是间接引用。间接引用者有两类，一类是化用佛教语言。另一类是概述佛语。前者如其《答胡广仲》就化用了佛门师徒语录：

> 尝闻释氏之师有问其徒者曰："汝何处人？"对曰："幽州。"曰："汝思彼否？"曰："常思。"曰："何思？"曰："思其山川城色，人物车马之盛耳。"其师曰："汝试反思，思底还有许多事否？"今所论因观过而识观者，其切要处正与此同。（《答胡广仲》）①

这是朱熹援佛释儒的典型例子。这封书信主要引导胡广仲如何辨析儒释二教"观过"的异同。朱熹所引的这段语录出自《大慧普觉禅师语录》，其文如下：

> ……所以古德道："若不安禅静虑，到这里总须茫然。"僧曰："除此格外，还别有方便令学人得入也无？"山曰："别有别无，令汝心不安。我今问汝，汝是甚处人？"曰："幽州人。"山曰："汝还思彼处否？"曰常："思。"山曰："彼处楼台林苑人马骈阗，汝返思思底，还有许多般也无？"……②

---

① 《晦庵先生朱文公文集》卷四二，《朱子全书》第22册，上海古籍出版社、安徽教育出版社2002年版，第1897—1898页。

② （宋）蕴闻编：《大慧普觉禅师语录》卷二七，《大正藏》第47册，第929页上。

上文是沩仰宗仰山禅师点拨门徒禅宗顿悟入门之法时的开悟之词。显然，朱熹在信中所引佛语其源显然出于此处。对照以上两则引文，颇可玩味的是，朱熹在点拨学人的方式上似亦有承袭仰山禅师说法之风。这种信手拈来的延引，足见朱熹对《大慧普觉禅师语录》之熟悉。另外，在《答许生》一书中，朱熹也提到过《大慧语录》，该书曰：

夫读书不求文义，玩索都无意见，此正近年释氏所谓看话头者。世俗书有所谓《大慧语录》者，其说甚详，试取一观，则其来历见矣。①

上文显示出朱熹对大慧宗杲的看话禅本质甚为熟知，而其对《大慧语录》所下的工夫绝不是两封信中轻描淡写地描述为所谓"尝闻""试取一观"，这再次印证了朱子与大慧、道谦一脉的佛禅渊源。后者如：

释氏虽自谓惟明一心，然实不识心体。虽云心生万法，而实心外有法。②

佛教有"明心见性"之说，又庞居士颂云："万法从心起，心生万法生。"③ 可见朱熹上引"惟明一心""心生万法"当是对佛语的概述引用。

---

① 《晦庵先生朱文公文集》卷六〇，《朱子全书》第23册，上海古籍出版社、安徽教育出版社2002年版，第2867页。

② 《晦庵先生朱文公文集》卷三〇，《朱子全书》第21册，上海古籍出版社、安徽教育出版社2002年版，第1327页。

③ （宋）延寿集：《宗镜录》卷九八，《大正藏》第48册，第941页下。

三　文学手法探微

朱子之"书"可分两类，一类是以说理为主旨的文章，可称为"论"，如前文所述关于儒释之辨和批判崇佛世风的书信，皆以"论"为主；另一类是以叙事为主旨的文章，可称为"叙"，如前文朱子与方外友僧交游往来之书，则以"叙"为主。由于内容及书写范式的不同，这两类书信所运用的文学手法亦有所不同。就后者而言，因书信是写给师、友叙琐事、常情的，因而只是将所求之事、所传之情在信中娓娓道来，没有太多的技巧粉饰，显得特别朴实真挚。而前者，由于在书信中往往是探讨重大而艰深的学术问题，为了使说理更加条畅洞达、透彻明了，朱子往往在书信中运用不同的说理方法，大体说来主要有三种。

一是对举说理，即把佛禅作为儒学的对立者，通过比对说明二教义理的根本之异。如朱子云：

> 圣门之学，下学而上达，至于穷神知化，亦不过德盛仁熟而自至耳。若如释氏，理须顿悟，不假渐修之云，则是上达而下学也，其与圣学亦不同矣。（《答廖子晦》）[①]

将圣门之学的"下学而上达"与释氏的"上达而下学"对举。再如：

> 盖凡一物有一理，须先明此，然后心之所发，轻重短长，各有准则。……若不以此先致其知，但见其所以为心者如此，

[①]《晦庵先生朱文公文集》卷四五，《朱子全书》第22册，上海古籍出版社、安徽教育出版社2002年版，第2077页。

识其所以为心者如此，泛然而无所准则，则其所存所发，亦何自而中于理乎？且如释氏擎拳竖佛、运水搬柴之说，岂不见此心？岂不识此心？而卒不可与入尧舜之道者，正为不见天理，而专认此心以为主宰，故不免流于自私耳。前辈有言，圣人本天，释氏本心，盖谓此也。(《答张钦夫》)①

上文均是围绕"圣人本天""释氏本心"这二者的对立、迥异展开论说的。

二是类举的方式，即以儒释二教相类或相似的义理详加辨析，从而在同中辨异。如在论及程氏"敬"论时，朱子认为要达到"敬"的境界，"须如释氏摄心坐禅始得"(《答张钦夫》"盖凡一物有一理")②，就是将二者状态的相似类比。再如：

来书谓圣门以仁为要，而释氏亦言正觉，亦号能仁，又引程氏之说为证。熹窃谓程氏之说以释氏穷幽极微之论观之，似未肯以为极至之论。但老兄与儒者辨，不得不借其言为重耳。然儒者言仁之体则然，至语其用，则毫厘必察。故曰："仁之实，事亲是也"，又曰："孝悌也者，其为仁之本与。"此体用所以一源而显微所以无间也。释氏之云正觉、能仁者，其论则高矣，美矣，然其实其本果安在乎？(《答李伯谏》)③

圣门"之仁"与释氏之"正觉""能仁"在李伯谏看来相似，

---

① 《晦庵先生朱文公文集》卷三〇，《朱子全书》第21册，上海古籍出版社、安徽教育出版社2002年版，第1314页。
② 《晦庵先生朱文公文集》卷四五，《朱子全书》第22册，上海古籍出版社、安徽教育出版社2002年版，第2077页。
③ 《晦庵先生朱文公文集》卷四三，《朱子全书》第22册，上海古籍出版社、安徽教育出版社2002年版，第1953页。

第五章 涉佛古文研究

并借程氏之"重言"佐证,但朱熹在信中从儒者之体用一源的根本上对释氏有体无用进行同中之异的辩驳。另外,在《答李伯谏》(该书首句为"详观所论")一书中,针对李伯谏的儒家之"仁"说与佛氏之"心"宗、"韩退之排佛而敬大癫""形有死生,真性常在"等论,朱熹在回复中均是采用对举与类举的方式一一加以辨析。

三是揭示实质法,直接切中要害斥佛。如:

> 释氏之病,乃为错认精神魂魄为性,非为不知性之不能不动而然也。①

> 窃谓释氏之失,一是自私自利,厌死生,为学大体已非。二是灭绝人伦,三是径求上达,不务下学,偏而不该。其失固不止此,然其大处无越是三者。②

此二引文乃是朱熹对佛禅弊病直接地口诛笔伐,其斥佛态度昭昭其然也。

此外,还有譬喻说理法。朱熹诗善用形象生动的譬喻来传达"道"(如《观书有感》《春日》等),其书信亦时有以譬喻来说理者,但涉佛譬喻之书信倒是鲜见,比较典型的如:

> 且如一茎小树,不知道它无草木之性,然其长须有渐,是亦性也。所谓便欲当人立地成佛者,正如将小树来喷一口水,便要他立地干云蔽日,岂有是理?(《答李伯谏》)③

---

① 《晦庵先生朱文公文集》卷五○,《朱子全书》第 22 册,上海古籍出版社、安徽教育出版社 2002 年版,第 2306 页。
② 《晦庵先生朱文公文集》卷五五,《朱子全书》第 23 册,上海古籍出版社、安徽教育出版社 2002 年版,第 2626 页。
③ 《晦庵先生朱文公文集》卷四三,《朱子全书》第 22 册,上海古籍出版社、安徽教育出版社 2002 年版,第 2094 页。

朱熹以小树生长"须有渐"来比喻人的成才是一个渐进的过程，从而揭示佛教"立地成佛"式的顿悟的荒谬性。

由上观之，朱子的涉佛书信，主要是以辟佛为主旨的儒释之辨和崇佛之风的批判，这些书信不论在内容还是情感上，一反书信私人话语的倾向性而具有很强的公众话语色彩，显现的是朱熹的儒者气象；另有部分与僧人交往的书信，虽然数量不多，却从中亦能感受朱子个人独特的情感、情怀。

第三节　杂著涉佛文

所谓杂著就是各种体裁的作品放在一起。检朱熹杂著中的涉佛文，以论、说文最多，且多为通篇论佛禅，共10篇[①]：《观心说》《读大纪》《杂学辨》（含《苏氏易解》《苏黄门老子解》《张无垢中庸解》《吕氏大学解》）《记林黄中辨易西铭》《郑公艺圃折衷》《胡子知言疑义》《释氏论》（上、下）；其次为读书杂感，主要有4篇：《观列子偶书》《读两陈谏议遗墨》《偶读谩记》《古史余论》；再次为考辨类杂文3篇，具体有《记疑》《考韩文公与大颠书》《考欧阳文忠公事迹》；最后为记叙文1篇：《记和静先生五事》。以上各文合计约18篇。

一　涉佛内容概说

论说文：《观心说》《读大纪》《杂学辨》《释氏论》（上、下）皆为通篇论佛文字，主旨在于辨析儒释异同、指陈释氏之病及清算宗杲—无垢为代表的佛学论战；《记疑》为朱熹偶得杂书，就书中所言一一进行儒释之辨。中有部分文字涉佛，主要以"性即理"辨"知性即明死生之说"、以古今圣贤问答方式辨时人慕效近世禅风、

[①] 此处以《杂学辨》4篇计。

第五章　涉佛古文研究

又分别从"老佛陈腐之谈""禅学末流淫遁之谈""窃取异学鄙俚之谈"等方面批判该书混儒佛而一的荒谬;《记林黄中辨易西铭》是朱熹针对林栗(字黄中)对张载《西铭》的种种可笑之解的"戏侮"和反驳,尤其是林栗攻击《西铭》混同无别之论、窃取浮屠之说,从根本上否定程颢对《西铭》的基本判断这一做法,遭到了朱熹的激烈回击;《郑公艺圃折衷》全文主旨在释儒,涉佛文字主要围绕儒释相争还是共处、相容一说进行辨析;《胡子知言疑义》是朱熹与张栻、吕祖谦就心以成性、性无善恶、心无死生、天体人异同体异用等问题反复辨驳,将三人辨析之语集结而成的文字。

读书杂感:《观列子偶书》是记载朱熹读《列子》发现其颇多文字与佛书相类,断言二者存在"剽掠"的读书感想。《读两陈谏议遗墨》是朱熹就北宋陈师锡《与陈莹中书》和陈瓘《进〈四明尊尧集〉表》①评论王安石新学的文字作了一番比较和讨论,全文从六个方面检讨王氏新学,责难陈氏"释经奥义,多原于先儒而旁取释氏"之说是其中之一。《偶读谩记》一文是朱熹博览群书的杂感随记,其中有关涉佛文字的记载包括清草堂之典、《子华子》多取佛理、《水忏》和《夷坚志》鬼神仙佛事之说。《古史余论》是朱子通过对《史记·本纪》发微,以苏轼"以老子、浮屠之说论圣人"为中心,批判近世之人的圣人之说,有借古说今之意。

考辨类杂文:《考韩文公与大颠书》是朱熹针对欧阳修、苏轼二人所考韩愈《与大颠书》之真伪进一步从语意、文势考辨各家所论之成就与局限。《考欧阳文忠公事迹》是朱熹对欧阳修的事迹进行重新认识和考辨,文中列有标题者 12 条,另有 4 条未列标题。其中第 14 条有欧阳修辟佛之灵异之说的事迹记载。

---

① 朱熹原文对二陈之帖未列全名,经今人夏长朴考其全名分别是陈师锡《与陈莹中书》和陈瓘《进〈四明尊尧集〉表》(夏长朴:《"其所谓'道'非道,则所言之趋不免于非"——朱熹论王安石新学》,《中国史研究》2009 年第 4 期)。

记叙文：《记和静先生五事》一文记叙了尹和静（名焞）五件事，其中三件事与佛禅有关。

二 文献价值论析

（一）相对集中地反映出朱熹的佛禅思想

与其他文体的涉佛文相比，杂著有通篇论佛的文章，它们相对集中地反映出朱熹的佛禅观，是研究朱熹佛禅思想的重要文献。对这些文献中的佛禅思想，学界已取得一定的研究成果：如李承贵先生在研究朱熹佛教心性论中，对《观心说》全文及《释氏论》中的"心论"说从范畴到逻辑层面对释氏"以心观心"论作了一一辨析。[1] 又如束景南先生在《朱子大传》中分别深刻而系统地分析了《杂学辨》所包含的四篇文章分别反映的朱熹的佛禅思想，并认为《杂学辨》是"一个完整的反佛思想体系"。[2] 在通篇论佛的文献里，学界对《读大纪》反映的朱子佛禅思想的研究从已有的研究成果看，多关注首段以理为本和性理关系的经典论述[3]，而对后文朱熹指陈释氏与"理"背驰之文的研究稍嫌不足。实际上，除首段以外，《读大纪》一文集中鲜明地反映出朱熹对释氏"有其意而无其理，能言之卒不能有以践其言"[4] 的批判，是从理为本的观照视野下解读朱熹扬儒排佛思想的重要文献。

（二）具有一定的史料之用

朱熹涉佛杂著提供的史料价值有三类：一类是其读书杂感或考

---

[1] 参看李承贵《朱熹视域中的佛教心性论》，《福建论坛》（人文社会科学版）2007年第3期。
[2] 详参束景南《朱子大传》，商务印书馆2003年版，第238—245页。
[3] 参看王传林《朱熹之理的价值内蕴与路向》，《烟台大学学报》（哲学社会科学版）2015年第5期；向世陵主编《宋代经学哲学研究基本理论卷》，上海科学技术文献出版社2015年版，第146页。
[4] 《晦庵先生朱文公文集》卷七〇，《朱子全书》第23册，上海古籍出版社、安徽教育出版社2002年版，第3377页。

第五章 涉佛古文研究

辨之文在一定层面上反映出学术论争的历史面貌。如：

> 了翁以为安石之进《字说》，盖欲布之海内。神考虽好其书，玩味不忘，而不以布于海内者，以教化之本不在是也。此亦非是。夫《周礼》六艺之教所谓书者，不过使人以六书之法分别天下之书文，而知此字之声形为如何，欲其远近齐同，而不乱耳。非有真空无相无作之说也。安石既废其五法，而专以会意为言，有所不通，则遂旁取后来书传，一时偶然之语，以为证。至其甚也，则又远引老佛之言，前世中国所未尝有者而说合之，其穿凿舛谬，显然之迹如此，岂但不知性命道德之本，而亦岂可谓其有得于刑名度数之末哉。不惟以此自误，又以其说上惑人主，使其玩味于此而不忘，其罪为大。了翁之言，盖亦疏矣。（《读两陈谏议遗墨》）[①]

上引文中提到了两个学术论争的史实：一是关于安石进《字说》的目的之争，陈瓘（号了斋，又称了翁）、宋神宗及朱熹均各持己说。二是呈现了王安石新学援佛入儒的学术面貌，及文中所云"远引老佛之言"，这也就是同处于此文的陈师锡所认为的王安石"释经奥义多出先儒而旁引释氏也"的说法。朱熹杂著涉佛文也有不给予过多评说，而是将所读或所辨之文附录在侧，以供学人考辨的，如《记林黄中辨异西铭》一文，就将林栗《西铭说》附录此文中，且朱熹于篇末云："因复并记其说，以俟同志考焉。"[②] 这一类文献则完全可作史料之用。

[①]《晦庵先生朱文公文集》卷七〇，《朱子全书》第23册，上海古籍出版社、安徽教育出版社2002年版，第3383页。

[②]《晦庵先生朱文公文集》卷七一，《朱子全书》第24册，上海古籍出版社、安徽教育出版社2002年版，第3409页。

另一类是论佛说禅文献中反映出佛教传入中土的一定面貌。如叙述佛教西来中土的发展概貌：

> 释氏生西竺，汉明帝始求事之。老氏生周末，西汉窦后始好尚之。自晋、梁以及唐，其教显行。韩公力排斥之，然后大道得不泯绝。（《郑公艺圃折衷》）①

又如，关于佛教传入其在中土产生影响的过程，朱熹是这样说的：

> 夫浮屠出于夷狄，流入中华，其始也言语不通，人固未之惑。晋宋而下，士大夫好奇嗜怪，取其侏离之言而文饰之，而人始大惑矣。非浮屠之能惑人也，导之者之罪也。（《杂学辨·吕氏大学解》）②

再如，朱熹是这样描述佛书入土中原，与中国本土文化间的互动面貌的：

> 盖佛之所生，去中国绝远，其书来者，文字音读，皆累数译而后通，而其所谓禅者，则又出于口耳之传，而无文字可据，以故人人得窜其说以附益之，而不复有所考验。（《释氏论》下）

> 盖凡佛之书，其始来者，如《四十二章经》《遗教》《法华》《金刚》《光明》之类，其所言者不过清虚缘业之论，神通

---

① 《晦庵先生朱文公文集》卷七三，《朱子全书》第24册，上海古籍出版社、安徽教育出版社2002年版，第3553页。
② 《晦庵先生朱文公文集》卷七二，《朱子全书》第24册，上海古籍出版社、安徽教育出版社2002年版，第3495页。

第五章 涉佛古文研究

变现之术而已。及其中间，为其学者如慧远、僧肇之流，乃始稍窃庄、列之言以相之。然尚未敢正以为出于佛之口也。及其久而耻于假借，则遂显然篡取其意，而文以浮屠之言，如《楞严》所谓自闻，即庄子之意，而《圆觉》所谓"四大各离，今者妄身当在何处"，即"列子所谓精神入其门，骨骸反其根，我尚何存者"也。（《释氏论》下）①

必须指出的是，以上引文，出于维护儒学正统只需要，朱熹有些叙述并不符合佛教传入中土的事实，有夸大或扭曲的成分，这是研究者须予甄别之处。

还有一类便是朱熹涉佛杂著不仅通过论说宋人如苏轼、张九成（无垢）、林栗（黄中）等人的佛禅观念，在一定层面上向我们反映了宋代崇佛士人精神世界，而且还通过一定的言行记载来反映宋人丰富而多样的佛禅态度，如《考欧阳文忠公事迹》对欧阳修的事迹进行重新认识和考辨。在诸多事迹的考辨中，仅有一条与佛教相关，即欧阳修的辟佛之灵异之说的事迹记载：

蔡州妖尼于惠普托佛言人祸福，朝中士大夫多往问之，所言时有验，於是翕然，共称为神尼。公既自少力排释氏，故独以为妖。尝有一名公，於广座中称尼灵异，云尝有牵二牛过尼前者，指示人曰："二牛前世皆人也，前者是一官人，后者是一医人。官人尝失人人死罪，医人药误杀人，故皆罚为牛。"因各呼其前世姓名，二牛皆应。一座闻之，皆叹其异。公独折之曰："谓尼有灵，能此有阙文万物之最灵。其尤者为聪明圣智，皆不能自知

---

① 《晦庵先生朱文公别集》卷八，《朱子全书》第25册，上海古籍出版社、安徽教育出版社2002年版，第4991—4992页。

其前世。而有罪被罚之牛乃能自知乎？"于是座人皆屈服。李本有之，所谓名公者，疑指富公。此本无者，盖为贤者讳也。①

上引文献让我们看到了一个机智过人而又力斥佛教的欧公形象。又如《记和静先生五事》首先记载了尹焞为儒二事，即尹焞的为学之旨和点拨徐度（尹和静门人）为学之道，又不惜笔墨描写了尹之崇佛三事：

先生在从班时，朝士迎天竺观音于郊外，先生与往，有问："何以迎观音？"先生曰："众人皆迎，某安敢违众？"又问："然则拜乎？"曰："固将拜也。"问者曰："不得已而拜之与？抑诚拜也？"曰："彼亦贤者也，见贤斯诚敬而拜之矣。"先生日诵《金刚经》一卷，曰是其母所训，不敢违也。徐文语及苏氏"使民战栗"义，问曰："如何？"先生艴然曰："训经而欲新奇，无所不至矣！"②

尹焞是程门四子之一，被视为程门持守师说之至醇者，然从上文所记其迎拜观音、日诵《金刚经》及激赏苏轼"使民战栗"等涉佛之行又反映出宋代士人儒佛相容的复杂心态。

概而要之，从这些涉佛文我们可见宋人文化思想的丰富性和复杂性，具有一定的史料价值。

（三）文献考辨价值

如前所述，朱熹涉佛杂著有两篇是考证类古文。一是《考欧阳文忠公事迹》，前引欧阳修揭穿佛之灵异说的荒谬之载中，有两处朱

---

① 《晦庵先生朱文公文集》卷七一，《朱子全书》第24册，上海古籍出版社、安徽教育出版社2002年版，第3437页。

② 同上书，第3405—3406页。

第五章 涉佛古文研究

熹另用小字夹注对文献加以考辨（详见前文所引），表现出朱熹谨严的治学态度和深厚的文献辨识力。另一是《考韩文公与大颠书》。韩愈晚年与大颠和尚之交往以及《与大颠和尚三书》（下简称《三书》）之真伪，涉及力倡辟佛的韩愈是否出现过崇信佛教的人生转向问题，自北宋欧阳修、苏轼以来，历来众说纷纭，成为后人评说的热点。朱熹之《考韩文公与大颠书》在前人研究的基础上，对其《韩文考异》收入的《韩愈与大颠三书》进行文本流传的详细考察，提出了自己的新见，这包括：首先他据袁陟最早得此书和欧阳修亲见并首肯此书之真实，推断《三书》为真，然后又从文势、语脉等文本内部的特征进一步佐证前面的判断，最后从流传过程中文本变异的根源上剖析前人分歧之所在。全文材料翔实而细致，颇具说服力，显示出朱熹扎实的文献功底。然而，由于朱熹对韩愈有许多偏见，因此这篇文章有些推断和结论又表现出个人的主观色彩或有意回避之态，如《三书》之作年、署名及杭本小注的真伪，朱熹都没有作出客观而令人信服的考证。因此，朱熹之《考韩文公与大颠书》一方面在一定程度上对《三书》作了一个较有说服力的文献考辨与还原，另一方面其存在的瑕疵又给后人留下了文献考辨的空间。

涉佛杂著还有一类文章，虽不以考辨为旨，然在行文过程中，因关涉某些范畴的讹误问题，朱熹则常以小字旁注，以考其正误。如下文：

> 苏子曰，古之帝王皆圣人也，其道以无为宗，万物莫能婴之。予窃以为此特以老子、浮屠之说论圣人，非能知圣人之所以圣者也。印本皆作"以无为宗"，而苏子尝云，佛书言以无为法者，谓以无为法耳，非谓有无为之法也。僧徒拙于文义，乃以佛法为无为之法，误矣。其言如此，而其为《黄帝纪》，亦但言"以无为宗"而"为"字不再出，不

291

应此序"无"字之下独得有两"为"字也。苏仔之言,虽非至论,而於佛书文义犹为得之。今复并失其指,故略为之辨云。(《古史余论·本纪》)①

由上可知,朱熹对苏轼"以无为宗"之说存有疑义,故又以文中夹注的形式对此说作了一番考证,加以辨析。朱熹这一类文献同样具有极高的文献考辨价值。

(四)佛教语汇的语料价值

朱熹涉佛杂著也引入了一些佛教术语或佛教典故。佛教术语主要是禅法范畴的引入,如:

若夫学者之所以用功,则必有先后缓急之序,区别体验之方,然后积习贯通,驯致其极。岂以为直存心于一草木器用之间,而与尧舜同者无故忽然自识之哉?此又释氏闻声悟道、见色明心之说……(《吕氏大学解》)②

上引文中"闻声悟道、见色明心"为佛教语,为诸禅师上堂说法的话头。据载,大慧上堂曾为弟子说此法:

上堂。闻声悟道、见色明心。蓦拈拄杖云:"这个是色。"卓一下云:"这个是声。"诸人总见总闻,且那个是明底心?那个是悟底道?喝一喝云:"贪他一粒米,失却半年粮。"复卓一下。③

---

① 《晦庵先生朱文公文集》卷七二,《朱子全书》第24册,上海古籍出版社、安徽教育出版社2002年版,第3496页。
② 同上书,第3493页。
③ (宋)蕴闻编:《大慧普觉禅师语录》,《大正藏》第47册,第823页上。

第五章 涉佛古文研究

又如：

> 曰："是其心之用既不交于外矣，而其体之分于内者，乃日相伺而不舍焉，其志专而切，其机危而迫，是以精神之极而一旦惘然若有失也。近世所谓看话之法，又以其所以至此之捷径，盖皆原于庄周承蜩削锯之论而又加巧密焉尔。"（《释氏论》上）①

引文中所谓"看话之法"即是指宗杲之看话禅。佛教典故是杂著涉佛文引佛语的另一形式。上引文中"其志专而切，其机危而迫，是以精神之极而一旦惘然若有失也"与宗杲《宗门武库》记载的晦堂（即祖心）和尚点拨草堂（即义清）的典故有关：

> 草堂侍立晦堂。晦堂举风幡话问草堂，堂云："迥无入处。"晦堂云："汝见世间猫捕鼠乎？双目瞪视而不瞬，四足踞地而不动，六根顺向首尾一直，然后举无不中，诚能心无异缘，意绝妄想，六窗寂静，端坐默究，万不失一也。"②

对照上引两文，不难看出朱熹之言与这一佛教典故的渊源。关于这个典故，朱熹在《偶读漫记》中有专门记载：

> 释氏有清草堂者，有名丛林间，其始学时，若无所入。有告之者曰："子不见猫之捕鼠乎？四足据地，首尾一直，目睛不瞬，心无他念。唯其不动，动则鼠无所逃矣。"清用其言，乃有

---

① 《晦庵先生朱文公别集》卷八，《朱子全书》第25册，上海古籍出版社、安徽教育出版社2002年版，第4991页。
② （宋）蕴闻编：《大慧普觉禅师语录》，《大正藏》第47册，第949页下。

所入。①

这则记载足可见朱熹"其志专而切,其机危而迫,是以精神之极而一旦惘然若有失也"之语与上引佛教典故之渊源。

此外,朱熹涉佛杂著中引用的佛语还有"四大各离,今者妄身,当在何处"(《观列子偶书》)②、"非幻不灭,得无所远"(《杂学辨·苏氏易解》)③、"心法起灭天地"(《杂学辨·张无垢中庸解》)④ 等,不备举。这些语言的引入和使用,在一定程度上是我们了解朱熹佛禅思想及其与佛禅之渊源的宝贵资料。

(五) 涉佛杂著的文学价值

朱子作文其旨在学,不在文,然其论佛文一方面在论佛的同时表现出他独特的文学见地,如朱熹说:"佛书本胡(西域)语,译而通之,则或以数字为中国之一字,或以一字而为中国之数字。而今所谓偈者,句齐字偶,了无馀欠。至于所谓二十八祖传法之所为书,则又颇协中国音韵,或用唐诗声律。"⑤ 就是对汉译佛典与中国诗、偈之渊源作出的颇有见地的断语。而其所谓佛教《四十二章经》等经皆为"神通变现之术",又说诸经剽窃老庄、列子,转涉到文学层面则是其对各经"神变"和模拟创作手法的认识。⑥ 另一方面善于灵活运用文学手段来说理、叙写,又充分显示出其文学才华。杂著

---

① 《晦庵先生朱文公文集》卷七一,《朱子全书》第24册,上海古籍出版社、安徽教育出版社2002年版,第3413页。

② 《晦庵先生朱文公文集》卷六七,《朱子全书》第23册,上海古籍出版社、安徽教育出版社2002年版,第3285页。

③ 《晦庵先生朱文公文集》卷七二,《朱子全书》第24册,上海古籍出版社、安徽教育出版社2002年版,第3463页。

④ 同上书,第3489页。

⑤ 《晦庵先生朱文公别集》卷八,《朱子全书》第25册,上海古籍出版社、安徽教育出版社2002年版,第4992页。

⑥ 此处所谓朱熹之文学见地详见第三章第三节所述。

第五章　涉佛古文研究

涉佛说理文与朱熹涉佛"书"一样，运用对举、类举和揭示实质法等文学手法，但有所不同的是，譬喻说理法在涉佛"书"中较为鲜见，而杂著中涉佛说理文则善用比喻说理，如前引《偶读漫记》之典故之后，朱熹评论道："彼之所学，虽与吾异，然其所以得之者，则无彼此之殊。学者宜以是而自警。"显然，此处朱熹以此佛教典故为譬喻，将儒者进学之法与佛家修道进行了类比。又如朱熹说：

> 大抵圣人之学，本心以穷理，而顺理以应物，如身使臂，如臂使指，其道夷而通，其居广而安、其理实而行自然。释氏之学以心求心，以心使心，如口龁口，如目视目，其机危而迫，其途险而塞，其理虚而其势逆。(《观心说》)①

此处，朱熹分别用两个譬喻把儒家圣人格物穷理的方法和释氏以心求心的内省逆觉之路放在一起类比，化抽象说理为具象描述，形象生动。再如：

> 且夫唐虞三代之盛时，未尝有所谓释、老、杨、墨者。苟欲其无，亦不为过。而谓地不唯五谷桑麻，而蓷稗钩吻生焉，世岂有种五谷桑麻而不去蓷稗钩吻者与？若孟子者，正务去蓷稗钩吻之害，而欲五谷桑麻之有成也。(《郑公艺圃折衷》)②

上引文中，朱熹将儒学比作"五谷桑麻"，将释氏比成"蓷稗钩吻"，以欲使"五谷桑麻"长势繁盛就需去"蓷稗钩吻"来比喻理

---

① 《晦庵先生朱文公文集》卷六七，《朱子全书》第23册，上海古籍出版社、安徽教育出版社2002年版，第3279页。
② 《晦庵先生朱文公文集》卷七三，《朱子全书》第24册，上海古籍出版社、安徽教育出版社2002年版，第3856页。

学之兴盛绕不开佛教。这一譬喻同样也使说理形象生动，明白易懂。除了以譬喻说理外，善于运用语言描写来展示人物的精神世界是朱熹涉佛杂著的另一文学成就。如上引欧公、和静事迹皆是通过语言来表现人物思想的，此不复赘。

总而言之，朱熹涉佛杂著数量虽然不多，但由于其内容涉猎甚广、体裁多样，从而具有多元而丰富的文献价值。

第四节　序跋涉佛文

朱子文集序跋多数分别置卷，仅《遗集》卷三和《外集》卷二少量篇目合置。关于序、跋，王应麟《辞学指南》云："序者，序典籍之所以作。"徐师曾《文体明辨》云："按题跋者，简编之后语也。凡经传子史诗文图书之类，前有序引，后有后序，可谓尽矣。"① 由此可见，就本质而言，序、跋并无区别，只是于书中放置的位置不同而已。所谓序，根据内容可分两类，一是说明作品出版意旨、编次体例和作者情况的文章，二是评论作家、作品以及阐发某些重要问题的文章。列于书前为"序"（偶有置于后者，如《史记·太史公自序》），置于文末者为"跋"。故而在探讨朱熹序或跋中的涉佛文时，不作分别。另外，朱熹文集中有以"书……后"（如《书屏山先生文集后》）为题的文章。所谓"书……后"，通常是指把题目作书某篇后或题某篇后，写在作品后面，故以之为名。内容多为评价某篇作品或记录读书感想，性质与题跋相似，因此也把这一类作品合并到序跋中讨论。

朱子序跋多载于《文集》，此外，《别集》卷七、《遗集》卷三和

---

① （明）徐师曾著，于北山、罗根泽校点：《文体明辨序说》，上海文学出版社1962年版，第136页。

第五章　涉佛古文研究

《外集》卷二各收有一定数量的序跋。朱熹序跋与佛禅之关系的考量，其角度不同，则分类亦不同。从文章作者身份看，朱熹涉佛序跋可指朱熹为禅僧的作品写的序跋和为崇佛或有佛禅气的士流的作品所作的序跋；从文章内容看，朱熹涉佛序跋可指朱熹为之作序跋的文章本身书写的内容与佛禅相关，这些内容或是表现佛禅旨趣，或是反映崇佛好禅心态，或是记载扬儒辟佛之行迹，或是文章属于或涉及佛禅文献，朱熹评说和考辨这些内容而作的序跋；另外，朱熹有些序跋充满禅语机锋，在文中引入佛禅语词，也是朱熹序跋涉佛文之一种。根据这些考量依据，细绎朱子序跋涉佛文，对各类涉佛序跋文作了分类并粗略统计如下：禅僧之文的序跋 2 篇；崇佛好禅士流诗文之序跋 5 篇；书写内容与佛禅相关的涉佛文 10 篇；有佛语禅机序跋文 2 篇。以上合计 19 篇。相对朱熹五六百篇左右的序跋文而言，序跋涉佛文只占少数，然而它们却同样反映了朱熹对作家、作品独特的鉴赏力与对文献、版本敏锐的辨识力，因此有必要对它们进行比较系统的研究。

一　禅僧诗文之序跋

朱熹虽广结方外道友，但为方外友人的作品作序跋却不多，比较显著而有代表性的仅两篇。略述如下。

一者为《跋南上人诗》，全文如下：

> 南上人以此卷求余旧诗，夜坐，为写此及《远游》《秋夜》等篇。顾念山林，俯仰畴昔，为之慨然。南诗清丽有余，格律闲暇，无蔬笋气，如云"沾衣欲湿杏花雨，吹面不寒杨柳风"，余深爱之，不知世人以为如何也。淳熙辛丑清明后一日，晦翁书。[①]

[①] 《晦庵先生朱文公文集》卷八一，《朱子全书》第 24 册，上海古籍出版社、安徽教育出版社 2002 年版，第 3852 页。

南上人者，即释志南，号明老，会稽（今浙江绍兴）人，生卒年不详。其诗收在《全宋诗》卷二三九五，其文收入《全宋文》卷六四三二，其事迹可参见《诗人玉屑》卷二。朱熹上文序跋，文字虽然简短，却交代了作跋的原因、心情，同时还简洁明了地概括了南上人诗歌的特点。在朴实的文字后饱含着朱子对南上人深厚的情谊。

二者为《书先吏部与净悟书后》，此文首段为熹父朱松写给净悟禅师的书信，其后为朱熹追述父亲与净悟禅师之交游，其详如下：

> 先君子少日喜与物外高人往还，而于净悟师为尤厚。后尝为《记尊胜佛殿》，今刻石具在，可考也。净悟，建阳后山人，晚自尊胜退居南山云际院，一室倚然。禅定之余，礼佛以百万计。年过八十，目光炯然，非常僧也。常为余道富文忠、赵清献学佛事，其言收敛确实，无近世衲僧大言欺世之病。以是知先君子之厚之非苟然也。古田林生蒙正持此卷来，捧玩手泽，不胜悲感，因为略记本末云。庆元己未六月既望，云谷朱熹谨书。①

与一般序跋写作方式不同的是，这篇序的重点不在于交待写序或作跋的原因，而是以详细的笔墨叙述书信往来者的交谊，其内容主要有以下几个方面：一是朱熹为其父与净悟书信往来之交游的行实记录；二是以凝练的笔触刻画了净悟禅师"非常僧"的独特之处；三是提到了宋代名臣富文忠（即富弼）、赵清献（即赵抃）崇佛之事；四者于文末交代此封书信的来源。

总而言之，以上两文虽然篇幅不长，但透露的信息却丰富而

---

① 《晦庵先生朱文公文集》卷八四，《朱子全书》第24册，上海古籍出版社、安徽教育出版社2002年版，第3970页。

第五章　涉佛古文研究

有情味。

二　崇佛士流涉佛诗文之序跋

朱子曾为三位崇佛好禅之士的诗文作品撰写五篇序跋，分别是谢良佐的《谢上蔡语录后序》、赵抃的《跋赵清献公家问及文富帖跋语后》和《跋赵清献公家书》、刘子翚的《跋家藏刘病翁遗贴》和《跋病翁先生诗》。这五篇序跋在内容上各有侧重，分述如下。

（一）《谢上蔡语录后序》

谢上蔡者，即谢良佐，为程门四先生中禅气最重者，朱熹对此多有批评。不过，正如陈来先生所指出的那样：朱子所指出的"禅说"，很多情况是指某些说法在外部特征上与佛家相类似。这些外部特征包括重内遗外、趋于简易、兀然期悟、弃除文字、张狂颠绝。① 其著《论语说》对后世的影响深远。朱熹本末一贯的"理一分殊"即受谢良佐《论语说》直接启发的。朱熹为《上蔡语录》撰写的序共写了四个内容。开篇为《上蔡语录》作者简介，接着朱熹不惜笔墨叙述自己获得该语录的各种途径和版本情况，并对各版本间的异同、增删细致地比勘，同时去伪存真，对《上蔡语录》重新编定，"以备有道君子考而择焉"②。

（二）《跋赵清献公家问及文富帖跋语后》和《跋赵清献公家书》

赵清献者，赵抃（1008—1084）也，字阅道，自号知非子，衢州西安（今浙江衢州）人。元丰七年（1084）卒，年七十七，赠太子少师，谥清献。据载，赵为人和易温厚，平生仅携一琴一鹤自随，文多关切时事的奏议，其诗"谐婉多姿"，其人有"铁面御史"之称。四十余岁，摒弃声色，潜心佛学，隐退后曾写下富于禅机的

---

① 陈来：《朱子哲学研究》，华东师大出版社2001年版，第400、402页。
② 《晦庵先生朱文公文集》卷七五，《朱子全书》第24册，上海古籍出版社、安徽教育出版社2002年版，第3610页。

《赵抃归隐偈》。《跋赵清献公家问及文富帖跋语后》有赵抃晚年与周敦颐相知甚深并有《章贡》之文可供通考的记载："赵清献公晚知濂溪先生甚深，而先生所以告之者亦甚悉。见于《章贡》送行之篇者可考也。"同时该跋也表达了朱熹对赵抃浸染佛禅的惋惜："而公于佛学盖莫身焉，何邪？因览此卷，为之叹息云。"① 对于赵抃浸染佛禅一事，在《跋赵清献公家书》中有详细记载，如云：

然其晚岁学浮屠法，自谓有得，故于兄弟族姻之间无不以是勉之。前后见其家间手帖多矣，如此卷称其弟心已明莹，见性复元，教其侄以不失正念，要使纯一不杂，又教以公私谨畏，践履不失，便是初心佛事。且引古人"三业清净，即佛出世"之语，以为此亦直截为人处。则今之学佛者，大言滔天而身心颠倒，不堪着眼者盖有间矣。②

两跋对读，赵抃之崇佛好禅之气跃然纸上。

（三）《跋家藏刘病翁遗贴》和《跋病翁先生诗》

朱熹师事的武夷三先生都好援佛入儒，其中病翁刘子翚专好佛教止观，修习默照禅。对于刘子翚的好禅之风，宗杲还专门做像赞称颂："财色功名，一刀两断。立地成佛，须是这汉。"③《跋家藏刘病翁遗帖》开篇就描绘了一个禅味十足的僧衲形象："病翁先生壮岁弃官，端居味道，一室萧然，无异禅衲，视世之声色权利，人所竟逐者漠然若亡见也。"④ 这一跋文主旨在品评刘子翚的书法，却于文

---

① 《晦庵先生朱文公文集》卷八四，《朱子全书》第24册，上海古籍出版社、安徽教育出版社2002年版，第3919页。
② 同上书，第3958页。
③ （宋）法宏、道谦编：《普觉宗杲禅师语录》卷二，《卍续藏》第69册，第643页中。
④ 《晦庵先生朱文公文集》卷八四，《朱子全书》第24册，上海古籍出版社、安徽教育出版社2002年版，第3966页。

中用近1/3的笔墨叙写朱熹师事刘氏的琐事，可见二人师生情谊之深。中间数句叙写刘氏笔墨无多之珍贵。后文又近一半文墨感慨朱熹对刘氏授教之恩。故而，与其说此跋文为品评书法，不如说是朱、刘二人师生之情的抒写。《跋病翁先生诗》是反映朱熹诗学观念的名篇，文中认为刘诗文体上少时"不杂近世俗体"，以《文选》为宗，晚年则"出入众作，自成一家"；风格上，"气韵高古而音节华畅""笔力老健"；法度上，主张"天下事皆有一定之法，学之者须循序而渐进"①，这与禅宗渐修而悟的宗观颇有渊源（此详见本书第三章所论）。这些诗学观点足见朱熹对文学的独有见地。

三　内容与佛禅关涉之序跋

这一类涉佛文主要是朱熹对作家的佛禅行实、作品反映的佛禅内容及文献与佛禅之渊源的记载、评说、考辨。大体而言，属于朱熹对作家佛禅行实的记载、评说序跋者居多，有《中庸章句序》《跋张魏公为了贤书佛号》《跋李寿翁遗墨》《跋向伯元遗戒》《跋程沙随帖》五篇，它们都反映出朱熹强烈的排佛态度；品评涉佛作品而写的序跋有《跋胡文定公诗》和《跋先吏部留题延福院诗》两篇；辨析作品与佛禅之渊源的序跋有《书麻衣心易后》《再跋麻衣易说后》和《书钓台壁间何人所题后》三篇。以上类型分别各择一文稍加分析，以窥朱子此类序跋风貌之一斑。

反映朱熹强烈的排佛心态的序跋中最具代表性的莫过于《跋李寿翁遗墨》，全文如下：

> 韩退之著书立言，抵排佛老不遗余力，然读其《谢潮州表》

---

①　上引诸语皆出于《晦庵先生朱文公文集》卷八四，《朱子全书》第24册，上海古籍出版社、安徽教育出版社2002年版，第4342页。

《答孟简书》及张籍侑奠之词,则其所以处于祸福死生之际,有愧于异学之流者也多矣,其不能有以深服其心也宜哉。侍郎李公玩心于《易》以没其身,平居未尝深斥异教,而间独深为上言,天地变化,万物终始,君臣、父子、夫妇之道,性命之理,幽明之故,死生之说,尽备于《易》,不当求之无父无君之言,以伤俗化。其言虽约,而功实倍于韩子。至其平生大节,则不惟进退险夷一无可憾,而超然于生死之际又如此。此足以明吾道之有人,而信其言之不妄矣。《易》所谓"默而成之,不言而信"者,其君之谓与?熹不及从公游,而蒙公见与甚厚。其子正夫示以绝笔,因得捧读而窃识其说于后云。①

上引序跋最显著的特点是对作者情况的说明是从三个层面将李椿(字寿翁)与韩愈两个历史人物进行对比:一是从韩愈著书立言虽"抵排佛老不遗余力"然多流于异学与李椿《易》"其言虽约"却尽备万物之理进行对比;二是二人处祸福死生之际,前者"有愧"与后者"无憾、超然"进行对比;三是作者不服韩愈之词与深信李椿之言"不妄"进行对比,从而反衬和刻画出形象鲜明的排佛者李椿,比起平铺直叙的作者简介,人物形象显然要丰满得多。

涉及作品品评的两篇序跋《跋先吏部留题延福院诗》和《跋胡文定公诗》在写法上也各有特点。前者于序跋中说明朱松题延福寺三诗的时间及朱熹看到此诗的时间和心情,叙写无甚特色,然"流涕仰观"②四字让我们看到了朱熹饱含的思父之情。后者是朱熹对胡安国(1074—1138,谥号文定,湖湘学的创立者)作的《答药山寺僧五首》的评点。关于胡氏这五诗的作诗背景,《五灯

---

① 《晦庵先生朱文公文集》卷八二,《朱子全书》第 24 册,上海古籍出版社、安徽教育出版社 2002 年版,第 3876 页。

② 同上书,第 4242 页。

第五章 涉佛古文研究

会元》有所记载：

> 久依上封，得言外之旨。崇宁中，过药山。有禅人举南泉斩猫话问公。公以偈答曰："手握乾坤杀活机，纵横施设在临时。玉堂兔马非龙象，大用堂堂总不知。"又寄上封，有曰："祝融峰似杜城天，万古江山在目前。须信死心元不死，夜来秋月又同圆。"①

上引文中，"举南泉斩猫"是著名的禅宗公案，胡氏因禅人所问而作此偈。可见，胡氏此五诗从作诗背景到诗歌内容都与佛禅有深厚的渊源。朱熹在序跋中简单交代了此诗收存的情况，并对该诗内容进行简明扼要的评点："右胡文定答僧五诗，公子侍郎所书以授坟僧妙观，而妙观之所摹刻也，儒释之间，盖有所谓毫厘之差者。读之者能辨之，则庶乎知言矣。"② 不难看出，这一评点流露了朱熹对湖湘学好佛禅之风的微讽之意。

《书麻衣心易后》和《再跋麻衣易说后》是体现朱熹考辨文献之功力的又一力作。关于《麻衣心易》（又名《正易心法》）之真伪，朱熹辨之甚多，除此两篇序跋外，《文集》卷三七《答李寿翁》（"《麻衣易说》，熹旧见之"）也有详细记载。特别是《书麻衣心易后》一文开门见山，说此书"词意凡近，不类一二百年前文字"③，并从学术传承的角度加以进一步佐证其系伪作之可能，然后分别对作者身份、时代及文章用语、与有张栻题字本之出入等方面加以考辨：

---

① （宋）普济集：《五灯会元》卷一八，《卍续藏》第80册，第69页中。
② 《晦庵先生朱文公文集》卷八一，《朱子全书》第24册，上海古籍出版社、安徽教育出版社2002年版，第3821页。
③ 同上书，第3833—3834页。

《麻衣心易》顷岁尝略见之，固已疑其词意凡近，不类一二百年前文字……夫麻衣，方外之士，其学固不纯於圣贤之意。然其为希夷所敬如此，则其为说亦必有奇绝过人者，岂其若是之庸琐哉？且五代国初时人，文字言语质厚沉实，与今不同。此书所谓"落处""活法""心地"等语，皆出近年，且复不成文理，计其伪作，不过四五十年间事耳。然予前所见本，有张敬夫题字，犹摘其所谓"当于羲皇心地上驰骋，莫于周孔脚迹下盘旋"者而与之辨，是亦徒费于辞矣。此直无理，不足深议；但当摘其谬妄之实而掊击之耳。淳熙丁酉冬十一月五日书。①

上文中，朱熹先是从文字语言的风貌雅断《麻衣心易》不是一二百年前文字，继而从学术传承的角度断其为伪作。同时，也对作者身份、时代及文章用语等方面加以考辨。由此可见，不论是文学语言之容，还是文章之理，朱熹言之凿凿，认为此书为近人伪作。

四 禅语机锋序跋作品举隅

朱熹早年出入佛老十余年，一生亦好与禅僧道友交游往来，文献亦对此多有记载，如：

乾淳诸儒大阐道学，朱晦庵起二程，杨慈湖起象山，皆少进浮屠氏。师与之游。直示以心法，不为世语徇悦也。晦庵问"毋不敬"，师叉手示之。慈湖问"不欺之力"，师答以偈曰："此力分明在不欺，不欺能有几人知。要明象兔全提句，看取升阶正笏时"。②

---

① 《晦庵先生朱文公文集》卷八一，《朱子全书》第24册，上海古籍出版社、安徽教育出版社2002年版，第3833页。
② （清）超永编：《五灯全书》卷四八，《卍续藏》第82册，第148页上。

第五章 涉佛古文研究

宋代诸儒虽大倡儒学，但他们都出入于禅林，与佛教有千丝万缕的联系，和佛门子弟谈禅说法，朱熹也不例外。实际上，这种谈禅说偈的方式不仅出现在朱熹交游唱和的生活中，也渗透到了朱熹的古文创作中。朱熹有两篇序跋文写得颇有禅味，一是《跋周益公杨诚斋送甘叔怀诗文卷后》，几乎全用禅语写成：

  退缚精勤小物，无有入于无间。老监纵横妙用，诸相即是非相。且道二公用处，是同是别，叔怀于此卷中直下荐得，不妨奇特，如或未然，待汝一口吸进西江水，即向汝道。①

此文作于庆元五年四月，其时正值庆元党禁对道学的严厉打压与迫害之时，因此，朱熹在此处借禅说儒。"退缚精勤小物，无有入于无间"充满禅宗的思辨意味；"诸相即是非相"实则化用《金刚经》"凡所有相，是虚妄，若见诸相非相，即见如来"②之语，蕴含着大乘佛教不执着虚妄之相的最高智慧；"待汝一口吸进西江水，即向汝道"是马祖道一的著名机锋，据《五灯会元》载：

  唐贞元初谒石头。乃问："不与万法为侣者是甚么人？"头以手掩其口，豁然有省。后与丹霞为友。一日，石头问曰："子见老僧以来，日用事作么生？"士曰："若问日用事，即无开口处。"乃呈偈曰："日用事无别，唯吾自偶谐。头头非取舍，处处没张乖。朱紫谁为号，丘山绝点埃。神通并妙用，运水及搬柴。"头然之。曰："子以缁邪，素邪？"士曰："愿从所慕。"遂不剃染。后参马祖，问曰："不与万法为侣者是甚么人。"祖

---

① 《晦庵先生朱文公文集》卷八四，《朱子全书》第24册，上海古籍出版社、安徽教育出版社2002年版，第3983页。

② （后秦）鸠摩罗什译：《金刚般若波罗蜜经》卷一，《大正藏》第8册，第749页上。

曰:"待汝一口吸尽西江水,即向汝道。"士于言下顿领玄旨。①

此文记载的是唐代居士庞蕴就"不与万法为侣者是甚么人"和"运水搬柴即是道"问道石头希迁和马祖道一。朱熹则借此公案禅机探讨儒家之"不与万法者为侣"与"道在日用间"的哲学命题。在朱熹看来,他与周必大、杨万里、甘叔怀等都是"不与万法者为侣者",化用马祖道一机锋则更从一个层面上反映朱熹有以马祖道一自比之意。禅家所谓"运水搬柴即是道"在朱熹看来与"道在日用间"在本源上是一致的。

由此看来,此跋短小精悍,充满禅机,这种借禅宗公案机锋发愤世嫉俗、嬉笑怒骂之论、以禅说儒的方式一方面固然是庆元党禁道学家被禁言下的一种机智应对政治环境的巧妙方式,另一方面也是朱熹早年出入佛禅时期内心深处对佛禅的痴迷在晚年困境中情不自禁的流露。

另一篇是《跋汤叔雅墨梅》,文中不仅开篇由陈与义(号简斋)墨梅诗"类以白黑相形"联想到"禅家五位正偏圆颂",而且于文中化用禅宗机锋:

> 墨梅诗自陈简斋以来,类以白黑相形。逮其末流,几若禅家五位正偏图颂矣。故汤君始出新意,为倒晕素质以反之。而伯谟因有"冰雪生面"之句也。然"白黑未分时"一句,毕竟未曾道着,诗社高人,试各为下一转语。……②

上引文中,"毕竟未曾道着,诗社高人,试各为下一转语"典出

---

① (宋)普济集:《五灯会元》卷三,《卍续藏》第80册,第87页中。
② 《晦庵先生朱文公文集》卷八四,《朱子全书》第24册,上海古籍出版社、安徽教育出版社2002年版,第3959页。

第五章 涉佛古文研究

《法华经文句格言》载：

> 经云"是中云何忽生众生"，正与《楞严》"清净本然，云何忽生山河大地"同。好个话头，却被天台道破了。虽然，大师何曾道着，只遮话头还在，试代学者下一转语："只向道：适从何处来？"①

所谓"下一转语"，为禅宗接引学人、测验学人见地和成就的机锋，其表达方式多样：或用俚语俗话；或以风马牛不相干之言语；或是扬眉瞬目、挤眉弄眼之举；或以棒喝之声等。朱熹引入此语，旨在含蓄表达方士繇"白黑未分时"一句之语意未尽处。

综上所述，朱熹序跋涉佛文数量虽然不多，但却鲜明地体现朱子序跋文体重文献、版本之考辨、重作者行实或作品内容之考辨和重作品风格之品鉴的特点，同时其富于禅趣、禅机的序跋作品也在一定程度上彰显了朱熹佛禅情怀与佛学修养。

第五节 记体涉佛文

曹丕《典论·论文》、陆机《文赋》、挚虞《文章流别论》、刘勰《文心雕龙》和萧统《文选》在对文体进行分类时，均未将"记"作为独立的文体列出。至宋代李昉编辑的《文苑英华》，"记"才作为一种独立的文体出现在文论领域中。所谓"因文立体"，"体"之"立"，乃是因"文"之盛也，可见宋代记体文创作之繁盛。朱熹作为南宋古文名家，其一生创作的记体文近百篇，题材内容和表达方式都有独到之处，本书仅就前贤时彦较少关注的朱子记

---

① （宋）善月述：《法华经文句格言》，《卍续藏》第29册，第604页下。

体涉佛文作一细绎、检讨。

一 记体涉佛文界说及分类举隅

所谓记体涉佛文指的是朱熹记体文中与佛禅相关者,包括思想、所记人物、地点涉佛关于记体文的分类,前人有过诸多论说,笔者根据朱熹记体涉佛文的实际情况,分类如下。

(一)祠记

所谓祠记是指对祠庙营建和修建的记载,内容可包括营建时间、工费花销,主佐之姓名,营(修)建的原因、目的、用途,祠名的由来及修祠的主旨等。朱熹文集收有13篇祠记。现以《宁庵记》为例,管窥祠记之一斑。全文如下:

> 侍讲王公病革,顾谓其子瀚等曰:"生之有死,如旦之有暮,盖理之必然也。吾幸晚得归息故庐,今又以正终牖下,是张子所谓'存吾顺事,没吾宁'者,复何憾哉!汝曹亦无过哀,但兄弟友恭,敬奉而母,力学自立,扶植门庭,毋为吾羞足矣。"语绝而逝。诸子泣奉其教不敢违。未几而公夫人亦不起疾。诸子既奉两柩,合葬白沙石笋之原,乃筑祠堂寮舍以奉烝尝居守者。而取公遗语命之曰"宁庵",买田百余亩,以给庵费、输王租而敛其遗余,以为岁时增葺之备。间以告予而请记其所以名之意。予感王公之言足以见其所守之正,死而后已。又嘉伯海昆弟之能遵先志而不忍忘也,因为书其本末如此云。①

---

① 《晦庵先生朱文公文集》卷八四,《朱子全书》第24册,上海古籍出版社、安徽教育出版社2002年版,第3809—3810页。

第五章 涉佛古文研究

祠庙与寺庙异中有同，不同处在于寺庙是弘法利生的地方，祠庙是祭祀祖宗的地方；相同之处在于二者都有很强的宗教色彩，与民间佛教信仰有一定关系。上引文对宁庵祠庙修建的原因、经过，名称的由来、意义等一一叙述，简洁明了。同时，在叙述的字里行间，又流露出作者对庵主敬仰和修建者的赞赏之情。

（二）人物事件涉佛记

朱熹记体涉佛文更多的是对人物事件、精神风貌与佛禅关系的记载和评论。比如他在《牧斋记》记述了自己在这个书斋中三年饱受饥寒交迫，却"无一日不取六经百氏之书以诵之"①的狂读生活。而这一时期正是其出入佛老的高潮期。据束景南先生考证，"牧斋"之名本有着浓厚佛禅文化底蕴，并认为《牧斋记》是他对三年师事道谦和以儒佛老谦谦自牧的总结，同时又预示着他的心学之路的末途，要同道谦分手告别了。②又比如他对宋人当时一些排佛行实有过这样的描述：

> 淳熙七年，今知县事赵侯始至而有志焉。既葺其官庐之废坏而一新之，则又图所以为饮食久远之计者，而未知所出也。一日视境内浮屠之籍，其绝不继者凡五：曰中山、曰白云、曰凤林、曰圣历、曰既历，而其田不耕者以亩计凡若干。乃喟然而叹曰："吾知所以处之矣。"于是悉取而归之于学……（《建宁府崇安县学田记》）③

---

① 《晦庵先生朱文公文集》卷七七，《朱子全书》第24册，上海古籍出版社、安徽教育出版社2002年版，第3699页。
② 束景南：《朱子大传》，商务印书馆2003年版，第114—116、120—121页。
③ 《晦庵先生朱文公文集》卷七九，《朱子全书》第24册，上海古籍出版社、安徽教育出版社2002年版，第3772页。

上文中，朱熹详细记载了"县事赵侯"将佛寺田产"悉取而归之于学"的事件，并给予高度的评价，认为此举既有利于兴校，又对佛教进行一定的打击，正如其所谓"赵侯取之，可谓务一而两得矣"（出处同上）。

朱熹对"浮屠氏之说乱君臣之礼，绝父子之亲，淫诬鄙诈"（出处同上）非常痛恨，因此他的记体文有不少内容是记载世俗崇佛之风的。如《鄂州社稷坛记》说："顾今之为吏者，所知不过薄书期会之间，否则豆觞舞歌，相与放焉而不知反，其所敬畏崇饰而神事之者，非老子、释氏之祠，则妖妄淫昏之鬼而已。"①《邵州州学濂溪先生祠记》云："程氏既没，诵说满门而传之不能无失，其不流而为老子释氏者几稀矣。然世亦莫之悟也。"② 朱熹对崇佛世风的描述不仅仅停留在现象上，有时对世衰俗变的剖析非常深刻，如：

> 世变俗衰，士不知学，挟册读书者，既不过于夸多斗靡以为利禄之计；其有意于己者，又直以为可以取足于心，而无事于外求也，是以堕于佛老空虚之邪见；而于义理之正，法度之详，有不察焉。（《鄂州州学稽古阁记》）③

由上可知，在朱熹看来，有利禄之心的人把为学的目的歪曲为攫取利禄的手段，无利禄之心的人则堕入释氏道老的虚无寂灭之学说。再如：

---

① 《晦庵先生朱文公文集》卷七九，《朱子全书》第24册，上海古籍出版社、安徽教育出版社2002年版，第3771页。
② 《晦庵先生朱文公文集》卷八〇，《朱子全书》第24册，上海古籍出版社、安徽教育出版社2002年版，第3803页。
③ 同上书，第3800页。

第五章　涉佛古文研究

以故学校之名虽在，而其实不举，其效至于风俗日敝，人材日衰，虽以汉唐之盛隆，而无以仿佛乎三代之叔季。然犹莫有察其所以然者，顾遂以学校为虚文，而无所与于道德政理之实，于是为士者求道于老子、释氏之门，为吏者责治乎薄书期会之最。盖学校之仅存而不至于遂废者，亦无几耳。(《静江府学记》)[①]

朱熹在此深刻揭示出士流堕入释氏其中一个根源在于学校的有名无实，足见其敏锐的社会洞察力。

(三) 建筑名称涉佛辨记

建筑记通常都是记叙建筑兴建或修建始末的文章，然而朱熹文集中有一类建筑记却以辨别建筑名称的文化内涵为主。而其中的文化内涵之辨又往往渗透他对释氏文化的排斥，比如《至乐斋记》中，朱熹对至乐斋的主人傅自得读"左右图史，自六经而下，百家诸子、史氏之记籍与夫骚人墨客之文章，外至浮屠老子之书，荒虚谲诡，诙谐小说，种植方药、卜相博弈之数"之书为"天下之乐"[②] 颇有嘲讽之意，与此同时，更以圣贤读书"至乐"观对傅自得以欧阳修之诗"至哉天下乐，终日在几案"(《读书》)命其书斋之名给予微讽和辨析。又如，在《徽州休宁县厅新安道院记》中，休宁大夫汝玉对休宁县难治之传从疑到信，且将难治只因归于其"过刚而喜斗"的风俗，认为改变此风当以柔克刚，即他所谓"其俗难以力服而易以理胜"，从这一思想出发，汝玉以"新安道院"命县厅名，以寄托其治县"廓然无事之可为"之愿望。朱熹对县厅新名的文化义涵颇

[①] 《晦庵先生朱文公文集》卷七八，《朱子全书》第24册，上海古籍出版社、安徽教育出版社2002年版，第3741页。

[②] 《晦庵先生朱文公别集》卷七，《朱子全书》第25册，上海古籍出版社、安徽教育出版社2002年版，第4976—4977页。

存疑虑，对此在文中详加辨析如下：

> 然道之得名，正以人所公由之路，而非无事之谓也……顾其名此，乃若专取乎今日之无事，而反序前日之屡事为非道，其无乃出于老子浮屠之谓，而汝玉未之思耶。……而所谓道者，则无彼此精粗之间。……彼其所以喜于政成之无事，而不避异学之淫名，岂非朝夕之间，……予故邦人，且汝玉予旧也，乐其意，为书本末以示来者，使于此邦之俗、贤宰之志，尚有考云。①

上文中，显然朱熹认为"新安道院"之名其内蕴的"无"或"无事而为"透露了汝玉老佛之"无"的思想，对此朱熹是不认同的。应该说，朱熹这一类文章在内容有一个显著的特点，即假释氏以扬儒道。

（四）涉佛游山览胜记

朱熹有着浓郁的山水情怀，关于这一情怀，《福建通志·列传》卷一二《朱熹传》这样描述：

> 自号紫阳，箪瓢屡空。然天机活泼，常寄情于山水文字。南康志庐山，潭州志衡岳，建州志武夷、云谷，福州志石鼓、乌石，莫不流连题咏。相传每经行处，闻有佳深壑，虽迂途数里，必住游。携尊酒时饮一杯，竟日不倦。非徒泥塑人以为居敬者。

上引文中不论是"寄情于山水文字"，或是云游之中"莫不流

---

① 《晦庵先生朱文公文集》卷八〇，《朱子全书》第24册，上海古籍出版社、安徽教育出版社2002年版，第3790页。

第五章 涉佛古文研究

连题咏",还是"闻有佳深壑,虽迂途数里,必住游",都说明朱子对山水的情有独钟,并在吟诗作文中歌之、咏之。其游记散文有不少名篇佳作,如《云谷记》《百丈山记》《卧龙庵记》《西原庵记》《南岳游山后记》等,这些山水游记之文标举着朱子高风绝尘的审美态度。虽然朱熹山水游记直接涉佛或蕴含佛理的文字不多,但其乐山好水的情怀以及其游记作品将山水作为独立的审美对象来观照,从文化渊源来说主要还是与佛老思想有关。中国僧人多在依山傍水、风景如画的地方修行,寺院僧所多建在清幽静谧、景色宜人的山林佳秀当中,正所谓"天下名山僧占多"(《建刹以扶植人心巩鸿图说》)①,又或是"可惜湖山天下好,十分风景属僧家"②,这一方式对中国文人厌倦尘世纷扰、返归自然之心有很深远的影响,是他们远离尘世喧嚣、寄情山水的一个很重要的原因。而对于曾出入佛老十余年的朱熹来说,寄情山水成为他倾慕超尘出世生活心理的"诗意栖息"。同时,如前所述,朱子游记作品是把自然山水作为独立的审美对象来观照的,这一审美客体"从本体上来讲,仍是道体流行的发见"③。用朱熹本人的话来说就是"鸢飞鱼跃,道体随处见"④,又说其"恰似禅家云:'青青绿竹,莫非真如;灿灿黄花,无非般若'"⑤,"鸢飞鱼跃"及"青青"之语皆为佛语⑥,亦为佛境,因此朱子"道体流行发见"的自然山水就带上了很强的"借鉴佛老玄思

---

① (明)觉浪道盛撰:《天界觉浪盛禅师全录》卷二四,《嘉兴大藏经》第 34 册,第 730 页上。

② (宋)赵抃:《清献诗钞·次韵范师道龙图》,(清)吴之振等选编《宋诗钞》第 1 册,中华书局 1986 年版,第 204 页。

③ 潘立勇:《朱子理学美学》,东方出版社 1999 年版,第 374 页。

④ 《朱子语类》卷六三,《朱子全书》第 16 册,上海古籍出版社、安徽教育出版社 2002 年版,第 2070 页。

⑤ 同上书,第 2071 页。

⑥ (明)无相《法华经大意》载有:"青青翠竹,总是法身。郁郁黄华,无非般若。鸢飞鱼跃,与四十余年演教无差。"(参见《卍续藏》第 31 册,第 486 页中)

的哲理深度和僧道修行的形式意味"①，这是朱熹游记散文与佛教关联的一个最重要的特点。

就朱熹游记散文真正有涉佛文字的作品而言，它基本上不是景寓佛理的阐发，而主要是朱子遍访名山古刹或与僧人交游往来行迹的记录或叙写，间或山水景观的描绘与云游抒怀，这是朱熹游记散文与佛禅关联的又一个特点。如：

> 淳熙辛丑秋七月癸未，朱仲晦父、刘彦集、敬父、平父、黄德远、方伯休、陈彦忠来游密庵，仲晦父之子塾、在，彦集之子瑾，平父子侄学雅、学文、学古、学裘侍。向夕，冒大雨，涉重涧，登昼寒亭，观瀑布壮甚。明日，仲晦父复与彦集、平父步自野鹤亭，下寻涧底，得水石佳处三四，规筑亭以临之。而陈力就深父继至，见之欣然许相其役，遂复登昼寒。会雨小霁，日光璀璨，尤觉雄丽。归饮清湍，以"崇山峻岭，茂林修竹，清流激湍，映带左右"分韵赋诗。明日，复循涧疏理泉石，饮罢而还。道人宗慧、宗归有约不至。（《游密庵记》）②

文题中的密庵与朱熹有着极深的不解之缘，朱子文集以"密庵"为题的诗有六篇，游记一篇，可见密庵在朱子心中不同寻常。密庵不仅离朱熹住地近，而且还是风景胜地，如文中所说"瀑布壮甚"，有"水石佳处三四"，雨后初晴、日光璀璨之时"尤觉雄丽"；最主要的是密庵庵主是朱熹师事的道谦禅师，是其少时"久此寄斋粥"向道谦问道求法之处。篇末叙述道人宗慧和宗归失约，是朱子与方外友僧之交游的一个侧影。因此，此篇游记一定程度上反映了朱熹

---

① 韩经太：《中国审美文化焦点问题研究》，人民文学出版社2015年版，第432页。
② 《晦庵先生朱文公文集》卷八四，《朱子全书》第24册，上海古籍出版社、安徽教育出版社2002年版，第3790页。

第五章 涉佛古文研究

早年出入佛老历程的面貌。与之相类似的，文集中有些具有游记性质的涉佛题刻亦记载了朱熹这一段心路历程概貌，如：

> 淳熙丁未，晦翁来谒鼓山嗣公，游灵源，遂登水云亭，有讣四川子直侍郎。同游者清漳王子合，郡人陈肤仲、潘谦之、黄子方，僧端友。（《鼓山题名》）①

这一题刻交代了出游时间、地点、人物、同游之人以及游踪。其中，朱熹要拜谒的嗣公为福州鼓山涌泉寺主持直庵和尚，另，同行者中除了朱熹门徒，还有一僧，因此这一记载虽然简短，但在反映朱子与僧人交游往来的历史事实上却无比珍贵。

二 表达方式独特性发微

记，是古代重要的文体之一，在记事、记物、写景、记人的行文中抒发作者的感情使这一文体具有很鲜明的文学性。朱熹记体涉佛文虽然数量不多，但其多样化的表达方式表现出文学的独特性。

就记体文表达方式的发展历程而言，唐人重叙不重议，至宋，往往议或论多，而对客观对象的叙写则淡化，甚至出现空发议论的现象。对此，宋人陈师道曾以韩愈为唐人代表精辟地指出："退之作记，记其事尔，今之记，乃论也。"② 明吴讷《文章辨体序说》也说："大抵记者，盖所以备不忘。如记营建，当记月日之久近，工费之多少，主佐之姓名。叙事之后，略作议论以结之。至若范文正公之记严祠、欧阳文忠公之记昼锦堂、苏东坡之记山房藏书、张文潜之记进学斋、晦翁之作《婺源书阁记》，虽专尚议论，然其言足以垂

---

① 《朱熹遗集》卷五，《朱子全书》第 26 册，上海古籍出版社、安徽教育出版社 2002 年版，第 786 页。
② 陈师道：《后山诗话》，文渊阁《四库全书》第 1478 册，第 284 页。

世而立教，弗害其为体之变也。"① 陈师道和吴讷所论确实勾勒出宋人记体文从叙事到议论、说理的转变轮廓，但就朱熹记体涉佛文看，其表达方式并不是如唐人仅以叙为记，也不是如吴讷所说的"专尚议论"，而是叙事、议论、描写往往依文灵活运用，从而呈现多样性。

首先，从总体风貌看，朱熹只叙事件或对象轮廓，而重在议论、说理的记体涉佛文确实数量上有相对优势，反映了前述陈氏和吴氏所说的宋代记体文从叙事到说理的转变面貌。如《牧斋记》，开篇简单叙述了自己在书斋中三年读书生活的状况，之后4/5以上的篇幅都在发读书、为学之感慨、论说；又如以"学记"为题材的记体涉佛文，如《静江府学记》《建宁府崇安县学田记》《鄂州州学稽古阁记》等在叙议结合的同时，往往以议论为主。对于"学记"这一记体文表达方式的运用特点，今人朱刚从内容上总结为两个方面："一是叙述地方官建学的过程，二是发表关于学术思想与政治文化之关系的大议论。"② 并指出后者"几乎是'学记'的体制性特征"（出处同前），此论可谓切中肯綮。

其次，夹叙夹议并杂以描写是朱熹记体涉佛文表达方式上最具特色的地方。这一方式在游记中体现得最明显。如《卧龙庵记》③就非常突出地体现了这一点。朱熹此文中的卧龙庵在庐山上，其到访之时已废止。因惜此庵坐拥泉石之胜且无车马之喧，朱熹捐资十万而得以重建。据载，庐山山上的佛、道寺院最盛时多达百处，卧龙庵虽不是名刹古寺，却因此庵故址与卧龙刘君及包括朱熹在内的

---

① （明）吴讷著，于北山校点：《文章辨体序说》，人民文学出版社1998年版，第42页。
② 朱刚：《士大夫文化的两种模式：〈虔州学记〉与〈南安军学记〉》，《江海学刊》2007年第3期。
③ 《晦庵先生朱文公文集》卷七九，《朱子全书》第24册，上海古籍出版社、安徽教育出版社2002年版，第3757—3758页。

第五章 涉佛古文研究

文人骚客之渊源，使其亦扬其名于天下。一般的游记通常都会对风景名胜古迹浓墨重彩，但朱熹此文的独到之处就在于，其寓卧龙庵风景描写于人物事件的叙述、议论中，如开篇自述读杨时诗而之卧龙刘君隐居之事，此乃叙；后又引陈舜俞《庐山记》描写卧龙庵之苍崖、怒瀑、大壑及蜿蜒飞舞、状若卧龙的黄石等景借色生采，既有人事，又有景致，此乃叙中寓描写；接着一句"又幸其深阻复绝，非车尘马迹之所能到"①，既写出卧龙庵之清幽静谧，又含蓄地抒发了喜爱之情，既是叙，又是议；然后又叙已出资重建卧龙庵之事及置诸葛像于堂中之事；再接着又细致地描绘庵旁潭景："然庵距潭犹数百步，步乱石间，三涉涧水乃至。至又无所托足，以寓瞻眺，或乃颠沛而反。因相其东崖，凿石为磴而攀缘以度。稍下，乃得巨石横出涧中，仰翳乔禾，俯瞰清流，前对飞瀑，最为谷中胜处"②；最后以夹叙夹议的方式叙写亭名之意蕴和抒发感受："因牓之曰'起亭'，以为龙之渊卧者可以起而天行矣……岁月飘忽，念之慨然，乃叙其作与本末而复书之屋壁。来者读之，尚有以识予之意也。"③全篇景、情、事在叙、议与描写交错运用中浑然一体。而这同样体现在朱熹的其他游记如《云谷记》《百丈山记》《西原庵记》等作品中。

最后，朱熹记体涉佛文中的《宁庵记》恪守记录以备不忘、重叙事的叙写方式。此文中，作者先详细叙写王公临终嘱托，其子不违父嘱，然后又叙王公夫人因疾而逝，接着叙述王公之子扶柩葬亲与修筑祠堂之种种细节，最后文末稍发议论。④ 对于记体文如何

---

① 《晦庵先生朱文公文集》卷七九，《朱子全书》第24册，上海古籍出版社、安徽教育出版社2002年版，第3758页。
② 同上。
③ 同上。
④ 莫砺锋先生认为此文以议论为主（详参《朱熹文学研究》，南京大学出版社2000年版，第101—102页），笔者以为此论尚有商榷之处。

"记",朱熹曾发表过深刻的见解:"记文甚健,说尽事理,但恐亦当更考欧曾遗法,料简刮摩,使其清明峻洁之中,自有雍容俯仰之态,则其传当愈远而使人愈无遗憾矣。"这一"记"体文体批评观应对文章下"料简刮摩"之力,使其在"清明峻洁"之中呈现"雍容俯仰之态"。反观《宁庵记》一文,于文中只叙其事,环环相扣的叙述模式,使行文简洁中现雍容,正是朱熹"记"体文体批评观在创作上的践履。莫砺锋先生对此特别激赏:"朱熹此文(《宁庵记》)真正做到了质朴无华,它首先是简洁平直而又委婉周详,篇无剩句,句无剩字,把意思交代清楚即不赘一语。其次是章法极其平正,并无蓄势、跌宕等安排。这种简练质朴的风格与文中所记人物恬静安详的性格表里如一,从而呈现出从容平正的儒者气象。"[①] 其论洵是。虽然朱熹以此表达方式创作的记体涉佛文只《宁庵记》一篇,然其开启了以更全面的视野观照朱熹记体文表达方式和这一表达方式呈现的独特文风的一个窗口,颇有意义。

概而言之,根据朱熹记体文与佛禅关涉的内容和方式,可将其分为祠记、人物事件涉佛记、建筑名称涉佛辨记和游山览胜记。前三者主要是内容上与佛禅发生了直接的因缘,后一者关涉的方式较为复杂,既有形式的关联,即将作者"道体流行发见"的主观情怀"借鉴佛老玄思的哲理深度和僧道修行的形式意味",赋予客观自然山水的描摹之中;又有内容的关联,即有些作品记录和描写了朱熹出入佛老的经历。从文学艺术的角度而言,这几类记体文的表达方式是多样的,既有代表宋人记体文以论为主的主流表达方式,也有体现朱子自成特色的融叙事、议论、描写、抒怀于一体的表达方式,还有保留了记体文以叙为主的传统方式,具有较高的文学价值。

[①] 莫砺锋:《朱熹文学研究》,南京大学出版社2000年版,第102页。

第五章　涉佛古文研究

第六节　丧葬类文体涉佛文

朱熹古文涉佛文中有一类文体如祭文、神道碑、墓表、墓志铭等，尽管它们的文体特征各不相同，但由于均与丧葬题材有关，为行文表述之便，将以上诸体统称其为"丧葬类文体"。这些文体的篇章在一定层面上也与佛禅有一定的关涉，故而有必要也对它们进行梳理和探讨。

一　涉佛祭文

祭文，又称祀文，为哀祭文的一种[①]，是告祭死者或天地山川神祇时所诵读的文章，是由古代祝辞、缋辞发展而来的一种文体。关于祭文的文体类别和写作特点，明代吴讷曾对此作了清晰的界定和描述：

> 古者祀享，史有册祝，载其所以祀之之意，考之经可见。若《文选》所载谢灵运之《祭古冢》，王僧达之《祭颜延年》，则不过叙其所祭及悼惜之情而已。后韩、柳、欧、苏与夫宋世道学诸子，或因水旱而祷于神，或因丧葬而祭亲旧，真情实意，溢出言辞之表，诚学者所当取法者也。大抵祷神以悔过迁善为主，祭故旧以道达情意为尚。若夫谀辞巧语，虚文蔓说，而亦君子之所厌听也。[②]

上引之文简明扼要地描述了祭文的发展历程，尤其阐明唐以后

[①] 哀祭文包括祭文、吊文、哀辞、诔辞等。
[②] （明）吴讷著，于北山、罗根泽校点：《文章辨体序说》，上海文学出版社1962年版，第54页。

祭文文体类别有所扩展，即包括祷神和祭悼逝者两类，同时指出了这一文体写作特点，如要求情感真实，忌讳辞巧语、虚文蔓说。对祭文情感之真实，朱熹在《答王近思》批评其祭文时也指出："孔子曰：'丧与其易也，宁戚。'吾友其未之思欤，大抵吾友诚悫之心似有未至，而华藻之饰常过其哀，故所为文亦皆辞胜理，文胜质，有轻扬诡异之态，而无沉潜温厚之风，不可不深自警省，讱言敏行以改故习之谬也？"① 可见朱熹也同样强调祭文抒情当沉潜温厚，不可过多藻饰。而明代另一位在问题研究上颇有建树的学者徐师曾则进一步指出了祭文文体的演变源流和语言的特点：

> 按祭文者，祭奠亲友之辞也。古之祭祀，止于告飨而已。中世以还，兼赞言行，以寓哀伤之意，盖祝文之变也。其词有散文，有韵语，有俪语；而韵语之中又有散文、四言、六言、杂言、骚体、俪体之不同，……宋人又有祭马之文，是亦一体，故取以附焉。②

在徐氏看来，祭文从源流上看，为祝文之变，其内容当主以哀伤之意，并兼赞言行。

朱熹文集收录不少祭文，但关涉佛禅的祭文比较典型的就仅前已引述的《祭开善谦禅师文》，现为醒目之便，重录于下：

> 我昔从学，读《易》《语》《孟》。究观古人，之所以圣。既不自揆，欲造其风。遭绝径塞，卒莫能通。下从长者，问所

---

① 《晦庵先生朱文公文集》卷三九，《朱子全书》第22册，上海古籍出版社、安徽教育出版社2002年版，第1761页。

② （明）徐师曾著，于北山、罗根泽校点：《文体明辨序说》，上海文学出版社1962年版，第154页。

320

第五章 涉佛古文研究

当务。皆告之言,要须契悟。开悟之说,不出于禅。我于是时,则愿学焉。师出仙洲,我寓潭上。一岭间之,但有瞻仰。丙寅之秋,师来拱长。乃获从容,笑语日亲。一日焚香,请问此事。师则有言,决定不是。始知平生,浪自苦辛。去道日远,无所问津。未及一年,师以谤去。我以行役,不得安住。往还之间,见师者三。见必款留,朝夕咨参。师亦喜我,为说禅病;我亦感师,恨不速证。别其三月,中秋一书,已非手笔,知疾可虞。前日僧来,为欲往见。我喜作书,曰此良便。书已遗矣。仆夫遗言,同舟之人,告以讣传。我惊使呼,问以何故。龄乎痛哉,何夺之速!恭惟我师,具正遍知。惟我未悟,一莫能窥。挥金办供,泣于灵位。稽首如空,超诸一切。①

此篇祭文采用四言体式,叙写作者与道谦禅师相识、相交与相离的交往过程。文中追忆二人相交之往事,既见作者内心由衷地感动与怀念,又有一种今是昨非的忧伤和悲愁。而抒写惊闻禅师圆寂,则以"我惊使呼,问以何故。龄乎痛哉,何夺之速"之辞极尽悲痛之情的发抒。文末又以感怀恩师的敬仰之心赞道歉禅师"具正遍知"的学养修为。全文写得情真意切,毫无矫揉造作之态,反映了吴讷与徐师曾所指出的祭文抒写须情真意切,以哀伤之意为主,兼赞言行的文体特点。

二 涉佛神道碑

神道碑,或只称神碑,指的是立于墓道前,用来记载死者生平事迹的石碑。神道,即墓道,碑,指的是刻有文字的石头。据载,汉代已此名,欧阳修《集古录跋尾》录有汉杨震碑,此文开篇云:

---

① (明)心泰编:《佛法金汤编》卷一五,《卍续藏》第87册,第436页中。

"故太尉杨公神道碑铭。"神道碑文初期简单，后渐趋详细，成为人物传记的一种变体，并多收入作者的文集。①

朱子文集神道碑合计 11 篇，且都为长篇，为人立传之文，描写、叙述、议论等文学手法的运用穿插其间，可读性强。这些作品中含涉佛文字的作品三篇四处。其中，《右文殿修撰张公神道碑》有两处，一是开篇提到圣门之学不传的其中一因是"言理归于老佛"②，短短几字却向我们展示了宋代学术文化的宏观背景和社会时局；另一处是作者记叙张栻排佛之行实："在广西，刑狱使者陆济之子弃家为浮屠，闻父母死，不奔丧。……（张栻）尤恶世俗鬼神老佛之说，所至必屏绝之。盖所毁淫祠前后百数……"③ 在《直秘阁赠朝议大夫范公神道碑》中的涉佛文字仅寥寥数语，但亦能管窥范公（范如圭）排佛态度之一斑。《中奉大夫直焕章阁王公神道碑铭》同样也是对王师愈的排佛行实的记载：

> 行僧杲有时名，窜岭外（今广东梅州）得归，所过士大夫争先礼敬。至临江（今江西抚州），郡守延致，俾升高座说佛法，而率其属往听焉。召公俱往，公谢曰："彼之说某所不能知，然以儒官委讲而北面于彼，某纵自轻，奈辱吾道何？"守不能强，识者韪之。④

这段文字颇可玩味，一方面朱熹褒扬了王师愈疏远大慧的辟佛之行；另一方面朱熹自己曾"师其（大慧）人，尊其道，求之亦切

---

① 钱玉林、黄丽丽主编：《中华传统文化辞典》，上海大学出版社 2009 年版，第 468 页。
② 《晦庵先生朱文公文集》卷八九，《朱子全书》第 24 册，上海古籍出版社、安徽教育出版社 2002 年版，第 4130 页。
③ 同上书，第 4140 页。
④ 同上书，第 4154 页。

第五章　涉佛古文研究

至"(《答汪尚书》)①，由此可见朱熹对大慧的矛盾复杂的感情。

三　涉佛墓表

关于墓表的发展过程和体式特点，徐师曾《文体明辨序说》云："按，墓表自东汉始，安帝元初年立《谒者景君墓表》，厥后因之。其文体与碑碣同，有官无官皆可用，非若碑碣之有等级限制也。以其树于神道，故又称神道表。其为文有正体，有变体，录而辨之。又有阡表、殡表、灵表，以附于篇，则遡流而穷源也，盖阡，墓道也；殡，未葬之称；灵者，始死之称：自灵而殡，自殡而墓，自墓而隆起也，故以墓表括之。"②而吴讷的《文章辨体序说》则指出了墓表之辞"多叙其学行德履"③。而据《中华传统文化辞典》的释义，所谓墓表是指："旧时立在墓前，刻载死者生平，表扬其功德的石碑。……以其树于神道（墓道），也称神道表，其文末或有铭，或无铭。后即以墓表上文字列为文体之一。"④综合各家对墓表之界定，不难看出墓表的几个特征：对象身份无等级限制，重点叙写人物的重要行实且以功德为主，有的墓表文末有铭，有的则无。

朱熹《文集》卷九一收有墓表12篇，含涉佛文字的墓表两篇，其中一篇所谓涉佛也就是受表者生前嘱子嗣"戒治丧无用浮屠法"（《程君正思墓表》)⑤之语，因此严格意义上的墓表涉佛文仅《屏山先生刘公墓表》一篇。此文先于开篇交代作墓表之缘由，继而追叙

---

① 《晦庵先生朱文公文集》卷三〇，《朱子全书》第21册，上海古籍出版社、安徽教育出版社2002年版，第1295页。
② （明）徐师曾著，于北山、罗根泽校点：《文体明辨序说》，上海文学出版社1962年版，第151页。
③ （明）吴讷著，于北山、罗根泽校点：《文章辨体序说》，上海文学出版社1962年版，第52页。
④ 钱玉林、黄丽丽主编：《中华传统文化辞典》，上海大学出版社2009年版，第468页。
⑤ 《晦庵先生朱文公文集》卷九〇，《朱子全书》第24册，上海古籍出版社、安徽教育出版社2002年版，第4187页。

师从好援佛入儒的刘子翚（学者称屏山先生）之经过，接着表刘子翚生前之重要功绩，而后才叙写刘氏生平，最后以铭作结。关于刘氏生平，朱熹重点写了刘氏涉佛三事：一是其居处极有禅味："世家屏山下潭溪之上，有园林水石之胜，于是俯仰其间，尽去人间事。自号病翁，独居一室。"① 二是描绘病翁"危坐或竟日夜，嗒然无一言"（出处同前）的坐禅入定的生活。三是记载了屏山晚年回忆自己官莆田前后，从出入佛老到始悟道在儒不在禅的转变：

先生欣然告之曰："吾少未闻道，官莆田时，以疾病始接佛老之徒，问其所谓清净寂灭者而心悦之，以为道在是矣，比归读吾书而有契焉，然后知吾道之大，其体用之全乃如此……尝作《复斋铭》《圣传论》以见吾志。"②

由上引文献可知，刘子翚平时生活处世与释子之流极似，其学《复斋铭》《圣传论》虽是其"知吾道之大"后所作，然亦与佛禅密不可分。

四　涉佛墓志铭

关于墓志铭前人徐师曾是这样界说的：

按志者，记也；铭者，名也。古之人有德善功烈可名于世，殁则后人为之铸器以铭，而俾传于无穷，若《蔡中郎集》所载《朱公叔鼎铭》是已。至汉，杜子夏始勒文埋墓侧，遂有墓志，后人因之。盖于葬时述其人世系、名字、爵里、行治、寿年、

---

① 《晦庵先生朱文公文集》卷九〇，《朱子全书》第24册，上海古籍出版社、安徽教育出版社2002年版，第4168页。
② 同上书，第4169页。

第五章 涉佛古文研究

卒葬年月，与其子孙之大略，勒石加盖，埋于圹前三尺之地，以为异时陵谷变迁之防，而谓之志铭：其用意深远，而于古意无害也。迫夫末流，乃有假手文士，以谓可以信今传后，而润饰太过者，亦往往有之，则其文虽同，而意斯异矣。……至论其题，则有曰墓志铭，有志、有铭者是也。①

由上可知，墓志铭这一文体是由志和铭这两种文体组成的，其文体功能在于悼念死者。从语言句式看，志为多用散文，用以记叙人物的生平事迹；铭为多用韵文，以褒扬和悼念性的文辞为主。朱熹文集收入的墓志铭55篇，其中涉佛文6篇，分别是《建安郡夫人游氏墓志铭》《笃行赵君彦远墓碣铭》《通判恭州江君墓志铭》《朝散黄公墓志铭》《宜人黄氏墓志铭》《敷文阁直学士李公墓志铭》。从内容看，朱子墓志铭涉佛文字仍是以记载被悼念者排佛还是崇佛为主，有所不同的是，崇佛被悼念者若为女眷，其崇佛之信仰却往往被作者加以颂扬，如《建安郡夫人游氏墓志铭》写游氏之崇佛：

亦颇信尚浮屠法，娠子则必端居静坐，焚香读儒佛书。不疾呼，不怒视，曰此古人胎教之法也。故其子生皆贤才。②

由上不难看出，朱子把游氏之子的贤能归之于其崇信佛教而形成的"不疾呼，不怒视"的娴静美德，其褒誉之意已溢于言表。从体式特点看，朱熹墓志铭涉佛文体式上主要还是"志文之体"，即文

---

① （明）徐师曾著，于北山、罗根泽校点：《文体明辨序说》，上海文学出版社1962年版，第148页。
② 《晦庵先生朱文公文集》卷九〇，《朱子全书》第24册，上海古籍出版社、安徽教育出版社2002年版，第4212页。

章"有正变二体。正体唯叙事实,变体则因叙事而加议论"。[①] 换言之,朱熹撰写的墓志铭主以叙事,间或议论。另外,其涉佛墓志铭篇幅长,在一定程度上反映了宋人墓志铭多冗长的特点。

综上所述,朱熹以儒名家,亦与佛禅渊源深厚,且于文章亦孜孜不倦,儒、释、道三教合流不仅创立了他的理学体系,亦深深影响其文章风貌。就以古文涉佛文而言,佛禅对其古文各体文章发生着从题材、内容、语体到文学手法等各个方面的深刻影响;另外,朱子卷帙浩繁的古文创作,又从不同层面、不同视野呈现出朱子与佛禅之间千丝万缕的联系,还原出有着复杂文化心态的朱子形象。

[①] (明)徐师曾著,于北山、罗根泽校点:《文体明辨序说》,上海文学出版社1962年版,第149页。

第六章 《朱子语类》与佛禅之渊源

  在佛禅之风盛行与书院讲学兴盛双重媒介的催生下，先秦诸子语录在经历了上千年的历史沉寂中，又重新焕发了新的生机，出现了代表语录体散文新面貌的宋儒语录，而《朱子语类》（以下简称《语类》）就是其中最具代表性的语录之一。《语类》内容丰富，上至天理性命的哲学反思，下至传道授业解惑的具体问答，其广阔的视域、丰富的内容与生动的语言，引起了后人对它浓厚的研究兴趣。据笔者初步统计，自20世纪90年代以来，今人专以《语类》为研究对象的成果，就单篇学术论文（含博、硕论文）而言，合计212篇，其涉猎之域最主要在于对《语类》语言词汇的研究，已有相关论文成果194篇，其余18篇涉猎的研究领域包括版本校勘、哲学、史学、文学、经学等方面，但显然成果非常有限。[①] 而从文学与佛禅关系对《语类》进行综合观照、研究的则更是凤毛麟角，故而笔者希图在此域作一些研究尝试。

---

  ① 对《语类》文学性研究以郑继猛的《南宋中兴散文研究》第三章第三节《朱熹的语录体散文：理深语易，气象雍容》（硕士学位论文，华南师范大学，2006年）为代表。

第一节 《语类》涉佛概说

在探讨《语类》与禅宗语录的渊源之前，有必要梳理一下语录的发展历程。语录之体，发源甚早，其源可追至先秦。要之，早期的经典如《春秋》《左转》《尚书》《国语》皆为语录之体，所不同者在于前两部重在记事，后两部重在记言。至《论语》《孟子》记载师生问答之语录则与后世狭义语录几乎相类。后世所谓语录指经过整理的谈话记录，一般采用问答式，口语色彩强。一般认为这种狭义上的语录始于唐代禅门，对此，钱大昕先生早有所论："达摩西来，自称教外别传，直指心印。数传以后，其徒日众，而语录兴焉……释子之语录，始于唐。"[①] 禅宗语录兴起后，其师生问答、口传面授的体式，家常俚语白话的语言，期人内返而自悟的机缘语对宋人发生了很大的影响，使得这一文体在宋代大为兴盛起来。朱熹门人亦记录师门问答，他们将朱熹日常谈话的语录分类汇集，故又称语类，属语录体散文。《语类》不仅在体式上与禅宗语录有不可分割的联系，而且从语言运用形式再到语言、语体风格都可见佛禅之印迹，是我们检讨朱子语录体散文与佛禅关系的重要内容。

如前所述，《语类》无所不载，记录了朱子与门人交谈的丰富的语言，是朱子晚年思想学问的荟萃。细绎《语类》所载朱子之言，其语录涉佛在内容上的一个鲜明的特点就是其反映了朱熹佛禅认识的复杂性和矛盾性。如一方面，他对佛教的"六根""六尘""六识"等颇为激赏，说："佛书中说'六根'、'六尘'、'六识'、'四

---

① （清）钱大昕著，陈文和、孙显军校：《十驾斋养新录》，江苏古籍出版社2000年版，第382—383页。

第六章 《朱子语类》与佛禅之渊源

大'、'十二缘生'之类，皆极精巧"①；另一方面，他对佛教虚无寂灭的思想又表现出强烈的批判："释老称其有见，只是见得个空虚寂灭，真是虚，真是寂无处，不知他所谓见者见个甚底？"② 鲜明地体现其融佛和排佛的矛盾心态。又如，一方面朱熹认为"佛家有'函盖乾坤'句，有'随波逐流'句，有'截断众流'句。圣人言语亦然。如'以言其远则不御，以言其迩则静而正'，此函盖乾坤句也。如'井以辨义'等句，只是随道理说将去，此随波逐流句也。如'复其见天地之心'，'神者妙万物而为言'，此截断众流句也"③，对儒释两家语言的相似性有颇多认同；另一方面又说杂入佛老之言的语言或文句后，是"相和倾瞒人。如装鬼戏、放烟火相似，且遮人耳目"④。再如，一方面朱子认为"'佛为一大事因缘出现于世'，圣人亦是为这一大事出来"⑤ "古之诸圣人亦是为此一大事也。前圣后圣，心心一符，如印记相合，无纤毫不似处"⑥，这简直就是儒佛合流、理禅一家之说；另一方面朱子却能"看破"儒释的毫末之异："只缘是某捉著他紧处。别人不晓禅，便被他谩；某却晓得禅，所以被某看破了。"⑦ 诸如此类反映朱熹复杂而矛盾佛禅思想的言论，在《语类》中比比皆是，不备举。《语类》在反映这些内容的同时，不仅引入了形式多样的佛禅语词论佛说禅，而且吸收禅宗语录善用日

---

① 《朱子语类》卷一二六，《朱子全书》第18册，上海古籍出版社、安徽教育出版社2002年版，第3946页。

② 同上书，第2719—2720页。

③ 《朱子语类》卷七六，《朱子全书》第16册，上海古籍出版社、安徽教育出版社2002年版，第2596页。

④ 《朱子语类》卷一二六，《朱子全书》第18册，上海古籍出版社、安徽教育出版社2002年版，第4262页。

⑤ 《朱子语类》卷一三，《朱子全书》第14册，上海古籍出版社、安徽教育出版社2002年版，第396页。

⑥ 《朱子语类》卷一八，《朱子全书》第14册，上海古籍出版社、安徽教育出版社2002年版，第621页。

⑦ 《朱子语类》卷四一，《朱子全书》第15册，上海古籍出版社、安徽教育出版社2002年版，第1466页。

常语言、模仿禅宗语录的语体风格记录朱子的语言，甚至其善于譬喻说理的修辞艺术亦可见佛教譬喻对其影响的印迹。概而言之，《语类》涉佛表现在三个层面：一是内容上涉佛，即《语类》真实地记录了朱子说佛论禅的言论；二是语言形式上涉佛，即朱子论佛说禅的言论中，善引经据典，有不少佛教语汇；三是文学特点与佛禅有深厚的渊源，即朱子佛禅之论的语言风格、语体风格及譬喻的修辞艺术都吸收了禅宗语录或佛教说理的言说方式。

有人说"语言是思维的载体，思维构建了文化，朱子作为宋代的理学家，他的语言一方面浸润了当时的时代特色，另一方面又体现了其个人的思维质量与文化观"①。此论虽是对《语类》语言思想的总体概括，但不可否认的是，涉佛语录作为《语类》语言的一个组成部分，它同样受时代的浸润并彰显朱子个人的文化思想魅力。故而对上述《语类》涉佛的三个层面的条分缕析就显得颇有意义了。

第二节 涉佛内容之分类

《语类》是朱熹与门人交谈的记录，佛禅之论是其中的一个重要内容。细绎其论，《语类》涉佛内容主要包括佛经之批评、佛教义理之论说、佛禅风气之批判三个方面。

一 佛经之批评

佛典卷帙浩繁，当无人能尽览之。《语类》载有朱子非常丰富的佛经论，兹举荦荦大端者如下所述。

（一）朱子评《楞严经》

众经之中，《语类》关于朱熹评《楞严经》的谈话记录最为丰

---

① 沈叶露：《〈朱子语类〉语言思想研究》，博士学位论文，上海师范大学，2014年。

第六章 《朱子语类》与佛禅之渊源

富,其中《语类》卷七一有一处,如下:

> 若论变时,天地无时不变。如《楞严经》第二卷首段所载,非惟一岁有变,月亦有之;非惟月有变,日亦有之;非惟日有变,时亦有之,但人不知耳。此说亦是。①

上引文中,朱子所引《楞严经》之语,与经中原文非常接近:"日月岁时,岂唯年变。亦兼月化,何但月化,亦兼日迁,乃日与月。"② 由此可见,朱熹对这部经很熟悉,有信手拈来之意味。卷一百二十六有六处,如下:

> 因说程子"耳无闻,目无见"之。答曰:"决无此理。"遂举释教中有"尘既不缘,根无所著,反流全一,六用不行"之说,苏子"由以为此理至深至妙。"盖他意谓六根既不与六尘相缘,则收拾六根之用,反复归于本体,而使之不行。顾鸟有此理!便因举程子之说:"譬如静坐时,忽有人唤自家,只得应他,不成不应。"曰:"彼说出《楞严经》。此经是唐房融训释,故说得如此巧。佛书中唯此经最巧。"

> 如《楞严经》,前后只是说咒,中间皆是增入。盖中国好佛者觉其陋而加之耳。

> 如《楞严经》,当初只有那阿难一事,及那烧牛粪时一咒,其余底皆是文章之士添。

> 《楞严经》本只是咒语。后来房融添入许多道理说话。咒语想亦浅近,但其徒恐译出,则人易之,故不译。

---

① 《朱子语类》卷七一,《朱子全书》第16册,上海古籍出版社、安徽教育出版社2002年版,第2388页。

② (宋)惟鼓愨、可度笺:《楞严经笺》卷二,《卍续藏》第11册,第918页上。

《楞严经》只是强立一两个意义，只管叠将去，数节之后，全无意味。

其言曰："在眼曰见，在耳曰闻，在鼻嗅香，在口谈论，在手执捉，在足运奔。遍现俱该法界，收摄在一微尘。识者知是佛性，不识唤作精魂。"他说得也好。又举《楞严经》波师（当作"波斯匿"）国王见恒河水一段云云。①

以上引文朱熹从两个方面评说《楞严经》：一是对《楞严经》义理的评述，这包括：（1）评《楞严经》"尘既不缘，根无所著，反流全一，六用不行"。"六用"，指的是六根（眼、耳、鼻、舌、身、意）的功能。所谓"六用不行"是描述菩萨证无分别智的境界，苏辙认为此理至深至妙，但朱熹对此予以否定，认为此理蹈空虚、不务实。（2）赞赏《楞严经》的"佛性"（或"精魂"）之说。（3）对《楞严经》"波师国王见河水"一段经义的肯定。《语类》未将这一段经义完整录出，其经文内容如下：

佛言："我今示汝不生灭性。"

"大王，汝年几时，见恒河水？"王言："我生三岁，慈母携我谒耆婆天，经过此流，尔时即知是恒河水。"佛言："大王，如汝所说，二十之时衰于十岁，乃至六十，……日月岁时，念念迁变。则汝三岁见此河时，至年十三，其水云何？"佛言："汝今自伤发白面皱，其面必定皱于童年。则汝今时观此恒河，与昔童时观河之见，有童耄不？"王言："不也，世尊。"

佛言："大王，汝面虽皱，而此见精，性未曾皱。皱者为

---

① 《朱子语类》卷一二六，《朱子全书》第18册，上海古籍出版社、安徽教育出版社2002年版，第3928、3945、3948、3941—3942页。

第六章 《朱子语类》与佛禅之渊源

变，不皱非变。变者受灭。彼不变者，元无生灭，云何于中，受汝生死？"

而犹引彼末伽梨等，都言此身死后全灭？①

上引经文的义理要旨在于佛开示对念念迁变中性之不生不变，进而由性之恒常开显出常住真心、性净体明的内在理路，朱熹深味其精妙并给予肯定。由此可见，朱熹对《楞严经》之义理批评是较为客观的，并不是一味地全盘否定。二是对《楞严经》写译的批评。一方面朱熹对中国好佛之徒随意增入，改变《楞严经》粗陋原貌的做法颇有微词；另一方面又肯定经润色后的《楞严经》比"只管叠将去"的原经更有意味，更巧，并认为《楞严经》是所有佛书中最巧的。这一批评一方面体现了朱熹对佛经写译的文学批评观，包括其对佛经写译文学虚构的认识和提供文本比较的研究视野，与此同时，也表现出朱熹对《楞严经》的矛盾态度。

（二）朱熹评《圆觉经》

对于这一部经，朱子也所论颇多，其详如下：

今金溪学问真正是禅，钦夫、伯恭缘不曾看佛书，所以看他不破，只某便识得他。试将《楞严》、《圆觉》之类一观，亦可粗见大意。②

今看《圆觉》云："四大分散，今者妄身当在何处？"即是窃《列子》"骨骸反其根，精神入其门，我尚何存语"。

《圆觉》前数叠稍可看，后面一段淡如一段去，末后二十五

---

① （宋）思坦集注：《楞严经集注》卷二，《卍续藏》第11册，第242页上、243页上、243页上、244页上。
② 《朱子语类》卷一二四，《朱子全书》第18册，上海古籍出版社、安徽教育出版社2002年版，第3882页。

定轮与夫誓语，可笑。

若《圆觉经》本初亦能几何？只鄙俚甚处便是，其余增益附会者尔。

《圆觉经》只有前两三卷好，后面便只是无说后强添。①

《圆觉经》只一卷，朱熹"两三卷"之说显然有误。从总体看，朱子对《圆觉经》否定多于肯定。朱子认为"好"或"可看"，从其所谓"粗见大意"来看，当指内容难易而言，与佛经写译是否出彩无关。《语类》另有一条关于朱熹论释氏"四大"的记录，《圆觉经》也有"四大"之论，两文分别如下：

释氏四大之说亦是窃见这意思。人之一身，皮肉之类皆属地，涕唾之类皆属水。暖气为火，运动为风。地水，阴也；火风，阳也。②

我今此身，四大和合：所谓发、毛、爪、齿、皮、肉、筋、骨、髓、脑垢色，皆归于地。唾、涕、脓、血、津液、涎沫、痰泪、精气、大、小便利，皆归于水。暖气归火。动转归风。四大各离，今者妄身，当在何处？即知此身毕竟无体，和合为相，实同幻化。③

对照两文，不难看出朱熹所评释氏"四大"之说的言论与《圆觉经》颇有渊源。

---

① 《朱子语类》卷一二六，《朱子全书》第18册，上海古籍出版社、安徽教育出版社2002年版，第3924、3928、3948页。
② 《朱子语类》卷三，《朱子全书》第14册，上海古籍出版社、安徽教育出版社2002年版，第164—165页。
③ （宋）元粹述：《圆觉经集注》卷一，《卍续藏》第10册，第447页下。

第六章 《朱子语类》与佛禅之渊源

（三）朱熹评《法华经》

《语类》引述、评《法华经》共有五处：

佛经云："佛为一大事因缘出现于世。"圣人亦是为这一大事出来。这个道理虽人所固有，若非圣人，如何得如此光明盛大？①

故圣人以其先得诸身者与民共之，只是为这一个道理。如老佛窥见这个道理。《庄子》"神鬼神帝，生天生地"。释氏所谓："能为万象主，不逐四时凋。"他也窥见这个道理。只是它说得惊天动地，圣人之学则其作用处与它全不同。②

敬则常在屋中住得，不要出外，久之亦是主人。既是主人，自是出去时少也，佛经中贫子宝珠之喻亦当。③

吾儒则只是一个真底道理，他也说我这个是真实底道理。如云："惟此一事实，余一则非真。"只是他说得一边，只认得那人心，无所谓道心，无所谓仁义礼智恻隐羞恶，辞逊是非，所争处只在此。④

先生曰："公向道甚切，也曾学禅来？"曰："非惟学禅，如中华老庄及释氏教典，亦曾涉猎。自说《法华经》至要处乃在'是法非思量分别之所能解'一句。"先生曰："我这里正要思量分别。学百能思量分别，方有豁然贯通之理。如公之学也不易。"⑤

---

① 《朱子语类》卷一三，《朱子全书》第14册，上海古籍出版社、安徽教育出版社2002年版，第396页。

② 同上书，第397页。

③ 《朱子语类》卷三一，《朱子全书》第15册，上海古籍出版社、安徽教育出版社2002年版，第1115页。

④ 《朱子语类》卷一二六，《朱子全书》第18册，上海古籍出版社、安徽教育出版社2002年版，第3942页。

⑤ 《朱子语类》卷一一六，《朱子全书》第18册，上海古籍出版社、安徽教育出版社2002年版，第3761页。

上引各文所引佛经之语皆出于《法华经》，对应的引文出处列次如下：

　　方便品云："十方诸佛为一大事因缘，故出现于世。若人天小乘非一非大，又非佛事不成机感，实相名一广博名大，佛指此为事，出现于世，是名一大事因缘也"。①

　　性一切而不，妙万物而至神，能为万象主，不逐四时凋之物也，以此万有。②

　　故以方便示汝涅槃，而汝自谓实得灭度。此与索衣食，而少有所得，便以为足，而不知神珠之在衣里，岂非甚为痴也。世尊下。合贫子得珠欢喜也，悟得衣内元有明珠，不从他得，故欢喜也。③

　　尔时世尊欲重宣此义，而说偈言：……惟此一事实，余一则非真……④

　　舍利弗！诸佛随宜说法，意趣难解。所以者何？我以无数方便、种种因缘、譬喻言辞，演说诸法。是法非思量分别之所能解，唯有诸佛乃能知之。⑤

将《语类》中朱子引用《法华经》诸语之意与诸语原典的语意对照，我们不难发现，《语类》所引诸语都是对其原典义理的正面引用，这一现象充分说明朱熹对《法华经》义理多有认同感。与此同时，这一现象在一定层面上也反映了朱熹对佛教并非一味排斥，援

---

① （隋）智𫖮说：《妙法莲华经》卷一，《大正藏》第34册，第2页上。
② （明）无相说：《法华经大意》卷二，《卍续藏》第31册，第491页上。
③ （明）通润笺：《法华经大窾》卷四，《卍续藏》第31册，第762页下。
④ （后秦）鸠摩罗什译：《妙法莲华经》卷一，《大正藏》第9册，第7页下。
⑤ 同上书，第7页上。

第六章 《朱子语类》与佛禅之渊源

佛入儒亦是其论学讲道的一种方式。

(四) 朱子评《华严经》

朱熹思想除与禅宗有密切关系外，与华严宗也颇有渊源。从《语类》的谈话看，朱熹与门人讲学时也常常提到《华严经》或引述《华严经》中的经文。具体如下：

> 佛书中说"六根"、"六尘"、"六识"、"四大"、"十二缘生"之类，皆极精巧。故前辈学佛者，谓此孔子所不及。今学者且须截断。必欲穷究其说，恐不能得身己出来。《方子录》止此。他底四大，即吾儒所谓魂魄聚散。"十二缘生"在《华严合论》第十三御卷。

> 《华严合论》精密。

> 《华严合论》，其言极鄙陋无稽。不知陈了翁一生理会这个，是有甚么好处，也不会厌。可惜极好底秀才，只恁地被它引去了！又曰："其言旁引广谕，说神说鬼，只是一个天地万物皆具此理而已。经中本说得简径白直，却被注解得越没收煞。"[1]

> 先生戏引禅语云："……善财五十三处见善知识，问皆如一，云：'我已发三藐三菩提心，而未知如何行菩萨行，成菩萨道。'"[2]

> 他说"治生产业，皆与实相不相违背"云云。如善财童子五十三参，以至神鬼神仙、士农工商技艺，都在他性中。他说得来极阔，只是其实行不得。[3]

---

[1] 《朱子语类》卷一二六，《朱子全书》第18册，上海古籍出版社、安徽教育出版社2002年版，第3946页。

[2] 《朱子语类》卷一三，《朱子全书》第14册，上海古籍出版社、安徽教育出版社2002年版，第344页。

[3] 《朱子语类》卷一二六，《朱子全书》第18册，上海古籍出版社、安徽教育出版社2002年版，第3942页。

上引文献，朱子或评此经"皆极精巧""孔子所不及""精密"，或斥其"极鄙陋无稽""其实行不得"，或对此经以言戏谑，如此走向截然相反的乖离之论让人匪夷所思，足见朱子对此经复杂而矛盾的态度。《华严经》从哲学思想而言，其四法界、十玄无碍、六相圆融的体系是其最体大思精处；从经的可读性或文学性而言，此经气势恢宏、意蕴深刻、妙喻机语纷呈隽发，而朱子所谓此经"皆极精巧""极鄙陋无稽"等语，显然并未切中肯綮。有学者认为朱子这一评说"非本论之精微之处，不过是《阿含经》以来诸家共说的内容"①，此论洵是。

（五）朱子论《四十二章经》

《四十二章经》仅一卷。普遍认为《四十二章经》是中国最早的佛经本子。《语类》提及此经有八处之多，均集中在卷一百二十六。基本意思都是在论述《四十二章经》为中国最早的佛书，如"初间只有《四十二章经》"②"释氏书期初只有《四十二章经》"③"当初入中国只有《四十二章经》"④等，相近之意，反复言说。此外便是对此经语言风格多有评论，如说《四十二章经》"所言甚鄙俚。后来日添月益，皆是中华文士相助撰集中略笔之于书，转相欺诳，大抵多是剽窃《老子》《列子》意思，变换推衍，以文其说"⑤；又云"然其说却平实"⑥。为了说明《四十二章经》平实的语言风格，朱熹还引及原文：

---

① 哈磊：《朱子所读佛教经论与著述叙要》，《孔子研究》2008年第4期。
② 《朱子语类》卷一二六，《朱子全书》第18册，上海古籍出版社、安徽教育出版社2002年版，第3925页。
③ 同上书，第3927页。
④ 同上书，第3945页。
⑤ 同上书，第3927页。
⑥ 同上书，第3928页。

第六章 《朱子语类》与佛禅之渊源

修行说话，如《四十二章经》是也。初间只有这一卷经。其中有云，佛问一僧："汝处家为何业？"对曰："爱弹琴。"佛问："弦缓如何？"曰："不鸣矣。""弦急如何？"曰："声绝矣。""急缓得中如何？"曰："诸音普矣。"佛曰："学道亦然。心须调适，道可得矣。"初间只如此说。①

朱子所引《四十二章经》与原典几乎无有出入，原典之文如下：

有沙门夜诵经甚悲，意有悔疑，欲生思归。佛呼沙门问之："汝处于家将何修为？"对曰："恒弹琴。"佛言："弦缓何如？"曰："不鸣矣。""弦急何如？"曰："声绝矣。""急缓得中何如？""诸音普悲。"佛告沙门："学道犹然，执心调适，道可得矣。"②

两相对照，不难看出朱熹对此经之熟稔。而其所谓《四十二章经》平实之说不差矣。

以上诸经是《语类》中评说最多的几种佛经，除此以外，《语类》中评说的佛书还有三个。

（1）《维摩诘经》，有两处提及，均是朱子对其作年及撰者的推测和引证之语："《维摩经》亦南北时作"；"《维摩诘经》，旧闻李伯纪之子说，是南北时一贵人如萧子良之徒撰。渠云载在正史，然检不见。伯纪子名绩，读书甚博"。③

---

① 《朱子语类》卷一二六，《朱子全书》第18册，上海古籍出版社、安徽教育出版社2002年版，第3957页。

② （后汉）迦叶摩腾共：《四十二章经》卷一，法兰译，《大正藏》第17册，第723页下。

③ 《朱子语类》卷一二六，《朱子全书》第18册，上海古籍出版社、安徽教育出版社2002年版，第3931、3949页。

（2）《佛教遗经》，这是备受宋代禅门重视的佛书，朱熹《语类》卷一一六和卷一一八两处提到引用了此经"置之一处，无事不办"之语，从语意内容看，朱子对此经提倡的"专一用功"很是认同。

（3）《心经》，亦有两处提及，一是述《心经》名称之由来："大《般若经》卷帙甚多，自觉支离，故节缩为《心经》一卷"[①]；二是论《心经》"于色见空"的思想："他盖欲于色见空耳，大抵只是要鹘突人。如云'实际中不立一法'，又云'不舍一法'此佛经语，此记不全。之类，皆然。"[②]

其他如《金刚经》《肇论》以及永明延寿、慧远的作品，《语类》皆有评说，如说《金刚经》"只是一个'无'字"[③]，"远法师文字与《肇论》之类皆成片用老庄之意"[④]"四不迁"之句只一个意思，即"动中有静之意"[⑤]"延寿教南方无传，……其学近禅，故禅家以此为得"[⑥]，诸如此类，不备举。

由上可知，朱子论经表现出以下特点：一是善于从语言风格、文本比较去推导经本写译的源流始末；二是对佛经宏观批评甚于微观论说，即朱熹多着眼一部经书整体风貌的批评，相比之下，具体义理的阐释、解说较少，且对有些义理之解存在偏见或讹误。尽管朱子论经存在局限，但是这些谈话记录不仅比较全面地反映了朱子与佛教典籍的渊源，同时也多层面、多维度地反映了朱熹的佛禅态度与观念。

[①] 《朱子语类》卷一二六，《朱子全书》第18册，上海古籍出版社、安徽教育出版社2002年版，第3928页。

[②] 同上书，第3945—3946页。

[③] 同上书，第3947页。

[④] 同上书，第4235页。

[⑤] 同上书，第3927页。

[⑥] 《朱子语类》卷八，《朱子全书》第14册，上海古籍出版社、安徽教育出版社2002年版，第290页。

二 佛教义理之论说

涉佛语录中，朱熹佛教义理之论说，有三种情形，一是对佛教义理的肯定，并融其说以立己说；另一是与之相反，对佛教义理的否定和批判；还有一种则是批判地扬弃和吸收。以下分别以朱子论佛教"月映万川"之说、批判佛教的虚无寂灭之说和对佛家心性之论的既扬又抑为例，择要分述如下。

（一）朱子论佛教"月映万川"

众所周知，朱子之"理一分殊"吸收了华严宗之"月映万川"的思想，足见其对后者的肯定，这通过《语类》有关语录亦可见端倪一二。如朱熹从"无极而太极"入手，解释其"理一分殊"说："本只是一太极，而万物各有禀受，又自各全具一太极尔。如月在天，只一而已，及散在江湖，则随处而见，不可谓月已分也。"[①] 此处以月作喻，将"理一分殊"蕴含的万物一源却万象纷呈的抽象哲理，化在天中一月映于江湖却随处可见的具象描述中。这一化抽象于具象的譬喻说理的方式本就与佛教譬喻说理的传统有密切的渊源，何况朱子以月为喻实际上源于华严"月映万川"之义理：

> 行夫问：万物各具一理，而万理同出一源，此所以可推而无不通也。曰：近而一身之中，远而八荒之外，微而一草一木之众，莫不各具此理。如此四人在坐，各有这个道理，某不用假借於公，公不用求於某，仲思与廷秀亦不用自相假借。然虽各自有一个理，又却同出于一个理尔。如排数器水相似：这盂也是这样水，那盂也是这样水，各各满足，不待求假于外。然

[①] 《朱子语类》卷九四，《朱子全书》第 17 册，上海古籍出版社、安徽教育出版社 2002 年版，第 3167—3168 页。

打破放里，却也是个水。此所以可推而无不通也。所以谓格得多后自能贯通者，只为是一理。释氏云："一月普现一切水，一切水月一月摄。"这是那释氏也窥见得这些道理。濂溪《通书》只是说这一事。①

上引文朱子所谓"释氏云"，典出《永嘉证道歌》：

一性圆通一切性，一法遍含一切法。一月普现一切水，一切水月一月摄。诸佛法身入我性，我性同共如来合。②

综上所引诸文献，不难看出，朱熹"理一分殊"与"月映万川"在强调一源万象上是相似的。对华严宗的这一义理的充分肯定和认同甚至更清晰地表现在朱子解释"理一分殊"之"分"的时候，说"分"的意思"不是切割成片去"，而是"只如月映万川相似"③，直接就以"月映万川"之理解释其"分"的含义。

实际上，像"理一分殊"这样援佛教义理以成自家之说的语录，在《语类》中俯首可拾，如朱熹之心统性情论对佛教心性论的改造与吸收，又如其"主敬"论与佛教之"常惺惺"，再如其"已发未发"之说对佛教体用观的融摄等，都是对佛教义理肯定基础上的有所吸收，前人已多有论说，此不复赘。

（二）对佛教虚无寂灭思想的批判

虚无寂灭的思想是朱熹佛教义理批判中的最重要内容之一。综

---

① 《朱子语类》卷一八，《朱子全书》第14册，上海古籍出版社、安徽教育出版社2002年版，第606—607页。
② （唐）玄觉撰：《永嘉证道歌》卷一，《大正藏》第48册，第396页中。
③ 《朱子语类》卷九四，《朱子全书》第17册，上海古籍出版社、安徽教育出版社2002年版，第3167页。

第六章 《朱子语类》与佛禅之渊源

观《语类》涉佛语录，朱子对此的批判主要集中在两个方面。

一是对空寂说的批判。道家说"无"，佛教讲"空"，空寂说是佛教的重要宗教理论。《楞严经》所谓"真性有为空，缘生故如幻，无为无起灭，不实如空华，言妄显诸真，妄真同二妄，犹非真非真，云何见所见……空有二具非，迷晦即无明，发明便解脱"①之说，便以偈道出了佛教空寂之说的主旨。佛教诸多义理中，朱熹对空寂之说批判之词尤多。在他看来，"空寂"乃方外之士躲避乱世的"全身之策"："及世之衰乱，方外之士厌一世之纷挈，畏一身之祸害，耽空寂以求全身于乱世而已。"②显然这与儒家修齐治平的入世思想是矛盾的。尤为重要的是，他把"理实"和"空寂"之别视为儒释之判的根本说："吾儒心虽虚而理则实，若释氏则一向归空寂去了。"③因此，朱子不论在义理上还是方法论上都对之全面否定。对于前者，其对佛教"见性"之说的否定和批评，就是从义理层面上批判的："释氏只说见性，下梢寻得一个空洞无稽底性，亦由他说，于事上更动不得。"④对于后者，他对"看话禅"的批判可管窥一隅，如他说：

佛者云："置之一处，无事不办。"也只是教人如此做工夫，若是专一用心于此，则自会通达矣。故学禅者只是把一个"话头"去看，"如何是佛""麻三斤"之类，又都无道理，得穿凿。看来看去，工夫到时，恰似打一个失落一般，便是参学事

---

① （宋）戒环解：《楞严经要解》卷九，《卍续藏》第11册，第823页中。
② 《朱子语类》卷一二五，《朱子全书》第18册，上海古籍出版社、安徽教育出版社2002年版，第3907页。
③ 《朱子语类》卷一二六，《朱子全书》第18册，上海古籍出版社、安徽教育出版社2002年版，第3933页。
④ 《朱子语类》卷一五，《朱子全书》第14册，上海古籍出版社、安徽教育出版社2002年版，第469页。

毕。庄子亦云"用志不分，乃凝于神"也只是如此教人。但他都无义理，只是个空寂。儒者之学则有许多义理。若看得透彻，则可以贯事物，可以洞古今。①

"看话禅"的最大特点在于守一不移，但朱熹并不认同这种方法，认为"只是一个呆守"法，其"无道理""无义理"，无法"贯事物""通古今"，最终导向的是"空寂"，毫无意义，"只是无用"。②

二是对轮回论的批判。儒家之学注重现实，同时又力图超越；但佛教的虚无寂灭之说往往使他们相信来生，力图超越现实，从而相信轮回。对此，朱熹也是严厉批判的：

凡遇事先须识得个邪正是非，尽扫私见，则至公之理自存。大雅云："释氏欲驱除物累，至不分善恶，皆欲扫尽。云凡圣情尽，即如如佛，然后来往自由。吾道却只要扫去邪见，邪见既去，无非是处，故生不为物累，而死亦然。"曰："圣人不说死，已死了，更说甚事？……胡明仲侍郎自说得好：'人，生物也，佛不言生而言死，人事可见，佛不言显而言幽。'释氏更不分善恶，只尊向他底便是好人，背他底便入地狱。若是个杀人贼，一尊了他，便可生天。"大雅云："于由页在《传灯录》为法嗣，可见。"曰："然。"③

由上可知，朱熹对佛教轮回之说的批判重心在于批判其佛教不

---

① 《朱子语类》卷一五，《朱子全书》第 14 册，上海古籍出版社、安徽教育出版社 2002 年版，第 3937 页。
② 《朱子语类》卷一四，《朱子全书》第 14 册，上海古籍出版社、安徽教育出版社 2002 年版，第 432 页。
③ 《朱子语类》卷一二六，《朱子全书》第 18 册，上海古籍出版社、安徽教育出版社 2002 年版，第 3944—3945 页。

第六章 《朱子语类》与佛禅之渊源

分善恶是非,从而导致人伦纲常秩序的破坏。对产生这样一种现象的原因,朱熹认为与佛教崇尚追求超现实境界的虚无寂灭思想有关,因此给予根本的否定。

(三) 对佛家心性之论的既扬又抑

《语类》涉佛语录中有不少朱熹对佛教心性论的论说,与前述朱熹对华严宗"月映万川"说之肯定和对佛教虚无寂灭论之否定不同的是,朱熹对佛教的心性论既有否定又有肯定,或曰之既抑又扬。综合《语类》朱熹涉佛语录的有关心性之论,其对佛教心性论的"抑"主要表现在以下几个方面:一是他对佛教"以性为空"的宗观有所不满并加以否定:"人之性本实,而释氏以性为空也。"① 二是批判佛教"以心为性":

> 性只是理,有是物斯有是理。子融错处是认心为性,正与佛氏相似。只是佛氏摩擦得这心极精细,如一块物事,剥了一重皮,又剥一重皮,至剥到极尽无可剥处,所以摩弄得这心精光,它便认做性。殊不知此正圣人之所谓心。……心只是该得这理。佛氏元不曾识得这理一节,便认知觉运动做性。如视、听、言、貌,圣人则视有视之理,听有听之理,言有言之理,动有动之理,思有思之理,如箕子所谓"明、聪、从、恭、睿"是也。佛氏则只认那能视、能听、能言、能思、能动底便是性。视明也得,不明也得;听聪也得,不聪也得;言从也得,不从也得;思睿也得,不睿也得,它都不管,横来竖来,它都认做性。它最怕人说这"理"字,都要除掉了,此正告子"生之谓性"之说也。②

---

① 《朱子语类》卷六,《朱子全书》第14册,上海古籍出版社、安徽教育出版社2002年版,第243页。

② 《朱子语类》卷一二六,《朱子全书》第18册,上海古籍出版社、安徽教育出版社2002年版,第3939页。

上引文中，佛教主张"以心为性"，强调的是心的知觉运动，即"能视、能听、能言、能思、能动底便是性"，这其实也就是佛教所说的"作用是性"；而理学家认为"物物各具其理"，又主张"性即理"，故而"心只是该得这理"，这样通过对二者的比较，朱熹对前者的批判可谓透彻精辟。但朱熹对佛教心性论并不是一味地否定，其对该论中合理的部分还是给予充分肯定的，如对于佛教把主体内在的心灵和精神作为一种无限而永恒的本体，朱熹就极为赞赏，说："释氏于天理大本处见得些分数。"[①] 此处，朱子把释家所谓无限而永恒的本体置换成了天理，由此可见他对释氏心性论亦有所肯定。又如他提出"虚灵自是心之本体""心之全体湛然虚明，万理具足，无一毫私欲之间，其流行该遍，贯乎动静，而妙用又无不在焉"[②]，实际上也是对佛教高扬本心说的肯定。

必须指出的是，《语类》涉佛语录关于朱子对佛教义理的论说当然不会只止于以上三个内容，但就其论说方式而言，则不外包含肯定、否定及否定中又肯定，这是毋庸置疑的。

三 崇佛世风之批判

排佛扬儒是朱子复兴儒学道路上高举的旗帜，批判崇佛世风是其对佛教口诛笔伐的重要内容。随着佛教入土中原，儒学在历史发展的过程中，在不断受到佛教文化各种冲击的同时，也接受着二者碰撞与交融过程中方方面面的影响。文化间交融与影响的表现继而扩大到士人文化心态，对此朱子曾在论述儒释之同时亦有所论及：

[①] 《朱子语类》卷一二六，《朱子全书》第18册，上海古籍出版社、安徽教育出版社2002年版，第3931页。

[②] 《朱子语类》卷五，《朱子全书》第14册，上海古籍出版社、安徽教育出版社2002年版，第221、230页。

第六章 《朱子语类》与佛禅之渊源

因举佛氏之学与吾儒有甚相似处，如云："有物先天地，无形本寂寥，能为万象主，不逐四时凋。"又曰："朴落非他物，纵横不是尘，山河及大地，全露法王身。"又曰："若人识得心，大地无寸土。"看他是什么样见识！今区区小儒，怎生出得他手？宜其为他挥下去也。此是法眼禅师下一派宗旨如此。今之禅家，皆破其说，以为有理路，落窠臼，有碍正当知见今之禅家多是"麻三斤干屎橛"之说，谓之"不落窠臼，不堕理路"，妙喜之说便是如此，然又有翻转不如此说时。①

上引文中，尽管朱熹对儒释之同作了肯定，与此同时，指出了区区小儒无法避免受佛教的影响。但对儒士崇佛、好佛的文化心态及其世风影响朱熹的批判还是相当尖锐的，如他说：

今之学者往往多归异教者，何故？盖为自家这里工夫有欠缺处，奈何这心不下，没理会处。又见自家这里说得来疏略，无个好药方治得他没奈何底心。而禅者之说则以为有个悟门，一朝入得，则前后际断，说得恁地见成捷快，如何不随他去！②

由上可知，朱子不仅批判士人学者的崇佛、好佛风气，而且深晓产生这一现象的根本原因就在于禅家的简捷顿悟要比儒家的格物穷理更简便易行，故而为其吸引，深溺其中：

---

① 《朱子语类》卷五，《朱子全书》第 14 册，上海古籍出版社、安徽教育出版社 2002 年版，第 3936—3937 页。

② 《朱子语类》卷一八，《朱子全书》第 14 册，上海古籍出版社、安徽教育出版社 2002 年版，第 626 页。

问："士大夫末年多溺于释氏之说者，如何？"曰："缘不曾理会得自家底原头，但看得些小文字，不过要做些文章，务行些故事，为取爵禄之具而已。却见得他底高，直是玄妙，又且省得气力，自家反不及他，反为他所鄙陋，所以便溺于他之说，被他引入去。"①

对于佛教对社会风气及儒道之振兴所带来的严重危害，朱子可谓心急如焚，甚至深恶痛绝，他说："异端之害道，如释氏者极矣。以身任道者，安得不辨之乎！……而异端肆行，周孔之教将遂绝矣。譬如火之焚将及身，任道君子岂可不拯救也。"② 然而，朱熹对崇佛世风批判的最强音还不是释氏妨儒道之发展的学术思想层面上的批判，而是释氏对社会伦理的危害：

释氏于天理大本处见得些分数，然却认为已有，而以生为奇。故要见得父母未生时面目。既见，便不认作众人公共底，须要见得为已有，死后亦不失，而以父母所生之身为寄寓。譬以旧屋破倒，即自挑入新屋。故黄檗一僧有偈与其母云："先曾寄宿此婆家"，止以父母之身为寄宿处，其无情义绝灭天理可知！③

上引文中，佛教把父母看成是个体生命的寄寓之所，对于个体生命而言，其诞生的过程就如同一个生命从破屋转移到新屋，这一观点无疑与儒家重血缘伦理的旨趣大相径庭，对此，朱熹强烈感叹

---

① 《朱子语类》卷一二六，《朱子全书》第18册，上海古籍出版社、安徽教育出版社2002年版，第3959页。
② 同上书，第3962—3963页。
③ 同上书，第3931页。

第六章 《朱子语类》与佛禅之渊源

"其无情义绝灭天理可知",给予了声色俱厉的批判。

概而言之,佛教对儒学复兴与对儒家社会人伦天理之危害是《语类》批判崇佛世风的重点和主要内容。

综上所述,涉佛语录虽然散见在《语类》当中,且由于记录者的不同,其中语言可能有些差异,但不可否认的是,若我们对其详加寻绎、梳理,同样可见朱子其人、其思、其情,其内容有着重要的思想价值和文学价值。

第三节 佛语引用之考述

朱子广涉佛书,与门生交谈,常引经据典,佛教语词、典故的引用也是信手拈来。对于《语类》引用的佛语,陈荣捷、徐时仪、哈磊三人都曾对此详加考述:陈荣捷以专章列出《语类》佛语,部分佛语注明了原典出处[①],徐、哈二位录出主要佛语的同时,还对词源或语源进行考辨[②],给后人研究《语类》佛语颇多裨益。鉴于《语类》引用佛语甚多,且其中有些语词难以断定是否为佛语,故而本文主要是在整合前人研究成果的基础上,对其中典型的、有代表性的佛语,按佛语的性质和来源,重新进行分类、归并,将《语类》佛语的引用分为,佛教概念、佛教典故、禅宗公案及禅门杂语等四类。以下举隅略析如次:

一 佛教概念引用略说

《语类》是朱熹98个来自长江以南不同地区的门生对朱熹与门

---

① [美]陈荣捷:《朱子所引之佛语》,《朱子新探索》,华东师范大学出版社2007年版,第441—446页。

② 详参徐时仪《〈朱子语类〉佛学词语考》,《南阳师范学院学报》(社会科学版)2012年第7期;哈磊《朱子所读佛教经论与著述叙要》,《孔子研究》2008年第4期。

人讲学问答的实录，记载的语录多达 14295 条，其中引用了不少佛教概念，具言之，主要有四大、顽空、真空、六根、十八戒、色、受、想、行、识、空、轮回、法身、劫、六尘、六识、十二缘生、浮屠、衣钵、符咒、瞿昙、法门、根器、机锋、六窗、三生十六劫、三身、话头、沙界、无余涅槃、众妙之门、因缘、缘习、宿缘、十二因缘等。这些概念以《语类》卷一二六和卷一二四引用最多，其余各卷亦有偶见。从这些词引用的语境看，多是门人对这些概念不甚了然，朱子对其释疑解惑的语言记录；或是引入儒、释、道相近概念以辨儒、释、道之异同时引入这些佛语范畴，以达到解惑与扬儒之目的，与文学关系不大，故而具体分析从略。

二　佛教典故分类与举隅

《语类》善引佛教典故，且均为"古典"。如前所述，"古典"分"旧辞"和"古事"两类。《语类》中的佛教典故多是描述佛法、义理、佛境的"旧辞"，如"拖泥带水"（卷 27、卷 28、卷 67、卷 108、卷 131）；"壁立千仞"（卷 13、卷 26、卷 28）；"事则不无，拟心则差"（卷 52）；"治生产业，皆与实相不相违背"（卷 52）；"遍观法界性"（卷 101）；"光明寂照，无所不通。不动道场，遍周沙界"（卷 125）；"尘既不缘，根无所住。反流全一，六用不行"（卷 126）；"佛事门中，不遗一法"（卷 63）；"实际理地，不受一尘。万行丛中，不舍一法"（卷 124），等等。也有少部分的"古事"，如"天花乱坠"（卷 35）；"佛为一大事因缘，出现于世"（卷 13）；"如依本画葫芦"（卷 42、卷 120）；"啐啄同时"（卷 69）；"作用为性"、"在眼曰见，在耳曰闻，在鼻辨香，在口谈论，在手执捉，在足运奔，遍现俱该沙界，收摄在一微尘"（卷 126），等等。现对《语类》佛教典故择要略析如下：

第六章 《朱子语类》与佛禅之渊源

1. "拖泥带水"

此语在《语类》一共出现五次，其详如下：

> 但此话难说，须自意会。若只管说来说去，便自拖泥带水。①
>
> 曰："只看他做得如何。那拖泥带水底便是欲，那壁立千仞底便是刚。"②
>
> 《易》只是个"洁静精微"，若似如今人说得怎地拖泥带水，有甚理会处！③
>
> 若是一人叉手并脚，便道是矫激，便道是邀名，便道是做崖岸。须是如市井底人拖泥带水，方始是通儒实才！④
>
> 秦曰："此事不然，我当时做这事，尚拖泥带水，不曾了得。"⑤

"拖泥带水"的本义是形容在泥泞道路上行走拖着泥、带着水，难以行进的样子。然上引文献中，朱熹显然用的是比喻义，即比喻办事拖沓、不爽快或语言不简明扼要。这一成语来自佛教典故：

> 师开堂日，于法座前顾谓大众云："若论本分相见，不必高升宝座。"乃以手指一划云，诸人随山僧手看，无量诸佛国土一

---

① 《朱子语类》卷二七，《朱子全书》第15册，上海古籍出版社、安徽教育出版社2002年版，第997页。
② 《朱子语类》卷二八，《朱子全书》第15册，上海古籍出版社、安徽教育出版社2002年版，第1033页。
③ 《朱子语类》卷六七，《朱子全书》第16册，上海古籍出版社、安徽教育出版社2002年版，第2229页。
④ 《朱子语类》卷一〇八，《朱子全书》第17册，上海古籍出版社、安徽教育出版社2002年版，第3521页。
⑤ 《朱子语类》卷一三一，《朱子全书》第18册，上海古籍出版社、安徽教育出版社2002年版，第4109页。

时现前，各各子细观瞻，其或涯际未知，不免拖泥带水。①

上文中，"无量诸佛国土一时现前"，是大众在明禅师开示下所领悟到的佛理的境界，与此相反的是"涯际未知，拖泥带水"，即不能立即领会禅理、达到禅悟的境界。由此看来，朱熹虽然引用这一佛教典故，但在语意和语境上都与佛典中的"拖泥带水"有所不同了。

2. "治生产业，皆与实相不相违背"

这一佛语是朱熹与门生讨论"诐、淫、邪、遁"之辞时引用的佛语：

> 遁辞，辞穷无可说，又自为一说，如佛家言治产业皆实相。既如此说，怎生不出来治产业？
>
> 到得后来说不通时，便作走路，所谓"遁辞"也。如释氏论理，其初既偏，反复譬喻，其辞非不广矣。然毕竟离于正道，去人伦，把世事为幻妄。后来亦自行不得，到得穷处，便说走路。如云治生产业，皆与实相不相违背，岂非遁辞乎？②

引文中的"治生产业，皆与实相不相违背"典出《法华经》：

> 如一切世间，治生产业，皆与实相不相违背。一色一香无非中道，况自行之实而非实耶。③

---

① （宋）惟盖竺编：《明觉禅师语录》卷一，《大正藏》第47册，第673页下。
② 《朱子语类》卷三三，《朱子全书》第15册，上海古籍出版社、安徽教育出版社2002年版，第1744—1745页。
③ （隋）智顗说：《妙法莲华经玄义》卷一，《大正藏》第33册，第682页上。

第六章 《朱子语类》与佛禅之渊源

实相，即佛教所说的法性、真如。在天台宗看来，世间一切皆是佛法，佛法处处可以修行，当然也就包括"治生产业"，即谋生之道。朱熹把这句话引用过来解释"遁辞"这一范畴。《孟子·公孙丑》有"遁辞知其所穷"之说。所谓"遁辞"是指以有意逃避或掩饰错误，或者因理屈词穷、或隐瞒真意，用来搪塞的话。朱熹以此佛语批判佛教虚妄之辞。

3. "天花乱坠"

"天花乱坠"的典故源自《法华经·序品》：

> 尔时世尊，四众围绕，供养、恭敬、尊重、赞叹，为诸菩萨说大乘经，名无量义，教菩萨法，佛所护念。佛说此经已，结加趺坐，入于无量义处三昧，身心不动。是时天雨曼陀罗花、摩诃曼陀罗花、曼殊沙花、摩诃曼殊沙花，而散佛上及诸大众。①

所谓"天雨"，即天花。"时天雨……散佛上及诸大众"是说世尊为诸菩萨讲大乘经十分精彩以致感天降花。这一佛语《景德传灯录》亦载有：

> 聪慧多辩聚徒一千二千，说法如云如雨，讲得天花乱坠，只成个邪说争竞是非，去佛法太远在。②

不难看出，引文中这一词语虽然仍是形容讲经讲得非常出彩，但感情色彩上与《法华经》原典褒义有所不同，带有夸张、不符合

---

① （后秦）鸠摩罗什译：《妙法莲华经》卷一，《大正藏》第9册，第2页中。
② （宋）道原纂：《景德传灯录》卷一五，《大正藏》第51册，第318页中。

实际之贬义色彩了,而《语类》正是在这个意义上来使用:

> 盖缘只以己为是,凡他人之言,便做说得天花乱坠,我亦不信,依旧只执己是,可见其狭小,何缘得弘?须是不可先以别人为不是,凡他人之善,皆有以受之。①

4. "佛为一大事因缘,出现于世"
此典语出《法华经》方便品第二:

> 诸佛世尊唯以一大事因缘故出现于世。舍利弗!云何名诸佛世尊唯以一大事因缘故出现于世?诸佛世尊,欲令众生开佛知见,使得清净故,出现于世;欲示众生佛之知见故,出现于世;欲令众生悟佛知见故,出现于世;欲令众生入佛知见道故,出现于世。舍利弗,是为诸佛以一大事因缘故出现于世。②

"佛一大事因缘,出现于世"指的是佛祖舍弃王位、舍妻弃子出家,无其他意图,只把"出家"当成事业追求和信仰。随着禅宗的兴起,"佛为一大事因缘,出现于世"逐渐成为禅门语录,成为禅门弟子参究的话头:

> 问:"如何是一句。"师曰:"我答争似汝举。"问:"佛为一大事因缘出世,未审和尚出世如何?"师曰:"恰好。"曰:"恁么即大众有赖。"师曰:"莫错会。"③

---

① 《朱子语类》卷三五,《朱子全书》第15册,上海古籍出版社、安徽教育出版社2002年版,第1290—1291页。
② (后秦)鸠摩罗什译:《妙法莲华经》卷一,《大正藏》第9册,第7页上。
③ (宋)道原纂:《景德传灯录》卷二五,《大正藏》第51册,第411页中。

第六章 《朱子语类》与佛禅之渊源

但是，朱熹引用此典时，并不是把它作为一个话头来引用的，而是将圣人的出现与佛的"出现于世"相提并论，以论前者之重大意义：

> 佛经云："佛为一大事因缘，出现于世。"圣人亦是为这一大事出来。①

5．"如依本画葫芦"

此典语出宋代高僧真歇清了禅师之语：

> 大法眼修山主尚似依本画葫芦，何况你如今也随例举一遍，便当此事，禅和子须是悟始得。②

显然，"依本画葫芦"指的是根据已有的东西（如葫芦）画出同样的东西，比喻刻板模仿而无创新。实际上，与这一典故同一意义的另一典故"依样画葫芦"不论在佛教文献，还是在人们的日常生活口语中，都更常见。比如，"山僧有时举此话问学者，有来依样画葫芦"③；又如，"僧问：西方旧令，东土共尊，诸方依样画葫芦"④等。朱熹引用这一佛教典故也完全用的是这一含义：

> 仲弓却只是据见成本子做，只是依本画葫芦，都不问着那前一截了。⑤

---

① 《朱子语类》卷一三，《朱子全书》第14册，上海古籍出版社、安徽教育出版社2002年版，第396页。
② （宋）德初、义初等编：《真歇清了禅师语录》卷二，《卍续藏》第71册，第780页中。
③ （宋）蕴闻编：《大慧普觉禅师语录》卷一四，《大正藏》第47册，第869页中。
④ （宋）妙源编：《虚堂和尚语录》卷八，《大正藏》第47册，第1047页上。
⑤ 《朱子语类》卷四二，《朱子全书》第15册，上海古籍出版社、安徽教育出版社2002年版，第1492页。

曰："学问思辨，亦皆是学。但学是习此事，思是思量此理者。只说见这样子又不得，须是依样去做。然只依本画葫芦又不可，须是百方自去寻讨，始得。"①

6. "作用为性""在眼曰见，在耳曰闻，在鼻辨香，在口谈论，在手执捉，在足运奔""遍现俱该沙界，收摄在一微尘"

《语类》所引用的上述典故均见《大慧普觉禅师语录》叙述的一个佛教故事：

> 西天国王问波罗提尊者曰：我欲作佛，不知何者是佛？尊者曰："见性是佛。"王曰："师见性否。"尊者曰："我见佛性。"王曰："性在何处。"尊者曰："性在作用。"王曰："是何作用，我今不见。"尊者曰："今现作用，王自不见。"王："于我有否？"尊者曰："王若作用无有不是，王若不用体亦难见。"王曰："若当用时，几处出现。"尊者曰："若出现时，当有其八。"王曰："八处佛性当为我说。"尊者曰："在胎曰身，处世名人，在眼曰见，在耳曰闻，在鼻辨香，在口谈论，在手执捉，在足运奔。遍现俱该，沙界收摄。在一微尘识者知是佛性，不识唤作精魂。"王闻是言心即开悟。②

这是尊者波罗提开示西天国王"性在作用"的佛教故事。这一故事从四个层面的内容展开：一是佛者为何；二是性在何处；三是佛性显现在何处；四是佛性显现境界为何。围绕这四个问题，波罗提一一开示，分别是"见性是佛""性在作用""佛性在八处"及

---

① 《朱子语类》卷一二〇，《朱子全书》第18册，上海古籍出版社、安徽教育出版社2002年版，第3776页。

② （宋）蕴闻编：《大慧普觉禅师语录》卷五，《大正藏》第47册，第829页中。

356

第六章 《朱子语类》与佛禅之渊源

"遍现俱该，沙界收摄"。而朱熹正是在不同的场合和语境中化用了这一故事：

> 释氏专以作用为性。如某国王问某尊者曰："如何是佛？"曰："见性为佛。"曰："如何是性？"曰："作用为性。"曰："如何是作用？"曰云云。禅家又有偈者云："当来尊者答国王时。"国王何不问尊者云："未作用时，性在甚处？"
>
> 其言曰："在眼曰见，在耳曰闻，在鼻辨香，在口谈论，在手执捉，在足运奔。遍现俱该沙界，收摄在一微尘。识者知是佛性，不识唤作精魂。"他说的也好。①

由上可知，朱熹对佛教的心性论有颇多的认可。

由以上六例大致可以看出《语类》佛教典故的使用有三种情况，一是"正引"，即基本不改变佛典的原意并援引以充实和佐证自己要说明的问题，如"佛一大事因缘，出现于世""依本画葫芦""作用在性"者；二是"反引"，即保持佛典原意的同时，引用的目的在于否定，如"治生产业，皆与实相不相违背"者；三是"变引"，即改变佛典原意或感情色彩的引用，如"拖泥带水""天花乱坠"者。佛教典故在《语类》中的灵活运用，一方面加强了语言的文化底蕴；另一方面也体现了朱熹对佛教典故之熟悉可谓得心应手，足见朱子与佛禅不可分割的联系。

三　禅宗公案考略

《语类》除了大量引用佛教典故，还有数量可观的禅宗公案，如

---

① 《朱子语类》卷一二六，《朱子全书》第18册，上海古籍出版社、安徽教育出版社2002年版，第3941—3942页。

"假使铁轮顶上旋，定慧圆明终不失"（卷7）；"主人翁，常惺惺"（卷12）；"一月普现一切水，一切水月一月摄"（卷18）；"如标月指"（卷33）；"使棒使喝、一棒一喝、一喝一棒"（卷35）；"如红炉上一点雪"（卷41）；"无位真人"（卷62）；"神通妙用，运水搬柴"（卷62）；"青青绿竹，莫匪真如。粲粲黄花，无非般若"（卷63）；"直指人心，见性成佛"（卷124）；"扑落非他物，纵横不是尘。山河并大地，全露法王身"（卷124）；"柏树子"（卷124）；"色即是空，空即是色"（卷124）；"无所住以生其心"（卷124）；"光明寂照遍河沙，凡圣含灵共我家"（卷124）；"麻三斤""干屎橛"（卷126）；"扬眉瞬目、弄精魂、弄精神"（卷126），等等。

从《语类》引用的公案看，其类型是多样的。

或喻禅理，如"主人翁，常惺惺""青青绿竹，莫匪真如。粲粲黄花，无非般若""直指人心，见性成佛""柏树子""色即是空，空即是色""无所住以生其心"；或述禅境，如"假使铁轮顶上旋，定慧圆明终不失""一月普现一切水，一切水月一月摄""神通妙用，运水搬柴""如标月指""如红炉上一点雪""无位真人""扑落非他物，纵横不是尘。山河并大地，全露法王身"；或言悟道禅机，如"麻三斤""干屎橛""光明寂照遍河沙，凡圣含灵共我家""扬眉瞬目、弄精魂、弄精神""使棒使喝、一棒一喝、一喝一棒"；有些既喻禅理，又描述禅境，如"色即是空，空即是色""青青翠竹""扑落非他物，纵横不是尘。山河并大地，全露法王身"，等等。

后世文学作品引用或化用禅宗公案是常见的现象，有些为诗歌引用，使诗富于禅情诗意；有些化用在小说、戏曲，或成为小说、戏曲情节的一部分，或绾接情节，或推动情节发展，等等。禅宗公案为古文创作所引用，亦不鲜见，然不同文体的古文，在其中起到的文学效果并不相同。就《语类》而言，由于是朱子与门人的讲学

第六章 《朱子语类》与佛禅之渊源

记录，因此，其延引禅宗公案主以说"理"。此"理"或为点拨弟子为学之法之"理"，或为辟佛之"理"，或为援佛证"儒"。以下略析如下。

1. 引公案以点拨弟子为学之法

对门人为学之法，朱熹曾引"如标月指"点拨。以月作喻是佛教常见的譬喻，如"月印万川""镜花水月""如标指月"，明代瞿汝稷甚至将大量禅宗公案、语录集录成册，名为《指月录》。朱熹亦引述"指月"喻来论述言与义的关系：

> 先生曰："又某说过底，要诸公有所省发，则不枉了。若只恁地听过，则无益也。"赐录云："说许多话，晓得底自晓得。不晓得底，是某自说话了。"久之，云："如释氏说如标月指，月虽不在指上，亦欲随指见月，须恁地始得。"①

上引文中的"如标月指"原出于《圆觉经》：

> 修多罗教如标月指，若复见月，了知所标毕竟非月；一切如来种种言说开示菩萨亦复如是。②

按："如标月指"中"指"，喻经教中的语言文字，"月"比喻佛法的真谛。换言之，"指月"喻实际上关涉的是言与义、相与性的关系。这一喻屡见禅宗各师语录，如圆悟佛果禅师云："解语非干舌。能言不在词。明知舌头语言。不是倚仗处。则古人一言半句。

---

① 《朱子语类》卷三三，《朱子全书》第15册，上海古籍出版社、安徽教育出版社2002年版，第1193页。
② （唐）佛陀罗多译：《大方广圆觉修多罗义经》卷一，《大正藏》第17册，第917页上。

其意唯要人直下契证本来大事因缘。所以修多罗教如标月指。"①《大慧语录》亦引此喻:"古人云,见月休观指,归家罢问程……归到家了,自然不问程途;见真月了,自然不看指头矣。"②《了堂惟一禅师语录》亦载其上堂说法指出:"修多罗教'如标月指,若复见月。'了知所标毕竟非月。"③朱熹引此喻点拨门生听讲不仅要听到语言,更重要的是要领悟语言之外的意义。

朱子认为,学者还应时时警醒自己,如他说:

> 大抵学问须是警省。且如瑞岩和尚每日间常自问:"主人翁惺惺否?"又自答曰:"惺惺。"今时学者却不如此。④

上文中,朱熹所谓瑞岩自问之语,实则是著名的禅宗公案"岩唤主人",这一公案《无门关》有完整记载:

> 瑞岩彦和尚,每日自唤:"主人公!"复自应:"诺。"乃云:"惺惺着!""诺。""他时异日,莫受人瞒!""诺!诺!"
>
> 无门曰:"瑞岩老子自买自卖,弄出许多神头鬼面。何故聻?一个唤底,一个应底;一个惺惺底,一个不受人瞒底。认着依前还不是!若也效他,总是野狐见解。"⑤

瑞岩彦和尚生卒年不详,其生平事迹也少有记录,然这一公案却很有名。"主人翁"即自己,"惺",是开悟的心境或状态,"惺惺

---

① (宋)邵隆编:《圆悟佛果禅师语录》卷一五,《大正藏》第47册,第781页下。
② (宋)蕴闻编:《大慧普觉禅师语录》卷二〇,《大正藏》第47册,第894页中。
③ (元)宗义、省端等编:《了堂惟一禅师语录》卷一,《卍续藏》第71册,第450页上。
④ 《朱子语类》卷一二,《朱子全书》第14册,上海古籍出版社、安徽教育出版社2002年版,第359页。
⑤ (宋)宗绍编:《无门关》卷一,《大正藏》第48册,第294页下。

第六章 《朱子语类》与佛禅之渊源

着"就是让自己保持清醒。朱熹引此语,意在点拨学人对学问时时反思、反省,保持清醒的意识。

2. 引公案以辟佛

这一方面典型地表现在朱子引禅家语"麻三斤""干屎橛",并直斥之为"只是一个呆守法":

> 今之禅家多是"麻三斤"、"干屎橛"之说,谓之"不落窠臼","不堕理路"。①

> 禅只是一个呆守法,如"麻三斤"、"干屎橛"。他道理初不在这上,只是教他麻了心,只思量这一路,专一积久,忽有见处,便是悟。大要只是把定一心,不令散乱,久后光明自发。所以不识字底人,才悟后便作得偈颂。悟后所见虽同,然亦有深浅。②

老庄有"道在屎溺"之说,禅家则用这些粗话接引学人进入某种悟道的状态,朱熹斥之为"只是一个呆守法"显然是从批判佛教的角度引用这一公案的。与此类似的还有朱子引论"无位真人"之语:

> 禅者云:"赤肉团上,有一无位真人,在汝等诸人面门上出入。"云云。他便只认得这个。③

上引文引的是"如何是无位真人"的公案,其详如下:

---

① 《朱子语类》卷一二六,《朱子全书》第18册,上海古籍出版社、安徽教育出版社2002年版,第3937页。
② 同上书,第3950页。
③ 《朱子语类》卷六二,《朱子全书》第16册,上海古籍出版社、安徽教育出版社2002年版,第2025页。

361

> 赤肉团上，上有一无位真人，常从汝等诸人面门出入。未证据者看看，时有僧出问："如何是无位真人？"师下禅床，把住云："道道。"其僧拟议。师托开云："无位真人是什么？""干屎橛。"便归方丈。①

朱子引此公案来批判禅宗不经格物而悟的悟道方式。又如"庭前柏树"这一著名的禅宗公案中，"如何是祖师西来意"是禅门参究最多的话头，但大家都没有正面回答这个问题，在万非得以要回答之时，往往也是答非所问，如黄龙和尚说："波斯人失手巾。"（《祖堂集》卷一二），石头希迁说："问取露柱去。"（同前，卷四）云门文偃说："久雨不晴。"赵州则用"庭前柏树子"作答。而对于"柏树子"蕴含的禅理，朱熹则斥为"一向说无头话""只是胡鹘突人"②。

3. 援"公案"以证儒说

朱熹虽排佛，但也有时承认儒释之间是有相似处的，如《语类》曾载：

> 因举佛氏之学与吾儒甚相似处，……又曰："扑落非他物，纵横不是尘。山河并大地，全露法王身。"③

朱熹此处所举的儒释相似之例是永明寿禅师悟道的著名公案：

> 复举。永明寿禅师，在天台韶国师会中普请次，开堕薪有

---

① （唐）慧然集：《镇州临济慧照禅师语录》卷一，《大正藏》第47册，第496页下。
② 《朱子语类》卷一二六，《朱子全书》第18册，上海古籍出版社、安徽教育出版社2002年版，第3949页。
③ 同上书，第3936页。

第六章 《朱子语类》与佛禅之渊源

声，豁然契悟，乃曰："扑落非他物，纵横不是尘，全露法王身。"虚堂拈云："寿禅师大似察儒登韦玉府，无不称心满意，只是中间右一字未稳。"问："如何是'中间有一字未稳'？"答："指师之鼻。"①

这则语录记录的永明寿（洪寿）禅师闻薪落声幡然契悟之事，而其所作的偈，成为后世高僧大德开示学人的公案。朱熹引用这一公案则是以此为例说明儒释之同，有援佛证儒之意。

四　禅宗杂语述略

杂语通常指怪诞鄙俗之语或主旨各异之语，但本文所谓禅宗杂语是除禅宗公案、话头、机锋和转语等之外的禅家语言，它包括禅宗日常用语或口语、禅宗俗语或成语以及富有禅味的文言诗词。检《语类》引用的上述禅宗杂语，各类别分别如下。

引用的禅宗日常用语或口语主要有：如引用古山和尚的话："吃古山饭，阿古山矢。只是看得一头白水"（卷121）；"十二时中，除了着衣吃饭，是别用心？"（卷121）；"不管夜行，投明要到"（卷124）；"如人上树口衔树枝，手足悬空，却要答话"（卷124）；"截取老僧头去"（卷7），等等。

引用的禅宗俗语或成语主要包括："三家村"（卷22）；"放下屠刀，立地成佛"（卷42）；"张三有钱不会使，李四会使又无钱"（卷4）；"寸铁可杀人"（卷115）；若人识得心，大地无寸土（卷124）；"一棒一条痕，一掴一掌血"（卷10、卷34、卷115），等等。

《语类》中富有禅味的诗词文言主要有："世间万事不如常，又不惊人又久长"（卷62）；"有物先天地，无形本寂寥。能为万象主，

---

① （宋）妙源编：《虚堂和尚语录》卷三，《大正藏》第47册，第1005页下。

不逐四时凋"（卷124）；"鸳鸯绣出从君看，莫把金针度与人"（卷104），等等。

可见，引用不同类别的禅宗杂语，不仅为《语类》带来了多元而丰富的语言风貌，而且展示了朱子为学讲道的不同风采，实数珍贵。

第四节　涉佛语录语言修辞佛禅渊源考述

朱子的理学思想有佛禅影响的深刻印迹，其讲学论道的语言中涉佛语录比比皆是，这些语言一方面表现出语言通俗化、语体别扭奇特化；另一方面大量以譬喻说理的言说方式又表现其语言的生动性与形象性，同时口传面授的体式又还原出如临其境的语言情境，所有这些独特的语言风貌在不同层面上反映着其与佛禅深厚的渊源。

一　语言通俗化与禅宗语录之渊源

《语类》涉佛语录语言通俗化最主要的表现在于其不少语言来自佛教禅宗的日常口语、俗语，如前述之"吃古山饭，阿古山矢。只是看得一头白水""十二时中，除了着衣吃饭，是别用心？""不管夜行，投明要到"等都是质朴无文的白话或鄙俚俗语。又如，朱熹在《语类》中曾引"鸳鸯绣出从人看，莫把金针度与人"批评陆九渊为学之道是"两头明，中间暗"[1]；再如，"因举禅语云：'寸铁可以杀人'，无杀人手段，则载一车枪刀，逐渐弄过，毕竟无益"[2]。不仅常引之语是口语、俗语，就是朱子自己说的话也是质朴无文的

---

[1] 《朱子语类》卷一〇四，《朱子全书》第17册，上海古籍出版社、安徽教育出版社2002年版，第3437页。

[2] 《朱子语类》卷一一五，《朱子全书》第17册，上海古籍出版社、安徽教育出版社2002年版，第3628页。

第六章 《朱子语类》与佛禅之渊源

语言，如：

> 禅僧自云有所得，而作事不相应，观他又安有睟面盎背气象！只是将此一禅横置胸中，遇事将出，事了又收。大抵只论说，不论行。昔日病翁见妙喜于其面前要逞自家话。渠于开喜升座，却云："彦冲修行却不会禅，宝学会禅却不修行；所谓张三有钱不会使，李四会使又无钱。"皆是乱说。①

> 某年十五六时亦尝留心于此（禅学），一日在病翁所会一僧与之语，其僧只相应和了说，也不说是不是，却与刘说某也理会得个昭昭灵灵的禅。刘后说与某，某遂疑此僧更有要妙处在，遂去扣问他，见他说得也煞好，及去赴试时便用他意思去胡说，是时文字不似而今细密，由人粗说，试官为某说动了，遂得举。②

上引第一文中，"事了又收""逞自家话""皆是乱说"等语均为白话；"渠"显然是方言；"张三有钱不会使，李四会使又无钱"是俗语。而第二条引文则几乎是白话文。

朱子这一语言风格形成渊源有自，主要是受佛教语录特别是禅宗语录的影响。禅门语录的一个显著特点就是口语化和通俗化，正如刘善泽在《五灯会元》跋语中指出的那样："但禅门古德，问答机缘，有正说，有反说，有庄说，有谐说，有横说，有竖说，有显说，有密说。例如一棒打杀与狗子吃，者里有祖师么，唤来与我洗脚等语，贤者当守马援'耳可得闻而口不可得言'之诫。苟神悟未契，

---

① 《朱子语类》卷一二六，《朱子全书》第18册，上海古籍出版社、安徽教育出版社2002年版，第3951页。

② 《朱子语类》卷一○四，《朱子全书》第17册，上海古籍出版社、安徽教育出版社2002年版，第3437—3438页。

徒逞舌锋隽利，尤而效之，则化醍醐为砒霜，变旃檀作棘刺矣。其可乎？"① 而禅宗追求直达本心、当下互动的效果，与它的受众对象有密切的关系。众所周知，由于佛教讲经、传教的受众对象多为普通百姓，因此语言自然不能太书面化，更要避免晦涩难懂，于是以口语化、通俗化为特征的白话俚语便成了首选，正如胡适先生所说的："宗教的经典重在传真，重在正确，而不在辞藻文采；重在读者易解，而不重在古雅"②，"宗教要传布的远，说理要说得明白清楚，都不能不靠白话"③。而《语类》质朴无文的白话语风从更近的渊源而言，是受了禅宗语录的鄙俗俚语的影响。对此前人多有论说，如明人杨巍《嘲儒》诗云："尼父不言静，后儒何怪哉，纷纷诸语录，皆自'五灯'来。"④ 近人梁启超则说："自禅宗语录兴，宋儒效焉，实为中国文学界一大革命。"⑤ 在他们看来，宋儒语录的出现完全是儒家学者学习和效法禅宗语录的结果。清代学者江藩所言："禅门有语录，宋儒亦有语录，禅门语录用委巷语，宋儒语录亦用委巷语。夫既辟之而又效之，何也？盖宋儒言心性，禅门亦言心性，其言相似，易于浑同，儒者亦不自知而流入彼法矣。"⑥ 其论可从。钱大昕站在语录语言发展史的高度评价禅宗语录对诸如《语类》之类的宋儒语录语言风格的影响，可谓更深刻精辟："佛书初入中国曰经，曰律，曰论，无所谓语录也。达摩西来，自称教外别传，直指心印。数传以后，其徒日众，而语录兴焉。支离鄙俚之言奉为鸿宝，并佛所说之经典，亦束之高阁矣。甚者呵佛骂祖，略无忌

---

① 刘善泽：《跋》，（宋）普济著，苏渊雷点校《五灯会元》，中华书局 1984 年版，第 1507 页。
② 胡适：《佛教的翻译文学》（上），《白话文学史》，北京大学出版社 2014 年版，第 110 页。
③ 胡适：《唐初的白话诗》，《白话文学史》，北京大学出版社 2014 年版，第 148 页。
④ 杨巍：《存家诗稿》卷六，文渊阁《四库全书》本。
⑤ 梁启超：《佛学研究十八篇》，辽宁教育出版社 1998 年版，第 16 页。
⑥ （清）江藩：《国朝汉学师承记》（附国朝宋学渊源记），中华书局 1983 年版，第 190 页。

第六章 《朱子语类》与佛禅之渊源

惮。而世之言佛者，反尊尚之，以为胜于教律僧。甚矣！人之好怪也。释子之语录，始于唐；儒家之语录，始于宋。儒其行而释其言，非所以垂教也，君子之出辞气必远鄙倍。语录行，而儒家有鄙倍之词矣。"①

二 语言情境化与禅宗语录体式之渊源

《语类》涉佛语录在体式上采用禅宗语录的口传面授式。口传面授，顾名思义，即口口相传，当面相授。故而，这种语言记录体式上的特点特别能将当时语言交流的语言环境情境化，换言之，这一体式可逼真地反映人物说话的语气、表情、动作等，从而还原出当时谈话的场景和气氛。如《语类》有朱熹对苏轼文"杂以佛、老，到急处便添入佛老相和哄瞒人，如装鬼戏、放烟火相似，且遮人眼"②的这种以文废道的做法甚为不满的语录，而另一则语录则对此记录得更为详备：

> 才卿问："韩文《李汉序》头一句甚好。"曰："公道好，某看来有病。"陈曰："'文者，贯道之器。'且如《六经》是文，其中所道皆是这道理，如何有病？"曰："不然。这文皆是从道中流出，岂有文反能贯道之理？文是文，道是道，文只如吃饭时下饭耳。若以文贯道，却是把本为末。以末为本，可乎？其后作文者皆是如此。"因说："苏文害正道，甚于老佛，且如《易》所谓'义者利之和'，却解为义无利则不和，故必以利济义，然后合于人情。若如此，非惟失圣言之本指，又且

---

① （清）钱大昕著，陈文和、孙显军校点：《十驾斋养新录》，江苏古籍出版社2000年版，第382—383页。
② 《朱子语类》卷一二六，《朱子全书》第18册，上海古籍出版社、安徽教育出版社2002年版，第4262页。

陷溺其心。"先生正色曰:"某在当时,必与他辩。"却笑曰:必被他无礼。"①

上引文中,文道关系、苏轼文杂以佛老、苏文对世风分别关涉文学、学术、社会各层面的问题,但朱熹不是枯燥说理,而是以生动形象的比喻和鲜明的类比加以阐释,《语类》对此不仅真实而详尽地记录,而且朱子与门生二人问答间的互动及谈话时朱子由"正色"继而又"笑曰"的神态转变的描写,很好地展现了当时人物对话的场景和气氛,使语言情境化,使阅读者产生身临其境之感。《语类》语言情境化的另一种方式,则是通过点睛之笔表现出人物的智慧与性情,如:

问:"圣门说知性,佛氏亦言知性,有以异乎?"先生笑曰:"也问的好,据公所见如何?试说看。"②

上文中所谓"笑曰""试说看",文字不多,却通过表情和语言描写把人物的心理、性情表现出来了。又如:

先生游钟山书院,见书籍中有释氏书,因而揭看。先君问:"其中有所得否?"曰:"幸然无所得。吾儒广大精微、本末具备,不必他求。"③

---

① 《朱子语类》卷一三九,《朱子全书》第18册,上海古籍出版社、安徽教育出版社2002年版,第4298页。
② 《朱子语类》卷一二六,《朱子全书》第18册,上海古籍出版社、安徽教育出版社2002年版,第3940页。
③ 同上书,第3937页。

第六章 《朱子语类》与佛禅之渊源

此处由"见"而"揭",把朱子不经意间流露喜好佛禅的一面通过细节描写生动地展现出来,同时又以"幸然""不必他求"等掩饰性语言的描写展示朱子复杂微妙的内心世界。再如:

> 前辈有此说,看来理或有之。然非地影,乃是地形倒去遮了他光耳。如镜子中被一物遮住其光,故不甚见也。[1]

"影"与"光"关系的问题不仅是物理现象的问题,也属于朱子哲学思考的问题,而对这样一个高深的问题朱熹却以"镜喻"作比,生动形象而又通俗易懂,表现朱子非同一般的智慧。

师门对话本应极有现场感和相应的语境,这是语言情境化产生的根源。但不可否认的是,这种语言情境化的语录只是代表了《语类》部分的语言风貌,而大部分语录只是师生问答语言的记录。缘何发生此种差异?归结其因,盖与记录者记录之时往往会有意无意将现场的场景和气氛抽离,而只留下"语"或"话"本身有关。这是《语类》语言情境化在许多语录消失的根本原因,而不是体式自身造成的结果。

三　语体别扭化对禅门语录之承袭

更可注意的是,《语类》还有不少读起来非常别扭的语言文字,从渊源看,仍是受了禅宗语录的影响,如下文:

> 人只有两般心:一个是是底心,一个是不是底心。只是才知得这个是不是底心,只这知得不是底心底心,便是是底心,便将

---

[1] 《朱子语类》卷二,《朱子全书》第 14 册,上海古籍出版社、安徽教育出版社 2002 年版,第 138 页。

知得不是底心，去治那不是底心。知得不是底心便是主，那不是底心便是客，便将这个主，去治那个客。便常守定这个知得不是底心做主，莫要放失，更那别讨个心来唤作底心。……人多疑是两个心，不知只是将这知得不是底心去治那不是底心而已。(《大学·或问上》)①

比照上文《语类》"有两般心"与下文《大慧普觉禅师语录》"颠倒有三"和"但将迷闷底心"会发现二者风格极其相似。

  颠倒有三：自言为知解所障是一，自言未悟甘作迷人是一，更在迷中将心待悟是一。……但就能知知解底心上看，还障得也无。能知知解底心上，还有如许多般也无。……但将妄想颠倒底心，思量分别底心，好生恶死底心，知见解会底心，欣静厌闹底心，一是按下。②

  但将迷闷底心，移来干屎橛上，一抵抵住。怖生死底心，迷闷底心，思量分别底心，作聪明底心，自然不行也。③

通过比较，我们会发现，《语类》"有两般心"之语，其"主客"之论本就是承袭了禅宗的"主客说"，更为重要的是其别别扭扭的语体风格在体式上与《大慧普觉禅师语录》极其相似，由此可见《语类》受禅宗《灯录》《语录》特别是《大慧语录》影响之一斑。

---

① 《朱子语类》卷一七，《朱子全书》第14册，上海古籍出版社、安徽教育出版社2002年版，第577页。
② （宋）蕴闻编：《大慧普觉禅师语录》卷二六，《大正藏》第47册，第921页上。
③ 同上书，第930页上。

四 譬喻艺术与佛教譬喻之渊源

善用譬喻是《语类》最具文学色彩的地方。陈荣捷先生曾对《语类》用喻爬梳剔抉，还原出其比较清晰的用喻概貌。① 然对《语类》譬喻与佛禅之渊源则涉猎甚少，对与佛禅相关的《语类》譬喻的文学性分析则更近空白。本书拟以此为观照中心进行检讨。《语类》涉佛语录譬喻最显著的特点有两个：一是譬喻种类丰富；二是涉佛语录譬喻之本体与佛禅无关，但喻体与佛禅有深厚的渊源。略析如下。

1. 丰富的譬喻种类

《语类》不仅"用喻之多，不论次数抑是种类，无有出乎朱子之右者"②，而且譬喻的种类也多样，兼涉明喻、暗喻、借喻、博喻及多种喻类的套用等。

（1）明喻

明喻最大的特点是本体（被比喻）、喻体（比喻物）和喻词同时出现。这在比喻中最常见，《语类》涉佛语录也有许多明喻。如：

> 俗语佛灯……此中有人随汪圣锡到峨眉山，云五更初去看，初布白气，已而有圆光如镜，其中有佛。③
> 若此心湛然，常如明镜，物来便见，方是。④
> 心犹镜，仁犹镜之明。镜本来明，被尘垢一蔽，遂不明。若尘垢一去，则镜明矣。⑤

---

① 详参[美]陈荣捷《朱子新探索》，华东师范大学出版社2007年版，第231—235页。
② [美]陈荣捷：《朱子用喻》，《朱子新探索》，华东师范大学出版社2007年版，第231页。
③ 《朱子语类》卷一二六，《朱子全书》第18册，上海古籍出版社、安徽教育出版社2002年版，第3956页。
④ 同上书，第3624页。
⑤ 《朱子语类》卷三一，《朱子全书》第15册，上海古籍出版社、安徽教育出版社2002年版，第1109页。

371

先生尝说:"陆子静、杨敬仲自是十分好人,只似患洁净病。又论说道理,恰似闽中贩私盐底。下面是私盐,上面以鲞鱼盖之,使人不觉。"①

(2) 暗喻

与明喻相比,暗喻的不同之处就在于喻词是隐蔽或不出现的。所谓喻词隐蔽,即喻词是由"是""为"之类的组成。《语类》中的暗喻有出现喻词者,如朱熹对儒释二教义"性"的概念多有比较,其中就有以暗喻说释氏之"性"者:

曰:"据友仁所见,及佛氏之说者,此一性在心所发为意,在目为见,在耳为闻。"曰:"且据公所见而言,若如此见得,只是个无星之秤,无寸之尺。"②

上文中就是以"无星之秤"暗喻禅家之"性"。也有不出现喻词者,如:

谦之问:"佛氏之空与老子之无一般否?"曰:"不同。佛氏只是空豁豁然,和有都无了,所谓'终日喫饭不曾咬破一粒米,终日着衣不曾挂着一条丝。'"③

显然,朱子把佛氏"无"的空观比作吃饭不咬米、着衣不挂丝,

---

① 《朱子语类》卷一二四,《朱子全书》第18册,上海古籍出版社、安徽教育出版社2002年版,第3887页。
② 《朱子语类》卷一二六,《朱子全书》第18册,上海古籍出版社、安徽教育出版社2002年版,第3940页。
③ 同上书,第3929页。

第六章 《朱子语类》与佛禅之渊源

化抽象为形象，使之通俗易懂。

（3）借喻

所谓借喻，通常指的是一种省略了本体和喻词、只出现喻体的用喻方式，即隐去被比之物，用比喻物来代替被比喻物。《语类》涉佛语录亦有用借喻说理的，如下文：

> 道书中有《真诰》，末后有《道授篇》，却是窃佛家《四十二章经》之意为之。非特此也，至如地狱托生妄诞之说，皆是窃他佛教中至鄙至陋者为之。某尝谓其徒曰："自家有个宝珠，被他窃去了，却不照管，亦都不知。却去他墙根壁角，窃得个破瓶破罐用，此甚好笑。"①

此处"宝珠""破瓶破罐"是比喻物，而其分别对应的被比喻物即道家的精微之说和释氏的至鄙至陋者却被隐藏了。又如：

> 今之禅家多是"麻三斤"、"干屎橛"之说，谓之不落窠臼，不堕理路。②

此处所谓"麻三斤""干屎橛"亦是比喻物，被比喻物即禅宗悟道的状态被省略了。

（4）博喻

所谓博喻，即用两个或两个以上的喻体从不同角度反复设喻去说明同一个本体，从而表现事物的不同特征和内涵，给人留下深刻的印象。朱熹在平时的讲学论道中，常常为了向学人说清楚一个概

---

① 《朱子语类》卷一二六，《朱子全书》第18册，上海古籍出版社、安徽教育出版社2002年版，第3928页。

② 同上书，第3936页。

念、范畴或义理，需要借助各种比喻，从多方面、多角度反复设喻，因此博喻在《语类》中的运用屡见不鲜。如他在阐述理学范畴"气质"时，就用的是博喻：

> 蜚清问气质之性？曰："天命之性，非气质则无所寓。然人之气禀有清浊偏正之殊，故天命之正，亦有浅深厚薄之异，要亦不可不谓之性。旧见病翁云：'伊川言气质之性，正犹佛书所谓水中盐味，色里胶清。'"①

> 气质之性，便只是天地之性。只是这个天地之性，却从那里过好底性。如水，气质之性如杀些酱与盐，便是一般滋味。②

> 有是理而后有是气，有是气则必有是理。但禀气之清者，为圣为贤，如宝珠在清冷水中。禀气之浊者，为愚为不肖，如珠在浊水中。③

> 理在气中，如一个明珠在水里。理在清底气中，如珠在那底水里面，透底都明；理在浊底水里面，外面更不见光明处。④

上引文中，朱熹为说明本体"气质"与"理性"的关系，以三个来自佛教典故的喻体设喻（关于这点，后文详论），即把气与理的关系分别比作水与盐、水与宝珠、水与明珠的关系。此处本体相同，却用了三个喻体阐说，显然用的是博喻。又如：

> 或问："禅家说无头当底说话是如何？"曰："他说得分明处

---

① 《朱子语类》卷四，《朱子全书》第14册，上海古籍出版社、安徽教育出版社2002年版，第196页。
② 同上书，第197页。
③ 同上书，第203页。
④ 同上。

第六章 《朱子语类》与佛禅之渊源

却不是，只内中一句黑如漆者便是他要紧处，与此晓得时便尽晓得。他又爱说一般最险觉的话，如引取人到千仞之崖边猛推一推下去，人于此猛省得便了。"①

上引文中，朱子为了向提问者说明禅家说无头话是怎么样的状态，连设两喻，即这一状态如"黑如漆者见分明"与"坠身悬崖猛惊醒"。再如《语类》四十一章连设五喻说明"克己"：

> 克己"如红炉上一点雪"，"如通沟渠壅塞，仁乃水流"，"如火烈烈"，"如孤军猝遇强敌"，"如将火去救火相似"，"又似一件事，又似两件事"。②

由此可见，恰当的博喻不仅能充分地展示事物的各个侧面，而且能加强语意、增强语势。

（5）多种喻类的套用

所谓多种喻类的套用，是指将两个或两个以上的比喻方式融合到要说明的对象中。如：

> 心犹镜，仁犹镜之明。镜本来明，被尘垢一蔽，遂不明。若尘垢一去，则镜明矣。③

以"镜"为喻虽然源自道家，然"磨镜"之喻则源于佛教宗密

---

① 《朱子语类》卷四，《朱子全书》第14册，上海古籍出版社、安徽教育出版社2002年版，第3950页。
② 《朱子语类》卷三一，《朱子全书》第15册，上海古籍出版社、安徽教育出版社2002年版，第1447—1448页。
③ 同上书，第1109页。

"磨镜"之说。上引文中,"心犹镜,仁犹镜之明"显然是明喻;而"镜本来明"喻指"人本具仁","被尘垢一蔽,遂不明"喻指"仁"为私欲蒙蔽;"若尘垢一去,则镜明"喻指"仁"的复现,这一系列比喻显然用了借喻。同时,为"尘垢蔽"而"镜"之不明与"尘垢去"而"镜"复明,两个借喻之间形成相互联系的对举关系,又属于"对喻"。所谓对喻是指"把比喻和对比或对偶融汇为一的修辞法"。① 与此类似采用多种喻类说理的还有:"若是一人叉手并脚,便道是矫激,便道是邀名,便道是做崖岸。须是如市井底人拖泥带水,方始是通儒实才!"② 此处融合了明喻、博喻、借喻等。又如朱子运用明喻、借喻、暗喻等修辞手法说明言与义的关系:"先生曰:'又某说过底,要诸公有所省发,则不枉了。若只恁地听过,则无益也。'赐录云:'说许多话,晓得底自晓得。不晓得底,是某自说话了。'久之,云:'如释氏说如标月指,月虽不在指上,亦欲随指见月,须恁地始得。'"③

2.《语类》譬喻喻体的佛禅渊源

《语类》譬喻喻体多达数百种,广涉物品、房屋、交通、饮食、起居、工艺等,无所不至。其中亦有不少与佛禅极有渊源的譬喻,如前述"颜子克己,如红炉上一点雪",其喻体就是来自禅宗公案。细绎《语类》语录用喻,除前述"镜喻"和"无心之秤"喻外,其所喻者如宝珠喻、车轮喻、日光喻均与佛禅有关。对此略述如下。

(1) 宝珠喻

"宝珠喻"是佛教中著名的譬喻之一。"法华七喻"就有两喻与

---

① 李小荣:《佛教与中国文学散论——梦枕堂丛稿初编》,凤凰出版社2012年版,第6页。
② 《朱子语类》卷一〇八,《朱子全书》第17册,上海古籍出版社、安徽教育出版社2002年版,第3521页。
③ 《朱子语类》卷三三,《朱子全书》第15册,上海古籍出版社、安徽教育出版社2002年版,第1193页。

第六章 《朱子语类》与佛禅之渊源

宝珠有关，即"衣珠喻"和"髻珠喻"。在其他佛教典籍亦有不少宝珠喻，如"是故以此无价宝珠，喻于三昧"[1]；又如"如新行菩萨毘琉璃宝珠喻，示现神力胜事尽至"[2]；再如《华严经》有"四宝珠喻四智"[3]的说法。《语类》中以宝珠为喻共13处[4]。下列三处以观其一斑：

> 但禀气之清者，为圣为贤，如宝珠在清泠水中。禀气之浊者，为愚为不肖，如珠在浊水中。[5]
>
> 有理会不得处，须是皇皇汲汲然，无有理会不得者。譬如人有大宝珠，失了，不著紧寻。如何会得以上？[6]
>
> 伯夷如一颗宝珠，只常要在水里。柳下惠亦如一颗宝珠，在水里也得，在泥里也得。[7]

上述各喻基本上都是围绕"理者，如一宝珠"[8]这一基本指喻而生发开的。因此，佛家以宝珠比佛，到了朱熹这里则以宝珠比理。另外，《语类》又有"明珠喻"，如前述"理在气中，如一个明珠在水里"，就以"明珠"喻朱子的"气质之性"。而"明珠"亦是佛典中的常用喻体。如《大般涅槃经》云：

---

[1] （北凉）昙无谶：《大方广无想经》卷六，《大正藏》第12册，第1105页下。
[2] （后魏）菩提流支译：《大宝积经论》卷三，《大正藏》第26册，第219页下。
[3] （唐）澄观述：《大方广华严经随疏演义钞》卷一八，《大正藏》第26册，第137页中。
[4] 这十三处分别在《语类》卷一二、卷一七（2处）、卷三一（2处）、卷四十、卷四七、卷四八、卷五九（2处）、卷一一四、卷一二六。
[5] 《朱子语类》卷四，《朱子全书》第14册，上海古籍出版社、安徽教育出版社2002年版，第203页。
[6] 《朱子语类》卷一一四，《朱子全书》第18册，上海古籍出版社、安徽教育出版社2002年版，第3608页。
[7] 《朱子语类》卷四八，《朱子全书》第15册，上海古籍出版社、安徽教育出版社2002年版，第1648页。
[8] 《朱子语类》卷一七，《朱子全书》第14册，上海古籍出版社、安徽教育出版社2002年版，第575页。

譬如明珠置浊水中，以珠威德水即为清，投之淤泥不能令清。①

综观佛书"明珠""宝珠"之喻，通常以之喻清净无染之本性，而所谓"浊水"则喻尘染不净之性。可见，朱熹引明珠之喻阐说气质之性，与佛典中的明珠之喻是有渊源的。

（2）车轮喻

车轮喻也是佛教常见的譬喻，如："法从人说喻以人举者。如此经。乃佛宣说依正庄严信愿往生之法。举大如车轮。百千种乐同时俱作之喻是也。"② 又如："车轮喻圣道。轮有二能，一能摧未伏，二能镇已伏。世界之中不宾伏者，轮到彼处摧之。"③ 再如，"菩萨之道不出愿、行二门。行以涉行为义，愿以要期为旨。行若无愿行则无所御，愿若无行愿则不果，其犹鸟之二翼车之两轮。"④ 朱熹在与学生谈到"敬"与"知"二者的关系时以"车轮"为喻："涵养、穷索二者不可废一，如车两轮，如鸟两翼。"⑤

（3）日光喻

佛教典籍中"日光喻"是非常普遍的现象。有以"日光"喻"有智"者⑥；有以"日光"为药草名者，如："常不背日光，喻出家人常见光明。"⑦ 朱熹乃"日光"喻"理"之体照万物：

又曰："'日月有明，容光必照焉。'如日月，虽些小孔窍，

---

① （北凉）昙无谶：《大般涅槃经》卷九，《大正藏》第12册，第417页中。
② （明）古德：《阿弥陀佛经疏钞演义》卷二，《卍续藏》第22册，第735页上。
③ （唐）栖复集：《法华经玄赞要集》卷一〇，《卍续藏》第34册，第392页下。
④ （隋）吉藏撰：《金刚般若疏》卷二，《大正藏》第33册，第96页中。
⑤ 《朱子语类》卷九，《朱子全书》第14册，上海古籍出版社、安徽教育出版社2002年版，第300页。
⑥ （宋）善月述：《金刚经会解》卷二，《卍续藏》第24册，第583页中。
⑦ （宋）善卿编正：《祖庭事苑》卷四，《卍续藏》第64册，第361页下。

第六章 《朱子语类》与佛禅之渊源

无不照见,此好识取。"①

(4) 水盐喻

"水盐喻"在佛教典籍的完整表述是"水中盐味,色里胶清",此典出于《传大士心王铭》:

> 观心空王,玄妙难测。无形无相,有大神力。能灭千灾,成就万德。体性虽空,能施法则。观之无形,呼之有声。为大法将,心戒传经。水中盐味,色里胶清。决定是有,不见其形,心王亦尔。②

上引佛书中,"水中无盐,色里胶清"用以比喻佛法无形无相却发挥着作用。如前所述,《语类》用"水盐喻"来阐说朱子的"气质说",具言之,朱子以"水"喻天命之性,以"盐"喻"气质之性"。

由上观之,《语类》涉佛语录之譬喻可谓自成特色。

综上所述,《语类》涉佛语录在一定层面表现出朱熹深厚的佛学修养,其佛经之批评、佛理之论说、崇佛世风之批判之种种真知灼见彰显出其佛禅思想的深刻性;日常讲学中对佛教典故、禅宗公案、禅宗杂语等不假思索引用更可见其引经据典之得心应手,左右逢源;与此同时,涉佛语录口语化与通俗化、语体风格奇特化、譬喻方式的多样化与喻体的独特性、口传面授体式带来的语言情境化,不仅反映出《语类》与佛禅关系之密切,更表现出其独特的文学风貌。与此同时,尚须指出的是,理学家或宋儒毕竟其思想性格与禅宗差

---

① 《朱子语类》卷三三,《朱子全书》第15册,上海古籍出版社、安徽教育出版社2002年版,第1194页。

② (宋)道原纂:《景德传灯录》卷三〇,《大正藏》第51册,第456页下。

异甚大，因此其语录受禅宗语录的影响也只是袭其貌，而失其神，也正因如此，在《语类》几乎难以找到最能体现禅宗语录特色的简洁凌厉接引学人的机缘语，这是《语类》乃至宋儒语录与禅宗语录的根本差异所在。

结　语

　　研究古人的思想，涉及今人如何看待古人的问题，如何最大限度或尽可能恢复古人思想的原貌，需要在考察人物与文本所处的历史环境中去尽可能还原。佛教至唐达到盛兴的高峰，影响社会生活的方方面面。至宋，虽不复唐时昌隆，但其影响并没丝毫减弱，尤其是简便易行的禅宗成为构筑宋代文人文化心态的重要元素。在这样的历史语境中，佛禅对朱熹的影响也是不可避免的。尽管不可否认，朱熹是理学集大成者，其为儒学之振兴而高举排佛旗帜，但其严密的理学体系融会了儒、释、道三家思想，这一事实表明，在学术思想上，宋代三家文化的合流在朱熹这里得以完成。如果说，朱熹的理学体系有着佛禅刻下的深深印迹，那么朱熹的文学深受佛禅的影响，并在文学思想、诗文作品、讲学授道之言语表现这一影响是再正常不过了。然而，朱熹文学与佛禅之间的关系研究并没有得到学界研究者足够的重视；另外，文学是人学，朱子的诗文创作和记录朱子平时讲学言论的语录体散文在很大程度上是其丰富微妙文化心态的生动反映，鉴于这两点，对朱子文学与佛禅之渊源作一个动态的、较全面的梳理、描述就显得必要而有意义了。

　　历来人们对朱熹文学思想的研究都偏重其理学对文学思想的影响，或者从理学的层面上检讨其文学思想的内涵。不可否认，朱熹文学思想受理学的影响当然是主要的，但并不是唯一的，何况其理学本就与佛禅有千丝万缕的联系。实际上，朱熹文学思想中的文学本体论"文从道中流出"（朱熹有时又表述为"文从此心写出"或"文自胸中流出"），其强调"心"在艺术创作中的心物交融与主宰作用，从文化影响的源头来说，应该追溯到佛禅心性论，这样的一种透视显然要比以往对这一本体论研究只停留在朱熹的理气说与其之渊源更深刻。朱熹的"修辞以立其诚"这一作家人品论，从传统的观点看，它是典型的以儒家学理为内核的哲学命题。但正如朱熹理学在吸收传统儒家思想的同时，又对之加以创新一样，"修辞以立其诚"在朱熹这里同样赋予了新的文化生命力：他对"诚"的"真实无妄"之意的理解，既强调诗文作品内容的真实，也强调情感的真实，而这恰恰暗合了佛教"即心即佛""以情合真"的旨趣；另外，实现"诚"的途径在于"敬"，朱熹的主敬思想既吸收了佛禅义理，又融合了佛禅思辨思维。由此可见，"修辞以立其诚"的作家人品论亦与佛禅有隐晦曲折的关系。其作品创作论"天生成腔子"所蕴含的"法度"与"自然"两个层面上的内涵，一方面与禅宗呵佛骂祖的宗风旨趣大相径庭；另一方面又与佛禅任运随缘有着天然的联系，体现朱熹作品创作论既辟佛又融佛的文化特色。其作品接受论的"涵泳"说所蕴含的三个层次，即虚心涵咏的心理状态、沉潜反复的接受过程及豁然贯通的境界，分别与佛家的"心解"传统、渐修而悟的宗观及"一悟百悟"的圆融无碍境界观有着深厚的渊源。概言之，从文学本体论到作家人品论，再到作品创作论，最后到作品接受论，都表现出佛禅投射到朱熹文学思想层面时的文化亲缘关系。此外，朱熹许多论佛禅的言论中本身就直接涉及文学观念的层面，如：其关于佛经"无所住"义理的阐释转涉到诗学层面时，就体现为他对诗歌情感的"无心"流露发抒观到诗歌创作的"无意为诗"发生说的认识；而他对许多佛经写译的批评，如他对佛经夸诞、

结　语

玄想、神变等手法的认识，又是他文学观念的具体化；他对写译佛经与原经文本之间的异同所作的比较，又提供了佛经写作比较研究的视野；对苏学杂糅佛老之批判又反映了他的文学功用观等，这些都很好地补充了以往朱熹文学思想研究中的不足与欠缺。

刘晓珍在谈到佛教禅宗对宋人的影响时指出："这是一个禅化的时代，处处充盈着禅的智慧与灵性，禅像花香般弥漫在宋代的文化空气之中。词体处身其中，被逐渐浸润了。"① 其实，为佛禅浸润的创作何止于词，宋代的诗文创作都深受佛禅风尚的影响，正如刘氏自己也说："禅宗文字化后，那些富于异质美感、新颖活脱的禅宗文献（语录、公案、偈颂）对文人也有极大的吸引力。文人士大夫之喜禅不仅是由于对禅宗的人生哲理、精神解脱作用有很大兴趣，同时对禅宗美学理想、审美境界也十分赏爱。这样，禅宗思想不仅成为文人化解精神紧张的一剂良药，同时也是深化文人人生感悟、激发文人创作灵感、提高文人审美修养的重要刺激来源……"② 而朱熹诗文创作与佛禅各种渊源正是这种文化语境的一个缩影。换言之，浓厚的佛禅历史语境不仅熏陶了朱子喜禅好佛的文化心理，同时也激发了朱熹的诗文创作灵感。

从诗歌层面看，朱熹诗与佛禅的关系可从四个方面较为全面地考察：一是朱熹涉佛诗歌的创作动态比较清晰地勾勒出朱熹心路历程的变化与佛禅的微妙关系。二是通过对朱熹诗歌内容的艺术分析，较为具体而生动地描述朱子复杂的佛禅文化心态，具言之，包括朱熹诗文中佛寺风光、禅僧缁客、富于禅情诗意的自然风景等的描绘与抒写，流露出朱熹喜禅好佛的浓郁情结；以佛证儒、援佛入儒及扬儒辟佛的为学感悟进入到朱熹的诗歌天地，表现出朱熹作为理学

---

① 刘晓珍：《宋词与禅》，人民文学出版社2010年版，第300页。
② 同上。

家的儒者情怀。三是将朱熹诗佛语入诗的形式,分成具有佛教色彩的一般语词、佛教术语、佛教典故和无佛语但有佛情禅韵四类,体现了朱子对佛语引用之信手拈来、左右逢源以及浓郁的佛禅情怀。四是从美学层面上考察朱熹诗之艺术和文化底蕴的佛禅审美特质。这种以动态考察和全面观照的方式检讨朱子诗歌与佛禅的关系研究,无疑是对当前朱熹涉佛诗研究中,仅局限于某个专题(如从山林诗或题诗等探讨朱熹的佛禅情结)的研究路向是一种突破。

从古文创作层面看,朱熹是南宋文章大家,虽然其古文创作成就难以和唐宋八大家相颉颃,但是,其古文创作之繁荣、文体之完备、文章数量之丰富与重论说、重选本等方面的成就,不仅是其自身古文特色的体现,也代表了南宋一代的文章风貌。又如前所述,佛禅之风不仅侵染南宋诗词,古文创作亦受其滋润、影响。朱熹的古文与佛禅之关系,虽然也没有体现"韩愈之于偈颂,柳宗元之于动物寓言,欧阳修之于碑志和斋文,王安石、苏辙之于唱佛词,曾巩之于寺院祈雨文,苏轼之故作迩语"[①]等这样鲜明的涉佛文体,但其各体涉佛文亦从不同层面表现出朱子古文与佛禅的渊源。朱熹古文中的书札、杂著、序跋、记等文体的文章有相对集中和丰富的涉佛内容和形式,而其丧葬类文体涉佛文如祭文、神道碑、墓表、墓志铭也与佛禅有一定的因缘。从内容看,儒释异同之辨、崇佛世风之批判几乎充斥在上述各体的文章中。然而,由于文体的不同,它们又有自身的特点,如书信涉佛文重在与对方就儒释之学的问题切磋、商榷与交流,其佛语引用的形式包括直接引用(又分为正引和反引)和间接引用(又分为化用和概述);杂著涉佛文偏重于对佛教文献的考辨,描述佛教典籍传入中土后的变化;序跋涉佛文与其他文体相比最大的独特性在于,它出现了唯一以禅语机锋作文的篇

[①] 刘金柱:《唐宋八大家与佛教》,博士学位论文,河北大学,2004年。

结　语

章以及书写的涉佛内容有"三重"的特点，即重文献、版本之考辨、重作者行实或作品内容之考辨和重作品风格之品鉴的特点；记体涉佛文最主要的特点体现于山水游记与佛禅从形式到内容的特殊结缘方式。相对朱熹诗歌研究而言，朱熹古文研究备受冷落，而以佛禅为观照中心者几近空白，这与朱子古文创作成就是很不相称的，此域当还可有所作为。

此外，朱熹语录体散文《朱子语类》与佛禅亦渊源深厚。一方面，其中大量朱子论佛说禅的语言记录，涵盖了佛经之批评、佛教义理之论说、佛禅风气之批判等三个层面的内容；另一方面，大量佛教概念、佛教典故、禅宗公案和禅宗杂语的引用，表现出《朱子语类》佛语引用的多样形式；再一方面，白话家常、鄙俗俚语、口传面授的体式带来的语言情境化、别扭奇怪的语体风格及丰富的佛教喻体与譬喻方式等独特的语言修辞风貌，不仅在一定程度上反映《朱子语类》与禅宗语录各种渊源，而且也体现出其独特的文学特色。这种文化与文学相结合的观照方式，既弥补了以往《朱子语类》单一语言词汇构成研究的不足，也打破了单纯阐读思想内容的研究局限。

吴长庚曾在《近百年朱熹文学研究的回顾与反思》一文中指出："纵向而言，800年朱熹文学研究，大有可为，而至今尚无问津者；横向而言，朱熹哲学、伦理、教育、历史等思想均与文学相关，按文化还原来考察朱熹的文学，或许能拓开新的思路。"[1] 此文发表距今已近十年，朱熹文学研究确实在吴先生指出的纵向与横向研究之域上都有了新进展，然，就朱熹文学与佛禅关系的整体研究而言，目前尚无人问津。笔者于此浅尝初涉，试图尽可能地厘清朱子文学与佛禅之种种渊源，揭橥二者之间的互动与渗透，尽管取得了一定

---

[1] 吴长庚：《近百年朱熹文学研究的回顾与反思》，《文学评论》2008年第3期。

的成果，但是仍有不足与缺憾：如未能将朱子文学与佛禅关系的检讨放置在纵向历史的比较（如与同样是儒、释、道三家思想融会贯通的苏轼文学与佛禅之关系）和横向现实的联系（如与朱熹同时之理禅融会的文人吕祖谦、杨万里等人的文学与佛禅之关系）中，从而更加深刻地揭示出朱熹文学与佛禅之关系的独特之处以及宋佛禅流变在文人心理的投射和影响。关于这一点，祈容日后完善。

主要参考文献

一 古典文献

（一）朱熹作品及年谱

1. （宋）朱熹撰，朱杰人、严佐之、刘永翔编：《朱子全书》，上海古籍出版社、安徽教育出版社2002年版。

2. （宋）朱熹撰，郭齐笺注：《朱熹诗词编年笺注》，巴蜀书社2000年版。

3. （宋）朱熹：《朱文公文集》（四部丛刊本）。

4. （宋）朱熹：《朱子大全》（四部备要本）。

5. （宋）朱熹撰，郭齐、尹波点校：《朱熹集》，四川教育出版社1996年版。

6. （宋）朱熹集注：《诗集传》，上海古籍出版社1980年版。

7. （宋）朱熹集注：《楚辞集注》，上海古籍出版社1979年版。

8. （宋）朱熹撰，曾抗美校点：《昌黎先生集考异》，上海古籍出版社2001年版。

9. （宋）黎靖德编，王星贤点校：《朱子语类》，中华书局2004年版。

10. （宋）黄士毅编，徐时仪、扬艳汇校：《朱子语类汇校》，上海古籍出版社2014年版。

11. （宋）朱熹撰，朱杰人、严佐之、刘永翔编：《朱子全书外编》，华东师范大学出版社 2010 年版。

12. （清）王懋竑：《朱子年谱》，商务出版社 1937 年版。

13. 束景南：《朱熹年谱长编》（增订本），华东师范大学出版社 2014 年版。

（二）其他理学家典籍文献（以作者生年为序）

1. （宋）邵雍著，郭彧、于天宝点校：《伊川击壤集》，上海古籍出版社 2015 年版。

2. （宋）周敦颐：《周敦颐集》，中华书局 1990 年版。

3. （宋）程颢、程颐：《二程集》，中华书局 1981 年版。

4. （宋）程颢、程颐：《二程遗书》，上海古籍出版社 2000 年版。

5. （宋）程颢、程颐：《二程外书》，上海古籍出版社 1992 年版。

6. （宋）杨时：《杨龟山集》，商务印书馆 1936 年版。

7. （宋）罗从彦：《豫章文集》，影印文渊阁《四库全书》第 1135 册，（台北）台湾商务印书馆 1983 年版。

8. （宋）李侗撰：《李延平集》，《丛书集成初编》，中华书局 1985 年版。

（三）佛禅典籍文献（按出版时间先后为序）

1. 《中华大藏经》编辑局编：《中华大藏经》（汉文部分），中华书局 1984 年版。

2. （宋）普济著，苏渊雷点校：《五灯会元》，中华书局 1984 年版。

3. 径山藏版《嘉兴大藏经》，（台北）新文丰出版股份有限公司 1987 年版。

4. （宋）赞宁等撰，范祥雍点校：《宋高僧传》，中华书局 1987 年版。

5. （唐）实叉难陀译：《华严经》，上海古籍出版社 1991 年版。

6. （梁）释慧皎撰，汤用彤校注：《高僧传》，中华书局 1992 年版。

7. 藏经书院编：《新编卍续藏经》，（台北）新文丰出版股份有限公司 1994 年版。

8. 大藏经刊行会编：《大正新修大藏经》，（台北）新文丰出版股份有限公司 1994—1996 年版。

9. （明）释心泰撰：《佛法金汤编》，北京出版社 2000 年版。

10. 赖永海主编，赖永海、杨维中译注：《楞严经》，中华书局 2010 年版。

11. （后秦）僧肇等注：《注维摩诘所说经》，上海古籍出版社 2011 年版。

12. （宋）释正受集注：《楞伽经集注》，上海古籍出版社 2011 年版。

13. （明）朱棣集注：《金刚般若波罗蜜经集注》，上海古籍出版社 2011 年版。

14. 本社编：《禅宗语录辑要》，上海古籍出版社 2011 年版。

15. （唐）慧能著，郭朋校释：《坛经校释》，中华书局 2012 年版。

16. （梁）僧佑撰，李小荣校笺：《弘明集校笺》，上海古籍出版社 2013 年版。

（四）其他古典文献（按出版时间先后为序）

1. （清）王懋竑：《白田草堂存稿》，广雅书局刻本，清光绪二十（1894）年版。

2. （明）吴讷、徐师曾著，于北山、罗根泽校点：《文章辨体序说 文体明辨序说》，上海文学出版社 1962 年版。

3. （清）永瑢等撰：《四库全书总目》，中华书局 1965 年版。

4. （元）脱脱等：《宋史》，中华书局 1977 年版。

5. （明）陈邦瞻：《宋史纪事本末》，中华书局 1977 年版。

6. （清）何文焕辑：《历代诗话》，中华书局 1981 年版。

7. 丁福保辑：《历代诗话续编》，中华书局 1983 年版。

8. （宋）罗大经：《鹤林玉露》，中华书局 1983 年版。

9. （宋）李幼武编：《宋名臣言行录外集》，影印文渊阁《四库全书》第449册，（台北）台湾商务印书馆1983年版。

10. （宋）刘子翚：《屏山集》，影印文渊阁《四库全书》第1134册，（台北）台湾商务印书馆1983年版。

11. （宋）胡宏撰：《五峰集》，影印文渊阁《四库全书》第1137册，（台北）台湾商务印书馆1983年版。

12. （宋）朱松撰：《韦斋集》，《四部丛刊续编集部》（64），上海书店出版社1985年版。

13. （明）陈舜俞：《庐山记》，中华书局1985年版。

14. （清）黄宗羲著，全祖望补修，陈金生等点校：《宋元学案》，中华书局1986年版。

15. （明）黄仲昭：《八闽通志》，福建人民出版社1990年版。

16. （民国）吴宗慈编撰，胡迎建、宗九奇、胡克沛校注：《庐山志》，江西人民出版社1996年版。

17. （清）傅尔泰修：《乾隆延平府志》，上海书店出版社2000年版。

18. （清）钱大昕著，陈文和、孙显军校点：《十驾斋养新录》，江苏古籍出版社2000年版。

19. （宋）梁克家：《三山志》，方志出版社2003年版。

20. （明）陈让编，杨启德等校注，福建省地方志编纂委员会整理：《邵武府志》，方志出版社2004年版。

21. （元）佚名：《宋史全文》，黑龙江人民出版社2005年版。

22. （清）黄宗羲：《黄宗羲全集》，浙江古籍出版社2005年版。

23. （明）释广宾：《杭州上竺讲寺志》，杭州出版社2008年版。

24. （宋）汪应辰：《文定集》，学林出版社2009年版。

25. （明）罗青霄修纂：《漳州府志》，厦门大学出版社2010年版。

26. （宋）陆游著，马亚中、涂小马校注：《渭南文集校注》，浙江古籍出版社2015年版。

二 今人专著（以作者姓氏音序排列）

1. 陈来：《朱子书信编年考证》，上海人民出版社1989年版。
2. 陈来：《朱子哲学研究》，生活·读书·新知三联书店2010年版。
3. 陈国代：《文献家朱熹：朱熹著述活动及其著作版本考察》，北京师范大学出版社2015年版。
4. 陈庆元：《福建文学发展史》，福建教育出版社1996年版。
5. 陈寅恪：《金明馆丛稿二编》，上海古籍出版社1980年版。
6. 陈寅恪：《寒柳堂集》，上海古籍出版社1980年版。
7. 陈寅恪：《柳如是别传》，上海古籍出版社1980年版。
8. 陈允吉：《古典文学佛教溯源十论》，复旦大学出版社2002年版。
9. 陈允吉主编：《佛经文学研究论集》，复旦大学出版社2004年版。
10. 陈允吉主编：《佛经文学研究论集续编》，复旦大学出版社2011年版。
11. 陈允吉：《佛教与中国文学论稿》，上海古籍出版社2010年版。
12. ［美］陈荣捷：《朱子新探索》，华东师范大学出版社2007年版。
13. 方立天：《中国佛教哲学要义》（上、下），中国人民大学出版社2002年版。
14. 方立天：《佛教哲学》，长春出版社2006年版。
15. 方新蓉：《大慧宗杲与两宋诗禅世界》，中华书局2013年版。
16. 冯国栋：《〈景德传灯录〉研究》，中华书局2014年版。
17. 傅璇琮主编：《全宋诗》，北京大学出版社1998年版。
18. 高建立：《程朱理学与佛学》，中州古籍出版社2006年版。
19. 高令印、陈其芳：《福建朱子学》，福建人民出版社1986年版。
20. 葛兆光：《中国禅思想史》（增订本），上海古籍出版社2008年版。
21. 顾吉辰：《宋代佛教史稿》，中州古籍出版社1993年版。
22. 胡适：《白话文学史》，北京大学出版社2014年版。

23. 胡迎建：《朱熹诗词研究》，中山大学出版社 2011 年版。
24. 蒋述卓：《佛教与中国古典文艺美学》，岳麓书社 2007 年版。
25. 李承贵：《儒士视域中的佛教——宋代儒士佛教观研究》，宗教文化出版社 2007 年版。
26. 李小荣：《汉译佛典文体及其影响研究》，上海古籍出版社 2010 年版。
27. 李小荣：《佛教与中国文学散论——梦枕堂丛稿初编》，凤凰出版社 2012 年版。
28. 李小荣：《宗教与中国文学散论——梦枕堂丛稿二编》，凤凰出版社 2013 年版。
29. 李小荣：《晋宋文学辨思录》，人民出版社 2014 年版。
30. 梁启超：《佛学研究十八篇》，辽宁教育出版社 1998 年版。
31. 林湘华：《禅宗与宋代诗学理论》，（台北）文津出版社 2002 年版。
32. 麻天祥：《中国禅宗思想发展史》，湖南教育出版社 1997 年版。
33. 莫砺锋：《朱熹文学研究》，南京大学出版社 2000 年版。
34. 吕澂：《中国佛学源流略讲》，中华书局 1979 年版。
35. 潘立勇：《朱子理学美学》，东方出版社 1999 年版。
36. 钱建状：《南宋初期的文化重组与文学新变》，厦门大学出版社 2006 年版。
37. 钱穆：《朱子新学案》，巴蜀书社 1986 年版。
38. 束景南：《朱熹佚文辑考》，江苏古籍出版社 1991 年版。
39. 束景南：《朱子大传》，商务印书馆 2003 年版。
40. 孙昌武：《佛教与中国文学》，上海人民出版社 2007 年版。
41. 孙昌武：《禅思与诗情》，中华书局 1997 年版。
42. 孙昌武：《中国文学中的维摩与观音》，天津教育出版社 2005 年版。
43. 汤用彤：《汉魏两晋南北朝佛教史》（增订本），昆仑出版社 2006

年版。

44. 王荣国：《福建佛教史》，厦门大学出版社1997年版。

45. 王玉琴：《朱子理学诗学研究》，南京大学出版社2014年版。

46. 吴长庚：《朱熹文学思想论》，黄山书社1994年版。

47. 萧华荣：《中国古典诗学理论史》，华东师范大学出版社2005年版。

48. 熊琬：《宋代理学与佛学之探讨》（又名《朱子理学与佛学之关系》），（台北）文津出版社2005年版。

49. 余英时：《朱熹的历史世界：宋代士大夫政治文化的研究》，生活·读书·新知三联书店2004年版。

50. 袁宾：《禅宗著作词语汇释》，江苏古籍出版社1990年版。

51. 袁宾：《中国禅宗语录大观》，百花洲文艺出版社1992年版。

52. 曾枣庄、刘琳主编：《全宋文》，上海辞书出版社、安徽教育出版社2006年版。

53. 曾枣庄：《中国古代文体学·下卷·中国古代文体分类学》，上海人民出版社、上海书店出版社2012年版。

54. 张伯伟：《禅与诗学》，人民文学出版社2008年版。

55. 张岱年：《中国哲学大纲》，中国社会科学出版社1982年版。

56. 张健：《朱熹的文学批评研究》，（台北）台湾商务印书馆有限公司1973年版。

57. 张健：《知识与抒情　宋代诗学研究》，北京大学出版社2015年版。

58. 张培锋：《宋代士大夫佛学与文学》，宗教文化出版社2007年版。

59. 张立文：《朱熹思想研究》，中国社会科学出版社1981年版。

60. 张立文：《朱熹评传》，南京大学出版社1998年版。

61. 张文利：《理禅融会与宋诗研究》，中国社会科学出版社2004年版。

62. 张毅：《宋代文学思想史》，中华书局 1995 年版。

63. 张煜：《诗禅与心性》，华东师范大学出版社 2012 年版。

64. 周裕锴：《中国禅宗与诗歌》，上海人民出版社 1992 年版。

65. 周裕锴：《宋代诗学通论》，巴蜀书社 1997 年版。

66. 周裕锴：《文字禅与宋代诗学》，高等教育出版社 1998 年版。

67. 周裕锴：《中国古代阐释学研究》，上海人民出版社 2003 年版。

68. 周裕锴：《法眼与诗心——宋代佛禅语境下的诗学话语建构》，中国社会科学出版社 2014 年版。

三　工具书

1. 张立文主编：《朱熹大辞典》，上海辞书出版社 2013 年版。

2. 慈怡：《佛光大辞典》，书目文献出版社 1989 年版。

3. 丁福保编：《佛学大辞典》，上海书店出版社 1991 年版。

4. 任继愈主编：《佛教大辞典》，江苏古籍出版社 2002 年版。

四　海外文献

1. Steven Heine, *Zen and comparative studies: part two-volume sequel to "Zen and Western thought"*, Macmillan, 1997.

2. Chan, Wing-tsit, ed., *Chu Hsi and Neo-Confucianism*, (Honolulu: University of Hawaii Press, 1986).

3. Chan, Wing-tsit, *Chu Hsi: New Studys*, (Honolulu: University of Hawaii Press, 1989).

4. Robert Hymes, Conrad Schirokauer, *Ordering the Word: Approaches to State and Society in Sung Dynasty China*, University of California Press, 1993.

5. Tsong-han Lee, *Different Mirrors of the Past: Southern Song Historiography*, Dissertation of P. H. D. of Harvard University, 2008.

6. ［日］友枝龙太郎：《朱子の思想形成》，（东京）春秋社 1979 年改订本。

7. ［日］山井涌：《〈朱子文集〉に见える朱子の"心"》，《中哲文学会报》1981 年第 6 号。

8. ［日］中村元等：《中国佛教发展史》，余万居译，（台湾）天华出版专业股份有限公司 1984 年版。

9. ［日］市来津由彦：《宋代の社会と宗教》，（东京）汲古书院 1985 年版。

10. ［日］柳田圣山、椎名宏雄：《禅学典籍丛刊》，临川书店 1991 年 4 月—2001 年 3 月。

11. ［日］安藤文英、神保如天：《禅学辞典》，正法眼藏注解全书刊行会 1958 年版。

12. ［日］忽滑谷快天：《中国禅学思想史》，朱谦之译，上海古籍出版社 1994 年版。

13. ［日］忽滑谷快天：《禅学思想史》，郭敏俊译，（台北）大千出版社 2003 年版。

14. ［日］荒木见悟：《佛教与儒教》，杜勤、舒志田等译，中州古籍出版社 2005 年版。

15. ［日］小川隆：《语录的思想史——解析中国禅》，何燕生译，复旦大学出版社 2015 年版。

16. ［美］田浩：《朱熹的思维世界》，陕西师范大学出版社 2002 年版。

17. ［荷］许理和：《佛教征服中国》，李四龙、裴勇等译，江苏人民出版社 1998 年版。

18. ［韩］李秀雄：《朱熹与李退溪诗比较》，北京大学出版社 1991 年版。

五　期刊文献

（一）博硕论文（以答辩时间先后为序）

1. 崔福姬：《朱熹与佛教思想的关系》，博士学位论文，北京大学，2001年。

2. 黄世福：《朱熹理学与佛学之比较》，硕士学位论文，安徽大学，2003年。

3. 闵泽平：《南宋理学大家的古文创作》，博士学位论文，武汉大学，2006年。

4. 张曼娜：《朱熹的佛教观》，硕士学位论文，吉林大学，2007年。

5. 吴宇：《哲人之诗——朱熹诗歌的哲理意蕴与美学风格》，硕士学位论文，安徽师范大学，2007年。

6. 时新良：《文道合一诗道合一——试论朱熹的文学思想》，硕士学位论文，陕西师范大学，2009年。

7. 郭良桂：《朱熹山水游记研究》，硕士学位论文，福建师范大学，2009年。

8. 荆常宝：《略论朱熹排佛》，硕士学位论文，上海师范大学，2012年。

9. 汪亚琳：《朱子题跋研究》，硕士学位论文，华东师范大学，2015年。

（二）期刊论文（以发表时间先后为序）

1. 张晶：《宋诗的"活法"与禅宗的思维方式》，《文学遗产》1989年第6期。

2. 董志翘：《五灯会元语词考释》，《中国语文》1990年第1期。

3. 郭齐：《朱熹、道谦交往考》，《中国哲学史》1993年第2期。

4. 束景南：《朱熹与华严禅》，《中国哲学》1993年第16辑。

5. 郭齐：《弃儒从释的真实写照：关于朱熹的两篇佚文》，《中国哲学史》1995年第6期。

6. 张毅：《苏轼朱熹文化人格之比较》，《文学遗产》1995年第4期。

7. 明栋：《朱熹的佛禅因缘》，《法音》1995 年第 9 期。

8. 郭齐：《朱熹从道谦学禅补证》，《人文杂志》1998 年第 2 期。

9. 莫砺锋：《论朱熹关于作家人品的观点》，《文学遗产》2000 年第 2 期。

10. 莫砺锋：《论朱熹的散文创作》，《阴山学刊》2000 年第 1 期。

11. 郭齐：《论朱熹诗》，《四川大学学报》（哲学社会科学版）2000 年第 2 期。

12. 邓新华：《朱熹以"涵泳"为中心的文学解读理论》，《名作欣赏》2000 年第 4 期。

13. 萧丽华：《从儒佛交涉的角度看严羽〈沧浪诗话〉的诗学观念》，《佛学研究中心学报》2000 年第 5 期。

14. 潘立勇：《朱熹文道观的本体论发展及其内在矛盾》，《学术月刊》2001 年第 5 期。

15. 莫砺锋：《理学家的诗情——论朱熹诗的主题特征》，《中国文化》2001 年第 Z1 期。

16. 王利民：《朱熹诗文的文道一本论》，《浙江大学学报》（人文社会科学版）2002 年第 1 期。

17. 王利民：《从〈牧斋净稿〉看朱熹的道教信仰》，《宗教学研究》2002 年第 4 期。

18. 李承贵：《朱熹佛教常识论——朱熹对佛教常识的认知及其检讨》，《江西师范大学学报》（哲学社会科学版）2004 年第 1 期。

19. 张玉璞：《三教融摄与宋代士人的处世心态及文学表现》，《孔子研究》2005 年第 2 期。

20. 朱惠嫣：《从题诗看朱熹与佛教之关系》，《三明学院学报》2005 年第 3 期。

21. 周裕锴：《诗中有画：六根互用与出位之思——略论〈楞严经〉对宋人审美观念的影响》，《四川大学学报》（哲学社会科学版）

2005 年第 4 期。

22. 李士金：《朱熹"天生成腔子"含义探析》，《南开学报》2005 年第 6 期。

23. 赖永海：《朱子学与佛学》，《江西社会科学》2006 年第 2 期。

24. 李承贵：《朱熹视域中的佛教本体论——朱熹对佛教本体论的认知及误读》，《福建论坛》（人文社会科学版）2007 年第 1 期。

25. 高建立：《援佛入儒：朱熹理学的新特色》，《河南大学学报》（社会科学版）2005 年第 2 期。

26. 高建立：《从心性论看朱熹对佛学思想的吸收与融会》，《齐鲁学刊》2007 年第 3 期。

27. 李承贵：《朱熹视域中的佛教心性论》，《福建论坛》（人文社会科学版）2007 年第 3 期。

28. 郑继猛：《南宋语录体散文初探》，《殷都学刊》2007 年第 4 期。

29. 周静：《论朱熹的山林诗与禅情结》，《宗教学研究》2008 年第 2 期。

30. 刘立夫：《朱熹的儒佛之辨》，《哲学研究》2008 年第 11 期。

31. 方彦寿：《朱熹的"援佛入儒"与严羽的"以禅喻诗"》，《文艺理论研究》2009 年第 3 期。

32. 王利民、陶文鹏：《论山水诗的审美类型》，《中山大学》（社会科学版）2010 年第 1 期。

33. 施保国、李霞：《外斥内援：朱熹佛教观探析》，《江西社会科学》2010 年第 7 期。

34. 周裕锴：《〈沧浪诗话〉的隐喻系统和诗学旨趣新论》，《文学遗产》2010 年第 2 期。

35. 胡迎建：《论朱熹的庐山诗》，《九江学院学报》2011 年第 2 期。

36. 胡迎建：《诗论朱熹在八闽的山水诗》，《闽江学院学报》2011 年第 3 期。

37. 马茂军:《朱熹的散文思想》,《安康学院学报》2011年第3期。

38. 邱蔚华:《文化还原下的朱熹诗忧患情结研究》,《文艺评论》2011年第10期。

39. 邱蔚华:《朱熹诗闲适意趣的文化审美视境》,《北京工业大学学报》(社会科学版)2012年第2期。

40. 马宾:《朱熹〈牧斋净稿〉述评》,《上饶师范学院学报》2012年第2期。

41. 徐时仪:《〈朱子语类〉佛学词语考》,《南阳师范学院学报》(社会科学版)2012年第7期。

42. 胡迎建:《朱熹与佛禅五题》,《宜春学院学报》2012年第10期。

43. 代云:《朱熹人心道心的辟佛意旨》,《中州学刊》2013年第11期。

44. 林振礼:《朱熹千里往见大慧禅师的历史公案新解》,《东南学术》2014年第1期。

45. 罗书华:《"文从道中流出":朱熹对文道关系的新理解》,《海南大学学报》(人文社会科学版)2014年第2期。

46. 李承贵:《朱熹思想与佛老关系研究述论》,《福建论坛》(人文社会科学版)2014年第5期。

47. 邱蔚华:《朱熹诗佛禅情结诗性视界探微》,《东南学术》2016年第3期。

48. 邱蔚华:《朱熹〈楚辞集注〉诗学话语发微》,《福建师范大学》2016年第3期。

49. 李小荣:《汉唐佛、道经典的文体比较——兼论宗教文化视野中的比较文体学》,《中国社会科学》2016年第11期。

50. 蔡方鹿、赵聃:《百年来朱熹理学与文学关系研究的回顾与展望》,《社会科学研究》2017年第1期。

后　记

　　我与朱熹结缘纯属偶然。

　　那是2010年的春天，福建省教育厅发文通知，让老师们申报教育厅课题。记得那时候像我们这样的一般二本院校，若有老师能拿到一个省教育厅A类课题，在科研上就算有突出的表现了。也记得那时我还是一名讲师，所以工作的重心还主要在教学上。但不得不承认似乎有些事情冥冥中早有安排。说来也巧，就在看到省教育厅课题申报通知的那一天，我正好在读吴长庚先生载于《文学评论》2008年第3期的《近百年朱熹文学研究的回顾与反思》。虽然我是学文学的，但在大学和硕士阶段我对哲学和美学一直很感兴趣，因此对朱熹的了解更多的还是像多数人一样主要在理学思想的层面。所以当时读到这样一篇关于朱熹文学研究综述的长文时，我的确对朱熹在文学上的造诣感到有些意外，而该文文末所提到的"朱熹哲学、伦理、教育、历史等思想均与文学相关，按文化还原来考察朱熹的文学，或许能拓开新的思路"引起了我的研究兴趣，直接启发了我将研究的目光聚焦于朱熹诗文创作上，并以此为契机，以《文化还原下的朱熹诗歌研究》为题申报了当年的省教育厅A类课题。幸运的是，我的课题得到了立项，这对于那个还是小讲师的我是一种莫大鼓舞。从此，我与朱熹结下了不解之缘。

后 记

  南开大学的张毅先生曾在其专著《苏轼与朱熹》中提到："学历史的可以不关心文学创作的想象世界，研究文学的却不能没有历史的真实感，不能脱离社会现实，否则言谈就没有根。"此论洵是。然而，面对具有复杂文化心态的思想家朱熹的文学思想和诗文作品时，我忽然意识到，除了历史，其复杂的文化心态对其文学思想、诗学观念、诗词文创作的影响不同于一般文人。朱熹以理学名家，学术界一般都认为其文学与理学关系密切。然而其理学又是糅合融液了佛老之学，且其早年出入佛老十余年的经历及后来人生历程中与佛老千丝万缕的联系，都在其文学观念与诗文作品中或多或少地反映着。这一发现，让我意识到研究朱熹文学的复杂性，深感以我现有的知识储备很难把握好研究对象，这促使我萌生了攻读博士学位的念头。

  2014年秋，幸蒙恩师李小荣先生不弃，我得以有了读博的机会。对于这一"幸事"，我后来曾在自己的博论文"致谢"语中这样描述："惶惶兮迷途未远，欣欣然遇师矢志，得三生之幸兮，忝列李氏之门。不入此门，不知此域之深浅；不涉此域，不知为学治术之艰难。于是，不如意有之，挫折亦有之。所幸恩师李小荣先生谦恭厚德、博学笃行，宽容于我之无知幼稚、浅见短识；于学，给予悉心教授；于术，给予富于启示的点拨与指导。"的确，为学三载，恩师的勤勉、严谨之行与敏锐、博学之思都给我留下了深刻的印象。记得刚入学不久，恩师就鼓励我沿着"朱熹"继续前行。与此同时，他又指导我另辟蹊径，给我确定了毕业论文的选题《朱熹文学与佛禅关系研究》，使我博士求学生涯一开始就有一个明确的努力方向。期间，恩师又让我参与他主持的福建省社科基地重大项目《朱熹文艺思想综合研究》，这敦促我除了认真通读朱熹各类文集，而且还尽可能广泛地阅读与之相关的儒、释、道等经典文献典籍，为我的毕业论文写作奠定了较扎实的基础。

今天，这部在博论文基础上写就的《朱熹文学与佛禅关系研究》即将出版，我内心喜忧参半。喜的是，在朱熹文学研究道路上行走近十年，终于有了一个阶段性、体系化的研究成果出现；忧的是，笔者才疏学浅，在面对学识渊博的朱熹丰富而复杂的文化心态及其博大精深的朱子理学与佛禅之学千丝万缕的联系渗透在其深刻的文学思想、诗学观念、文学批评，或是艺术地再现于诗文作品中时，尽管我试图尽力描述朱子佛禅思想与其理学、文学三者之间的关联与互动，却总有不尽人意之感。也正因如此，文中挂一漏万，粗疏不足难免，不当之处愿就教于方家，请博雅之君不吝赐教。

任何一项成果除了自身的努力，还离不开他人的帮助。在这里，我要向一直关心我学术成长的恩师李小荣先生致以最真挚的谢意！也要向一直默默支持我、为我和为我的家庭无私付出的父母双亲送上我潜藏心底而一直未能说出口的歉意与谢意！同时，还要感谢出版方责任编辑陈肖静女士为本书的顺利出版所作的各种努力！此外，要特别申明，本书的出版得到了龙岩学院奇迈基金、龙岩学院博士科研启动基金的大力支助，在此也一并奉上我的感激之情和深深的谢意！

"路漫漫其修远兮，吾将上下而求索。"带着对学术的那份执着，带着对师长亲友的感恩之心，我将踏上新的征程，继续努力前行！

2019 年 3 月 16 日于恒盛花园寓所